河南省高等学校哲学社会科学优秀著作资助项目

1940年代现代主义与左翼的对立与对流

司真真 著

·郑州·

图书在版编目(CIP)数据

1940年代现代主义与左翼的对立与对流 / 司真真著．--郑州：河南大学出版社，2022.9
 ISBN 978-7-5649-5325-6

Ⅰ．①1… Ⅱ．①司… Ⅲ．①诗歌史-研究-中国-现代 Ⅳ．①I207.209

中国版本图书馆 CIP 数据核字(2022)第 176527 号

1940年代现代主义与左翼的对立与对流
YIJIUSILING NIANDAI XIANDAI ZHUYI YU ZUOYI DE DUILI YU DUILIU

策划统筹	杨国安　谌洪波
责任编辑	李亚涛
责任校对	柳　涛
封面设计	陈盛杰

出　版	河南大学出版社		
	地址：郑州市郑东新区商务外环中华大厦2401号　邮编：450046		
	电话：0371-86059715（高等教育与职业教育分公司）网址：hupress.henu.edu.cn		
	0371-86059701（营销部）		
排　版	郑州市今日文教印制有限公司		
印　刷	广东虎彩云印刷有限公司		
版　次	2022年9月第1版	印　次	2022年9月第1次印刷
开　本	710 mm×1010 mm　1/16	印　张	19
字　数	311千字	定　价	68.00元

(本书如有印装质量问题，请与河南大学出版社营销部联系调换)

自　序

本书的研究对象是1940年代现代主义与左翼的关系。众所周知，1930年代左翼知识分子开始不断批评现代主义文学，但随着时代历史的演变，现代主义与左翼之间的关系日趋复杂，一方面日益恶化，由中前期的诗学批评转为了后期大范围的政治批判，另一方面由相互影响而创作发生转变的现象日益增多。但遗憾的是，关于这两方面的研究寥寥无几，尤其是1940年代现代主义与左翼的对立，主要集中于七月诗派和九叶诗人。大量的现代主义与左翼作家并未进入研究视域，如路易士、俞铭传、鸥外鸥、袁水拍、汪铭竹、罗寄一等。绝大多数研究者视九叶诗人为现代主义的诗歌流派，但其实他们之间有着明显的不同，他们的异处远超于他们的相同之处，这已是不争的事实。

为了突破现有的研究，笔者大量搜求原始资料，浏览了上百种1940年代出版的期刊、报纸和书籍，发现了诸多当时尚无人注意或论述的新史料。在这些史料中，我吃惊地发现了研究者对初犊文章的误读及背后的原因，发现了路易士被指为"文化汉奸作品"的《炸吧，炸吧》及被控为"文化汉奸"对他1940年代后期诗歌创作的影响，发现了袁可嘉与李白凤之间的论争，发现了卞之琳的佚文《XX礼赞》并梳理了奥登译介过程中误译背后的真相，发现了俞铭传的诗集《诗三十》、冯至的《新诗蠡测》和朱维基的译著《在战时》……在大量史料的基础上，本书将路易士、俞铭传、鸥外鸥等文学史上的失踪者纳入研究范围，力求在广度的基础上从批评、译介、创作多个文学史层面探究1940年代现代主义与左翼之间的复杂关联。对他们1940年代的作品，也力求从新史料入手，以大量现今研究者所忽视或未见的诗歌文本和理论文字建构本书的结构。

本书希望能够解决以下几个问题：现代主义与左翼的对立与对流是如何发生的？它们之间的对立表现在哪些方面？在1940年代又有何变化？对流在1940年代的诗歌创作中又是如何体现的？

在结构安排上，除绪论和结论外，本书共计六章。

第一章梳理"现代主义"这一概念在中国近百年的流变。

第二章在大量史料的基础上从批评领域讨论现代主义与左翼之间的对立，力图展现1940年代现代主义与左翼对立的实质和中前期与后期对立的转变及原因，并从初蓁的文章入手，厘清了七月派诗人与九叶诗人之间的一场"误战"。

第三章从译介视域讨论左翼知识分子和现代主义诗人对英美等现代主义诗人奥登、艾略特、里尔克和马雅可夫斯基的不同态度和评价。本书在新史料的基础上补充和纠正了以往研究者论述国外现代主义译介时的疏漏和错误之处。

第四章以路易士、冯至、袁可嘉、穆旦为个案，从创作视域探讨了现代主义与左翼之间的对立关系。路易士所发出的与左翼不同的"非协和之音"，冯至所发现的集体的"幻像"和个体的承担，袁可嘉对感伤、工具的批评和他与穆旦对革命、集体的嘲讽，均表现出他们对左翼的对抗与拒绝。

第五章以《诗创造》群体四人陈敬容、唐祈、唐湜、杭约赫和袁水拍为例讨论由左翼转向现代主义的对流关系。《诗创造》群体四人陈敬容、唐祈、唐湜、杭约赫围绕着《中国新诗》聚合以后开始集中受到现代主义的影响，由书写时政批判、肯定直线进步时间观、行动与集体，到书写城市人的异化、自我的追寻、运用悖论、反讽手法。袁水拍在1940年代曾引起热议，但至今尚无专文讨论袁水拍诗歌与现代主义的关系，因此，本书将袁水拍纳入，分析他诗歌中的时政批判和对人的异化的书写与轻松的风格。

第六章以鸥外鸥、辛笛、俞铭传为个案探讨由现代主义转向左翼的对流关系。鸥外鸥由受未来主义的影响追求诗形、反叛传统制度、表达对现代文明的不舍与反抒情到后来的时政批评，俞铭传由"潘彼得的梦"走向集体的行动，辛笛由时间反思、意识流至集体、行动的肯定，则展现了现代主义诗人对左翼观念的接纳与创作的转变。

附录中所收汪铭竹和罗寄一的两篇文字，属同时期所作旧文，和本书议题相一致,可作适当的补充和参考。

  本书内容仍有极大的修改空间,但鉴于笔者更想将它作为读博阶段的一个总结,故基本保留了它的原貌,欢迎各位方家批评指正!

目　录

绪　论 …………………………………………………………（ 1 ）

第一章　"现代主义"概念在中国的流变 ……………………（ 15 ）
　　第一节　一个流派风格的概念 ………………………………（ 15 ）
　　第二节　一个被批判的概念 …………………………………（ 20 ）
　　第三节　一个复杂的概念：时期、风格、运动和精神 ………（ 24 ）

第二章　批评视域中现代主义与左翼的对立 ………………（ 30 ）
　　第一节　个人主义感伤抒情与晦涩的诗学对立 ……………（ 30 ）
　　第二节　政治批评与反批评 …………………………………（ 42 ）
　　第三节　对立中的一场"误战"——从初犊、叶北岑和《泥土》说起
　　　　　　……………………………………………………（ 54 ）

第三章　译介视域中现代主义与左翼的对立 ………………（ 65 ）
　　第一节　晦涩、传统、宗教和影响：艾略特译介中的对立 …（ 65 ）
　　第二节　晦涩、政治、进退步和"误译"：奥登译介中的对立 …（ 82 ）
　　第三节　晦涩、颓废和克制：里尔克译介中的对立 …………（ 95 ）
　　第四节　未来主义、自杀和革命：马雅可夫斯基译介中的对立 …（100）
　　小　结　译介的对立与评判的标准 …………………………（117）

第四章　创作视域中现代主义与左翼的对立 ………………（121）
　　第一节　路易士：一个"非协和之音" ………………………（121）
　　第二节　冯至：集体的"幻像"和个体的承担 ………………（144）

第三节　穆旦、袁可嘉：感伤、工具的批评与革命、集体的嘲讽……（156）

第五章　由左翼至现代主义的对流……………………………（167）
　　　第一节　现代主义与左翼的对流概述……………………………（167）
　　　第二节　《诗创造》四人核心：九叶诗人的聚合与创作转变………（173）
　　　第三节　袁水拍：时政批判与人的异化、轻松的风格……………（189）

第六章　由现代主义至左翼的对流……………………………（202）
　　　第一节　鸥外鸥：未来主义的影响与时政批评……………………（202）
　　　第二节　俞铭传：由"潘彼得的梦"走向集体的行动………………（220）
　　　第三节　辛笛：由时间反思、意识流至集体、行动的肯定…………（233）

结　　论　现代主义与左翼对立与对流的特点、困境与未来……（249）

参考文献………………………………………………………………（257）

附　　录………………………………………………………………（272）
　　　附录一　汪铭竹：从个体生命的追寻到呐喊与承担………………（272）
　　　附录二　罗寄一：在群体与个体的夹缝中求生存…………………（281）

后　　记………………………………………………………………（293）

绪　论

提到1940年代的诗歌,最引人注目、最为人熟知的应该是七月诗派和九叶诗派了,它们作为1940年代的两个浪峰高居于1980年代以来的各种文学史著作中,分别被贴上了现实主义和现代主义的标签。但深入了解1940年代的诗歌后,我们不禁产生了种种困惑:这两个标签是否真正适用?1940年代的诗歌版图是否已被穷尽?当时的主流文学是什么?它与现代主义文学之间有何复杂的关系?要想对这些问题进行解答,我们首先要从1940年代诗歌的研究现状及反思开始。

一、研究现状与反思

(一) 现代主义与左翼:研究的两个极端

1930年代,左翼诗人开始不断批评现代主义文学,晦涩、个人化的感伤抒情是他们1940年代中期以前批评的重心,至1940年代后期,现代主义与左翼诗人之间的关系日趋恶化,诗学批评转为大范围的政治批判(详见第二章第一、二节)。之后,现代主义文学成为落后、反动的资产阶级文学,被人遗忘,打入另册。研究左翼文学的往往避而不谈它与现代主义文学之间的关系,而一些具有现代主义特征的左翼诗人,如袁水拍、田间等,他们诗中的现代主义特征则少人问津。其实袁水拍1940年代的诗歌,无论是抒情诗,还是山歌,都具有浓郁的现代性(详见第五章第三节)。但他往往被视作左翼诗人,研究者多强调他的诗歌对国民党的辛辣批评,很少有研究者注意到他诗作中的现代主义色彩。政治批判成为压倒一切的批评范式,这无疑遮蔽了现代诗人的丰富性。

现代主义诗歌的研究也是如此,往往就现代主义而谈现代主义。对1940年代现代主义诗歌的研究是伴随着诗歌创作而产生的,多为友朋所写。如冯至的《十四行集》甫一发表就引起了现代主义诗人方敬、李广田、朱自清、吴小如、李瑛、唐湜和袁可嘉等人的一致好评①。九叶诗人的研究亦是如此,如王佐良、周珏良、唐湜、李瑛等人对穆旦的评论,唐湜、郑敏等人对杜运燮的评论,陈敬容对穆旦、郑敏、杜运燮的评论,唐湜对辛笛、陈敬容、唐祈等人的评论等等②。但这时多是单篇论文,近距离的审视尚无法使研究者站在一定的高度和史的角度来作综合的分析。紧接着,历史的车轮驶入1950年代,在意识形态的制约下,现代主义成为不可言说的禁忌。直到1970年代末1980年代初,九叶诗人被作为1940年代现代主义的代表重新出现,日渐成为研究热点。蓝棣之、王圣思、杜运燮、蒋登科、游友基、余峥、马永波、李怡、陈旭光、吴晓东、臧棣、李方、王毅、张同道等或积极挖掘整理九叶诗人的作品与评论,或以九叶诗人为专题探讨其艺术特色与成就。③ 九叶诗人被推到现代主义研究热潮的前台,其所产生的影响已经远远超出了作者、研究者和编辑们的想象,"国内外许

---

① 杨番(方敬):《读〈十四行集〉》,《诗》(桂林)1942年第3卷第4期;李广田:《沉思的诗:论冯至的十四行集》,《明日文艺》(桂林)1943年第1期;朱自清:《诗与哲理》,《新诗杂话》,上海作家书屋1947年版;少若(吴小如):《少若书评》,《经世日报·文艺周刊》(北平)1947年第65期(11月9日);李瑛:《读十四行集》,《华北日报·文学》1948年第43期(10月31日);唐湜:《沉思者冯至》,《意度集》,北京平原社1950年版;袁可嘉:《诗与主题》,《大公报·星期文艺》(上海)1946年12月29日第10版,后刊《大公报·文艺》(天津)1947年1月14日、17日、21日第6版。

② 王佐良:《一个中国诗人》,《文学杂志》(上海)1947年8月第2期;周珏良:《读穆旦的诗》,《益世报·文学周刊》(天津)1947年7月12日;唐湜:《穆旦论》,《中国新诗》(上海)1948年第3辑、第4辑;李瑛:《读〈穆旦诗集〉》,《益世报·文学周刊》(天津)1947年9月27日;唐湜:《〈诗四十首〉(书评)》,《文艺复兴》(上海)第3卷第4期(1947年9月);郑敏:《一本新诗〈诗四十首〉》,《益世报·文学周刊》(天津)1946年12月7日;陈敬容:《真诚的声音》,《诗创造》(上海)(1948年6月)第12辑;唐湜:《"手掌集":辛笛作》,《诗创造》(上海)第9辑(1948年3月),《〈星雨集〉》,《文艺复兴》(上海)1947年第4卷第1期,《严肃的星辰们》,《诗创造》(上海)(1948年6月)第12期。

③ 蓝棣之:《九叶派诗选》,人民文学出版社1992年版;王圣思:《九叶之树长青》,华东师范大学出版社1994年版;杜运燮等编:《一个民族已经起来》,江苏人民出版社1987年版,《丰富和丰富的痛苦》,北京师范大学出版社1997年版;蒋登科:《九叶诗人论稿》,西南师范大学出版社2006年版,《西方现代主义诗歌与九叶诗派的流派特征》,《社会科学研究》2000年1期;孙玉石:《中国现代主义诗潮史论》,北京大学出版社1999年版;张同道:《探险的风旗——论20世纪中国现代主义诗潮》,安徽教育出版社1998年版;王泽龙:《中国现代主义诗潮论》,华中师范大学出版社2008年版;萧映:《苍凉时代的灵魂之舞——20世纪40年代中国现代主义诗歌研究》,北京师范大学出版社2008年版;游友基:《九叶诗派研究》,福建教育出版社1997年版;余峥:《九叶诗派综论》,海峡出版社2000年版;马永波:《九叶诗派与西方现代主义》,东方出版中心2010年版。

多诗歌史研究者将自己现代性搜寻的眼光投向这个流派和诗潮。许多博士论文将对于它的研究纳入自己的选题,并产生了令人惊喜的成果。以此为主要研究对象的专著的出版在质量和数量上都迅速超越了其他诗歌流派的关注。以这个诗集命名的一个新诗流派——'九叶诗派',已经被人们用理性的眼光写进了无数部20世纪的文学史册。"①审视诸多九叶诗人的研究文章,"现代派"、"现代主义"成为九叶诗人挥之不去的典型标签。如此稳定的研究"范式",不可避免地具有某种封闭性。部分研究者往往致力于探讨中国现代主义诗歌与西方现代主义诗歌的关联,在未能认清具体历史情境的状况下,有些论断显得不合时宜。如梁秉钧的博士论文《反抗的美学》在1940年代现代主义诗歌的研究中首屈一指,他注意到了中国的时代社会背景,但重心仍放在了西方现代主义的影响上,以致化约出1940年代现代主义诗歌的"反抗"的姿态并不全然切合实际。张松建受他的影响,认为穆旦"嘲笑进化论观念,扬弃直线性时间的意识形态,否定五四启蒙遗泽,与加利尼斯库的美学现代性不谋而合。"陈敬容对都市的恶的展露与批判,"引人质疑现代都市植基于'进步''繁荣''团结'等启蒙神话,暴露出都市自身的荒谬素质。"②这些研究就因过于倚重西方现代主义的特点而判断失当。对此,李章斌提出批评,指出"对于中国而言,仅从'反对'(社会、文化、语言等束缚)角度来定义四十年代现代主义诗歌可能远远谈不上全面,甚至也谈不上准确。"1940年代现代主义诗人"对社会、政治现实远非'反对'那么简单,其中也有认可、协商等方面,各个诗人的具体表现也很不一样。"如穆旦是否完成"美学现代性"大可怀疑,与其说他"否定五四启蒙遗泽",不如说承续和发展了五四启蒙运动的民主和人道主义理念。③李祖德在其硕士论文《40年代现代主义诗歌的启蒙叙事和现代性话语》中也指出了这一点,他将1940年代现代主义诗歌放置于20世纪上半叶启蒙主义文学文化思潮中,指出1940年代现代主义诗歌的"启蒙理性"精神是在它

---

① 孙玉石:《一个富有悠久艺术魅力的诗歌流派——为〈九叶集〉出版20周年》,《诗探索》2001年第3—4辑。

② 张松建:《现代诗的再出发——中国四十年代现代主义诗潮新探》,北京大学出版社2009年版,第232页。《"恶之华"的转生与变异——汪铭竹、陈敬容、王道干对波德莱尔诗的接受与转化》,《中国现代文学研究丛刊》2006年第3期,第206页。

③ 李章斌:《如何"现代"? 怎样"主义"?——评梁秉钧、张松建对四十年代现代主义诗歌的研究》,《暨南学报》2013年第1期。

追寻"现代性"的过程中呈现出来的。与早期的启蒙主义相比较,1940年代现代主义诗歌的"启蒙理性"精神又有了进一步的发展,已上升到一个新的高度,同时,其自身也蕴含着现代性的内在逻辑和矛盾张力。①

除了过分迁就西方现代主义造成对中国现代主义诗歌研究的失当外,一些研究者又走向了另外一个极端,他们将中国现代主义与西方现代主义"对立"起来:西方现代主义诗人思索的是人类命运与宇宙问题,进行人的心灵探险,而中国的现代主义诗人则无法将关注的目光从现实移开;西方现代主义的道路是危机——悲观——拯救,而中国现代主义的道路是危机——愤怒——重建;西方现代主义的城市诗是寓言的、象征的,中国现代主义城市诗是现实的、政治的。② 这无疑是"打破了一种不平衡观之后又出来了另一种不平衡观。这里涉及新诗艺术本体与新诗承担的社会责任间出现的不平衡性的价值判断的分歧,也涉及对一些创作方法的理论探讨的取向。"③无论是过分强调中国现代主义与西方现代主义的同还是异,他们的参照系都是西方现代主义,都未能真正客观地将1940年代的现代主义诗歌放回到历史语境当中,未能将1940年代中国的主流文学"左翼文学"作为参照系,因此有失片面。

(二) 现代主义——左翼"影响"论

1980年代以后,越来越多的研究者注意到中国式现代主义与西方现代主义的不同,他们纷纷将视线转移到中国的现实,挖掘它们与西方现代主义的不同之处。1940年代中国文学的主流是左翼文学,于是,现代主义与左翼文学就被联系起来,普遍地认为现代主义文学受到了左翼文学的影响,在创作中使用现实主义手法,而左翼文学也受到了现代主义文学的影响。"影响"论成为研究现代主义与左翼之间关系的一种新的固定的范式。

目前研究现代主义与左翼"影响"关系较多的是1930年代的诗歌,如朱晓进的《政治文化与二十世纪三十年代文学》、张同道的《三十年代的左翼诗潮与现代主义诗潮》、周宁的《〈现代〉与三十年代文学思潮》、林虹的《现代派与左翼文学的疏离与融合》、吕周聚的《1930年代左翼文学与现代主义文学的纠葛》、燕欣欣的《〈现代〉与三十年代左翼文学》、杨经建的《左翼文学创作中的

---

① 李祖德:《40年代现代主义诗歌的启蒙叙事和现代性话语》,西南师范大学硕士论文,2002年。
② 张同道:《中西文化的宁馨儿》,《文学评论》,1994年第3期。
③ 孙玉石:《十五年来新诗研究的回顾与瞻望》,《中国现代文学研究丛刊》,1995年第1期。

马雅可夫斯基"情结"》、李洪华的《中国左翼文化思潮与现代主义文学嬗变》等。

　　针对1940年代现代主义与左翼关系的研究相对尚少,主要集中于七月诗派和九叶诗派。郑纳新的《七月诗派与中外诗学传统》指出:"由于审美理想的差异,也由于某些认识上的局限,一些七月诗人对现代主义的思潮、艺术和美学原则提出了甚至相当激烈的批评,但这并不表明现代主义与七月诗派绝对抵牾。由于新文学整体的丰富性,七月诗派诗人构成的复杂性以及现代主义自身的广阔的涵括性等原因,七月诗派与现代主义之间仍然存在着某种程度上的沟通"。① 郑纳新认为七月诗派直接接触西方现代主义诗学传统是比较薄弱的,只有少数诗人直接从西方现代主义诗歌那里获得一些启益。他从三个方面具体分析了七月诗派诗中的现代主义特色:强烈的主体生命的自觉;意象的新颖性、朦胧性、疏隔性和丰富性;语言形式上,多直接师承新诗现代派所开创的具有散文美的自由诗体的传统,模仿楼梯体的形式,而且还充分借鉴马雅可夫斯基利用诗句分行(中止、间隔)造成急驰奔突的旋律,形成强烈的节奏感,以表达激昂奋起的情绪。作者也指出因受制于现实主义诗学,故而对现代主义艺术质素的继承和发扬有所欠缺。郑纳新的论述不乏失当之处,如对语言形式的分析。西方现代主义其实都很重视格律,七月诗派对现代主义的继承发扬有欠缺也不能单纯地归因于受制于现实主义诗学。黄曼君认为胡风与七月派的现代性处于主流政治话语和后现代主义的夹缝中,其现代性价值一直未能得到恰如其分的揭示。他指出胡风与七月派文艺思想和创作一方面继承了五四以来的启蒙传统,一方面从人如何实现作为自由自觉活动的复杂精神个体的维度来接受马克思主义,立足于当下中国现实,形成了自身独特的反思性特征,与主流政治话语和现代主义之间产生一种既疏离又接近、既出走又回归的延异关系。② 彭建华在《艾青与立体主义和未来主义文学》中指出:艾青最初的创作包含了象征主义、立体主义和未来主义的一些影响,主要包括阿波利奈尔等立体主义诗歌影响。他接受了法国立体—未来主义的视觉艺术,诗中不断出现立体—未来主义最频繁的词汇意象,偏向于用独立的新的形

---

① 郑纳新:《七月诗派与中外诗学传统》,《广西社会科学》,1995年第3期。
② 黄曼君:《现代·反思·延异——胡风与七月派现代性重读》,《华中师范大学学报》,2003年第5期。

象来体现未来主义的文学主张。立体—未来主义的革命性的物质—运动美学和生命价值观念的影响是艾青1936年以前诗歌最鲜明最重要的外来影响。①

张松建的《现代诗的再出发》极大扩展了现代主义诗歌的研究范围,把至今罕为人关注的王佐良、罗寄一、叶汝琏、王道乾、吴兴华、路易士、沈宝基等纳入1940年代的现代诗歌版图,丰富了现代主义诗歌。他以西方现代主义理论对1940年代的诗歌进行了翔实的解读,也注意到了1940年代左翼阵营不断扩大的历史背景,及在这种背景中现代主义诗人与左翼诗歌之间的交流,从而呈现出与西方现代主义不同的特点。他指出1940年代现代主义诗歌一直处在与大众化新诗进行论辩、竞争和协商的共时性的场域中,两者并非决然对峙与对抗的关系,有时候存在相互渗透与支援的情形,写实主义吸收了现代主义的艺术技巧(譬如"七月"派的绿原),现代主义也融会了写实主义的社会指涉(譬如杜运燮和穆旦)——这种身份上的暧昧性、交叉性与复杂性源自于特殊的中国经验,也历史性地构成了中国现代主义诗歌之"问题性"(problematic)的组成部分。② 江锡铨的《中国现实主义新诗艺术散论》也指出现实主义虽然是新诗的主流,但它也吸收、采纳了现代主义的手法。③ 持同样立场的还有骆寒超的《论中国新诗的现实主义》一文,骆寒超指出无论是申明现代主义对现实因素的包容,还是依照内容/形式的二分法从"现代主义"中剥离出一套为现实主义所用的手法,两种论点表面不同实则一致,都在暗示,西方的现代主义必须包容或服务于作为主流的现实主义话语,才能合法存在。④

宋晓光的硕士论文《"现代主义"与"左翼"——以"九叶诗派"1940年代诗歌实践为线索》⑤分三部分论述了九叶诗派与左翼的关系。他指出九叶诗派从诞生伊始就没有主动疏离当时的"革命话语",反而得到了中国共产党的部分支持。作者从"现代主义"诗人的"现实主义"指归、众声喧哗的批评和论争、"中国式现代主义"对大众化诗学的反拨与超越三个方面详细分析了九叶

---

① 彭建华:《艾青与立体主义和未来主义文学》,《河北工程大学学报》,2012年第4期。
② 张松建:《现代诗的再出发——中国四十年代现代主义诗潮新探》,北京大学出版社2009年版,第129页。
③ 江锡铨:《中国现实主义新诗艺术散论》,北京大学出版社2005年版。
④ 骆寒超:《论中国新诗的现实主义》,《文学评论》,1997年第1期。
⑤ 宋晓光:《"现代主义"与"左翼"——以"九叶诗派"1940年代诗歌实践为线索》,华东师范大学硕士论文,2010年。

诗人对"中国式现代主义"诗学的建构与探索,以此来论述九叶诗人在诗歌理论方面如何处理"现代主义"与"左翼"的关系。他还分析了"左翼诗人"W·H·奥登对九叶诗人的影响。其实,从严格意义上来说奥登并不能称为左翼诗人,这与时人对他的误读有关,详见第三章第二节。李章斌的博士论文《"九叶"诗人的诗学策略与历史关联(1937—1949)》对九叶诗人与左翼的关系有所论述,他将九叶诗人放回到历史之中,发现了九叶诗人与左翼的复杂关系,"唐祈、杭约赫对当时主流左翼文学和意识形态有相当大的认同成分……其作品中的左翼色彩也很明显。"①他在第一章论述了九叶诗派的形成与左翼的互动和冲突,第三章和第四章则论及唐祈的《时间与旗》和杭约赫的《复活的土地》与左翼文学的关联;《时间与旗》反映了马克思主义的历史决定论,《复活的土地》表现出二元世界观与乌托邦想象。

总体来看,关于1940年代现代主义与左翼的相关性研究相对较少,尚无专著出现,且这一研究范式并未能真正解决1940年代现代主义诗歌的问题。它们之间并非仅仅相互影响那么简单,而是有对流的一面(对流更多强调的是两者之间的相互转变,即现代主义与左翼之间双向影响后的转变,并不排除转变后两者所仍然保留的自身原本的艺术特色,如现代主义诗人转向左翼后诗中仍然留有现代主义的特色,反之亦然。),也有对立反抗的一面。冯至与九叶诗人穆旦、袁可嘉等都主动与左翼保持距离,李章斌在其博士论文《"九叶"诗人的诗学策略与历史关联(1937—1949)》中就指出了这一点:"袁可嘉、杜运燮、穆旦等则与左翼保持了较远的距离(甚至直接对抗)"。② 他还在《一九四十年代后期的穆旦:内战、政治与诗歌》一文中较为详细地分析了穆旦诗作中所表现出来的对左翼革命和左翼作家构想的"光明远景"的怀疑。此外,路易士对当时左翼文学的态度也颇为激烈,他不仅多次在文中对左翼文学肆意辱骂嘲笑,在诗中也反复表现了这一观念(详见第四章第一节)。只是关于这两方面的研究寥寥无几。

---

① 李章斌:《"九叶"诗人的诗学策略与历史关联(1937—1949)》,南京大学出版社2019年版,第10页。
② 李章斌:《"九叶"诗人的诗学策略与历史关联(1937—1949)》,南京大学出版社2015年版,第10页。

二、研究意义和价值

从现代主义与左翼的研究现状来看,目前对现代主义与左翼相关性的研究还相当薄弱,主要集中于七月诗派和九叶诗派。大量的现代主义与左翼作家并未进入研究视域,如路易士、俞铭传、鸥外鸥、袁水拍等,且对九叶诗派与左翼的研究也存在一些问题,如九叶诗派诸人是否可以称为清一色的现代主义诗人?他们的创作倾向是否一致?这些都是需要重新予以辨析的,因此亟须对这一课题进行深入的研究。

鉴于现有的研究情况,本书将在如下四个方面有所创新:

第一,现代主义是一个复杂、难以被正确诠释的概念,时限、特征等都难以统一化约,这一点不仅为西方研究者反复提及,在中国争议之声也此起彼伏。那么,现代主义在中国是何时出现并传播的?它的含义在传播的过程中有无发生变化?这是本书首先要解决的一个问题。张松建对国外学者论述阐释现代主义进行了梳理,本书从国内的史料入手,阐释现代主义在近百年历程中的变化,以期对现代主义概念的阐释作一个有益的补充。

第二,考察现代主义与左翼的关联尤其是对立,离不开对现代主义在中国译介情况的梳理。许多左翼作家参与了译介,借他人或自己之口对现代主义诗人艾略特、奥登等提出了批评,他们正是读到了现代主义的作品受到影响,创作发生转变的。对现代主义的译介,张松建、李洪华、黄瑛、董洪川等众多研究者已做了大量的研究工作,但仍有遗漏。仅就奥登译介而言,付东华1922年在《晨报副刊》(5月3日-13日)上以连载方式发表的《四十年来之英国诗坛》一文应是目前发现的对奥登最早的介绍,而不是众人所认为的始于1930年代末。此外,朱维基译介的《在战时》等都值得研究者注意。1940年代,现代主义在中国译介的诗人主要有艾略特、奥登、里尔克和马雅可夫斯基,前三人多为研究者注意,马雅可夫斯基则鲜有论者关注。他与其他三人有何不同?为何他的译介热情远超于其余三人,与他的左翼倾向有无关系?其他三人在译介时左翼作家怎样看待?他们的批评对译介活动有无影响?厘清左翼与现代主义在译介中的对立具有重要的意义,这些问题都是本书进行创新时所应回答的。本书在新史料的基础上补充和纠正了以往研究者论述国外现代主义译介时的疏漏和错误之处。把马雅可夫斯基纳入研究范围,打破了论述国外现代主义时仅限于英美法现代主义的局限。

第三,本书在梳理现代主义与左翼在批评领域的对立时,对现有研究者的批评提出了批评,辨析了研究者所造成的左翼与现代主义对立中的一场"误战"。

第四,现代主义与左翼之间的关系是极为复杂的,并非仅仅相互影响的关系,它们之间也存在着对立矛盾的关系。如路易士,在1940年代始终站在诗本位上,嘲讽左翼诗人和诗歌。此外,袁可嘉、穆旦、罗大冈、吴兴华等人都对左翼提倡的理论观念进行过批评质疑。目前,这一点尚不太为研究者所关注,仅有李章斌等少数论者著文论述过。本文选取路易士、穆旦、袁可嘉、冯至为个案,以期使现代主义与左翼的对立关系得以更全面的展现。另外,本书首次提出"对流"这一概念,而不满足于以"影响"来讨论左翼与现代主义的关系。与影响相较,对流更为强调左翼与现代主义之间相互影响后的"双向"的转变,这一点虽有研究者意识到,但并未从整体上将之作为一个普遍现象加以理论归纳。因此,本书既探讨了1940年代现代主义诗人受到左翼影响创作所发生的转变,也探讨了左翼诗人受到现代主义影响创作所发生的转变,力图全面地呈现1940年代现代主义与左翼的关系。

除了以上几点亟待深刻思考和学理性的研究外,辨析九叶诗人与左翼文学的不同关系也是有必要的。九叶诗人往往被看作一个现代主义的诗歌流派,但他们之间有着明显的不同,他们的异处远超于他们的相同之处,这已是不争的事实。郑敏和唐湜都曾指出过,郑敏在访谈中说道:"总的说来,我们的诗路并不一致……我们的诗学和美学的传承等这些诗歌的背景是不一样的,我们的语言风格、艺术旨趣也不一样;我们对诗歌的理解也不一样,我们对社会的关注点也不一样,我们的题材等不一样。"①唐湜也说道:"不过我们九人之间也有一些差别,前四人受西方现代派的熏染较深,抽象的哲理思维与理性的机智火花较多,常有多层次的构思与深层的心理探索;而后五人则是在五四以来新诗的艺术传统中成长的,较多地接受了现实主义精神,较多感性的形象思维,也较多中国风格;可我们也从西方现代派的艺术构思与创作手法上汲取

---

① 南鸥:《哲与诗的幽光——百年新诗纪念专题〈世纪访谈〉》,《中国诗人》,2012年第3期。

了不少营养,大大加深并丰富了自己的现实主义。"①可以说一支偏向左翼,另一支偏向现代主义。因此,在具体分析的时候要区别对待。

三、研究方法与内容

本书对 1940 年代现代主义诗歌与左翼诗歌的关系进行综合研究,为了突破现有的研究,大量搜求原始资料,无论是对现代主义概念的梳理、它们之间对立的变化,还是现代主义在中国的译介及具体的个案分析,都力图以新的史料为支撑。如在谈论 1940 年代诗歌所受现代主义的影响时,研究者往往从广义的角度发掘现代主义的影响,这样,波德莱尔就被纳入现代主义的阵营,从而梳理出英美和德法两个现代主义的谱系。事实上,按现在多数人所认同的袁可嘉所说的狭义的现代主义,波德莱尔并不能被包含其中,且因原始资料难以收集,对艾略特、奥登、里尔克的译介情况的梳理仍存在不少的疏漏。值得提出的是,俄国的未来主义诗人马雅可夫斯基在 1940 年代各地的报刊上,均有大量的译介,其译介热情远远超过艾略特、奥登和里尔克等人。但遗憾的是他一直未真正进入现代主义译介的研究视域,受其影响的鸥外鸥、艾青、田间的诗作也就尤值得研究探讨。马雅可夫斯基作为现代主义转向左翼诗人的典型代表,为国内 1940 年代诗人的创作提供了可资借鉴的蓝本。那么,他在 1940 年代的译介情况到底怎样?中国作家对他的创作吸取了什么?舍弃了什么?同时,他和艾略特、奥登、里尔克一起被译介时,左翼作家是否参与其中?他们对现代主义文学的态度如何?对现代主义的译介又产生了怎样的影响?现代主义作家面对左翼作家的批评,又有怎样的反应?这些问题都将在史料的梳理中得以解答。

本书研究对象的选择也建立在这一基础之上。正如张松建以更大的视野和高度重绘 1940 年代现代主义文学版图一样,本书也尽量将路易士、俞铭传、鸥外鸥等文学史上的"失踪者"纳入研究范围,从而力求在广度的基础上探究 1940 年代现代主义与左翼之间的复杂关联。对他们 1940 年代的作品,力求从史料入手,广泛搜求 1940 年代的诗歌或理论著作选本和中国各地的报志杂志,以大量现今研究者所忽视的诗歌文本和理论文字建构本书的结构。

---

① 唐湜:《九叶在闪光》,《新文学史料》,1989 年第 4 期。

此外，本书之所以选取冯至、九叶诗人，在于他们都是 1940 年代现代主义色彩较为明显的诗人，但在具体论述九叶诗人时，并未将他们作为一个整体，而是在第四、五、六章分而述之，这是由于他们之间确实存在着诸多的不同。这一点为以往的研究者所忽视，他们常将"九叶"作为一个整体，化约出他们共同的特征。杭约赫、陈敬容、唐祈、唐湜、辛笛五人主要围绕在《诗创造》周围，被视为《诗创造》群体，其中杭约赫、陈敬容、唐祈、唐湜四人 1930 年代末 1940 年代初经常参加左翼活动，结识的友人多为左翼人士，受影响最深的也是左翼诗人何其芳、艾青的诗歌。因此他们 1940 年代中期以前创作的诗歌多与左翼诗歌相近，他们近于左翼诗人。他们四人在上海相识后，经常一起切磋诗艺，共同编辑《诗创造》。而辛笛的经历与他们大为不同，他平日忙于银行业务，很少和其余四人一起活动。他在 1930 年代就接触到西方现代主义文学，故而他的创作路径与其余四人恰成相反之势。西南联大四人虽和辛笛相似，都在 1940 年代初期就已接触到现代主义，但他们又与辛笛不同，他们受沈从文、冯至等人的影响较深，在政治立场上多持自由主义立场，因此，他们与左翼就保持了较远的距离。

本书还选取了 1940 年代公认的左翼诗人袁水拍，他在 1940 年代曾引起热议，冯乃超指出《马凡陀的山歌》出现后引起的"意见之多，批评的热烈，是《尝试集》以来所少见的。"①不仅左翼诗人对袁水拍进行了严厉的批评，如洁泯、吉父、阿垅等。② 现代主义诗人也不乏批评，如唐湜、李广田等。③ 唐湜虽然批评袁水拍的山歌"在人物的描写上是完全失败的"，但他发现了袁水拍的山歌与西方现代主义诗歌的关系，"马凡陀的山歌与轻松诗有点相近"。④ 直到 1990 年代他依然指出这一点，"其实，袁水拍原本是现代派的诗人，也熟悉奥登，他的《山歌》风格也应该源自奥登"⑤ 但至今尚无专文讨论袁水拍诗歌

---

① 冯乃超：《战斗诗歌的方向》，《大众文艺丛刊》（香港），第 1 辑（1948 年 3 月 1 日），第 26 页。
② 洁泯：《谈谈马凡陀的山歌》，《文萃》（上海），1946 年第 10 期；《再谈马凡陀的山歌》，《文萃》（上海），1947 年第 14 期；吉父：《马凡陀的山歌》，《泥土》（北平），1947 年第 3 辑；亦门：《马凡陀片论》，《诗与现实》第三册，五十年代出版社 1951 年版。
③ 唐湜：《〈诗四十首〉(书评)》，《文艺复兴》（上海）第 3 卷第 4 期（1947 年 9 月），第 509 页。李广田：《再论〈马凡陀的山歌〉》，《论文学教育》文化工作社 1950 年版，第 102 页。
④ 唐湜：《〈诗四十首〉(书评)》，《文艺复兴》（上海）第 3 卷第 4 期（1947 年 9 月），第 509 页。
⑤ 唐湜：《杜运燮论》，《诗探索》，1998 年第 3 期。

与现代主义的关系,因此,本书将袁水拍纳入,在此基础上详细分析他诗歌中的现代主义特色,还原一个全面丰富的诗人袁水拍。

在具体论述这些个案时,采取宏观把握与个案分析相结合、文本解读与思潮解析相结合,在大量原始资料的基础上,运用比较文学中的影响研究等诸多方法,抓住现代主义与左翼的关系这一中心命题。

概言之,以往对现代主义与左翼的研究过于强调二者之间的相互影响,对他们之间的对立则论述不多,且研究多集中于 1930 年代,对 1940 年代左翼与现代主义的联系的研究较少。本书从以下几个方面思考现代主义与左翼之间对立与对流的关系:

第一章梳理"现代主义"的概念在中国近百年的流变。"现代主义"是一个复杂、难以被明确论述的概念,在中国近百年的历史中,"现代主义"的内涵几经变化。1949 年前,人们多从流派风格来解释"现代主义";1949 年至 1976 年,"现代主义"被视为帝国主义服务于反动阶级的颓废潮流,受到激烈批评;至新时期,"现代主义"逐渐成为一个关涉艺术时期、流派风格、艺术运动和先锋实验精神等多重含义的概念。

第二章从批评视域讨论现代主义与左翼之间的对立。1940 年代中期以前,由于现代主义与左翼作家对诗歌的个人主义感伤抒情和晦涩等方面存在分歧,二者之间展开了激烈的批评与反批评,批评的实质在于他们对诗人、主题题材、西方诗歌的影响、诗艺、时代和读者的要求和理解不同。1940 年代后期,左翼作家对现代主义的批评转为剑拔弩张的政治批判,现代主义诗人虽予以反批评,但批评力度和重心都发生了变化,批评的实质在于七月派的宗派主义和延安左翼的政策改变。审视现代主义与左翼之间对立的批评,存在着一个普遍的"误读",即将七月派诗人批判九叶诗人的两篇文章的来源和内容进行了错误的论述,从而引发了一场现代主义与左翼对立中的"误战"。

第三章从译介视域讨论现代主义诗人奥登、艾略特、里尔克和马雅可夫斯基在中国的译介过程中与左翼的对立。现代主义诗歌的译介与左翼诗人有密切关系,许多左翼诗人进行了译介工作或译文发表于左翼刊物上,在这些译文中,他们在艾略特诗歌的晦涩、传统、宗教和负面影响,奥登诗歌的晦涩、智性、政治宣传和退步,里尔克诗歌的晦涩、颓废和克制,马雅可夫斯基诗歌的未来主义、自杀和革命等方面与现代主义诗人产生了分歧,双方通过译文或亲自撰文对此进行批评与反驳、辩解。

　　第四章从创作视域探讨现代主义与左翼之间的对立关系。路易士自称"积极意义上的'第三种人集团'之一英勇的斗士",反对诗与政治等意识的关联,批评左翼诗歌根本就不算诗,"概属文学以下"。他坚持提倡创作纯诗,反对抒情,以此对抗左翼诗歌。左翼作家也多次批评路易士,指控他为"文化汉奸"。加之1947年末开始的左翼作家对第三条道路即自由主义的批评,路易士对左翼的对立情绪发生了变化,从自负不屑逐渐转变为恐惧绝望。冯至1940年代对左翼诗人强调的个体融入集体,发挥集体的巨大力量持怀疑态度,他认为集体产生的只是冷漠与空虚的幻象,因此他强调个体在大时代中的承担与责任,以此对抗集体的虚空。袁可嘉对左翼诗歌的感伤和工具性进行了批评,他和穆旦都对革命与集体进行了嘲讽与拒绝。

　　第五章讨论由左翼转向现代主义的对流关系。《诗创造》群体四人陈敬容、唐祈、唐湜、杭约赫在1947年前多倾向于左翼,诗中常从政治和阶级的角度对国民党、都市的罪恶进行严厉批判,他们持直线进步时间观,对行动与集体充分肯定。1948年他们与现代主义群体"西南联大"诗人们集合,集中受到现代主义的影响,诗中开始表现人的异化,精神的空虚,艺术上采用悖论、反讽、大跨度比喻等艺术手法。但左翼底色并未消失,一定程度上制约了他们的诗歌对现代主义的探索。袁水拍对国民党的批评最为辛辣,不过,他的诗作也表现出现代主义的特点,这与他的态度诗学有关。他的《后街》描绘了一个"荒原",《摇晃》《悲歌》表现了城市对人的主动异化,《山歌》则常以轻松幽默的笔触鞭挞都市生活中的种种虚伪者和丑恶的人与事,悖论、隐喻手法的运用也常能制造出喜剧效果。

　　第六章探讨由现代主义转向左翼的对流关系。鸥外鸥、辛笛、俞铭传创作初始都属于现代主义诗人,后来纷纷受到左翼影响。这种双重特点使鸥外鸥的诗歌在左翼内部引起了纷争,鸥外鸥1940年代的诗歌以反抒情的笔调抒发了对传统制度的反叛和现代文明的不舍,在都市诗中,他对殖民地香港和桂林的资产阶级和国民党当局的腐败一一予以揭露。他的诗歌也有部分因受未来主义影响,过于注重形式,诗艺受到损害。俞铭传1940年代在诗中对个体存在进行反思,经常运用科技意象、隐喻与反讽,同时他又肯定了行动与集体的力量,对资本文明、资产阶级进行了批判。辛笛1930年代末1940年代初的诗中充满了对时间的焦虑与反思,他在诗中运用了意识流手法,后来他在身份认同困境和工业救国理念的影响下,肯定并强调了集体与行动的力量。

通过以上论述,本书希望能够解决以下几个问题:现代主义与左翼的对立与对流是如何发生的?在1940年代有何变化?它们之间的对立表现在哪些方面?对流在1940年代的诗歌创作中又是如何体现的?

第一章
"现代主义"概念在中国的流变

本章梳理"现代主义"的概念在中国的流变①。"现代主义"是一个必须谨慎使用的术语,至今仍没有完全明确的论述。不仅没有统一的时间限定,在各国的不同表现也难以对其特征进行整体性的归纳概括。在中国近百年的历史中,对"现代主义"的讲述几经变化。1949年前,人们多从流派风格来解释"现代主义";1949年至1976年,"现代主义"被视为帝国主义服务于反动阶级的颓废潮流,受到激烈批评;而至新时期,"现代主义"毁誉参半,大量论者开始从整体上对其进行概述,它逐渐成为一个关涉艺术时期、流派风格、艺术运动和先锋实验精神的多重含义的概念。

第一节 一个流派风格的概念

"现代主义"这一术语在各国均早已出现,最早从文学角度以褒义提出"现代主义"这个名称的是拉丁美洲的胡斯托·西埃拉。美国1927年出现了劳拉·赖丁和罗伯特·格雷夫斯的《现代主义诗歌概观》,但文中倾向于使用"现代的"(modern)而不用"现代主义的"(modernist)。那么,"现代主义"在1949年前的中国是怎样被解释的?它何时出现?它为何在1949年后销声匿迹,及至再出现时仍然被议论纷纷?换言之,它在三四十年代遭遇了什么?

---

① 西方对"现代主义"这一概念的种种解释,因已有论者论述(参见张松建:《现代诗的再出发》,北京大学出版社2009年版),故本节将重心放在近百年中国是如何讲述"现代主义"的。

中国关于"现代主义"这个术语,在1920年代末就已出现。1928年哲生的《欧洲剧场中的现代主义》多次出现"现代主义",但文中"现代主义"更多指向"世界主义"。之后,1929年《清华周刊》第32卷第2、3期发表了一篇署名O Nine的英文文章《CHARACTERISTICS OF MODERNISM》,文章分析了现代主义者的几个特征:缺少神秘和热情、自我主义自私自利、功利态度、无耻卑鄙、新救星机器和幻灭,但未谈及文学。1933年张资平抄译日本大学教授西胁顺三郎的文章,题为《英国文学Georgianism乔治主义及Modernism现代主义》,文中称"现代主义""属于法国文艺系统的文学……与反理智主义反合理的文明之世界观相对峙。一般称这个倾向为'现代主义'(Modernism)。例如Lewis,Eliot,Joyce,Huxley等。这些作家遂造成了今日的所谓理智主义文学系统。总而言之,前者之国粹派,Georgianism,与后者指Inetllectualism或艺术派,在今日形成了英国文学之左右两派。"①这里显然是从流派风格来解释"现代主义"这一概念的。1934年邵洵美的《现代美国诗坛概观》将美国现代诗歌分为"乡村诗"、"城市诗"、"抒情诗"、"意象派诗"、"现代主义的诗"和"世界主义的诗"等六种。他指出现代主义诗派的首领是肯敏斯(E. E. Cummings),宣传者是格雷夫斯和赖衣廷,他们主张"充分表现'字'的个性与它的功用……他们要使读者可以从一首诗的排式上与读音上直接得到一种确定的意义。"邵洵美对此有所怀疑,认为这样会"失掉了许多诗的要素,而以为他们不过是在作文字上的游戏。"他还指出斯坦因(Gertrude Stein)的作品与现代主义的诗相近,"它利用动词的时态,几乎用算学方法来排列,使我们得到一种对音乐的原始的感觉。她也是要屏除字眼的历史性的。"②对"现代主义"的代表诗人艾略特,邵洵美将他归入了世界主义。何东辉笔下的"现代主义"指的仅是英美的诗歌,他以"新象征主义"来统称法英美诸国的诗歌:

  象征主义成长于十九世纪的最后二十年,在法国赓续这象征主义的在今世纪就是新象征主义(Neo-Sym bolisme),在英美则为现代主义

---

① 张资平:《英国文学Georgianism乔治主义及Modernism现代主义》,《朔望半月刊》(上海)第5期(1933年7月1日),第17页。
② 邵洵美:《现代美国诗坛概观》,《现代》(上海),第5卷第6期(1934年10月1日),第51页,第52页。

(Modernism),其余又有新古典主义(Neo-Classism),心理错综主义(Psychologisme)基督教主义(Catholicism)等在本质上也都和新象征主义同一的趋向,而可综合于一个系统内。这儿就用新象征主义一词标题这一系统。①

这是从极为狭义的角度对"现代主义"的阐释,不过,作者却并未将艾略特归为"现代主义",而是纳入了"新古典主义",他在注释中称 Neo-Classism"乃是指 T. S. 爱里奥等一流热心复古的人"。值得注意的是,作者已经注意到了现代主义内涵的模糊不清:"现代主义是什么?如象征主义般即他们自己也讲不清楚"②。这是难能可贵的。1936 年,孙成的《现代主义绘书》探讨了现代主义艺术,文中的现代主义艺术是"包括一切确用了'内在的冲动'而创造的艺术,它也正像一切伟大的艺术一样需要着熟练的技巧和高尚的精神的;但是却反对任何规律和'公式',也反对奴隶式的,死的大自然之抄写与摹拟。"作者依次详细介绍了印象主义、立体主义、未来主义、表现主义等。但文中的"现代主义"主要指向的是现代主义精神,因此,作者才会在一开始就宣称"当我们穴居野处的祖先籍着兽油燃烧的光焰在石壁上刻画出他所猎获的第一只麋鹿或是雄牛的形象时,'现代主义'Modernism 就已存在着了",且中世纪又"重复占据了艺术之宝座"。③

至四十年代,"现代主义"多次出现。1945 年 4 月一位署名薇的作者发表《现代主义文学》一文,也是从流派的角度解释"现代主义":

> 现代主义(Modernism)是三十年代以后在文学思潮上的一个新起的流派,在这一派的作品中,充满着明快的感觉,在心理学上则是主知的文学。在艺术上,追求着美的音色和新的感觉,以新的题材去磨炼出新的技巧。其代表的作家美国有保罗·抗穆(当为"穆杭"——笔者注),英国有詹姆士·朱斯等人。
>
> 这些现代主义的作家们,他的作品不是欧美传统文学的延长,而倒是

---

① 何东辉:《现代欧美文学概观》,《清华周刊》(北平),1934 年第 42 卷第 9 期,第 11 页。
② 何东辉:《现代欧美文学概观》,《清华周刊》(北平),1934 年第 42 卷第 9 期,第 17 页。
③ 孙成:《现代主义绘书》,《天地人》(北平),1936 年第 6 期,第 1 页。

欧美新文学的创造,他们的着眼点,在乎新文学底基本性格的接受与研究。现代主义文学和绘画,机械,数学及哲学等方法互相交流。倘如按照休姆(T. E. Hulme)的分类来说,那么现代主义文学不仅是人类的艺术,而且含有着"几何学"的艺术的性格,兼在领导着一切的科学。

现代主义文学的风行,为的是它在艺术的创造上有着强烈的主知的特质,新形式的创造刺激着一般读者,为了世界上的物质文明的飞进,他们都在为它而歌唱着明白的美丽的花果。①

文中的"现代主义"有时间范围,有代表作家,也有流派整体的风格特征。俞亢泳的《法国诗坛的现代主义诸流派》一文也提到了现代主义,文章依次介绍了法国诗坛的现代主义,即立体,达达,超现实三派。显然,这里的"现代主义"也是流派的代名词②。1948年,袁可嘉翻译了英国诗人史本德的《释现代诗中底现代性》,其中提到了"现代主义":

现在我离开私人的经验,我发现诗中有类似的现代主义的发展。首先是击破诗的正常形式的自由诗体。接着是新形式,新模式,新韵法的创造。一个诗的革命总是跟着一个社会的革命。旧形式破坏了,因为大家感觉——除了它已陈旧不堪以外——它已不能适应当代生活的新材料。然后有人出来努力想建立新形式的制度,它是更适合现代的情况的。亚拉贡辩护用韵的论文就是在诗革命后建立新系统的典型的企图。③

在史本德看来,"现代主义"可从两方面来加以定义和识别,一是格律形式的变革,二是题材和主题尤其是"感性"上的现代化。无疑,"现代主义"在这里也是以风格为标准的。唐湜在1948年发表的《诗的新生代》也提到了"现代主义":

---

① 薇:《现代主义文学》,《文帖》(上海),第1卷第1期(1945年4月1日),第30页。
② 俞亢泳:《法国诗坛的现代主义诸流派》,《读书杂志》(上海),1945年第1卷第1期,第18—20页。
③ 史班特:《释现代诗中底现代性》,袁可嘉译,《文学杂志》(上海)3卷第6期(1948年11月),第29页。

一个浪峰该是由穆旦、杜运燮们的辛勤工作组成的,一群自觉的现代主义者,T·S·艾略脱与奥登,史班德们该是他们的私淑者……

另一个浪峰该是由绿原他们的果敢的进击组成的,不自觉地走向了诗的现代化的道路,由生活到诗,一种自然的升华,他们私淑着鲁迅先生的尼采主义的精神风格,崇高、勇敢、孤傲,在生活里自觉地走向了战斗。气质很狂放,有吉诃德先生的勇敢与自信,要一把抓起自己掷进这个世界,突击到生活的深处去,不过他们却也凸出地表现了孤特的个性,也有点夸大,也一样用身体的感官与生活的"肉感"(Sensuality,依卞之琳的译法)思想一切。①

唐湜称穆旦、杜运燮等为现代主义者,无疑是因为他们受到了艾略特、奥登、史本德们的影响,可见,唐湜的现代主义针对的是西方英美诗人。不过,这篇文章可谓是首次以现代主义指称中国诗人。

1940年代对"现代主义"最为详细的介绍是适夷翻译藏原惟人的《现代主义及其克服》②,文章明确指出"现代主义"这个名词,现在可以作种种的解释。他区分了现代主义与现代精神,划定了现代主义起始的时间,认为"现代精神"并不等于"现代主义",因此"现代主义"并不始于有"现代精神"的文艺复兴以来的文学,而是起始于资本主义社会末期,它最早发生于19世纪70年代以法国为中心的欧洲。于是,藏原惟人笔下的"现代主义"就包含了波德莱尔在内的象征主义、印象主义、新浪漫主义、野兽主义、立体主义、未来主义、表现主义、超现实主义和存在主义等,既包括文学,也包括绘画、音乐等,"现代主义"在这里实际上是非常广义的一个概念。藏原惟人还试图归纳"现代主义"的特征,但他发现"现代主义""种种主义之间各有不同的特征,并不完全一样,有时也表示为完全相反的主义。"这就道出了现代主义难以整体化归纳的困难。

但总体上来说,藏原惟人的这篇文章并非客观公正地介绍,而是从政治立场对"现代主义"进行了严厉的批评:"现代主义是现代资本主义末期,特别是

---

① 唐湜:《诗的新生代》,《诗创造》(上海)第8辑(1948年2月),第20页,第21页。
② 藏原惟人:《现代主义及其克服》,适夷译,《大众文艺丛刊》(香港),1948年第3期,第53—65页。后收荃麟等著:《论主观问题》(生活书店1948年版)和荃麟等著:《大众文艺丛刊批评论文选集》(大众文艺丛刊社编辑,新中国书局1949年版)。

在其帝国主义的时代出现于资产阶级文化中的一种颓废的潮流……是服务于反动的资产阶级的。"文章发表在《大众文艺丛刊》上,可谓代表了当时主流力量的态度。从此,"现代主义"在中国的命运就坎坷起来。

此外,汪漫铎的《世界文坛及其他》及一些工具书对"现代主义"这一概念也有所解释,如戴叔清的《文学术语词典》、梁耀南的《新主义辞典》、孙志曾的《新主义辞典》和王隐编译福田丰穗的《文艺小辞典》等①。这些辞典的解释大同小异,都指出"现代主义"指的是现代的人类须育于现代所有的文化影响之下的学说。其中,较为详细的解释是梁耀南的《新主义辞典》,他指出"现代主义"又名"近代主义",必须和现代文化相合调,否则便成为古旧的废物②。另外,胡明的《新哲学社会学解释辞典》、彭彼得译敖布瑞(E. E. Aubrey)的《现代神学思潮》都将"现代主义"视为一种神学思潮③。不过,这毕竟是少数,多数论者仍是从流派风格这一角度阐释"现代主义"的。

第二节 一个被批判的概念

从1949年至1970年代末近三十年的时间内,"现代主义"这一术语几乎很少正面出现,它更多地被视为一种反动潮流被批判。《现代主义是反动的资产阶级史学方法论》《现代主义新流派》《雕刻中的印象主义和现代主义》和《"苏维埃文化报"号召同音乐中的现代主义作斗争》《资产阶级的〈创作自由〉》④等几篇文章中虽然出现了"现代主义"这一术语,但都不是文学角度的论述。仅《反对哲学科学文艺中的世界主义》《现实主义与二十世纪初俄国文学中的现代主义诸流派》《混乱与孤独——文学中的现代主义》《拉丁美洲文

---

① 戴叔清:《文学术语词典》,上海文艺书局1931年版,第98页;梁耀南:《新主义辞典》,阳春书局1932年版,第239页;孙志曾:《新主义辞典》,光华书局1933年版,第161页;福田丰穗:《文艺小辞典》,王隐编译,中华书局1940年版,第93页。
② 梁耀南:《新主义辞典》,阳春书局1932年版,第239页。
③ 胡明:《新哲学社会学解释辞典》,上海光华出版社1949年版,第49页。敖布瑞(E. E. Aubrey):《现代神学思潮》,彭彼得译,青年协会书局1941年版。
④ 阿·莎夫:《现代主义是反动的资产阶级史学方法论》,自信译,《学习译丛》,1956年第2期;池北偶、朱根华:《现代主义新流派》,《世界知识》,1961年第21期;佐托夫:《雕刻中的印象主义和现代主义》,杨廉坤译,《美术理论资料》,1957年第3期;《"苏维埃文化报"号召同音乐中的现代主义作斗争》,《新华社新闻稿》,1957年第2600期;陈予群:《资产阶级的〈创作自由〉》,《人民音乐》,1959年第8期。

学》等少量文章或著作对现代主义文学有所涉及。综观这些批判文章,对"现代主义"批判最多的是它的颓废晦涩的反动内容和艺术、反现实主义等。

拉乌度的《反对哲学科学文艺中的世界主义》虽没有明确批判"现代主义",但他借对芬克尔斯坦因对"现代主义"论述的不当间接批判了"现代主义"。他认为芬克尔斯坦因没有表明"'现代主义派'的'革新',不过是垂死资本主义的行将熄灭的微光而已。"芬克尔斯坦因在书中颂扬资本主义世界,故指出"现代主义"具有"人道的内容"和"刺激新的民族文化的任务"这样双重性格①。对这些论述,作者显然是并不认可的,他认为现代主义派的革新就是垂死资本主义行将熄灭的微光,而芬克尔斯坦因肯定"现代主义"的双重性格则"无异在理论—意识形态阵线上,逃避了阶级斗争的现实"②。彼尔卓夫的《现实主义与二十世纪初俄国文学中的现代主义诸流派》将"现代主义"置于"现实主义"的对立面,视其为"敌人的存在",指出它们之间的对立是不可调和的、尖锐的,因而"要使新的艺术创作循着现实主义的道路前进,就必须对现代主义流派的各种残余进行猛烈地反击,尤其是因为还活着的、不肯改变立场的这些流派的代表人物依然参与着文学生活,远没有失去文坛上的威望。"③彼尔卓夫从政治的角度对"现代主义"进行了否定,指出"从事现阶段西方现代主义的作家和艺术家们的政治态度是充满矛盾的",但同时,他肯定了对"现代主义"斗争的意义,那就是扩大现实主义的可能性和"改造来自现代派艺术家的个人在审美上探索的经验联系在一起"④。这种唯"现实主义"独尊的观念显然带有左翼色彩。

在时代的政治高压下,袁可嘉也多次撰文批评了"现代主义"。在《托·史·艾略特——美英帝国主义的御用文阀》中,他指出艾略特是"第一次世界大战以来美英两国资产阶级反动颓废文学界一个极为嚣张跋扈的垄断集团的

---

① I·拉乌度等著:《反对哲学科学文艺中的世界主义》,杜若译,上海世界知识出版社1950年版,第76页,81页。

② I·拉乌度等著:《反对哲学科学文艺中的世界主义》,杜若译,上海世界知识出版社1950年版,第81页。

③ 彼尔卓夫:《现实主义与二十世纪初俄国文学中的现代主义诸流派》,干戈译,引自《世界文学中的现实主义问题》,中国科学院文学研究所苏联文学组编,人民文学出版社1958年版,第213—214页。

④ 彼尔卓夫:《现实主义与二十世纪初俄国文学中的现代主义诸流派》,干戈译,引自《世界文学中的现实主义问题》,中国科学院文学研究所苏联文学组编,人民文学出版社1958年版,第214页,第235页。

头目,一个死心塌地为美英资本帝国主义尽忠尽孝的御用文阀。从20世纪20年代起,他在美国法西斯文人庞德,英国资产阶级理论批评家瑞恰慈等人的密切配合下,在美英资产阶级理论批评界和诗歌创作界建立了一个'现代主义'的魔窟。40年来,他们盘踞着美英资产阶级文坛,一直散布着极其恶劣的政治影响、思想影响和文学影响"。袁可嘉从文化思想、文学理论、批评实践和创作实践四个方面"彻底揭露艾略特的反动的政治面目",认为"今天批判他比过去国际进步文艺界对他的批判就有更为重要的现实意义"。①《"新批评派"述评》批评了新批评派与现代主义颓废文学是一胞双胎,重点批评了艾略特,指出他以崇尚传统为基本内容的"历史感"是反历史主义的,他所投靠的传统无论在政治、文化、文学三方面都恰好是反动、颓废的传统,艾略特从思想倾向和创作方法两方面对积极浪漫主义者的进步观点进行了批判,从而为现代主义打江山。②《略论美英"现代派"诗歌》批评"现代主义"并不是什么反映现实的明镜,而只是歪曲生活的哈哈镜,是一阵吹刮反动思想和颓废艺术的歪风,它依靠象征和联想,运用隐晦曲折的手法,传播反进步、反理性的内容,即虚无主义、神秘主义、本能主义和法西斯主义。③

关·盖尔席柯雄奇的《列宁主义美学思想的生命力》批评敌对的资产阶级理论家和形形色色的修正主义者利用培植资产阶级现代主义的毒草分裂苏联艺术,诋毁苏联艺术。指出用现代主义艺术形式体现社会主义思想的企图是毫无根据的,现代主义文学只是平凡无力的、虚构的、歪曲审美感的作品,具有令人窒息的单调性和真正的原始主义,给人留下的只是令人嫌恶的印象。因此要想成为世界的伟大诗人,就必须丢掉"现代主义派别的'儿童的短裤'"。④柳辉译英国批评家克雷格的《混乱与孤独——文学中的现代主义》一文对英美现代主义文学的产生、发展、没落、社会根源、创作特点和贡献等诸多方面进行了论述,涉及诗歌、小说、戏剧等多种文学体裁。他指出现代主义文学的特点有晦涩、隔绝、逃避腥秽,具有既厌恶现代生活又企图在一切落后进步与使人

---

① 袁可嘉:《托·史·艾略特——美英帝国主义的御用文阀》,《文学评论》,1960年第6期。
② 袁可嘉:《"新批评派"述评》,《文学评论》1962年第2期。
③ 袁可嘉:《略论美英"现代派"诗歌》,《文学评论》,1963年第3期。正文中虽未出现"现代主义"这一概念,但袁可嘉对"现代派"注释如下:又称"先锋派"或"现代主义",是西方现代颓废文学和形式主义艺术的总称。
④ 关·盖尔席柯雄奇:《列宁主义美学思想的生命力(下)》,李时译,《文史哲》,1958年第9期。

头晕目眩的变化的混合中创造全面的意象的两面性,作用在于把西方创作从狭窄的旧传统中解放出来,阻止实利主义的不耐烦倾向。①

王央乐的《拉丁美洲文学》一书第六章专章论述"现代主义诗歌",作者是从流派风格的角度来界定现代主义的:"在文学中,出现了一个新的风格,形成一个新的流派,就是:现代主义"。从这一角度,作者论述了拉丁美洲现代主义诗歌产生的背景、时间、发展和衰落,其间重点分析了代表诗人及其诗作特点。受时代与现实的影响,书中不乏对现代主义的批评,如"它是病态的,消极的,有害的,而且产生了很深的不良影响,甚至在后来的现实主义的诗歌中,还可以看到残留的痕迹"。②

从上面的论述我们可以看到,无论是国内著名学者、作家所作的文章,还是译介的国外论者的文章,都对"现代主义"进行了真心的或违心的严厉批评,他们视"现代主义"为一个思想艺术皆反动的派别,为"现实主义"的反对面。

与大陆这一时期对"现代主义"一味公开批判不同,港台地区的现代主义文学蓬勃发展,涌现出大量的阐释文章。港台地区对"现代主义"的批评主要产生于文学论争中,覃子豪、邱言曦、唐文标、赵知悌、陈映真等一大批人参与到了论争批评之中,批评的内容集中表现在虚无主义、逃避现实、晦涩、西化、封建主义等。如《对现代主义的考察——幔幕掩饰不了污垢》《现代主义底再开发》等。

尉天骢的《对现代主义的考察——幔幕掩饰不了污垢》③对"现代主义"进行了批判,认为它是病态的,"澈头澈尾(应为彻头彻尾——笔者注)是从西方商业社会挫败中发生出来的"。作者从历史的、社会的和伦理的三个方面,详细地对现代主义的病态进行了剖析。但作者并未止于此,他又结合中国的现实,指出现代主义这个"先天不健康的舶来品"对于我们这个社会来说,"它的不健康还不止于此",那就是在租界和买办文人作用下,资本主义的享乐伪善颓废文化随帝国主义商业潮流进入中国,使得残余的封建文化复辟起来。陈

---

① 克雷格:《混乱与孤独——文学中的现代主义》,柳辉译,《现代文艺理论译丛》,1964 年第 2 期,第 163—186 页。
② 王央乐:《拉丁美洲文学》,作家出版社 1963 年版,第 118—153 页。
③ 尉天骢:《对现代主义的考察——幔幕掩饰不了污垢》,引自赵知悌:《文学,休走:现代文学的考察》,远行出版社 1976 年版,第 1—24 页。

映真的《现代主义底再开发》①则纠正了以往长期对"现代主义"的批评态度，认为它"临到再度予以开拓的时候"。它的产生是现代社会的自然事件，具有满足艺术需要和知性需要的能力，内容和形式契合。但整体上来看作者主要侧重了对"现代主义"的批评，他分析了以往批评现代主义的理由，一是在性格的根本上缺乏一个健康的伦理能力，二是现代主义文艺比起文艺历史上任何时期，都是一种意识的创作，三是形式主义。并针对台湾地区的现代主义提出了批评，一是在性格上是亚流的，二是思考上和知性上的贫弱症。最后作者指出现代主义再开发应基于两个磐石之上：回归到现实上、知性与思考的建立。这两篇文章被赵知悌收在《文学，休走：现代文学的考察》一书中，书中还收录了唐文标的几篇爆炸式的批评文章。赵知悌也是现代主义的批判者，他在序言中批评现代主义诗歌内容上"意识混乱，思想不清"，语言上"晦涩怪诞。朦胧得很，搞诗坛上的方言趣味，开五四文学革命语言工具大众化的倒车"，"固守了许多封建时代的价值观和士大夫意识"，因此，"错乱了我们对生命的认识，也削弱了社会进步的力量"。② 当然，这些批评只是港台有关"现代主义"文学论争中的冰山一角，但由此我们可看到他们批评的重心所在。

1949 至 1976 年间对西方"现代主义"文学的批评更多是以"现代派"代替，如茅盾的《夜读偶记》等，且多与藏原惟人的观点一致，无论在研究还是翻译等领域，现代主义文学都被视为没落、腐朽、来自敌对阵营的垃圾而受到批判。

第三节 一个复杂的概念：时期、风格、运动和精神

"现代主义"这一术语在国内重新大量出现是在 20 世纪 80 年代。自 80 年代以来短短的二三十年间，围绕着"现代主义"发生了三次大的争论，其中，如何评价"现代主义"、中国有无"现代主义"成为争论的焦点问题。关于中国有无"现代主义"与"现代主义"概念的难以界定密切相关，故待稍后论述，这里先简单介绍一下 80 年代以来发生的关于"现代主义"文学评价的论争。

---

① 陈映真：《现代主义底再开发》，引自赵知悌：《文学，休走：现代文学的考察》，远行出版社 1976 年版，第 25—32 页。
② 赵知悌：《文学，休走：现代文学的考察》，远行出版社 1976 年版，第 1—2 页。

80年代以来，对"现代主义"的评价可谓褒贬不一，肯定的一方认为西方"现代主义"文学并非青面獠牙的怪物，应对其艺术上的合理性进行研究和分析，代表者有徐迟、冯骥才、李陀、袁可嘉等。否定的一方则认为西方"现代主义"尽管在某些方面丰富了文学的表现手法，但其思想体系属于资产阶级意识形态范畴，它和马克思主义在世界观、艺术观上有本质区别，不可混为一谈，"现代主义"的方向并不符合中国文艺发展的实际情况，代表者有理迪、李准、钱中文等。对"现代主义"的评价论争影响了人们对"现代主义"这一概念的认识，不少论者"为了降低现代主义在政治上的争议性，采用内容与形式二分法，在否定虚无、颓废思想的同时，又向诸多现代技巧敞开大门，是一种常见的论述策略。由此，自我表现、'向内转'、感觉印象化、意识流、象征、语言跳跃等一系列美学方案，都从错综复杂的写作中被抽象出来，泛化成现代主义普遍的标签……现代主义在很大程度上也被美学化了，抽象成了一种价值符号，成为文学自主性的最高代表。"①可以说，在对"现代主义"评价论争的影响下，"现代主义"的美学现代性得以突出，它与现实主义、浪漫主义的关系也得到深入的研究。

与此同时，西方对"现代主义"解释和评述的文章开始被大量翻译过来，他们开始从总体上对"现代主义"进行评述，但大多都认为"现代主义"的概念非常不确定，如穆卡洛夫斯基、斯皮尔斯、欧文·豪、乌纳穆诺、布雷德伯里、麦克法兰等都表述了这一观念②。

中国研究者也认为"现代主义"难以界定，他们大多都发现，现代主义所包含的流派众多，彼此内涵并不相同，因此难以对其特征进行整体归纳。裘小龙在《现代主义的缪斯》中说："我不想为现代主义作出什么定义，这恐怕不是这本书所能做到的，做到了也不一定有太大的意义。""现代主义诗歌是个太大的题目"，"现代主义诗歌只是一个笼统的名词"，在现代主义诸流派中，"会看到种种理论和实践常是矛盾、对立、互不兼容的"。③ 钱中文指出"'现代主义'和'现代派'一样，用以称呼当今西方不断更迭的文艺流派、思潮、作品，其实都是

---

① 姜涛：《"中国式"的现代主义诗歌：该如何讲述自己的身世》，《新诗评论》，2006年第1辑。
② 张松建：《现代诗的再出发——中国四十年代现代主义诗潮新探》，北京大学出版社2009年版，第17—18页。
③ 裘小龙：《编者与作者的对话》《现代主义的缪斯》，上海文艺出版社1989年版，第3—6页。

不确切的……我们只能约定俗成地使用'现代主义'这个概念,即在现代主义作家、理论家使用的范围内来使用它,把现代主义看成是一种有着特定的创作原则、文学作品的思潮。"①龚翰熊在《现代西方文学思潮》中对"现代主义"作了狭义和广义的界定,但他同时指出"这是对现代主义的最简单的解释。这种解释当然远远不是一个全面、准确的定义""现代主义文学思潮的情况太复杂,它有某些统一的共性,但从另一方面看,它却又是内部往往很不一致、互相矛盾,甚至公开对立的各种形形色色的流派的汇集。我们很难找到一个人们普遍同意的、全面、准确的定义去描述它;如果要勉强这样做,结果很可能是顾此失彼,留下若干破绽和矛盾。"②丁子春在《欧美现代主义文艺思潮新论》中也指出"就艺术的本质论而言,欧美的现代主义思潮(The Ideas of Modernism)是一种多元化的开放性的艺术体系。其开放性、复杂性和实验性,决定了现代主义文艺思潮界定的交叉性和模糊性。从宏观上说,现代主义是本世纪在欧美文坛广为流传的一种文艺思潮,它是当代西方世界社会矛盾和人们精神状态在文艺领域的反映。"③朱寿桐的《中国现代主义文学史》认为"现代主义"较之现实主义和浪漫主义等传统的概念,"显露出更多的不确定性"④。曾庆元有感于界定的困难,而放弃了对之进行明确界定。"它是西方(主要是欧洲)在近现代兴起的一股文艺思潮,其影响遍及世界各地。由于流派纷呈、内容庞杂,其界定众说纷纭,迄今尚无定论。要给这个流派迭起、内容庞杂、形式怪诞,处在迅速流变的文艺运动勾勒一个准确的轮廓是多么困难。我们也不打算作这件力不能及的工作。"⑤袁可嘉在《欧美现代派文学概论》中指出:"想用一两句话来概括现代主义文学,是做不到的,而且往往有害无益,因为它极其复杂丰富,断然拒绝进入定义的牢笼。"⑥罗明洲也认为"现代主义"这一术语缺乏确切性,而具有较大的包容性:它既可以是一个时间概念,突出了时段性;

---

① 钱中文:《现实主义和现代主义的几个理论问题》,《现实主义和现代主义》,人民文学出版社1987年版,第2—3页。
② 龚翰熊:《现代西方文学思潮》,四川大学出版社1987年版,第2—3页。
③ 丁子春:《欧美现代主义文艺思潮新论》,杭州大学出版社1992年版,第2页。
④ 朱寿桐:《中国现代主义文学史(上)》,江苏教育出版社1998年版,第7页。
⑤ 曾庆元:《西方现代主义文艺思潮述评》,武汉大学出版社1993年版,第7页。
⑥ 袁可嘉:《欧美现代派文学概论》,上海文艺出版社1993年版,第3页。

也可以是一个质量概念,突出了这些文学流派的新颖的、与传统文学不同的特质。①

"现代主义"这一概念之所以如此难以确定,主要是由于流派众多,无论是时间起讫,还是风格的整体归纳,都难以统一。裘小龙在《现代主义的缪斯》中指出,对于现代主义诗歌开始的时间,人们一直众说纷纭。有人划在1900年,有人划在第一次世界大战,有人溯到19世纪末的法国象征主义诗,也有人推到1910年左右的意象主义诗。至于什么时候结束,更是各执一词,三十、四十、五十、六十甚至七十年代的都有人在。一般认为,1910年到1930年是现代主义诗歌的最盛时期,也有人把这个时期的现代主义诗人称为正统的现代主义诗人。②朱寿桐在《中国现代主义文学史》指出由于在一般意义上对"现代"一词所具有的时间指陈理解不一,人们对"现代主义"所能够概括的文学现象的时间范围尚有争议。因此,他建议"减弱这个概念的时间性因素,以便强调其在社会文化意义上的特定内涵"。③ 龚翰熊在《现代西方文学思潮》中也指出了这一点,"后来被称为现代主义的这种文学运动始于何时呢?关于这个问题,到现在为止,还没有一个人们一致同意的看法。"④他将现代主义运动的上限定为1880年左右,因为他认为虽然从创作方法来看,《恶之花》可以说已经是象征主义,但在当时,这还是比较个别的现象,并没有形成运动;对下限则未作明确划分,他认为现代主义并非是已经完全过去了的历史的陈迹,它是迄今尚未完结的文学艺术运动,因此这里的现代主义实际是一个包括了后现代主义的一个极其广泛的概念。廖星桥在《外国现代派文学导论》一书中,以波德莱尔的《恶之花》问世的1857年作为西方现代主义文学的正式开始,他认为《恶之花》是第一部典型的象征主义作品,是后来一百多年出现的各种现代主义文学流派和著作的总根源,具有现代主义文学的基本特征,且他与魏尔伦、兰波等组成前期象征主义流派。他未确定下限时间,因为他认为现代主义是否会出现第四个高潮仍未可知。⑤ 丁子春在《欧美现代主义文艺思潮新论》书

---

① 罗明洲:《现代主义与后现代主义》,中国国际广播出版社2005年版,第3页。
② 裘小龙:《现代主义的缪斯》,上海文艺出版社1989年版,第2—3页。
③ 朱寿桐:《中国现代主义文学史(上)》,江苏教育出版社1998年版,第9页。
④ 龚翰熊:《现代西方文学思潮》,四川大学出版社1987年版,第4页。
⑤ 廖星桥:《外国现代派文学导论》,北京出版社1988年版,第4—5页。

中和罗明洲在《现代主义与后现代主义》书中对此持相同意见。可以说,他们都将后现代主义包含在了现代主义文学之中,这种现象持续了相当长一个时期,"现代主义"实际上成了一个"广义的现代主义"。

直到90年代以来,论者在使用"现代主义"、"后现代主义"概念时才有意识地区分了其含义的不同。袁可嘉在《欧美现代派文学概论》中指出历史上把现代派的上限定在1870年、1880年或1890年,都是以法国象征主义作为现代主义的肇始,都是说得通的。但他更为倾向于把1890年作为现代主义文学的开始,因为他认为"就现代主义的文化渊源说,19世纪90年代又是尼采、弗洛伊德、柏格森等非理性主义思潮开始产生广泛影响之际;在科技领域,90年代又是物理学新理论和电气化开始应用的时期。"且后象征主义与前期象征主义相比,表现出"更强的危机意识和知性因素,更有现代感。"他将下限划在1950年左右,因为"把40、50年代的存在主义文学作为现代主义向后现代主义的转折期,那么把现代主义文学的下限划在40年代末或50年代初,或者干脆划在1950年,应当说是可行的,那时现代主义文学已衰退,战后的新流派正兴起。"[①]袁可嘉论述的"现代主义"是从狭义意义上来说的,不少论者都赞成这一划分,如刘象愚等。

总之,"现代主义"这一概念至今尚未取得完全一致的解释,而是一个关涉艺术时期、流派风格、艺术运动和先锋实验精神的多重含义的概念。目前国内比较倾向于认同的是袁可嘉的解释:现代主义是从1890—1950年间一系列以反传统相标榜的艺术流派,它包括象征主义、立体主义、未来主义、表现主义、达达主义和超现实主义。这是广义的现代主义,狭义的则以后期象征主义为起点。[②] 本书也以袁可嘉的这一解释为依据,在狭义的概念上使用这一术语,即以后期象征主义为起点。

必须指出的是,作为一种思潮运动,"现代主义"在各国的发展情况并不相同,比如中国,因经济政治等各种因素,与西方并不相同,因此现代主义文学的表现也与西方现代主义并不完全相同。于是,论者之间就产生了中国有无"现

---

① 袁可嘉:《欧美现代派文学概论》,上海文艺出版社1993年版,第6页、第7页。
② 袁可嘉:《欧美现代派文学概论》,上海文艺出版社1993年版;《欧美现代三大诗潮》,《诗刊》1991年第11期等。

代主义"的论争。袁可嘉、王佐良、孙玉石、徐敬亚等都肯定中国有现代主义①,季红真、叶维廉、鲍昌等则否定中国有现代主义。②

在肯定的一方,对"现代主义"的梳理也产生了分歧,孙玉石从20世纪20年代开始梳理,认为从20年代现代主义诗歌就已产生,经30年代的进一步探索,至40年代完成拓展。③ 郑敏、王佐良、唐湜等1940年代诗人认为1940年代是"中国式现代主义"真正的成熟期,穆旦、杜运燮等九叶诗人是"中国式现代主义诗歌"的典范,而30年代则不可能产生真正的现代主义诗歌。④ 张同道也在《探险的风旗》中指出中国现代主义诗歌有广义与狭义之分:"中国现代主义诗应当从1917年算起,而狭义的或严格意义上的现代主义诗则从40年代开始。"⑤徐敬亚则否定1949年前现代主义的出现,认为"当时的中国并不具备全面产生现代主义文学艺术的应然性",只有朦胧诗才开启了现代主义诗歌潮流。⑥ 可见,中国现代主义文学的时期与流派也和西方现代主义文学一样,难以有统一的意见。

---

① 袁可嘉:《还是叫"中国式现代派"好!》,《光明日报》1988年6月26日4版;王佐良:《中国新诗中的现代主义——一个回顾》,《文艺研究》1983年第4期;孙玉石:《中国现代主义诗歌潮流的回顾与评析》,《文艺报》1987年2月14日—8月1日,后收入《中国现代诗歌艺术》,人民文学出版社1992年版,第229—273页。
② 季红真:《中国近年来小说与西方现代主义文学》,《文艺报》1988年1月2日第3版;叶维廉:《从跨文化网路看现代主义》,《中国比较文学通讯》1989年第2期;鲍昌:《现实主义的凯歌行进》,马良春等编《中国现代文学思潮流派讨论集》,人民文学出版社1984年版,第128页。
③ 孙玉石:《中国现代主义诗歌潮流的回顾与评析》,《文艺报》1987年2月14日-8月1日,后收入《中国现代诗歌艺术》,人民文学出版社1992年版,第229—273页。
④ 郑敏:《回顾中国现代主义新诗的发展,并谈当前先锋诗派新诗创作》,《诗歌与哲学是近邻》,北京大学出版社1999年版,第227页;王佐良:《中国新诗中的现代主义——一个回顾》,《文艺研究》1983年第4期;唐湜:《诗的新生代》,《诗创造》(上海)第8辑(1948年2月)。
⑤ 张同道:《探险的风旗》,安徽教育出版社1998年版,第3页。
⑥ 徐敬亚:《崛起的诗群——评我国诗歌的现代倾向》,《当代文艺思潮》1983年第1期。姚华编:《朦胧诗论争集》,学苑出版社1989年版,第273,第276页。

第二章
批评视域中现代主义与左翼的对立

现代主义与左翼之间在二三十年代尚处于相安无事的状态,不少左翼作家都翻译了西方现代主义文学,并受其影响。但随着历史的变迁,它们之间的关系在1940年代却变得剑拔弩张,彼此对立。不过,1940年代它们之间的对立也有一个变化的过程。大体说来,1940年代中期以前,左翼对现代主义诗歌的批评主要集中于个人主义的感伤抒情和晦涩,实质在于他们对诗人、主题题材、西方诗歌的影响、诗艺、时代和读者的要求和理解不同。1940年代后期批评力度和重心则都发生了变化,双方对立的实质在于宗派主义的兴盛和中共文艺政策的变化。

第一节 个人主义感伤抒情与晦涩的诗学对立

一、诗人、主题、题材、西方诗歌和诗艺:个人主义感伤抒情论争的实质

左翼作家认为现代主义诗人整日沉浸于个人主义情绪中顾影自怜,充斥着病弱、颓废的无病呻吟和离奇古怪的、不着边际的幻想,诗歌中弥漫着一种浓郁的感伤气息。穆木天、任钧、蒲风、鸥外鸥、林焕平、蒋锡金、黄药眠、艾青、臧克家、胡风、阿垅、王亚平、陈残云、伍辛等都著文进行了批评,并将其归结为诗人的世界观、诗歌的主题题材和受西方诗歌的影响所致。

最先拉开批评帷幕的是鸥外鸥,他在《搬戴望舒们进殓房》中对"现代派"

诗人戴望舒的个人主义感伤抒情进行了极为严厉的批评,这里将涉及感伤抒情批判之处详尽列出:

> 最近在"新中华"月刊上诗人戴望舒君公然侮辱了"社会诗""国防诗"。对于自取殒灭的所谓望舒派实有大检阅之必要;解剖这腐尸之死因必要……比较上初期没有李的神秘而颓废,绝望,感情的浪用(即他们自己所谓"架空的感情"),铺张的虚伪则更过之。
>
> 不仅体裁,题材的雷同而已也。甚且情绪亦一致的。至于人生观的遁世绝俗趋壤凭吊壮志、消沉颓唐老朽厌世感伤(Sentimentalism)更是一致之极,共同之极……适应了中产与小资产阶层的社会机构认识不足的幻灭而歌着绝望之歌的。
>
> 他们的诗缺乏现世相,没有浮世绘味。与现实生活是绝缘的远距离的。而充满女性气质的所谓情绪之感伤。
>
> 把诗完全脱离开了社会生活是莫大的错误。怨天怨地怨山怨水他们只描出了他们的自我感情,他们的个人的幻想,无聊的悲观,人生宿命论。
>
> 因为他们力倡所谓(情绪魅惑)主义,于是便把"情绪"等于"感伤"的滥用了。因是我们只见其"感伤"满纸,但他们却以情绪洋溢自欺欺人了!当然"情绪"已经是要根本否定了的。而这样的所谓"情绪"即"感伤"更加要否斥其谬误也。①

鸥外鸥认为望舒派感伤抒情的原因在于"脱离开了社会生活",抒发的只是个人的"自我感情",与"中产与小资产阶层的社会机构认识不足的幻灭"有关,这显然是从主题题材和诗人的主观思想方面做出的批评。

"现代派"诗人何其芳也因个人主义抒情受到多次批评。1939年艾青在《梦,幻想与现实》中批评了他的《画梦录》,指出他在诗歌中无休止地编织着美丽得像湘绣一般的故事,要之不外是"被遗忘的悲哀;对于出嫁了的少女的系念;衰落与凋零所引起的伤感;不可挽回的东西的缱绻;运命的哀诉等。"他

---

① 鸥外鸥:《搬戴望舒们进殓房》,《广州诗坛》(广州),第3期(1937年7月15日),第7页,第9页,第10页,第11页。

认为何其芳"有旧家庭的闺秀的无病呻吟的习惯,有顾影自怜的癖性,词藻并不怎么新鲜,感觉与趣味都保留着大观园小主人的血统。"他更进一步指出何其芳"对艺术的态度上是自私得有点过分,对现实生活的态度上又胆怯得有点可怜"。① 无论是艾青归纳出的何其芳诗歌的主题,还是他的艺术态度,都明显可看出何其芳诗中的世界只是他一个人的世界,他拒绝将视线移向外部世界,因此抒发的感情也被认为是无病呻吟、自怜自哀的伤感。后来在延安也受到各方围攻,陈企霞、萧军都撰文进行了批评,且批评言辞相当严厉。② 有趣的是何其芳1940年代受左翼影响,创作发生转变,转变后的何其芳在回应陈企霞的批评时,也批评起了个人主义的抒情:"中国的新诗从初期白话诗到新月派,再到现代派,它的内容是明显地越来越缩小,越狭隘了,只剩下了个人的情感,甚至于只剩下自己的感觉。"③

穆木天在多篇文章中都批判了个人主义的感伤抒情,他将之归因于西方诗歌的影响,如《抗战文艺的明朗性》《建立民族革命的史诗的问题》《目前抗战诗歌上的二三问题》等。在后者中,他批评受西洋诗影响的多数中国诗人,主要受到的是"世纪末的没落期的颓废的个人主义诗歌的影响",加之"封建没落期的士大夫的颓废的个人主义的诗歌"的影响,许多诗人的作品中都充满着"'春花秋月'之流的穷酸的感情",这种个人主义的抒情可谓是他们创作上的"一个极大的致命伤"。他将个人主义感伤抒情归因于外国诗歌和孤单生活的影响,认为是作者没能够批判地、正确地去接受过去的诗歌遗产,而不免个人主义感情的旧病复发。④ 在《关于抗战诗歌运动——对于抗战诗歌否定论者的常识的解答》中,他再次将个人主义的感伤抒情归之于受西方象征主义的影响:"在西洋的象征主义的影响之下(法国的魏尔林等,英国的道生等,德国的代梅尔等,美国的亚伦·坡所代表的那个潮流),在朦胧,缥缈的世界中,去寻求官能的颓废的陶醉,在每个诗人的心里,所存在的,只是在资本主义没落

---

① 艾青:《梦,幻想与现实》,《文艺阵地》第3卷第4期(1939年6月1日),第929页,第930页。
② 陈企霞:《旧故事的新感想》、《我射了冷箭吗?——答何其芳》,《文艺月报》(延安),第3期(1941年3月1日),第4页;第5期(1941年5月1日),第8页。萧军:《第八次文艺月会座谈拾零》,《文艺月报》(延安),第7期(1941年7月1日),第6页。
③ 何其芳:《给陈企霞同志的一封信》,《文艺月报》(延安),第4期(1941年4月1日),第3页。
④ 穆木天:《目前抗战诗歌上的二三问题》,《战歌》(昆明),第2卷第1期(1939年7月),第3页。

期的小市民的烟雾般的悲哀了。"①在《目前新诗运动的展开问题》中,他批评了印象主义影响下诗歌中感情的不健康,他认为受印象主义影响的诗人就像患病的病人一样,"不能一时地健康起来",即使转到抗战建国的现实主义的大路上,也是不能即时地就健康起来的。穆木天认为诗歌内容与形式的不调和"还不是仅仅表现形式的问题,而是生活实践,生活认识,等等的问题。就是说,还是因为那一些诗歌工作者:在感情上,还是不健康的。"②

陈残云认为诗歌主情,是"情绪的结晶",而情绪是社会性的,因此抒时代之情是天经地义的。由此,他反对"个人主义的感伤主义"。在《抒情的时代性》中,他反对徐迟机械地对"抒情的放逐",认为新的时代需要新的情感。因此他痛斥"在现阶段的战争底中国,如果仍抱住其'寂寞呀''苦恼呀'的个人主义的颓废的抒情诗篇"的诗人"不仅是近代诗坛上的罪人,而且是中华民族的罪人!"③在《抒情无罪》中他再次批判个人主义抒情的感伤,指出"一个'有最敏锐的感应的诗人',决不是'伤感的',仍然在鉴赏并卖弄抒情主义。他的抒情应该是千万被压迫者的灵魂的呼喊啊!"④

伍辛在《诗底感情》中批评了象牙塔中诗人纯主观的个人主义抒情,他认为"诗人把握感情,并不是刻意纯主观的,像一些象牙之塔里的诗人们所做的那样。这些诗人或者叙述头脑中可怜的甚至反动的幻想,或者琢磨些缥缈神秘的形式,都是因为他们不懂得把他们底感情剖露在科学的审判台前,接受真理的裁判。"⑤可见,他认为诗的情感应与科学真理相结合。王亚平在《诗的情感》一文中批评了诗中情感存在的三大问题,即情感的泛滥、情感的枯燥、情感的暧昧。其中,第三种显然是针对个人主义抒情而发的:"情感的暧昧,不明朗,表现在诗里的情感是自私的、狭隘的、游离的、模糊的,充满了伤感与颓废的调子。"⑥楚天阔在《新诗的道路》中站在诗歌历史发展的立场上,从诗的功用角度出发,对个人主义抒情进行了批评,他认为"诗歌和一切文学作品一样,

---

① 穆木天:《关于抗战诗歌运动——对于抗战诗歌否定论者的常识的解答》,《文艺阵地》(重庆),第4卷第3期(1939年12月1日),第2页。
② 穆木天:《怎样学习诗歌》,上海生活书店1938年版,第165页。
③ 陈残云:《抒情的时代性》,《文艺阵地》(重庆),第4卷第2期(1939年11月16日),第11页。
④ 陈残云:《抒情无罪》,《中国诗坛》(广州),1939年第3期,第2页。
⑤ 伍辛:《诗底感情》,《诗创作》(桂林),第14期(1942年9月),第20—22页。
⑥ 王亚平:《诗的情感》,《诗创作》(桂林),第10期(1942年5月),第28—29页。

它的功用不只是作者个人的抒情或是感触的东西,必须要被一般人了解和接受。新诗这些年来所以被人们歧视或忽略,它本身应该负一大半责任,因为它或有意或无意地走过偏僻的路子。"①

左翼诗人对现代主义诗歌个人主义感伤抒情的批评引起了一大批现代主义诗人的不满,他们撰文阐释西方现代主义对个人感情的放逐,将左翼诗人的批评视为读者的偏见,他们也批评个人主义的感伤抒情,甚至批评左翼诗歌才充斥着个人主义的感伤抒情。

西方现代主义诗人艾略特、奥登、燕卜逊、史本德、麦克尼斯等都曾旗帜鲜明地反对抒情。②艾略特说:"诗不是放纵感情,而是逃避感情,不是表现个性,而是逃避个性。"③里尔克说:"情感是我们早已有了的,我们需要的是经验"。通过他的诗集,"其中再也看不见诗人在叙说他自己,书写个人的哀愁"。④ 因之,左翼诗人批评中国现代主义诗歌的个人主义感伤抒情是受西方现代主义诗歌的影响就显然并不确切。且因受西方现代主义诗歌的影响,一大批现代主义诗人也著文批评个人主义抒情,如徐迟、闻一多、鸥外鸥、胡明树、袁可嘉、冯至、唐湜等。

徐迟认为千百年来我们从未缺乏过风雅和抒情,但在时代的变迁中,尤其是在战时,感伤的抒情已不适宜了,因此,他主张"抒情的放逐",对抗战诗歌中的感伤抒情提出了批评:"在最近读到的抗战诗歌中,也发现不少是抒情的,或感伤的,使我们很怀疑他们的价值。"⑤闻一多也批评中国诗歌几千年来的个人抒情主义的传统"唱到唐代已经够了","陈陈相因,花样再也没法翻新了",因此他"叫人不要游泳在那半涸的泥塘里悠然自得了"。⑥ 冯至虽没有明言批评诗歌的个人抒情,但他大量翻译里尔克等人的诗文,借他们之口间接进行了批评。他还转译了德国诗人盖奥尔格的一段话:"在艺术品里人们必须当心力

---

① 楚天阔:《新诗的道路》,《中国公论》(北平),第3卷第6期(1940年9月),第98页。
② 徐迟:《抒情的放逐》,《星岛日报·星座》(香港),第278期1939年5月13日。引自谢冕主编:《中国新诗总系理论卷(第9卷)》,人民文学出版社2009年版,第283页。
③ 艾略特:《艾略特诗学文集》,王恩衷编译,国际文化出版公司1989年版,第8页。
④ 冯至:《里尔克——为十周年祭日作》,《新诗》,第3期(1936年12月10日)第64页,第63页。
⑤ 徐迟:《抒情的放逐》,《星岛日报·星座》(香港),第278期1939年5月13日。引自谢冕主编:《中国新诗总系理论卷(第9卷)》,人民文学出版社2009年版,第284页。
⑥ 臧克家:《"少像点诗!"》,《新民报》晚刊,1948年6月11日,收入《臧克家全集(第9卷)》,时代文艺出版社2002年版,第122页。

的过于剧烈的爆发……由于克制这些爆发才显出真的力。"①借此批评情感的不克制所可能带来的感伤。唐湜也批评"只充满了自我的直接的倾诉的诗,不过是一种无知的贪婪的表现。"②罗大冈对左翼诗人"抱怨现代诗愈走愈陷入个人的寂寞小天地中去"提出异议,指出这乃是"由于观察者仅用社会的立场作为出发点"的偏见,他认为现代诗将全身倚在意象上,从意象直接组织感觉的,而非感情的世界。③

对左翼诗歌感伤倾向批评最力的是袁可嘉,他指出西方现代诗歌看重的不是主观情绪的渲染而是表达方式,他们已从抒情的运动发展到了戏剧的运动。他在《论现代诗中的政治感伤性》《对于诗的迷信》《诗与主题》《新诗戏剧化》《漫谈感伤》《我们底难题》等多篇文章中都批评了左翼诗歌的感伤抒情(详见本书第四章第三节),他认为左翼诗歌的政治感伤主要源于"承受与表达那些观念的方式显示了极重的感伤",源于诗人的缺乏个性,创造力贫乏,源于诗人激情的过量。④

总之,左翼和现代主义诗人都对个人抒情进行了批评,但他们的批评目标却不一样,左翼诗人批评的个人抒情多归因于诗人的世界观、受到的西方诗歌的影响和选取的题材和主题等,现代主义诗人的反抒情则多指向的是艺术方法和诗人的艺术素养。

二、时代、诗艺、诗人和读者:晦涩论争的实质

晦涩也是1940年代现代主义与左翼之间对立的焦点问题之一,林焕平在1942年的《论诗与自然及其他》一文中就指出了这一点,"写诗要不要含蓄?要怎么样含蓄?要含蓄到什么程度?这些问题,从来就是新诗歌里闹不清的问题。推广一点说,也是过去创造社派和新月派,进步诗人和现代派的对立的

---

① 君培:《关于诗的几条随感与偶译》,《经世日报·文艺周刊》(北平),第14期(1946年11月17日)。重刊《中国新诗》(上海)第5辑(1948年10月1日),第20页。
② 唐湜:《严肃的星辰们》,《诗创造》(上海),第12辑(1948年6月),第18页。
③ 罗大冈:《街与提琴——漫谈现代诗的荣辱》,《文学杂志》(上海),第2卷第12期(1948年5月),第50页。
④ 袁可嘉:《论现代诗中的政治感伤性》,《论新诗现代化》,生活·读书·新知三联书店1988年版,第54页。

重要问题之一。"① 现代主义诗歌往往采取暗示、象征等艺术手法,不注重观念之间的联系,因此诗歌较为晦涩难懂。晦涩②可以说是现代主义诗歌的一个特殊的审美现象,"人们总是在评论'象征派'和'现代派'诗歌时才涉及晦涩"。③ 对现代主义诗歌晦涩与难懂的批评自1920年代现代主义开始译介就拉开了帷幕,至1930年代、1940年代,左翼批评家则掀起了一股强劲的反"晦涩"诗风的批评浪潮,任钧、蒲风、穆木天、臧克家、黄药眠、林焕平、楚天阔、伍辛、胡风、艾青等都撰文进行批评。关于大众化和纯诗化作家对晦涩的诗学批评与对立,刘继业在《新诗的大众化和纯诗化》一书中已作了简单的梳理,书中所论及的作家有徐迟、王佐良、沈宝基、卞之琳、茅盾、阿垅、渥丹、韩北屏等。④ 本书在此基础上将补充一些重要但遗漏的史料。

臧克家自1930年代起就不断批评现代主义诗歌的晦涩,如《论新诗》《新诗答问》《自己的写照》等。1940年代,他依然反对新诗语言的晦涩难懂,追求"朴素的美",也就是讲究用最平易的字表现最真挚的爱憎感。⑤ 蒲风也于1930年代开始批评现代主义诗歌的晦涩,如《论戴望舒的诗》《表现主义与未来主义》《五四到现在中国诗坛鸟瞰》《九·一八后的中国诗坛》《关于前线上的诗歌写作》等。其中,他批评最多的是"现代派",他认为"现代派"是象征主义和新感觉主义的混血儿,作品里多神秘的不可懂的思想,"偏重于追求神秘的感觉和朦胧的梦幻。"⑥因此"必只成为一部分有闲的世家子弟所玩弄的把戏。在'九·一八'以后的现在中国,大众一定不要看。"⑦这无疑是自说自话。任钧在《谈谈诗歌写作》中批评了"象征派的晦涩、未来派的复杂、达达主义的

---

① 林焕平:《论诗与自然及其他》,《诗创作》(桂林),第10期(1942年4月),第69页。
② 臧棣在《现代诗歌批评中的晦涩理论》中指出"多数批评家则采取一种即兴的态度,在把晦涩作为一个严肃的诗歌问题来讨论时,随意用"艰涩"、"隐晦"、"朦胧"、"深奥"、"黯晦"、"含混"来替代"晦涩",这使得"晦涩"在语称和概念的使用上显得极不稳定。"(臧棣:《现代诗歌批评中的晦涩理论》,《文学评论》1995年第6期。)
③ 臧棣:《现代诗歌批评中的晦涩理论》,《文学评论》,1995年第6期。
④ 刘继业:《新诗的大众化和纯诗化》,北京大学出版社2008年版,第172—185页。
⑤ 臧克家:《新诗,它在开花,结实——给关怀它的三种人》,《大公报·战线》(重庆)第984号(1943年7月25日)。
⑥ 蒲风:《关于前线上的诗歌写作》,《抗战诗歌讲话》,诗歌出版社1938年版,第20页。
⑦ 蒲风:《九·一八后的中国诗坛》,《抗战诗歌讲话》,诗歌出版社1938年版,第88页。

混乱……"认为这些都是应该从现阶段的诗歌当中排除出去的。① 楚天阔在多篇文章中也对"现代派"诗歌的晦涩持批评态度,他认为这一占据着沦陷区诗坛相当比重的诗歌类型具有一种"隐晦性,很难理解",为一般人"看不懂"。他不同意郭绍虞所说的"应当明了看不懂的诗句,念不上口的音调原是新诗进程中应有的现象之一"②,而认为这现象是不应该长久这样下去的。1941年,菲力、顾视、穆穆和毕基初四位诗人合出了一本诗集《摘果录》,在诗集出版纪念会上,与会者对这四位诗人及华北诗坛作品中的朦胧晦涩均极力抨击。③

左翼作家在批评现代主义诗歌晦涩的同时,并未停留在表面的批评,而是将笔触深入晦涩的成因,将其归因于诗人运用的技巧、表现方法、逃避现实的观念、哲理和世界观。穆木天、任钧、蒲风、臧克家、伍辛、黄药眠、胡风等都著文表达了这一点。

伍辛在《诗和生活》中首先指出时代已不利于象征印象派诗人了,批评"象征的运用成为离开一般人的理解的,或为一种风格来处理那就不好了。当作家习于用象征来表现诗的时候,这不是证明这个作家怎样有才能,反而是证明这个作家缺少真正的诗人的要素,即没有对生活真实的深刻的明确的理解,这就使之只能从形式上去琢磨了,这充其量只是文学的魔术,是文字匠不是诗人。"④伍辛认为晦涩产生的原因在于回避生活,对生活缺乏理解:

> 诗底本质是抒情的,问题是怎样抒情,现实主义的诗歌因为是面向生活,所以它所抒发的情调是平实的,明白易懂的,这并不是什么散文化。反之,象征诗和格律诗的抒情,因为是背向生活,就不得不钻进象牙之塔里去,这是惨绿少年和醇酒妇人们的"老家"当然是不适于抗战的现实的。⑤

---

① 任钧:《谈谈诗歌写作》,《文学修养》,第2卷第1期(1943年10月),第29页。收入《新诗话》上海国际文化服务社1948年版,第143页。
② 楚天阔:《一九四〇来的北方文艺界》,《中国公论》(北平)1941年第4卷第4期,第124页。《新诗的道路》,《中国公论》(北平)第3卷第6期(1940年9月),第99页。
③ 《〈摘果录〉出版纪念会录》,《艺术与生活》(北平)第20期(1941年7月),第6—9页。
④ 伍辛:《诗和生活》,《诗创作》(桂林),第12期(1942年7月),第25页。
⑤ 伍辛:《诗和生活》,《诗创作》(桂林),第12期(1942年7月),第29页。

在《形式的囚笼》里伍辛再次批评了象征、唯美的诗人们诗中的晦涩,"叫人读了一百次才懂的,那么他便不能发挥上面所说的力量,也就是事实上失去了诗的战斗的特点;如果他是为了激起广大读者的感情而不是诗人为了自己的或者少数有闲智识分子的消遣,那么他就需要用一种大众都能懂得的明朗的形式。这样的形式要能完全地表现出它的内容深度,因而在读者的心中唤起战斗的共鸣。"[1]他认为形式模糊迷惑的原因在于诗人的思想情感还不够深刻地把握现实,源于诗篇的百分之九十凭他们主观去玄想,而主观的幻想一方面是神秘,一方面就是模糊不清,即把握不紧、理解不深、思想力不明确、逻辑不自然。

黄药眠的《论诗歌工作者的自我改造》[2]对西方象征主义诗歌的晦涩进行了批评:

可是到了十九世纪末期,资本主义开始衰落了,资本主义的缺点渐渐暴露出来,成了不可忍耐,就是那些寄生在资本主义制度里面的人们也感到压迫和苦恼。于是后期的浪漫主义勃起,象征主义的诗风,风靡了欧洲的诗坛。他们不愿歌颂晨曦,而要歌颂黄昏,不愿歌颂朝霞,而要歌颂夜雾,不愿歌颂云雀,而要歌咏乌鸦。象征派的诗人,说我们不是在写诗,而是在创造出诗的氛围气。他们字斟句酌的在雕琢,他们在研究,用什么字,用什么音响,可以创造什么颜色,他们在研究,用什么音响,可以刺激人们的听觉,使他们发生某种联想。他们对于现实,并不是直接的,正面的去处理,而喜爱用另外一种形象去隐喻,他们不愿意用爽朗而明确的言辞,而偏要用些朦胧,闪烁,隐讳的辞句。他们用心地雕琢着,洗炼着,装饰着,把诗变成了语言的魔术,他们不是直接地说出他们的所见,所感触,所思维,而是若隐若现,若吞若吐的暗示着,隐喻着,微妙的难于捉摸的感觉和情调。他们像梦中蟾语似的,曲折地,模糊地传出作者的纤维的脆弱的,忧郁的,悲哀的,灰黯的,感喟的,无可奈何的情绪,他们不必求为大众

---

[1] 伍辛:《形式的囚笼——对当前诗的一个考察》,《诗创作》(桂林),第15期(1942年10月),第32页。

[2] 黄药眠:《论诗歌工作者的自我改造》,《文萃》(上海)第17期(1946年1月),第20页。后重载《中国诗坛》(广州)第1期(1946年1月),第1—4页。

所知,而只愿为一二知音所了解。显然的这种作风完全不是大众化的,同时也不是现实主义的。这一类的诗,甚至有时就是一般的智识分子也很难于了解,只有那些高级的智识分子,多少有点世纪末的神经质的敏感的人才能够懂。

黄药眠认为象征主义的晦涩源于诗人对字句音色、隐喻等形式主义的追求和个人情感的抒发。他从大众化的立场,指责现代主义风格的背离。并指出新月派唯美派的诗和现代派的诗、李金发的可解与不可解的诗,一向为左翼的诗人们所攻击。胡风的《略论战争以来的诗》批评现代派的诗无内容而有"新"的形式,以形式来挽救内容的空虚,只会使人见了似懂非懂,非常玄渺。[1]

左翼作家对现代主义诗歌晦涩的批评,许多现代主义诗人都心知肚明,吴兴华在《现代诗与传统》一文中就指出了这一现象:"在英美近几年来所谓的'新诗'(New Poetry)也曾遭到十分严重的反对,那情形和中国不相上下。反对者最常提出的理由就是:爱略特,夏芝(晚年的),奥顿所写的东西,根本就不想使读者了解;他们完全舍弃了英国诗光荣的传统,他们忘记了他们所用的文字曾产生过莎士比亚的诗剧及《失乐园》;他们废弃了'形式'——韵、音节等;所以,他们写的不能算是诗。"[2]面对左翼作家的批评,一些现代主义者或试图解释晦涩的成因或进行辩护,如徐迟、朱维基、金克木、沈宝基、穆旦、吴兴华、袁可嘉、王佐良、罗大冈、唐祈、俞铭传、路易士、许衡等。

与左翼作家将晦涩归因于诗人的世界观、诗歌思想主题艺术等不同,现代主义诗人虽反对为晦涩而晦涩,但都认为现代诗的晦涩自有其必要和必然性,它由多种原因所造成,时代、诗人、诗艺、读者等都是极为重要的原因。

金克木将新诗分为智的、情的、感觉的三大类,认为主智的诗"必然是所谓难懂的诗",他将晦涩归因于读者不恰当的阅读方法,即在阅读中没有正确地分辨出诗的逻辑和散文的逻辑的不同导致的。因为主智诗不是"合乎逻辑的推理与科学的证明",所以阅读诗歌必须彻底抛弃"散文的教师式的讲解"所遵循的逻辑规则。金克木还认为读者的经验贫乏粗糙也是造成诗歌难懂的原

---

[1] 胡风:《胡风评论集(中)》,人民文学出版社1984年版,第52页。
[2] 兴华:《现代诗与传统》,《西洋文学》(上海),第4期(1940年12月),第490页。

因，因为诗歌注重参禅悟道，"不能人人都懂"，"是为小众的"，因此"不曾有过同样感觉的读者自然茫然不知这些诗中是什么"。① 在《杂论新诗》中，他辨析了诗歌晦涩的多种情况：不明白如话不合文法、意思不明白和用典。② 沈宝基与金克木观点相同，他也认为"一首诗不为读者所了解，严格地说，是读者的过失。"肯定了"容易地写出一首难懂的诗，有其重要性"。③ 他认为正是由于读者以努力、情感等不同的方式去读诗，才产生了"抒情，说理……正常，怪癖……明朗，晦涩之分"，他将晦涩归因于"有些因为灵智，情感，官能，有些不过因为文字，章句，典故……而已。表面看来，是矫饰，造作，然而总极有真挚之情。它的产生是由于合礼的遮盖的官感，骤然的意象时出发：是由于羞耻，风雅，敬尊或愉快的迟疑。至于文字与哲理的艰深，实际不能算是晦涩。"④ 俞铭传也赞同这一点，他指出双方对诗的晦涩与显明的争论其实都没有接触到基本的问题："所谓'难'和'易'，所谓'晦涩'和'显明'，并不是诗本身的性质，只是不同的读者所起的不同的反应。"⑤ 罗大冈认为现代诗因晦涩难解遭冷落是注定的，他反对一般人尽情谴责现代诗不够通俗化，认为错处"并非提琴不是大众的音乐，只是在目前环境里，大众无心去欣赏提琴。"他把失却群众视为诗的光荣，"现代诗是诗人对诗人间的对白，无怪乎缺乏素养的众人对之瞠目不解。现代诗是下意识对意识界的招供，是人性最深刻最直接的表现，无怪即使诗人自己也不能明白说出他所要表达的是什么。"⑥ 显然，他也将晦涩归因于读者的缺乏素养。

袁可嘉探讨了晦涩的积极意义，他认为现代诗的晦涩"不等于用文字捉迷藏，以别人的莫名作自己的得意。它之成为一个现代诗的通性与特性，虽都出

---

① 柯可(金克木)：《论中国新诗的新途径》，《新诗》(上海)，第1卷第4期(1937年1月)，第114—115页。

② 柯可(金克木)：《杂论新诗》，《新诗》(上海)，第2卷第3—4期(1937年7月)，第146页。

③ 沈宝基：《谈诗》，《文艺世纪》(上海)，第1卷第2期(1945年2月)，第67页。

④ 沈宝基：《艺术家与诗歌》，《现代知识》(上海)，第2卷第10期(1948年3月)，第20页，第21页。此文内容与《如何了解一首难懂的新诗》相似，参见《民国日报·文艺》(天津)第147期(1948年10月9日)。

⑤ 俞铭传：《诗和诗的对象》，《中建半月刊(北平板)》(上海)，第1卷第6期(1948年10月5日)，第19页。

⑥ 罗大冈：《街与提琴——漫谈现代诗的荣辱》，《文学杂志》(上海)，第2卷第12期(1948年5月)，第54页。

于诗人的蓄意,但绝非毫无辩白余地。"①晦涩在本质上反映的是现代诗人对文明的一种复杂的感受,与同现代人所体验到的价值危机是紧密相关的。这显然指出了晦涩与时代和诗人之间的关系。接着他从个人化的象征系统、偏爱从奇异的复杂获得奇异的丰富、由情绪和想象力联系起逻辑意义上无联系的片段、构造意象或运用隐喻明喻的特殊法则、故意荒唐地运用文字五个方面解释了晦涩成因的动机和效果,从诗艺上为晦涩进行了辩护。在文中,袁可嘉提到了里德(H,Road),里德是把马拉美的"晦涩作为一肯定的价值而为之辩护"的②,袁可嘉虽未引述里德的观点,但他对晦涩的探讨或许受到其影响。袁可嘉最后肯定了晦涩的社会时代与艺术的价值:

> 现代诗中晦涩的存在,一方面有它社会的、时代的意义,一方面也确有特殊的艺术价值;对于诗人发展整个了解的重要性远胜于部分认识一点,也只是证明诗人生命与诗作的有机联系,不容诟病;他们诚然提供了极多极大的困难,但这些困难的克服方法并无异于充分领悟其他艺术作品的途径,向它接近,争取熟悉,时时不忘作品的有机性与整体性。③

现代主义诗人对左翼作家对晦涩一概抹杀的作法极为不满,他们认为晦涩并不是决定作品好坏的根据。以"妇孺皆解"为优秀作品的条件,"这是太疏忽的看法,犯着机械论的错误。""难懂与容易懂是表现手法上的差别,不是决定作品好坏的标准。硬要拉拉扯扯,什么形容词不好用,十三个字以上又不好,什么腔不腔,'大众化','通俗化'……得了,抓到这一串名目就想随便批评这个,批评那个,到底是不够的!"④袁可嘉、俞铭传等也反对把晦涩作为一种鉴别诗歌好坏的批评标准,他们认为诗篇只有真假好坏之分,晦涩不能作为好坏衡量的标准。

总之,1940年代中期以前左翼作家对现代主义诗歌个人主义感伤抒情与晦涩的批评是有着内在的联系的,左翼作家认为正是由于现代主义诗歌沉迷

---

① 袁可嘉:《诗与晦涩》,《论新诗现代化》,三联书店1988年版,第92页。
② 穆木天:《谭诗》,《创造月刊》(上海),第1卷第1期(1926年3月)。
③ 袁可嘉:《诗与晦涩》,《论新诗现代化》,三联书店1988年版,第100页。
④ 许衡:《谈表现手法》,《文艺世纪》(上海),第1卷第2期(1945年2月),第62页,第64页。

于个人情绪的抒发,才使得诗歌晦涩起来。如穆木天在《什么是象征主义》中指出对晦涩的追求是一种极端个人主义的表现,而"极端的个人的印象"的"Iyrism"(抒情),表现出来的便是"象征主义的永远的朦胧的世界"。①

纵览左翼作家对现代主义诗歌的批评,我们可以发现左翼作家多将原因归于西方现代主义文学的影响、回避现实、对现实认识不清、诗人运用的表现方法、选取的题材和主题、诗歌的功能等,如艾青将"感伤主义""抒情主义"称为是"由于在世纪的苦闷压抑下,旧知识分子普遍地感到心理衰惫的结果。"②左翼诗人追求诗歌大众化,因此他们在诗歌语言方式、社会功能等方面,就要求通俗化、口语化、散文化,以鼓动人们积极抗战,他们的批评多是由他们对诗歌大众化的要求出发的。而现代主义诗人则更多专注于诗歌艺术,他们对左翼的批评予以辩解或回击,批评左翼诗歌因直线表达、诗人素养等问题也存在着感伤抒情的倾向,他们将原因多归因于读者的素养、时代的动荡、诗人的苦衷、诗艺等方面。

第二节 政治批评与反批评

1940年代后期,伴随着左翼力量的不断扩大增强,无论是对西方现代主义诗歌,还是中国现代主义诗歌,批评均日趋激烈。此时也批评个人主义抒情和晦涩,但左翼作家不再从逃避现实、诗歌主题等方面展开批评,而往往从政治立场上将现代主义诗人打入反动者的行列,以期一举将其清除和消灭。阿垅、胡风、朱谷怀、叶北岑、张羽等都著文参与了对现代主义的批判。鉴于一些史料已为研究者耳熟能详或被论及③,故本书仅以一些重要且被遗漏疏忽的史料为例进行论证。

---

① 穆木天:《什么是象征主义》,郑振铎,傅东华编《文学百题》,生活书店1935年版,第113页。
② 艾青:《诗论》,三户图书社1942年版,第15页。
③ 如胡风的《论民族形式问题》、张羽的《南北才子才女大会串》、舒波的《评〈中国新诗〉第3辑》、晋军的《踢去这些绊脚石》、宁可的《袁可嘉和他的方向》和陈冲怀的《为袁可嘉的诗寻注解》等,参见刘继业:《新诗的大众化和纯诗化》,北京大学出版社2008年版;钱理群:《一九四八:诗人的分化》,《文艺理论研究》,1996年第4期等。

一、日益严厉的政治批评与无力的反批评

阿垅是 1940 年代批判现代主义最有力的左翼诗人，他将批判的矛头对准了西方现代主义诗人艾略特，在《传统片论》、《现代诗片论》和《人和诗》中都对艾略特进行了政治批评。在《传统片论》中，他集中批判了艾略特的思想倾向和人生要求上的反动，从《传统与个人才能》和《批评中的试验》入手，阿垅以进化论的观点，批评艾略特的传统与进化论相悖反。原文发表于《诗联丛刊》，8 月份诗人看到《诗创造》的翻译专号和诗论专号后补了后记。在后记中，他再次着重点出了艾略特等现代主义诸人的反动本质：

> 艾略特等人底发表宣言叫人们阻止共产主义底势力底扩张。不久以前，在什么刊物上，又看到 W. H. 奥登转向了云的话。至于 S·史彭德，大概也是一位好货，例如文学杂志第二卷第二期上的他的一首诗底形成——《肉与玫瑰的语言》，那也完全是鬼话和毒物。①

他指出现在有不少人受他们的影响，"拿着激进的旗子，走着没落以至反动的路线。"如果说阿垅撰写《传统片论》批评艾略特的反动最初仅是针对他的诗论诗作及所反映出来的思想，那么当他看到艾略特、奥登等人的政治转向后，他接下来的批判目标扩大了，奥登、路易斯、史彭德等诸多现代主义诗人都进入了他的批评视野，他将他们称为"现代派"。阿垅对"现代派"诸诗人的诗论与诗作作了尖锐的批评，他认为他们的政治背景、对革命的诉求，是极端个人主义的，正是由于他们的无政府主义，"个人底自由的价值"，才是他们军事行动的直接而主要的原因。"他们底作战，立场或者口号俨然是颇'左'的吧，却并非就是为公共利益的，并不真是为了社会主义的；即不是由于什么国际主义，而是由于那种个人主义罢了"，而这也是艾略特签名反共、奥登转向的根源。阿垅认为艾略特"本质上，到底，他是反动的，从否定现在即现实，到列名反共文件，不过是他底思想的根源底一个行动的表现。"最后阿垅总结道：现代

---

① 阿垅:《传统片论》,《诗联丛刊》(北平), 第 1 期(1948 年 6 月 11 日)。后收入亦门:《诗与现实(二册)》, 五十年代出版社 1951 年版, 第 233—245 页。

派"在哲学上是逃荒,在社会学上是绝望,在人生上是否定,在政治上是反动,在艺术上是吸毒和贩毒。"原文作于 1948 年 2 月,后阿垅看到藏原惟人的《现代主义及其克服》后又做了附记,赞同他所指出的现代主义者"不承认自己思想艺术的反动……他们的革命性常常是主观的、观念的、游离了社会生活的现实,所反映不是它底真正革命、进步的一面,而是保守、颓废的一面。"阿垅处处从政治出发,无论是哲学、社会学,还是艺术,他都认为它们就是政治,由此,阿垅彻彻底底地将现代主义打入了反动的阵营。① 在《人和诗》中,阿垅也不时批评现代主义,他批评现代主义诗人不过是超现实主义,"逃避主义","世纪末",空想家和反动派罢了;批评现代派的诗完全拒绝社会内容或者历史内容,以灵感麻痹世界,以工程蛊惑艺术;批评"艾略特不管在哲学上和政治上,不管说诗还是说'人',都不是一个这样值得尊敬的人物,也不是一个什么值得崇拜的大师。"②可以说,阿垅此时批评对象的选择已不是从文学出发,而是从政治出发,凡是政治上回避革命,与左翼相对立的,他就进行批判。最后竟发展为赤裸裸的人身攻击,失去了批评的意义。

从政治上批评西方现代主义,我们从孙晋三在《奥登近况》中解释奥登备受英人质难的原因中可以得到侧面的证明,孙晋三解释说:"他曾至西班牙与中国,为反法西斯主义而努力,但此次英国参战后,奥氏居美不返,备受英人质难,三年来其作品甚鲜(应为鲜——笔者注)在英发表。"③可见,奥登回避政治后,他就成为众人批判的目标。史彭德的情况亦是如此,他因"最近卖身投靠,为时代所淘汰,成了资本家的传声筒了!这就是'技巧论'者和'象征派'的结局。"显然,马其也是从政治的角度评判史彭德及九叶诗人的,因此他才会认为"唐祈先生至少比 Eliot 进步",④并以史彭德为例警策联大三诗人不要重陷覆辙。

1940 年代对西方现代主义批评最严厉的是藏原惟人的《现代主义及其克服》,文章由适夷据日本《前卫》杂志翻译出来,发表在《大众文艺丛刊》上。这

---

① 亦门:《诗与现实(二册)》,五十年代出版社 1951 年版,第 463—536 页。
② 阿垅:《人和诗》,上海书报杂志联合发行 1949 年版,第 7—8 页,第 63 页,第 114 页。
③ 孙晋三:《国外之都·奥登近况》,《时与潮文艺》(重庆),第 4 卷第 1 期(1944 年 9 月 15 日),第 146 页。
④ 马其:《读"中国新诗"后记》,《燕京新闻·副叶》第 15 号(1948 年 7 月 26 日),第 2 版。

篇文章一开始就从政治的立场对现代主义进行了定性：

> 现代主义这个名词，现在可以作种种的解释。有人把文艺复兴以来，流贯于资产阶级文化的现代精神称作现代主义，这是不对的。现代精神和现代主义应该有所区别。现代有它的勃兴，发展，灭落的历史。现代主义是现代资本主义末期，特别是在其帝国主义的时代出现于资产阶级文化中的一种颓废的潮流……是服务于反动的资产阶级的……现代主义问题，首先应作为历史的政治的问题而提出。①

在此基础上，他依次批评了现代主义的个人主义、悲观主义、厌世主义、虚无主义、反人本主义、反现实主义等。他认为"现代主义一面保持非政治的高蹈形式，而本质上渐渐成为政治的思想的东西，他的攻击对象，也从对帝国主义与法西斯，转向民主主义与社会主义，而逐渐成为反动力量。"依据现代主义的这两个特点，藏原惟人指出最典型的表现便是萨特的存在主义的思想与艺术。最后他虽然肯定了"现代主义所试图的技巧的探求，也不能说全无意义，但作为全体的现代主义的性质，却是如上所述，和新民主主义艺术之间不能有原则的妥协。所谓对现代主义的部分的技巧摄取的问题，那也只有在否定它的原则之后才可能成立。"从此艺术让位于政治内容，现代主义在 1949—1978 年的中国几乎很少有人从正面提及。即使 80 年代后不断引起争论，在相当长的一段时间内，对现代主义的解释依然与藏原惟人的文章毫无二致。

左翼作家不仅对西方现代主义诗人的批评如此，对 1940 年代中国的现代主义诗人亦采取政治批评，将他们划入反动阵营，流露出浓郁的消除异己的政治意味。这突出地表现在对受西方现代主义影响显著的九叶诗人身上。

在《旗（穆旦）片论》中，阿垅在批判穆旦的悲观主义、"虚无主义"、"犬儒主义"、个人主义之余，指出穆旦创造了一个上帝，而这事实上是穆旦"反对了人民底'政治意识'和政治力量"②，从而一举将穆旦拉入反人民的阵营。阿垅

---

① 藏原惟人：《现代主义及其克服》，适夷译，《大众文艺丛刊》（香港）第 5 辑（1948 年 12 月），第 53—65 页。后收荃麟等著：《论主观问题》，生活书店 1948 年版。荃麟等著：《大众文艺丛刊批评论文选集》，新中国书局 1949 年版。

② 亦门：《旗（穆旦）片论》，《诗与现实（三册）》，五十年代出版社 1951 年版，第 282 页。

对九叶诗人的批评主要集中在《人和诗》一书中,被他批评过的九叶诗人有杭约赫、郑敏、杜运燮、唐湜、唐祈和穆旦。① 阿垅对九叶诗人的批评还散见于多篇论文中,他在《思想片论》中批评杭约赫的《世上有多少人在呼唤我的名字》中充斥的是"打哈欠的政治概念",是"胡说八道,瞎碰乱吹","打肿了脸充胖子","总之是虚伪和'怯弱'"。② 批评袁可嘉的《号外三章》中的第三首"露了出来'第三方面'底尾巴",表面上看袁可嘉"俨然的非战诗人",实质上"倒是自由主义的典型",而"'自由太多'的自由主义"必会使人畜受苦,"闹得鸡犬不宁"。③ 以《结网的人》为例,批评陈敬容"那'情绪和思想,不是虚伪的,就是渺茫的',这样的诗人就远落于人民之后"。批评诗中"除掉'苍茫茫'的技巧,'静悄悄'的铅字,那里实在找不到什么东西。而这样的诗和技巧,也真是可以'一戳一个大孔眼'的"。④ 可见,阿垅更为看中的是诗歌的政治内容,对技巧则多方批评。

对九叶诗人最早进行批评的是初犊,1947年他因沈从文对他及朋友灼人等的忽视,认为沈从文们是在"打击异己"。于是他于4月写下了《文艺骗子沈从文和他的集团》⑤一文,对九叶诗人进行大肆挞伐。他愤怒地在文末以我们的名义号召大家"拿起扫把和剪刀来,扫除这些壅路的粪便,剪断这些死亡主义和颓废主义的毒花",用语粗糙恶劣,折射出政治权力的争夺与较量。与初犊的文章相比,同期叶北岑的《大的目标一致》⑥政治意味更为强烈。他指责杭约赫的《带路的人》"不过是一套人生哲学的变戏法","一点点绅士的烦恼",而缺乏"血的冲击力和呼唤力",并指出"这样的精神世界,和沈从文们所追求的,正是一样的","正是一种小资产阶级逃避现实的反映"。最后叶北岑

---

① 阿垅:《人和诗》,上海书报杂志联合发行1949年版,第18—22页,第100页,第104页、106页、115页,第111页、114页,第91页。
② 亦门:《思想片论》,《诗与现实(二册)》,五十年代出版社1951年版,第162—163页。
③ 阿垅:《自由主义片论》,《蚂蚁小集》第2辑(1948年5月)。后收亦门:《诗与现实(二册)》,五十年代出版社1951年版,第393页。
④ 亦门:《谈诗续论——作为对于蒋天佐底谈文艺的意境和语言和谈诗杂录的答复》,《技巧片论》,《诗与现实(一册)》,五十年代出版社1951年版,第171页,第199页。
⑤ 初犊:《文艺骗子沈从文和他的集团》,《泥土》(北平)第4辑(1947年9月17日),第12—15页。
⑥ 叶北岑:《大的目标一致》,《泥土》(北平)第4辑(1947年9月17日),第31—32页。不少研究者把叶北岑文中对《诗创造》的批评纳入了初犊的《文艺骗子沈从文和他的集团》一文中,详见第二章第三节。

以居高临下的姿态将《诗创造》归为敌方阵营:"对于这样公然打着'只要大的目标一致'的旗帜,行进市侩主义的'真实情感','一个是临死的'真实,该怎样呢,难道他们是我们的友人吗?我们是分得清的,这正是我们的敌人,该打击之,无论它是怎样的化装,喊着怎样的口号,打着怎样好看的大旗。"。叶北岑的文章显然更具有攻击性,把文学批评上升到了政治上的阵营划分。

卓人的《不止是严肃的游戏:评"中国新诗"第一集"时间与旗"》先亮出自己的观点,认为面对着血淋淋的现实,作为一个真正的"人",不能规避这历史的神圣任务,必然有所回应,否则便是"御用诗人""贵族诗人""买办诗人""庙堂诗人"。由此,他指出"中国新诗"第一期"时间与旗"中的诗不过是一种严肃的游戏,风格与手法虽然不同,但其形式与内容,主题及创作态度,则是完全一致的。他主要以唐祈的《时间与旗》和杭约赫的《严肃的游戏》为例,《时间与旗》在他看来,"这不过是出于一个苍白、空虚、闲空的长夏午睡者,在梦魇之下发出的呓语,而自以为是此时此地的众所遵循的洪钟与一致奔向的大旗。拆除了这些花言巧语来看,则不过是第三期病肺者应着时钟的哼声和清明时节插在坟上的白纸瓢子,或一幅魂幡而已,何况这还是剽窃自发着高热的资本主义精神保镖者 T. S. 艾略特的'燃烧的顿诺'呢!",对于杭约赫,他径直指出作者对于今天的战争常识一点不知道,将战争作为游戏,且游戏具有"摇撼世界、掌握命运的力量","这不是滑稽,而是无知的。不是无心,而是恶意的,因为他歪曲了事实,也歪曲了战争。"他还从形式方面进行了批评,"至于形式上,这些'诗人'非但没有企图使他们的诗能为一般知识分子所懂(还不要说通俗化),甚至还唯恐其不太晦涩与拗口呢;这依然是出于他们的游戏态度的结果。这样的诗刊出现在今日,实在不止是浪费了笔墨,浪费了读者的宝贵时间与活命的金钱,而且也糟蹋了它本身的前途"。①

袁可嘉是九叶诗人中的批评家,他在 1940 年代后期撰写了多篇诗论,其中有些文章对九叶诗人进行了辩护,加之他的诗歌所流露出来的自由主义倾向,因此受到了比其他九叶诗人更多的批评。臧克家在《给新诗的旧观念者们》批评袁可嘉回避现实,追求"艺术至上主义",否定袁可嘉所说的:"过分强

---

① 卓人:《不止是严肃的游戏:评"中国新诗"第一集"时间与旗"》,《求是》(南京),第 1 卷第 4 期(1948 年 7 月),第 19—20 页。

调诗中政治观念及其所可能发生的社会意义或宣传价值的危害,及因而引致的自弃或伤感的可怕倾向",认为政治意识强的诗歌起了很大的效果,感动了多数读者。臧克家与袁可嘉分歧的焦点在于诗中政治意识的表现,臧克家认为袁可嘉回避政治,追求艺术,必然会在现实的事实上粉身碎骨。最后,他一针见血地指出,首先应该解决的是"人与生活"的问题,"诗与主题"是属于第二义的东西。① 李白凤在《茧里的诗论家:读袁可嘉先生"诗与主题"》②也批评了袁可嘉脱离现实、留恋过去、忘情于自己的倾向,他反对袁可嘉在文章中所说的"别管闲事,别问政治",只一味忍耐承担苦难的做法,认为这样"他不但自己进上'反革命'的道路上去,甚而要人们一律跟着他走"。李白凤还批评了袁可嘉的《诗底道路》,认为文中袁可嘉"显然地就快要主张我们去研究'大乘教法'了",这真是"可怕的悬空吊起的'腊鸭式'的自我陶醉"。李白凤的文章颇长,反复批评袁可嘉脱离现实、自我陶醉,稍嫌冗杂,有些用语已含有人身攻击的意味。

审视诸多左翼作家对现代主义诗人诗歌的批评,"反动"是出现频率最高的词语,政治成为左翼作家批评现代主义的最高也是最终的依据。正如袁可嘉所说:"当人们已不再关心你在说些什么,只问你摇着呐喊的党派的旗帜"。③ 大有消除异己的意味。面对左翼诗人如此严厉的政治批评,现代主义诗人自然万般委屈,袁可嘉、杭约赫、唐湜等都予以了回应。袁可嘉的《简答李白凤先生》的开头便将李白凤的《茧里的诗论家》与臧克家的《给新诗的旧观念者们》相提并论,认为它们存在一个共同的问题:闪避论点。他无意于纠缠李白凤"文中瞎扯胡闹处",仅简单辨正了四处错误的文学史实及事实,对李白凤误解或曲解的两处作了解释,对行文编辑用语方面的问题也作了指正。相比较而言,袁可嘉的文章要理性得多,不过,他确实被李白凤的用语刺激到了,尤其是李白凤文末指责他为"墓木已拱"的老学究,袁可嘉客观地指出自己不过才刚大学毕业一年,"学究"固不敢当,更不敢称"老",随之把"墓木已拱"的

---

① 臧克家:《给新诗的旧观念者们》,《文萃》(上海),第15、16期合刊(1947年1月22日),第45—47页。
② 李白凤:《茧里的诗论家——读袁可嘉先生"诗与主题"》,《评论报》(上海),1947年2月8日,第13—19页。
③ 袁可嘉:《诗三首》,《新路周刊》(北平),第1卷第21期(1948年10月2日),第20页。

牌子送还了回去。①

在《诗创造》的编余小记中,杭约赫对《泥土》1947年第四辑的批评非常不满,认为他们纯粹是"一种不辨是非,不分敌友,疯狗似的乱咬乱叫","随便给人戴上一顶帽子,喊打喊杀,给以比对付死敌还要恶毒数倍的打击",这对"目前这个斗争,对于整个文艺运动的进步和团结上不会有些微好的影响的。"杭约赫敏锐地觉察出这些批评出于对方的宗派主义,"只是想在这些人的头上竖起自己这一宗这一派的旗子,叫天底下所有写小说、写剧本的、写诗的和搞理论的向他看齐,都变成他所规定的那一个模样。"②面对左翼作家的"雄赳赳的杀气",杭约赫既不屑又气愤,依旧坚持最初的主张。到1948年5月,对九叶诗人的政治批判更加激烈,杭约赫已失去了之前回击的力度,虽然他再次将对方的批评视为宗派主义,并予以批评,"今天诗坛也如文坛,派系门户之间的明争暗斗,愈趋愈烈,我们矢志欲超越这种小集团小宗派的作风和态度,虽为普遍的读者所支持,但遭遇到某些论客的吆喝和鞭挞也已经不只一次。"但重心已转向了辩解,为臧克家受"株连""治罪"开脱。杭约赫已意识到对方的批判用意并不在于诗学讨论,而在于"招降或清剿"③。因此,第12辑的编余小记和《中国新诗》的后记便更多地把笔墨用于阐释每期内容和重申他们的艺术主张。九叶诗人袁可嘉和唐湜更多地把回应放在了诗学讨论上,他们无法也无意以政治批判回击,只能一再地从文学的角度对左翼作家"以'政治'否定了生命"④的主张表示忧虑,并对他们文学依附政治的倾向进行批判。最终,势单力薄的九叶诗人已经无力抵御来自庞大力量的左翼阵营的批判,最终走的走,留的留,却都选择了保持沉默。

二、政治批评的实质:左翼知识分子政策的改变与宗派主义

从对现代主义诗歌晦涩抒情的批评到反动落后的政治批评,期间经历了一个历史的转变过程,那么这种转变是如何发生的?换言之,为什么会出现这

---

① 袁可嘉:《简答李白凤先生》,《大公报·星期文艺》(天津),1947年4月13日。此为袁可嘉佚文。
② 杭约赫:《编余小记》,《诗创造》,第5辑(1947年11月),第29页。
③ 杭约赫:《编余小记》,《诗创造》,第11辑(1948年5月),第31页。
④ 袁可嘉:《"人的文学"与"人民的文学"——从分析比较寻修正,求和谐》,《论新诗现代化》,三联书店1988年版,第118页。

种转变？我们从批判重心转变的时间上可发现蛛丝马迹。

左翼作家对现代主义诗人开始进行政治批判的时间集中于1947—1948年，这一时间正是代表或接近解放区左翼倾向的作家开始进行大肆批判的时期。这一时期左翼方面对知识分子的方针政策已和1940年代中前期不同了，中前期左翼方面为抗击外敌对知识分子是主张"团结"的，毛泽东一再在文章中强调了这一点，必须"注意团结和教育现有一切有用的知识分子"，"在抗日这一点上和党外的一切文学家艺术家（从党的同情分子、小资产阶级的文艺家到一切赞成抗日的资产阶级地主阶级的文艺家）团结起来"。① 这时的团结范围是非常广泛的，虽然此时知识分子处于被教育改造的低工农一等的地位，但毕竟尚未将他们孤立出去。至1945年抗日战争结束后则不同了，尤其是到1947年7月，人民解放军转入战略进攻，在与国民党的战争中处于有利的一方，局势已日趋明朗，为了推动人民解放战争的深入发展，彻底打倒蒋介石，1947年12月，中共中央在陕北米脂县杨家沟召开了会议。毛泽东在会上作了《目前形势和我们的任务》的报告，于会后写了《关于目前党的政策中的几个重要问题》的会议总结，阐述了中国共产党关于人民民主统一战线的方针和政策。从中我们看到对知识分子的政策发生了改变，毛泽东不仅批评了国统区下的右翼知识分子，认为"蒋介石统治区域的上层小资产阶级及中等资产阶级，其中有为数不多的一部分人，即这些阶级的右翼分子，存在着反动的政治倾向，他们替美国帝国主义与蒋介石反动集团散布幻想，他们反对人民民主革命。当着他们的反动倾向尚能影响群众时，我们应当向着接受他们影响的群众进行揭露工作，打击他们在群众中的政治影响，使群众从他们的影响之下解放出来。"②还批评了自由主义知识分子："如果说，在一九四六年，在蒋介石统治下的上层小资产阶级及中等资产阶级的知识分子中，还有一部分人怀着所谓'第三条道路'的想法，那么，在现在，这种想法已经破产了。"③此时，左翼已不再如抗日战争时期团结一切可利用的知识分子了，他们将政治倾向不同的

---

① 毛泽东：《论联合政府》，《毛泽东选集》第3卷，人民出版社1991年版，第1083页，第867页。
② 毛泽东：《目前形势和我们的任务》，解放社编：《目前形势和我们的任务》，华东新华书店1948年版，第27—28页。
③ 毛泽东：《目前形势和我们的任务》，解放社编：《目前形势和我们的任务》，华东新华书店1948年版，第30页。

知识分子排除到了战线之外。在这种主导思想的影响下,1948年3月1日,新创刊的《大众文艺丛刊》对沈从文、朱光潜等自由主义知识分子进行了严厉的批判,斥责他们为反动文艺的主要代表,"那种打着'自由思想'的旗帜,强调个人与生命本位,主张宽容而反对斗争,实际上是企图把文艺拉回到为艺术而艺术的境域中去的反动倾向"。① 在这股批评浪潮下,一批左翼作家(非七月派)对与沈从文联系紧密的具有自由主义倾向的九叶诗人进行政治批判就实在是时势所趋②。甚至对具有现代主义倾向的七月派亦进行政治批判也就可以理解了。由此可见,1940年代后期对现代主义诗歌进行政治批判,与左翼方面文艺政策的改变有着极为密切的关系。

其次,与七月派的宗派主义有关。1940年代后期对九叶诗人进行政治批判的多为七月派作家或与七月派关系密切的同路人,如阿垅、胡风、初犊、叶北岑、张羽、晋军等。

最早批评九叶诗人的初犊,原名朱谷怀③,他与胡风早在桂林时就已相识,曾与胡风一起编辑出版《七月诗丛》《七月文丛》等,在《希望》上发表诗歌《碑》,后虽离开南天出版社,但一直与胡风有书信往来。他主编《泥土》期间,仅第四辑就出现了两篇批评九叶诗人的文章。与《泥土》相似,《新诗潮》作者也多属七月派同路人。《新诗潮》于40年代初期问世于桂林,主要编者为麦紫、罗迦等。1944年受战事影响停刊,1947年麦紫、罗迦先后返回上海,以"丛刊"形式于1948年1月在上海复刊。其主要负责人罗迦曾受"胡风事件"牵

---

① 本刊同人·荃麟执笔:《对于当前文艺运动的意见——检讨·批判·和今后的方向》,《大众文艺丛刊》(香港)第1辑(1948年3月),第7页。
② 沈从文与九叶诗人中的穆旦、杜运燮、袁可嘉、郑敏关系较密,他是他们的老师,且常发表他们的诗作。与《诗创造》群体并无密切往来,只不过时人将他们与沈从文联系了起来,如叶北岑。参见本章第三节。
③ 在《中国新文学大系1937—1949 第二十集史料·索引》一书中,对朱谷怀的介绍是:"朱谷怀(1922—),广东兴宁人。原名朱振生,笔名啸峰、杜古仇、孔翔、初犊等。"(上海文艺出版社1994年版,274页)。此外,《中国现代文学作者笔名录》和《兴宁文史》书中有对于朱怀谷笔名更为详细的介绍:"朱谷怀(1922.11.20—)兴宁宁中乡人 原名:朱振生。笔名:啸峰——1940年在兴宁《时事日报》发表诗文署用。1942年又用于曲江《建国日报》。蒺藜——1942年在曲江《建国日报》副刊(陈文统编)发表诗歌署用。朱谷怀——见于诗《碑》,载1946年7月上海《希望》2集3期。沿用至今。谷怀——见于诗《桥》,载1947年6月1日上海《文艺复兴》3卷4期。杜古仇——见于《看〈升官图〉演出以后》,载1947年北平《泥土》杂志。孔翔、初犊——1947年在北平《泥土》杂志发表诗文署用。"两书朱怀谷条目内容相同。参见徐乃翔、钦鸿:《中国现代文学作者笔名录》,湖南文艺出版社1988年版,第138页;广东省兴宁县政协文史委员会编:《兴宁文史》,1990年第14辑,第276页。

连,又因言致罪,被打为"右派"。在《新诗潮》上发表《踢去这些绊脚石》一文的作者晋军(林遐)①也与七月派有关,"那时林遐的年纪三十开外,但看起来似乎还要大一点。听人说,这个纯朴农民模样的新来者,曾写过很多文章,并且同一些'胡风分子'有瓜葛,可能他本人就是这样的'分子'。"②《南北才子才女大会串——评〈中国新诗〉》和《评〈中国新诗〉》的作者张羽与舒波也被视为七月派的青年批评家③,如此在《新诗潮》上发表的三篇批评文章可谓都是七月派同人所为。

1940年代后期,七月派对自己派别的诗人大加赞扬,对不同派别的诗人则大加贬斥,往往达到非友即敌的程度。尤其是阿垅,最具"严重的宗派情绪"。④ 他每每在批评九叶诗人时,拿七月派诗人作比,褒扬后者而贬抑前者,如他在批评穆旦时,盛赞鲁藜,在批评杜运燮时,盛赞绿原等。胡风曾写信给他,一一告知批评对象,其中艾青也被列入,⑤但他却丝毫未作批评,反而在《人和诗》中时时加以褒扬。七月派批评对象的选择,大体都可算作"听将令"的结果,这一点可从胡风致阿垅等七月派诸诗人的信件中看出。在七月派一方,只要是有影响的作家,他们都予以批评,而九叶诗人当时正逐渐发挥影响力。九叶诗人的聚合萌芽于《诗创造》时期,《诗创造》创刊于1947年7月,甫一问世,就受到文艺界的好评,诗歌爱好者争相购买订阅,每期能销一两千册,属于当时的畅销杂志。每出一辑,上海《大公报》《新民晚报》都发消息或评论加以介绍,因而发行遍及全国,以后还远销中国香港、新加坡乃至整个东南亚地区。与之形成鲜明对比的是其他刊物的销路和出版时间的短暂。罗根就在《新诗潮》组织批评九叶诗人时指出"现在,诗的销路很差"⑥。据《诗创造》的主要参与者林宏、郝天航回忆当时的状况,"到1947年夏季,解放战争已进行

---

① 晋军为林遐的笔名,参见徐乃翔、钦鸿:《中国现代文学作者笔名录》,湖南文艺出版社1988年版,第399页。
② 贺青:《新生活的歌手——忆林遐》,《花城》,1982年第3期。
③ 陈青生指出:"同为'七月派'的其他青年批评家,还发表过《南北才子才女大会串——评〈中国新诗〉》(张羽)、《评〈中国新诗〉》(舒波)、《踢去这些绊脚石》(晋军)等批评文章。"(陈青生:《年轮:四十年代后半期的上海文学》,上海人民出版社2002年版,第312—313页。)
④ 古远清:《中国当代诗论50家》,重庆出版社1986年版,第37页。
⑤ 胡风给阿垅的信中明示:"朱光潜、朱自清、李广田、穆木天的一本诗歌作法,艾青等,要看一看,把他们的问题找出来。他们是有了影响的。"《胡风全集》第9卷,湖北人民出版社1999年版,第10页。
⑥ 李白凤、罗根等:《关于新诗底方向问题》,《新诗潮》(上海),第3辑(1948年7月),第2页。

了一年之久,在国民党统治区,进步文艺刊物能够保存下来寥寥无几,诗刊更是少的可怜"①。胡风创办的《希望》于1945年1月开始在重庆发行,仅出版4期就停刊了。1946年胡风返回上海重新出版《希望》,但依然困难重重,仅出版4期。对此,胡风说道:"回到了上海以后,宛如掉进了一个海里。茫茫滔滔,一望无际。有深不可测的无数的洞窟,有各自长着特别爪牙的无数的水兽,有此起彼落的无数的风涛变幻……"②其他刊物《呼吸》出版3辑;《新诗潮》1948年1月创刊于上海,同年12月停刊,共出版4期;《新诗歌》1947年2月15日创刊于上海,1948年2月出版第7期起,迁至香港;《泥土》出版7辑;《蚂蚁小集》出版6辑等。可以说,政治高压很快使多数刊物销路不佳、半路夭折。因此,坚持出版12辑的《诗创造》就非常引人注目了,加之,穆旦、袁可嘉等人在北平相当活跃,多次在沈从文和朱光潜主编的刊物上发表诗文,评论他们的文章也逐渐增多③,这就使他们成了七月派眼中"有了影响的"诗人。因此,在胡风等人宗教主义情绪的影响下,九叶诗人就成了他们批判的目标,从政治上予以批评,力图使他们的影响消失。

虽然,1940年代中期以前左翼作家对现代主义诗歌的批评也不乏从政治角度予以批判,如《太平洋周报》围剿路易士时对他诗歌晦涩的批评伴随着政治批判④,但这种情况从总体上来说是不多见的,并不构成大的批评趋势。40年代后期则不同了,伴随着左翼力量的不断扩大增强,对中西方现代主义诗歌批评均日趋激烈。此时左翼作家虽也批评他们的个人主义抒情和晦涩,但不再从逃避现实、诗歌主题等方面展开批评,而往往从政治立场上将现代主义诗人打入反动者的行列。这与1940年代后期的政治形势、文艺政策及七月派的宗派主义有着或多或少的联系,而这两者之间又有着密切的关联,七月派对九叶诗人的政治批判除了宗派主义的因素,亦受到40年代后期政治形势和文艺政策的影响,他们批评九叶诗人时常借助于对自由主义的批评,将他们划入第三方阵营,从而称之为敌人。

---

① 林宏,郝天航:《关于星群出版社与〈诗创造〉的始末》,《新文学史料》,1991年第3期。
② 胡风:《上海是一个海》,《胡风评论集(下)》,人民文学出版社1985年版,第138—143页。
③ 穆旦等人的评论集中于1947和1948年,评论穆旦的有王佐良、周钰良、李瑛、唐湜、默弓、袁可嘉、少若、无名氏等,评论杜运燮的有李致远、唐湜、默弓和郑敏等,评论陈敬容的有唐湜、李影心等,评论郑敏的有李瑛、唐湜、默弓等。
④ 参见上海《太平洋周报》第82期(1943年9月)。

第三节　对立中的一场"误战"
——从初犊、叶北岑和《泥土》说起

七月诗派和九叶诗人是 1940 年代诗坛并峙的两大诗歌流派,他们之间曾发生过多次论战,从初犊的《文艺骗子沈从文和他的集团》、阿垅的《形式主义片论》《思想片论》《自由主义片论》《〈旗〉片论(穆旦)》等,到唐湜的《论乡愿式的诗人与批评家》、袁可嘉的《诗的新方向》等,批评起因极为复杂,既牵扯到人情世故,又不无诗学观点的差异,批评范围也颇为广泛,但批评立场单一。在七月诗派与九叶诗人的论战中,初犊的《文艺骗子沈从文和他的集团》一文率先向九叶诗人发难,批评话语粗糙恶劣,发表时即产生不小的影响,历来研究九叶诗人和诗歌史、批评史的论者都不会遗漏这篇文章,然而,诸多研究者却"不约而同"地对其进行了"误读",以致论战未能真实全面地呈现出来。下面笔者将从初犊的《文艺骗子沈从文和他的集团》和叶北岑的《大的目标一致》入手,还研究者笔下的"误战"以真实面貌。

一、4 辑而非 3 辑:文章出处辨析

关于初犊的《文艺骗子沈从文和他的集团》一文的出处,存在着两种版本:《泥土》1947 年 7 月 25 日第三辑和 1947 年 9 月 17 日第四辑。就笔者所看到的相关注释以前者为多,《中国当代新诗史》《1948:天地玄黄》等书中对初犊《文艺骗子沈从文和他的集团》一文的论述或注释皆是《泥土》第 3 辑 1947 年 7 月 25 日①。其实,初犊的文章发表于 1947 年 9 月 17 日出版的《泥土》第 4 辑,现将整理的 3、4 辑目录呈列于下,一切自然清晰可见。

《泥土》第 3 辑目录:

人·兽·鬼(诗) ………………………………………… 戈扬:1

---

① 洪子诚,刘登翰:《中国当代新诗史》,北京大学出版社 2010 年版,第 8 页。钱理群:《1948:天地玄黄》,山东教育出版社 1998 年版,第 103 页。

挺立着!(杂文) ……………………………………… 石坚:1
闻一多二三事 ……………………………………… 吴晗:2
给一个人(诗) ……………………………………… 马兰:2—3
冯玉祥,我向你致敬——读冯玉祥告全国同胞书后(诗)……刘珈:3
什么是人生战斗:理解路翎的关键(论文) ………… 舒芜:4—5
两日记(日记) ……………………………………… 北遥:4—5
盛世文章(通信) …………………………………… c.v.:5
读《人生赋》散记(书评) …………………………… 姬蓬:6—7
无花果(诗) ………………………………………… 叶北岑:7
声音(诗) …………………………………………… 簟里:7
歌(诗) ……………………………………………… 严炎:7
逆流里底文艺(论文) ……………………………… 勃弋:8
假若这是真的(诗) ………………………………… 方风:8
送别(诗) …………………………………………… 小今:8①

《泥土》第4辑目录:
诗人一论(诗评) …………………………………… 阿垅:4—5
致约翰·克利斯朵夫(诗) ………………………… 冀汸:6
城市底呼喊(诗集) ………………………………… 化铁:7—11
虫鱼书(杂文) ……………………………… 贾鲂(于承武)②:11

---

① 目录据《泥土》第3辑整理而成。关于《泥土》的目录,周燕芬的《因缘际会:七月社 希望社及相关现代文学社团研究》(武汉大学出版社2011年版)和吴永平的《〈泥土〉全目及其他》(《新文学史料》2011年第4期)均有整理收录,但周燕芬的《因缘际会:七月社-希望社及相关现代文学社团研究》一书所附《泥土》第3辑目录中《盛世文章》一文未署名,文章未按页码排序。
② 贾鲂即为于承武,"于承武(1922.5.26—)河南西平人,原名:于文烈。笔名:于文烈——1946年开始在《云南日报》副刊署用,1947年在天津《大公报·文艺》发表短篇小说亦用过。贾渔——1946年在昆明编《学生报》副刊并在地下刊物《匕首》发表杂文署用,尔后用于《华北日报》《北大周刊》。孟修——1947年在天津《大公报·文艺》发表寓言署用,尔后在《泥土》杂志发表杂文散文亦用。于默——1947年在《华北日报》《北大周刊》发表杂文等署用。贾鲂——1948年前后在北平编《泥土》时写散文、杂文署用,近年在《开封日报》写杂文亦用。于文莱——1948年左右在《泥土》写散文用。于承武、于成武——建国后发表作品署用。(徐乃翔,钦鸿:《中国现代文学作者笔名录》,湖南文艺出版社1988年版,第9页。)于承武亦是《泥土》的编辑之一,他在朱谷怀离校后编了第7辑,之后《泥土》便不了了之。对此朱谷怀回忆:"我经手编了三期,毕业离校后就交给刘文(刘天文)和于承武等人继续编下去。"(晓风:《我与胡风:胡风事件三十七人回忆》,宁夏人民出版社1993年版,第642页。)目录中作者原名均为笔者所加。

文艺骗子沈从文和他的集团(论文) ……… 初犊(朱谷怀):12—15
从"飞碟"说到姚雪垠底歇斯的里(论文) …… 阿垅:16—19
路边的谈话(小说)……………………… 路翎:20—21
凤仙花(小说)……………………………… 路翎:22—23
工作(小诗小集)………………………… 朱谷怀:24
遭遇篇(助学杂感)(诗)………………… 刘迦:25—26
钢底祈祷(诗) ……… 美・卡尔・桑德堡,雷霆译:26
祝福・写给牧青(诗歌两首)…………………… 严炎:26
从复旦寄来(通信) ………………………… T.:27
堕落的戏,堕落的人——看《升官图》演出以后(论文) ………
…………………………………… 杜古仇(朱谷怀):27
希望(杂文集)………………………………… 舒芜:28—29
一个色情的彩棚——看《升官图》后的一点感想(论文) … 灼人:29
《马凡陀的山歌》(书评)………………… 吉父(冀汸):30
大的目标一致——由《带路的人》读后想起的(书评)………
……………………………… 叶北岑(李象文):31—32
向远方——寄洪和流(散文)………… 石岩(陶天白):33
求友与寻仇(通信)…………………………… 舒芜:34—35
碉堡(杂文)…………………………………… 傅钺:35
编后记 …………………………………………… 35①

明确了初犊文章的真正出处,还有必要对此进行深一步地思考,即为何写于1947年4月9日的文章却迟至9月才得以发表？发表的契机又是什么？为何没有能在7月出版的第3辑《泥土》发表？这还得从《泥土》的创刊说起。

《泥土》于1947年3月在北平创刊,原由北京师范学院部分青年学生自己

---

① 目录据《泥土》第4辑整理而成,1—3页分别为封面、版权和目录,《城市的呼喊》在目录中"的"在正文中为"底"。周燕芬在《因缘际会》一书中所附第4辑目录中,遗漏了《从复旦寄来》一文,另贾鉽在周燕芬书中作贾,未写完整,且7辑目录均未标明页码。吴永平《〈泥土〉全目及其他》(《新文学史料》2011年第4期)中的《泥土》目录亦未注页码,文章未按页码排序,且个别篇名并不准确,如《堕落的戏,堕落的人——看〈升官图〉后的一点感想》应为《堕落的戏,堕落的人:看〈升官图〉演出以后》。

集资创办,但由于资金、稿源等问题,在第 2 期的编后记中便诉说了难以维持的困窘,并呼吁众人帮助:"不用说,我们是穷苦的,甚至夏天来了,连穿衣也成了问题,但为了这刊物,我们除拿出自己的钱外,还发动募捐,这结果是第二辑得能和大家看面,自然这更是由于我们得到了大量的读者友人的鼓励和支持的原故,而物价又飞跃了,第三辑能否出来呢?真无法可想,所以谨向热情的读者友人们再呼吁:请帮助我们。"①在这种情况下,第 3 辑艰难问世了,但上面的文章与之前的两期相比却急剧减少,时间间隔也开始拉长,明显现出稿源和资金不足的尴尬。② 于是从第 4 期开始与北大学生合作,主编由叶遥变为时任北大文学社负责人的朱谷怀。朱谷怀的参与使得《泥土》的面貌发生了明显的改变,首先是稿源得以扩展,篇幅也得以增大,这与他和胡风的关系有着密切的关联。他与胡风早在桂林时就已相识,聂绀弩与彭燕郊成为他与胡风相识的关键。1942 年 3 月,胡风由香港到达桂林,老友聂绀弩将彭燕郊介绍给了胡风,随之彭燕郊又将朱谷怀介绍给了胡风。出于对胡风的崇拜和尊敬,当他听说胡风想要出版《七月诗丛》和《七月文丛》而一时找不到出版社时,他积极响应彭燕郊和米军的成立出版社的意见,拿出 5000 元钱,成立了南天出版社③,与胡风一起陆续编辑出版了《七月诗丛》《七月文丛》等,在此过程中彼此加深了联系。后来朱谷怀虽于 1942 年暑假考入岭南大学、1944 年又入西南联大读书,离开了南天出版社,但一直与胡风有书信往来。于是,在《泥土》稿源缺乏的情况下,他写信向胡风求助,"我将此事写信给上海的胡风,希望他能介

---

① 《编后记》,《泥土》(北平),第 2 辑(1947 年 5 月 20 日),第 32 页。
② 北平《泥土》1、2 辑的时间分别为 1947 年 4 月 15 日和 1947 年 5 月 20 日,间隔为一个月左右,而第 3 辑与 2 辑却间隔两个月,且第 3 辑刊文仅 8 页,收文 15 篇,而 1 辑收文 20 篇 32 页,2 辑亦是 32 页。
③ 朱文中说:"那个时候,两角钱能吃到一个不算错的客餐,5000 元是个不小的数目。"(朱谷怀:《往事历历在眼前——记我与胡风的交往》,《我与胡风:胡风事件三十七人回忆》,宁夏人民出版社 1993 年版,第 634 页。)关于钱和出版缘起,胡风和梅志的说法与朱谷怀不同,胡风回忆到:"他们爱好文艺,筹了一点钱想办一个出版社,要我支持,主要是为他们介绍书出版。但是了解一下,他们资金并不多,出一本一、二十万字的书就可能周转不过来。因此,我向他们建议,是不是出一套丛书,先出薄本子的,慢慢地能周转了,再出大型的书。他们完全同意。出版社命名为'南天出版社',先出一套《七月诗丛》。"(胡风:《惠阳——桂林——抗战回忆录之十四》,《新文学史料》1988 年第 3 期)梅志说法相似,"1942 年,我们从香港撤退,辗转到了桂林,由于等重庆的指示,就停留在那里了。这时有几个广东青年筹措了很少数的钱,由朱谷怀出面托人找到胡风,要他帮助办个出版社,并且已定名为'南天出版社'。因为他们的钱不多,胡风就决定先为他们编一套诗丛,这就是《七月诗丛》(土纸本)。"(梅志:《梅志文集》第四卷,晓风编,宁夏人民出版社 2007 年版,第 158 页。)

绍些稿子给我们,以充实那小刊物的内容。"①这样,我们就看到在朱谷怀主编的《泥土》第一辑(即第4辑)中一半以上的文章都来自于"七月派"作家或与之有密切关系的同路人。而最重要的是,正是由于朱谷怀的主编身份,初犊的文章才得以面世。因为初犊即是朱谷怀。在《中国新文学大系 1937—1949 第二十集史料·索引》一书中,对朱谷怀的介绍是:"朱谷怀(1922—),广东兴宁人。原名朱振生,笔名啸峰、杜古仇、孔翔、初犊等。"②《中国现代文学作者笔名录》和《兴宁文史 第 14 辑》中有对于朱谷怀的笔名更为详细的介绍:"朱谷怀(1922.11.20—)兴宁宁中乡人 原名:朱振生。笔名:啸峰——1940 年在兴宁《时事日报》发表诗文署用。1942 年又用于曲江《建国日报》。蒺藜——1942 年在曲江《建国日报》副刊(陈文统编)发表诗歌署用。朱谷怀——见于诗《碑》,载 1946 年 7 月上海《希望》2 集 3 期。沿用至今。谷怀——见于诗《桥》,载 1947 年 6 月 1 日上海《文艺复兴》3 卷 4 期。杜古仇——见于《看〈升官图〉演出以后》,载 1947 年北平《泥土》杂志。孔翔、初犊——1947 年在北平《泥土》杂志发表诗文署用。"③显然朱谷怀作为主编,有了自己的刊物,于是他的文章终于在五个月后的《泥土》上发表了。

二、初犊文章"被含"多篇文章观点:文章内容辨析

在初犊的文章中,因对沈从文不满,他责骂沈从文是"有意无意将灵魂和艺术出卖给统治阶级,制造大批的谎话和毒药去麻痹和毒害他人的精神的文艺骗子"。并在批评沈从文之余对九叶诗人进行了大肆挞伐,称袁可嘉、李瑛只会"玩弄玄虚的技巧",指责穆旦的《时感》表现的是"半死亡状态的奴才式的思想内容……只能麻痹活人的精神状态,但决不可能给读者的情绪'感染震动'的",批评郑敏的《死》"所希望的是'冷静地忍受着死亡'"的"奴才式的顺从态度",在"现实面前低头、无力、慵惰",最后将他们都归为沈从文的"小喽啰",称他们"所要建立的艺术王国正是一个这样的大粪坑,而他们又正是乐意

---

① 朱谷怀:《往事历历在眼前——记我与胡风的交往》,《我与胡风:胡风事件三十七人回忆》,宁夏人民出版社 1993 年版月,第 642 页。
② 编辑委员会编:《中国新文学大系 1937—1949 第二十集史料·索引》,上海文艺出版社 1994 年版,第 274 页。
③ 广东省兴宁县政协文史委员会编:《兴宁文史》,1990 年第 14 辑,第 276 页。徐乃翔、钦鸿:《中国现代文学作者笔名录》,湖南文艺出版社 1988 年版,第 138 页。两书朱谷怀条目内容相同。

在这个大粪坑里做哼哼唧唧的蚊子和苍蝇的!"①初犊的文章显然充满了意气之争,他认为沈从文们的行为是在"打击异己",因此愤怒地在文末以我们的名义号召大家"拿起扫把和剪刀来,扫除这些壅路的粪便,剪断这些死亡主义和颓废主义的毒花",用语可谓相当粗糙恶劣。但凡研究七月诗派、九叶诗人的论者都注意到了这篇文章,但笔者却发现众研究者们在论述此文时往往将"他人"的观点称为初犊的观点,从而使得这篇文章被"强行包含"了许多不属于初犊的观点。如:

> 首先发难的是《泥土》中的年轻人:1947年7月25日出版的《泥土》3辑上发表了一篇署名"初犊"的文章,题目就颇为吓人:《文艺骗子沈从文和他的集团》。据说是因为沈从文在天津《益世报》"文学周刊"上发表文章,强调"诗必须是诗,征服读者不在强迫,一而近于自然皈依",并讥讽一些人并无创作"业绩",却"迫切要他人认可他们是'大诗人',或'人民诗人'"。接着被认为深受沈从文影响的袁可嘉又在天津《大公报》"星期文艺"上著文批评"拜伦式浪漫气息的作祟"。这些都被看作是对近十年新诗革命传统的一次"集团"式的否定。反击的目标首先是沈从文,说他是"有意无意将灵魂和艺术出卖给统治阶级,制造大批的谎话和毒药去麻痹和毒害他人的精神的文艺骗子"。同时当作靶子的还有被称为沈从文"喽啰"的青年诗人,点名的有袁可嘉、郑敏等人,说他们"玩弄玄虚的技巧","在现实面前低头,无力,慵惰,因而寻找'冷静地忍受着死亡'的奴才式的顺从态度",最后号召要"扫除这些壅路的粪便,剪断这些死亡主义和颓废主义的毒花"。敏感而又火气十足的年轻人又把怒火烧向《诗创造》,指责其"公然打着'只要大的目标一致'的旗帜,行进其市侩主义的真实感情"(转引自《诗创造》5期《编余小记》)。——这也是"我们"体:同样是以政治评断代替文艺上不同意见的诘难,同样是真理在握的审判式的语调,只不过又多了一些着意选用的粗暴、肮脏的词语:这大概也是一种

---

① 《泥土》(北平),第4辑(1947年9月17日),第12—15页。

时代风尚。①

《诗创造》的第二辑,刊登了洁民(应为洁泯——笔者按)的一篇"特别强调诗的政治内容"的文章,编者说:"这种看法,我们虽然不能完全赞同,新诗距离决定性的结论尚远,它面前的路决不仅仅只一条"(《编余小记》,1947年8月)。《诗创造》第五辑,编者对于这种极大的误解与批评的反应就更加明朗化了。其中引述当时北平一家《文艺》刊物上发表的一篇批评文章说,包括穆旦、袁可嘉、郑敏这些诗人,是"乐意在大粪坑里做哼哼唧唧的蚊子和苍蝇",评论《诗创造》第一期《编余小记》,"公然打着'只要大的目标一致'的旗帜,行进其市侩主义的'真实感情'……这正是我们的敌人该打击之"的。编者重申:"我们的编辑方针过去是、现在还是坚持着北平这位论客要'打击之'的'在诗的创作上,只要大的目标一致,不论所表现的是知识分子的感情或劳苦大众的感情,我们都一样重视'这一主张。"(《编余小记》,1947年11月)②

这还算客气的,其实在这之前的1947年9月,就有人敏锐地把袁可嘉与自由主义文人的领袖沈从文、朱光潜联系起来,斥为"文艺骗子沈从文和他的集团",认定"这正是我们的敌人该打击之"。(初犊:《文艺骗子沈从文和他的集团》,载《泥土》第4辑,1947年9月。)③

……

从上面这些论述中我们可以发现,但凡提到初犊《文艺骗子沈从文和他的集团》一文时,目前的研究者都强调了这一点,即该文攻击《诗创造》"公然打着'只要大的目标一致'的旗帜,行进其市侩主义的'真实感情'",并说:"这正是我们的敌人,该打击之。"那么,事实是否如此呢?答案显然是否定的。首先,初犊的文章写作时间是1947年4月9日,此时《诗创造》尚未创刊(1947年7月创刊),因此,初犊不可能看到过《诗创造》。其次,从上面所列的目录

---

① 钱理群:《一九四八:诗人的分化》,《文艺理论研究》1996年第4期,后收《1948:天地玄黄》时"敏感而又火气十足的年轻人又把怒火烧向《诗创造》"改为"敏感而又火气十足的年轻人又把怒火烧向经常发表袁可嘉、郑敏作品的《诗创造》"(山东教育出版社1998年版,第103—104页。),其实,袁可嘉仅在上海《诗创造》发表过《新诗戏剧化》、郑敏则未在上海《诗创造》上发表作品。

② 孙玉石:《中国现代主义诗潮史论》,北京大学出版社2010年版,第283页。

③ 解志熙:《摩登与现代——中国现代文学的实存分析》,清华大学出版社2006年版,第92页。

中我们可以看到,《泥土》第 4 辑依次对沈从文集团、姚雪垠、陈白尘、马凡陀等进行了评论。而叶北岑的《大的目标一致》无疑与《诗创造》有着密切的关联,"大的目标一致"是《诗创造》在创刊号的编余小记中提出来的,"带路的人"则是《诗创造》第一辑的名字,且在这篇文章中,笔者找到了经常被作为初犊观点的相关句子的原话:

> 站在同一目标之下,诚如默涵先生所说:"批评还必须分清敌友,对于自己,对于友人,批评是为了加强团结,指出缺点,是为了思想上更靠拢,更一致,是同心同德的,而不是离心离德的",那么,对于这样公然打着"只要大的目标一致"的旗帜,行进其市侩主义的"真实情感","一个是临死的"真实,该怎样呢,难道他们是我们的友人吗?我们是分得清的,这正是我们的敌人,该打击之,无论它是怎样的化装,喊着怎样的口号,打着怎样好看的大旗。①

至此,我们完全可以肯定初犊并未对《诗创造》进行批评,对其批评的乃是叶北岑的《大的目标一致》一文。行文至此,问题已经解决,但笔者感兴趣的是诸多论者为何被同一块石头所绊倒?从他们对初犊文章出处的注释来看,除了标明《泥土》外,也有论者注明转引自《诗创造》第 5 辑"编余小记"。这或许为我们向事实的真相提供了一种通幽之曲径。鉴于重要性笔者大段引述《诗创造》第 5 辑的编余小记:

> 那里知道,我们第一辑的编余小记便使这些论客们觉得不顺眼了。一个北平出版的"评论"文章占去了一半篇幅的"文艺"刊物上,从"评论"《文艺骗子沈从文和他的集团》(这里包括诗人穆旦、袁可嘉、郑敏等这些"乐意在大粪坑里做哼哼唧唧的蚊子和苍蝇"),"评论""毒蛇、骚狐、癞皮狗"的姚雪垠,"评论""在生活里面得不到性欲的满足,便晕痴痴地跑到作品中去舞台上去,让读者观众或和作者一道在他所'创造'的人物里面狂嫖一通去求得满足"的"一头性欲勃发的动物"的《升官图》底作者陈白

---

① 叶北岑:《大的目标一致》,《泥土》(北平)第 4 辑(1947 年 9 月 17 日),第 32 页。

尘(这里牵涉到"市侩李健吾们"和"使人愤懑"的"郭沫若先生"),"评论""一个穿厌了都市底、泊来底各种浓装艳服的小市民,自感到在这个色情横溢的市场上再不足以逗引行人注目,而换上乡村底土头土脑的装束然后沾沾自喜要别人喝彩,也自己喝彩:'这才新鲜呀!'"的"为了追求新鲜而写他底'山歌'"的马凡陀。最后便"评论"到"公然打着'只要大的目标一致'的旗帜,行进其市侩主义的'真实感情'……这正是我们的敌人该打击之"的我们这个小小的诗丛刊了。①

这里一个北平出版的"评论"文章占去了一半篇幅的"文艺"刊物显然指的是《泥土》,值得注意的是,这里所罗列的种种批评,与《泥土》的"目录"恰呈对应之势。编者在写到对《诗创造》的批评时说到"最后",无疑指的是《泥土》中的最后一篇论文,即叶北岑的《大的目标一致:由"带路的人"想起的》一文。但由于《诗创造》在罗列这些评论时,仅借用了初犢文章的标题,粗略一看,确实会给人一种错觉,以为下面的批评尽出于同一篇文章,正如孙玉石所感觉到的:"其中引述当时北平一家《文艺》刊物上发表的一篇批评文章说"。如此看来,众研究者的"误会"竟出自于此!而根源自然在于未能查看《泥土》中的原文。

三、"沈从文集团"与《诗创造》关系辨析

排除了初犢对《诗创造》进行过批评后,最后我们还有必要对叶北岑的文章内容作一简单论述。在叶北岑的文章中,他主要对《诗创造》提出的"大的目标一致"的虚伪性和江天漠(即杭约赫)的与刊名相同的《带路的人》一诗进行了批判,指责《带路的人》"不过是一套人生哲学的变戏法","一点点绅士的烦恼",而缺乏"血的冲击力和呼唤力",并指出"这样的精神世界,和沈从文们所追求的,正是一样的","正是一种小资产阶级逃避现实的反映",斥责"带路的人""给读者带向哪里去?"讥讽作者的感情是"一个临死的,腐烂的,发臭的",最后以居高临下的姿态将《诗创造》归为敌方阵营,"这正是我们的敌人,该打击之"。②

---

① 杭约赫:《编余小记》,《诗创造》(上海)第5辑(1947年11月),第29页。
② 《泥土》(北平)第4辑(1947年9月17日),第31—32页。

应该说初犊和叶北岑的文章所评论的对象是不同的,但由于研究者的"误读",使得《诗创造》无形中也被纳入了"沈从文集团"。通过我们对初犊文章和叶北岑文章内容的简单论述,有效地澄清了沈从文集团与《诗创造》的关系,即《诗创造》此时并非属于"沈从文集团",杭约赫、陈敬容等尚未与穆旦等联合。除此之外,历史事实的辨析也有助于我们认清"沈从文集团"此时与《诗创造》的关系。

沈从文与袁可嘉、郑敏、穆旦、杜运燮属于师生关系,沈从文曾在西南联大执教,后者则陆续就读于西南联大①,他们经常在沈从文主编的刊物《益世报·文学周刊》《大公报·星期文艺》上发表文章。而此时,他们与《诗创造》五人尚不相识。即使他们四人之间,在聚合前也大多不认识,穆旦与杜运燮在联大时相识②,与郑敏、袁可嘉在1946年分别见过面,穆旦在《我的历史问题的交代》中写到1946年的活动记录时说:"共去平津三四次,除一次买纸,一次考留学外,都是为了个人回家、访友或游玩",见到的人有"王佐良,周珏良,沈从文,袁可嘉,冯至(以上都在大学任教)……"③与郑敏见面则是在南京,"在我出国前,我家在南京嘛,这个时候查良铮(即穆旦)在南京的一个部队里担任翻译,我在那个阶段跟他来往得比较多。有时候他找我去喝咖啡,聊一聊。他长得很帅的,有点像哪个演员,高高的,相当高。他是一个很善于表达自己的,很外向的。有一阵子我跟他有过通信,后来出国就散了。"④杜运燮与袁可嘉未见过面。1945年10月,杜运燮经沈从文先生推荐进重庆《大公报》当编辑,此时,郑敏在重庆通讯社任翻译,期间他们有过短暂接触,"跟杜运燮的接触也很短,有一阵子,我们都在重庆,他在新华社,我在一个报纸上做翻译,有

---

① 穆旦1935年考入清华大学,后于1938年随校迁至云南,成为三校合并后的西南联大学生,1940年毕业。杜运燮1939年转学西南联大外文系,郑敏1939年考入西南联大入哲学系,袁可嘉则于1941年才入西南联大,1946年毕业。
② 杜运燮:《穆旦着译的背后》,《一个民族已经起来》,江苏人民出版社1987年版,第119页。
③ 易彬:《穆旦年谱》,中国社会科学出版社2010年版,第95页。
④ 刘溜:《写诗要让人感觉到忽然进入另外一个世界》,《经济观察报》2009年9月18日。易彬《"他非常渴望安定的生活"》一文也提到郑敏于1947年与穆旦见过面,"有一次穆旦到南京玩,才见面"。(《新诗评论》2006年2辑,第232页。)

过不多的交流。"①袁可嘉与郑敏未见过面,郑敏只提到她 1940 年代寄过诗稿给他。两个群体之间则互不认识,虽然陈敬容在兰州时曾编发过穆旦、杜运燮的诗稿②,但尚未有资料证明他们有书信来往或其他交往活动。他们之间开始联系已到 1948 年以后了。1948 年 1 月,唐湜在汪曾祺的建议下写成《穆旦论》,发表在《中国新诗》8、9 月出版的第 3、4 辑上,陈敬容在《真诚的声音》中分析了穆旦、郑敏、杜运燮的诗,此文发表在《诗创造》1948 年 12 辑,同期还发表了袁可嘉的《新诗戏剧化》一文。因此,《泥土》第 4 辑出版时,也就是 1947 年 9 月时,沈从文集团成员与《诗创造》群体是互不相识的,他们之间也就不可能积聚与汇合,他们此时尚是彼此独立的两个群体。

四、结语

作为七月诗派与九叶诗人论战中的一篇重要文章,初犊的《文艺骗子沈从文和他的集团》被论者反复引用,但囿于原始资料的难以获得和历史结论的影响,文章出处和内容都有错讹之处。这不但造成了一些史料的被遮蔽,也影响到了对诗歌史实的论断,因此,我们在引用和作结时一定要慎之又慎,尽量做到在还原历史真相的基础上作出恰如其分的结论。

---

① 刘溜:《写诗要让人感觉到忽然进入另外一个世界》,《经济观察报》2009 年 9 月 18 日。易彬在《"他非常渴望安定的生活"》一文中称郑敏和杜运燮"不同系也不同级,大家都不认识"。(《新诗评论》2006 年第 2 辑,第 232 页)存疑。

② 王贺:《从兰州到上海——论陈敬容的行旅与都市书写》,《汉语言文学研究》2010 年第 4 期。

第三章
译介视域中现代主义与左翼的对立

本章主要梳理英美德俄诸国现代主义诗人奥登、艾略特、里尔克和马雅可夫斯基在中国的译介过程中所发生的现代主义与左翼之间的对立。在第二章论述现代主义与左翼的对立时虽提到过左翼作家对西方现代主义的批评,但都是笼统的批评,并未点名具体的诗人。故这一章从国外一个个现代主义诗人入手,论述现代主义与左翼之间的对立。关于艾略特、奥登、里尔克等现代主义诗人的译介已有论者陆续做出了梳理,马雅可夫斯基的译介则相对较少人关注①。本书并不着意于对现有论述的史料补充,而是在探讨现代主义与左翼对立这一论题下尽量以新的史料为依据,这样,本书就舍弃了许多无关的史料,不求全面,只求有力地论证译介视域中现代主义与左翼的对立这一主题。

第一节 晦涩、传统、宗教和影响:艾略特译介中的对立

艾略特(1888—1965),英国20世纪影响最大的诗人。生于美国密苏里州

---

① 目前对现代主义译介研究较多的是西方现代主义,即英美德法诸国的现代主义,将俄国现代主义排除在外,这种现象不仅在西欧的著作中存在,在中国的论著中也普遍存在。施蛰存在《关于"现代派"一席谈》中指出:"在 Modernism 这个名词出现的时候,它的内容确也包括初期的苏联文学在内,当时像马雅可夫斯基、勃洛克的诗,巴倍尔、比尔涅克、伊凡诺夫的小说,巴芙洛娃、邓肯的芭蕾舞,爱森斯坦、杜甫仁科的戏剧电影导演手法,都是现代主义的。不过,近来我看西欧的一些文学论著,它们似乎不涉及苏联文学"。(《文汇报》1983年10月18日。)出现这种现象,既与西方的文化霸权意识有关,也与未来主义的复杂面貌有关。关于四人译介的详细论述(包含史料的补充),笔者已另文论述。

圣路易斯。祖父是牧师,父亲经商,母亲是诗人,写过宗教诗歌。1906年,艾略特入哈佛大学学哲学,1911至1914年学习哲学和比较文学,接触过梵文和东方文化,对黑格尔派的哲学家颇感兴趣,也曾受法国象征主义文学的影响。1914年,艾略特结识美国诗人庞德,后定居伦敦。1922年创办文学评论季刊《标准》,任主编至1939年。1927年加入英国籍。艾略特认为自己在政治上是保皇党,宗教上是英国天主教徒,文学上是古典主义者。作品有《普鲁弗洛克的情歌》(1917)、《诗集》(1919)、《荒原》(1922)、《艾略特诗集》(1909—1925)、《东方贤人之旅》(1927)、《灰色的星期三》(1930)、《诗选》(1909—1935)、《四个四重奏》(1943)等,1948年《四个四重奏》获诺贝尔文学奖奖金。剧作有《大教堂谋杀案》(1935)、《全家重聚》、《鸡尾酒会》等。文学论文有《传统与个人才能》、《诗的三种声音》等。

艾略特的译介①起步于20年代,40年代趋于高潮。许多左翼或具有左翼倾向的诗人作家参与了艾略特的译介,如汪漫铎、袁水拍、徐迟、唐祈、唐湜、邹绿芷、何东辉、韩侍桁、胡仲持等。其中,不少左翼作家对艾略特提出了批评,晦涩、传统、宗教和负面影响是他们批评最多和最有力的。但译介艾略特最多的还是现代主义作家,如俞铭传、杨周翰、袁可嘉、穆旦、卞之琳、朱维基、崔宗伟、孙晋三、曹葆华、周煦良、罗莫辰等。他们对左翼作家批评的晦涩、传统等都进行了辩护。

一、关于晦涩的对立

艾略特的诗歌由于大量用典等原因,非常晦涩难解,尤其是《荒原》,因此招致左翼诗人的批评。林焕平在《论抗战诗的诸问题》中将现代主义诗人与浪漫主义诗人并举,指出现代主义诗人的诗歌较为含蓄:"从西洋诗来说,荷马、歌德、海涅、雨果、莎士比亚、雪莱、拜伦、惠特曼、普希金、涅克拉索失、别德芮

---

① 目前对于艾略特译介的研究已有研究者做过或长或短的论述,如张松建:《艾略特在中国的传播》《现代诗的再出发》,北京大学出版社2009年版。董洪川:《欧美文学论丛"荒原"之风:T. S. 艾略特在中国》,北京大学出版社2004年版。李洪华、周海洋:《战争文化语境下的域外现代派文学译介:以里尔克、艾略特、奥登为中心》,《南昌大学学报》2010年第1期。杨金才:《T. S. 艾略特在中国》,《山东外语教学》1992年第1—2合期。

衣等,他们的诗,固然没有 T. S. Elliot(爱略特)的诗那样富于含蓄。"①但在评价两派诗人何派更有永久价值时,他将评判的权利交给了广大人民,认为只要"为广大人民群众所爱读",就具有永久价值,虽然他未给出明确答案,但显然,人民大众无疑是喜欢明白易懂的诗歌的,暗含了林焕平对艾略特诗歌晦涩的批评。王楚良翻译 William B. Kaufman 的《英国文学中的战时倾向》对艾略特诗歌的晦涩也颇有微词,认为这是艾略特使用私人性的典故而又不加解释所致:

在现代的一切诗人中间,爱略亚忒恐怕是一个最难懂的一个,那就是说,他的诗句中包藏着懂得了才能获得最大的诗意的满足底难处。危害了现代诗歌形式和思想的那种对于人类的反动产生了诗人们对于大众和读者的那种诅骂和漠不关心。从古诗人和古诗里取来的晦涩典故没有明证地发现着;它们的意义往往是一个作者所写诗歌的整个锁钥,但是作者是决不加以说明的。如果他的读者竟然笨得不能跟随他,就让他的读者忍受,只有史悌芬·史宾特(Stephen Spender)没有把他的诗装满了为学者所好而为大众所恶的繁文细节。②

作者认为艾略特晦涩的诗歌影响了美国最优秀的诗人奥登,这从他诗歌中"典故的自私和晦涩"即可看出。对典故的自私,作者进行了严厉批评,认为"这一种私自得对于作者不亲近的读者,就毫无意义的诗篇是应当加以诅咒的,因为诗歌的主要控诉,也自然就是诗歌的主要作用,就在把作者个人的深刻体验,压缩而为普遍的意义……但是几年来在平淡生活中喂养成的读者底无知却不是诅咒一个利用了过去伟大的含蓄燃起了他对于现实底印象的诗人底理由。"③在第二章第一节我们探讨了针对左翼作家的批评,现代主义诗人将晦涩归因于读者的素养。这里,王楚良显然通过译文表达了相反的意见,他

---

① 林焕平:《林焕平文集》第 1 卷,广西师范大学出版社 1990 年版,第 46 页。此文作于 1939 年 6 月 16 日。
② William B. Kaufman:《英国文学中的战时倾向》,王楚良译,《文坛》(上海)1946 年第 1 卷第 2 期,第 62 页。
③ William B. Kaufman:《英国文学中的战时倾向》,王楚良译,《文坛》(上海)1946 年第 1 卷第 2 期,第 62 页。

反对诗歌运用过于私人的典故,批评了将晦涩指向读者无知的错误。左翼作家对现代主义诗歌晦涩的批评更多见于笼统的批评,有时并未明确点名具体诗人,这一点可参见第二章第一节。

对左翼作家的批评,不少现代主义诗人作家都予以了反驳和辩解。如默棠、赵萝蕤、邢光祖、吴兴华、徐迟、袁可嘉、穆旦、朱维基等。默棠译介的《论现代诗》指出爱略特《荒原》的晦涩不在于文学的典故与假借,"在某一意义《荒原》既不是晦涩的也不是难懂的诗——至少在现时看来已不如最初那样晦涩与难懂——不过它底含义却不定。诗的整体显然比各部分加在一块更大,而疑难处也正在爱略特底诗的体系。"①赵萝蕤认为《荒原》中的晦涩与用典有关,因此她翻译时在注释方面颇下了一番功夫,在保留艾略特原注的基础上,她增加了三十多条注释。随后她又作了《艾略特与〈荒原〉》一文。文中对《荒原》的内容与艺术给予了正面评价,详细分析了《荒原》的用典和讽刺,认为我们所感觉到的内容的晦涩,"其实只是未能了解诗人他自己的独特的个性的技术",因此要想理解艾略特的诗,就要了解他的技术的特点,从而了解内容,此外还要了解他的时代。赵萝蕤认为针对艾略特的晦涩,我们不能畏惧他,贬低他的价值,同时亦不必因他的晦涩,因好诡秘造作而崇拜他。② 邢光祖的《荒原》是对赵萝蕤译介《荒原》的书评,他对艾略特诗的晦涩也进行了辩护。他指出"因为艾略特的诗是智慧的,辞藻方面又是引经摘古的,所以他的诗常流入晦涩的弊端。也许晦涩不是一个适当的名词,我们得借用司空图二十四诗品之一来说是'委曲'。"邢光祖认为艾略特的诗以委曲作手段,侧重于文字的技术,他赞同 Louis Untermeyer 在《近代英诗之梗概》中对艾略特使用略音和暗示的分析,认为"唯其因为艾略特在诗里运用'委曲',所以常引起读者的费解。""我们应该要能鉴别出表现的晦涩(obscurity of expression)和晦涩的表现(expression of obscurity),两者不可混而为一。况且在诗的理解上,晦涩不足诟为诗病,因为,这是读者的问题,而不是诗的本身的问题。"③邢光祖显然对左翼诗歌的肤浅、公式主义不满,他认为诗不是一种公式,不能不加训练就能够

---

① R. D. Charques:《论现代诗》,默棠译,《清华周刊》(北平),1934 年第 42 卷第 6 期,第 78 页。
② 原载《时事新报·学灯》1940 年 5 月 14 日。引自赵萝蕤:《我的读书生涯》,北大出版社 1996 年版,第 7—18 页。
③ 邢光祖:《荒原》,《西洋文学》(上海),1940 年第 4 期,第 487—488 页。

学会。同期还刊载了诗人吴兴华的两篇书评《现代诗与传统》和《秋天的日记》，两文都提到了艾略特。在《现代诗与传统》一文中，作者首先罗列了艾略特、奥登等人所遭到的反对及原因：

> 在英美近几年来所谓的《新诗》(New Poetry)也曾遭到十分严重的反对，那情形和中国不相上下。反对者最常提出的理由就是：爱略特，夏芝（晚年的），奥顿所写的东西，根本就不想使读者了解；他们完全舍弃了英国诗光荣的传统，他们忘记了他们所用的文字曾产生过莎士比亚的诗剧及失乐园；他们废弃了"形式"——韵，音节等；所以，他们写的不能算是诗。①

吴兴华借作者之口对此进行了反驳，他指出"谁也不能死抱着颇普(Pope)的诗论不放手，而同时又想充分欣赏华兹华斯(Wordsworth)的诗。"吴兴华认为布氏对《荒原》详细而新颖的分析是全书中写得最好的一章，侧面肯定了艾略特《荒原》的价值。

与多数现代主义作家极力辩解晦涩的原因不同，周煦良的译文则指出艾略特的诗歌并不晦涩，而具有一种毫不费力的平易：

> 爱略特因为描写了那些遵照习惯起身和睡觉的男男女女，引起当时人的极大注意，他的艺术因描写这种没有心情的生活显得灰色寒冷枯燥。他是一个蒲伯(Pope)，他自己并没有发现什么特殊方法，他用以产生效果的方法是摒绝一切流行的浪漫诗人所采用的音节和比喻，这样使他的作品只得到一种毫不费力的平易，读起来非常新奇。②

奥登访华后与衣修伍德合著了一本书，此书出版于1939年，国内首次将其翻译出来的是朱维基，于1941年5月由国民书店出版，题名《在战时》。这本书的出版与左翼作家叶君健和锡金有着密切的关系，锡金在《关于行列社》

---

① 兴华：《现代诗与传统》，《西洋文学》(上海)，1940年第4期，第490页。
② 周煦良：《叶芝论现代英国诗——牛津现代诗选序论节译》，《西洋文学》(上海)，1941年第9期，第260页。

一文中回忆到："当时我手边有从叶君健处要来的两册新诗集，一册是英国诗人奥登的《在战时》；一册是西班牙内战歌谣集《而西班牙歌唱了》，就让朱维基翻译前者，芳信翻译后者，两册译成后就集体润色出版；都是由钱君匋写了字，我设计的封面。"①朱维基在书中对艾略特诗作的晦涩进行了解释。鉴于目前对于这本书尚无研究者论述过，故在此详细地予以论述。

在《在战时》一书中，朱维基在书前作了长达36页的引言，详细分析了奥登登上诗坛的时代背景、对他影响深刻的三位诗人和他的诗艺特点，并逐条阐释了《在战时》每首诗的含义；正文则由朱维基翻译的奥登的27首十四行诗和"用韵文写的解释"组成，并未包含诸研究者所传的"此书收录了6首序诗"②。在《在战时》的序言中，朱维基指出艾略特诗歌最大的特点就是它的晦涩而难懂，之所以读者感到困难，朱维基将之归因于两个方面：

> 第一，他故意地使用情绪上的连续性，而不顾逻辑上的连续性，那就是说，他运用一连串在表面上不相联接的意象以表现一种情绪的状态，正好像电影的导演用一连串在表面上不相联接的"短景"把观众的心灵从一个戏剧点带到另一个戏剧点去一样。第二，爱略脱在写诗时又运用心理学表面的那种"自由联想"（free association）的方法，譬如，如果他先有了一个观念，他在默想这个观念时，就从他的下意识里汲引出一连串不相联接的观念和意象来。但是读者的"联想"不一定是和诗人的联想相同的，这样，当我们有时读爱略脱的诗时，不免会"摸不着头脑"了。但是爱略脱的诗，尤其是他的最著名的诗《荒原》（Waste Land），在它反映战后的智识分子在心理上所起的影响这一点上，才是有价值的。如台·鲁威斯说的，在我们读《荒原》的时候，我们会感到"那心灵的崩解，那夸张的自觉，那烦闷，那悲惨的摸索"。这首诗扩大了我们对于诗的活动畛域的知觉。爱略脱自己也说过："对于一个诗人的主要的便利，不是要有一个可以处理

---

① 锡金：《关于行列社》，《新苑》，1979年第2期。
② 张松建在《现代诗的再出发》中写到"据说此书收录了6首序诗、27首十四行诗，附有介绍性的长篇引言"（北京大学出版社2009年版，51页）。乔晓轩也在文中称："1941年5月，国民书店出版了由他翻译的《在战时》，收录奥登《战地行》一书中的全部序诗6首，十四行诗27首诗，和一首作为补充的诗解释。"（乔晓轩：《诗人奥登七十年前的上海之行》，《新民晚报》2008年5月4日。）

的美丽的世界;却是要在美丽和丑恶底下能够看出,看出那烦闷,那恐怖,和那光荣"。这句话虽然不是最终的真理,但是对于现在的诗人依然不失为写作上的一个良好的指示。①

朱维基显然是认同艾略特的艺术手法和诗歌理念的,认为这是对于现在的诗人写作上的一个良好的指示。俞铭传认为左翼与现代主义关于诗的晦涩与显明的争论其实都没有接触到基本的问题:"所谓'难'和'易',所谓'晦涩'和'显明',并不是诗本身的性质,只是不同的读者所起的不同的反应。"他以艾略特的诗为例,"艾略特的诗,有些人难免不觉得它'晦涩';如果读者知道腓尼基人和犹太人的生活和性格,知道艾略特的思想和宗教观,这首诗实在十分'显明'。"俞铭传将晦涩归因于读者的素养,针对左翼作家认为晦涩的诗歌大众不懂,因此就是不好的诗歌的批评,俞铭传进行了反击,他认为"用'晦涩'和'显明'作尺度来衡量诗的好坏,那是很不正确的。"诗的好坏与意识也没有牵涉,两种意识不同的诗,各有好诗,也各有坏诗。"如果以为'大众'听不懂的诗一概没有存在的价值,或者以为意义含蓄的用了典故的诗一概不是好诗,那就犯了幼稚病的错误。"②此外,钱学熙的《T.S 艾略特 Eliot 批评思想体系的研讨》、袁可嘉的《诗与晦涩》、唐祈的《译者附记》、徐迟的《〈荒原〉评》、宗玮翻译詹姆孙女士的《二十世纪英美诗人论》等也都对艾略特诗歌的晦涩进行了辩解,因已有论者提及,故不再予以论述。

二、关于传统的对立

新诗与传统的关系是中国现代诗人思索良多的问题之一,艾略特也给予了思索,并成文《传统与个人才能》(Tradition and the Individual Talent),论述了他对于传统的理解。因属敏感问题,故被曹葆华、卞之琳、朱光潜等多次翻译。其中,曹葆华一人的翻译就存世 3 种版本。③ 一些作家还著文对这篇文章

---

① W.H. 奥登:《在战时》,朱维基译,上海诗歌书店 1941 年版,第 17—18 页。
② 俞铭传:《诗和诗的对象》,《中建半月刊(北平版)》(上海)第 1 卷第 6 期(1948 年 10 月 5 日),第 19 页,第 20 页。他的《现代英诗漫谭》也论及艾略特,载《大公报·星期文艺》(天津)副刊第 28 期(1947 年 4 月 20 日)。
③ 李春:《艾略特的中国面孔——〈传统与个人的才能〉中译本考论》,《新诗评论》2011 年第 2 辑。

进行概括解释,肯定其对于诗歌发展的意义。

叶公超认为艾略特所谓的传统、历史的意义是"包括古今的",因此不能据此称他为古典主义者,"他的重要正在他不屑拟摹一家或一时期的作风,而要造成一个古今错综的意识。"①费鉴照却将艾略特纳入了古典主义派别。在具体分析艾略特的批评思想时,他指出艾略特主张维持文学里的传统,并详细分析了原因、内涵以及传统与宗教的关系:

> 他(艾略特——笔者注)说,倘使文学没有传统的话,便会发生两种结果,一种是极端的个人主义,一种是对于文学责任的范围没有公认的律则。我们要注意爱立欧所谓"传统"的意义和一般人所谓传统的意义不同。他所谓"传统"包括一切风俗习惯,从宗教的仪式到人们见面时的寒暄以及社会上一切忌讳都包括在里面。他认为文学的传统和宗教的正统主义有密切的关系。传统本身是不够的,宗教的正统主义应该常常来批评它使它合于时代精神。②

费鉴照将艾略特的传统紧紧地与宗教联系了起来,他所强调的传统与艾略特在《传统与个人才能》里的传统不尽相同,不过,实质意思相当。费鉴照认为艾略特要以"社会的与宗教的裁制"来控制诗人的人格和作品,用"教会"来制造改正与提高社会的风俗习惯,不要每个人自己造成他个人的习惯,更不要作品变成诗人自己人格的表现。显然,作者把握住了艾略特放弃个性的主张。李衍的《战前欧美文学的动向及其代表作家(二)》对艾略特"传统与个人才能"进行了概括,肯定了它的价值与历史意义:

> 纯正的现代主义必然地向传统的再检讨走去。就是:诗不是单凭天赋的才能而写的,诗人必须具备诗底历史的专门的知识。他必须理解诗底过去的机能或效用,以及现在的适应性和可能性;更必须具备理解诗的优和劣,真和伪,一时的和永久的价值底知识。T.S.爱里欧把这种对诗的

---

① 叶公超:《爱略忒的诗》,《清华学报》(北平),1934年第9卷第2期,第525页。
② 费鉴照:《现代英国文学批评的动向》,《当代评论》(昆明),1941年第1卷第19期,第285页。

传统的理解称为"历史的努力"。他说旧传统型的"生的门太尔"(Sentimental 感伤)是不必要的,在真实的传统上投以主知的光,这才是传统的本质……他底主要的见解,以艺术底正常的发展不在艺术革命,而在艺术的健全发展的形式上的得来的。他在一九三四年的《异教神的皈依》(After Strange Gods)一书内说,艺术革命是传统的无视,乃至形成全部廓清传统力量的世界;然而没有强力的传统的世界,作家或诗人就被极端的个人主义所追踪;因为在没有传统力量的世界中作家或诗人受着极端的个人主义所支配,在文学或艺术上不能施展自己底才能,毋宁说他们底才能是浪费在对文学或艺术的破坏上了,虽然,在这中间,他们充分表现了他们底个性。爱里欧底意思,明白一点说起来,就是文学艺术必须要有传统的力量,而这传统不是历史的再现,却是历史的一个发展。①

左翼诗人阿垅对艾略特的传统观却进行了严厉批评。阿垅读到曹葆华的《传统与个人才能》的译文后在 1948 年 4 月对艾略特的传统观进行了批评。他在《"现代派"片论》中作了说明:"由于传统与个人才能主要的论点之故,我不能够不说我自己底理解。那是根据曹葆华底译文的。"②他由艾略特的白金丝的比喻入手,认为这个比喻并不能支撑他的论点,因此"这种'传统'说,实在是反科学的"。对消灭个性的理解,阿垅与艾略特不同,他认为消灭个性"应该是被'消灭'在群性或者党性之中,或者要把它'消灭'到阶级性等等里面去",因此,所谓做到消灭个性,"在我们底理解,就应该是,也不过是,作为具有他底个性的个人,他首先必须皈依或者服从一般的利益和总的意志罢了,并不是真要命令他,或者真可以剥夺他,使他成为一种傀儡似的东西。"③他认为艾略特的传统观颠倒了历史和人的关系,他从进化论的角度,否定艾略特所说的个人的才能必须符合前一辈或者更前的前辈诗人的东西,他认为现代不是为了过去,而是往古为了今来。

---

① 李衍:《战前欧美文学的动向及其代表作家(二)》,《中国文学》(北平),第 1 卷第 9 期(1944 年 9 月),第 51—52 页。
② 亦门:《"现代派"片论》,《诗与现实(二册)》,五十年代出版社 1951 年版,第 468 页。
③ 亦门:《传统片论》,《诗与现实(二册)》,五十年代出版社 1951 年版,第 236 页,第 237—238 页。

"传统",它也总有一个开始;因此,它也一定就有不断的新的加入,不断的新的产生,带着各个历史阶段的历史性格,带着某一社会形态的社会风貌,而加入和产生。"传统",是人类无限斗争的系列,是历史战果底不断追求。"传统",是在扬弃的过程中承袭了过去,是在发展的方向中把握了现在,突进到未来。不是凡是过去的,就是所谓"更有价值的东西";而是属于现在的,才是真正"富有价值的东西。"所谓"传统",绝不是以现在去"归附"过去,以"自己底个性"去"归附""前辈";相反,那应该是,而且永远是,以过去来"归附"现在,以"前辈"所有的"最有价值的东西"来"归附"诗人"自己底""才能"。①

继《传统片论》后,阿垅在《因袭片论》中再次批评艾略特的传统是"否定了艺术创造,否定了历史发展,否定了革命要求",是"永恒而逆行的"。② 不少友人看到阿垅的文章后,对阿垅的批评提出了质疑,"相识的和不相识的友人们,提出了若干问题;他们看到的,是孟实(朱光潜)底译文传统与个人底资禀;在那里,缺少了接触作用的比喻。开始这颇动摇了我。"③这里提到了另一种译文,即朱光潜的译文《传统与个人底资禀》。我们无法知道阿垅是否因朋友的质疑去翻读朱光潜的译文,但显然他对其译文内容是知道的,阿垅开始对自己的观点发生了动摇。我们不禁疑惑,同为译文,为何不同的译本会令阿垅观点改变?其实,朱光潜只翻译了原文的第一部分(最后一段未译出),这部分主要论述了传统和现在的关系。朱光潜对此的翻译大致不差。但他在后记中指出"要拿传统来孕育并且扩大自己的艺术性格",这与艾略特强调的诗人应尽量牺牲自我放弃个性,以便更好地与传统融合就产生了矛盾。朱光潜对艾略特的存在着偏差的解读与阿垅的观点有相似之处,即他们都强调"个性",这或许就是阿垅一度动摇的原因。但阿垅在读了艾略特的诗和岑鄂之译史本德的论文《T. S. 艾略忒论诗》后,重新确定了对艾略特的态度。在岑鄂之的译文中,史本德指出艾略特热烈依附于传统,不能视为社会革命的一面。于是阿垅进一步指出艾略特的传统"不得不是对于过去的时代的拜物教,他底神话化了

---

① 亦门:《传统片论》,《诗与现实(二册)》,五十年代出版社1951年版,第242页。
② 亦门:《因袭片论》,《诗与现实(二册)》,五十年代出版社1951年版,第257页,第265页。
③ 亦门:《"现代派"片论》,《诗与现实(二册)》,五十年代出版社1951年版,第468页。

的也就是石灰化了的保守性。这一切是反运动的,反现实的。因为肯定昨日底真实的意义在这里仅仅是对于今天和明天的否定;也就是对于既有的和现有的社会制度即资本主义的拥护。"①审视阿垅对艾略特传统的批评,原因在于他们对传统的理解不同,对于理解的传统的范围不同:艾略特所说的传统是和当下交织在一起的,是不断发生变化的,当下吸收了传统,传统也会随之改变;而阿垅所理解的传统则限于过去。更为根本的原因则在于阿垅所操持的批评视角,他是从革命、阶级和进化论的角度来理解传统与个人的,是从"战斗成果和战斗方向的意义上这样来把握"传统的②,这不可避免地存在着偏颇。

三、关于宗教的对立

艾略特的诗歌除了晦涩、传统常遭人诟病外,他与宗教的关系也常遭人批评。1927 年,艾略特加入英国国籍并皈依英国国教。这引来了人们的争议,左翼作家态度激烈,著文批评,声称这是对现实的逃避,是虚妄不切实际的。现代主义诗人亦为之惊讶,如汪漫铎在《世界文坛及其他》中就指出了这一点,他认为艾略特的主张极为尖锐,艾略特声称的文学采古典主义,政治采保皇主义,宗教为天主教徒,"极为当时现代主义者所惊讶"③。不过现代主义诗人则认为不应从宗教的角度评价艾略特的诗的优劣,即使要做评价,也是从肯定的角度出发。

何东辉认为艾略特是新古典主义的代表,现在欧美旧文坛正拥他为挽救这个危殆中的文学的救世主,但作者显然带有讽刺的含义。他批评艾略特说的许多话都是不着边际的,他"用古典的精神来复兴现代文学,阐扬旧教主旨来挽回不古的人心,拥护皇族以昌明现世,这些就使现世界的上层人物把爱里奥脱抬到肩上来而加文学的桂冠于他头上。爱里奥脱同时又是个现代主义者——象征主义,现代主义,新古典主义本就是翻着不同的花样巧立着不同的名目而本质上是同一个阵营的东西——他的诗也用着现代主义的手段而远离

---

① 亦门:《"现代派"片论》,《诗与现实(二册)》,五十年代出版社 1951 年版,第 470 页。
② 亦门:《传统片论》,《诗与现实(二册)》,五十年代出版社 1951 年版,第 242 页。
③ 汪漫铎:《世界文坛及其他》,《大陆》(上海)1932 年第 6 期,第 189 页。

着读者大众。"① 国外的马克格里非对艾略特的"宗教信仰"也提出了批评,他着重于诗人的"思想和态度",指出艾略特的《荒原》以及后期的作品"都因为受了天主教的基本信条的影响才能产生出来的,假设他不解脱早年所受'清净宗'的影响,他断不能从厌人愤世的消极态度中救出自己来,因为惟有天主教才是基于'希望(hope)'的,惟有信仰天主教的人才会有真正忏悔的心境;所以他的诗非天主教徒不能欣赏。"②

叶公超对此不能认同,他撰文《爱略忒的诗》进行了反驳。叶公超认为马克格里非"可以说是一种趁火打劫式的批评家",他的错误在于:

> 把诗混杂于信仰中,因此抹煞了爱略忒在诗的技术上的地位。爱略忒的诗是否专为天主教徒写的,我们无从知道;至少我们相信非天主教徒的人也有了解他的可能,同时和爱略忒同信仰的人未必就能因此而了解他的诗……总之爱略忒的诗所以令人注意者,不在他的宗教信仰,而在他有进一步地深刻表现法,有广大错综的意识,有为整个人类文明前途设想的情绪,其余的一切都得从别的立场上去讨论了。③

叶公超认为艾略特的宗教信仰与他的诗歌理解与接受并没有多少关系,读者并不会因为信仰问题对他的诗歌产生隔膜,他的诗歌之所以吸引人乃是在于他诗歌的艺术等方面。这是从诗歌本体出发对其予以评论的,反映了叶公超的诗学观念。

另一些现代主义诗人则对艾略特入教后的作品给予了肯定。杨周翰是艾略特的重要译介者,他撰写的《合米·德·古尔蒙与艾略特》《现代的"玄学诗人"燕卜荪》《论近代美国诗歌》《路易·麦克尼斯的诗》等文都论及艾略特。

---

① 何东辉:《现代欧美文学概观》,《清华周刊》(北平),1934年第42卷第9期,第18页。何东辉,原名何凤元,字东辉,别名储,宜兴张渚镇人,1913年3月生。1930年秋攻读于北平清华大学外国语文系,1934年毕业后又入该校研究院肄业。他于1932年秋参加了当时党的外围组织——社会科学家联盟,并于1933年初加入中国共产党,曾任清华大学党支部书记、西郊区委和北平市委组织部长,参与组织和领导1935年在北平发动的"一二·九"和"一二·一六"学生运动。(宜兴市政协文史资料委员会编:《宜兴文史资料》1996年第23辑,第89页。)中共东北军党史组编辑的《东北军与民众抗日救亡运动》(中共党史出版社1995年版,第82页)对何东辉也有相似论述。
② 叶公超:《爱略忒的诗》,《清华学报》(北平),1934年第9卷第2期,第521页。
③ 叶公超:《爱略忒的诗》,《清华学报》(北平),1934年第9卷第2期,第522页。

其中,《路易·麦克尼斯的诗》对左翼作家对艾略特后期作品的批评做出了回应。他认为与麦克尼斯相比,艾略特的神秘的宗教因素在近来的作品中似乎更近了一步,而麦克尼斯,即使在《植物的鬼影》内也还不过止此而已。① 暗示出艾略特作品中宗教因素的浓郁。孙晋三对艾略特的宗教诗歌给予肯定,他在《一九四三年之出版界》中指出:"关于诗的方面,一九四三年最重要的一件事是当代伟大诗人爱略奥忒(T. S. Eliot)的宗教诗《四重奏四曲》(《Four Quarters》)的出版,很多批评家认为这是此位诗人最佳的作品,而以由神秘主义酿出最佳的艺术品一点而言,可与乐圣贝多芬的四重奏相比。"②徐迟将1932—1937年的英国诗人分为四个派别,其中第一派是玄学的宗教的。艾略特属于第一个派别,"从宗教方面说,那末,艾略脱是真真的第一派了……沉思的态度,艾略特毋庸说是一个先导,他的态度造成了一个系统,又影响了其余的诗人,这可以说的诗的技巧的纯熟。"③徐迟肯定了艾略特的宗教诗歌,认为它的影响巨大,技巧纯熟。显然,与叶公超一样,他们都无意于思想评论,而只注重于诗歌本身的成就。

由上面的论述我们可以看到,左翼和现代主义作家对艾略特宗教信仰的不同看法停留于好与不好,他们都无意于分析宗教对于艾略特的诗歌的意义,无意于思考诗歌与宗教的关系。左翼作家着眼于诗歌的功利性,现代主义作家则着眼于诗歌本身。

四、影响的正负对立

左翼作家认为艾略特的诗歌晦涩难解,因此对后学者产生了恶劣的影响。对此,他们予以了批评。韩侍桁借L. A. C. 斯特朗之口指出艾略特的《荒原》是英国诗歌的里程碑,都会的知识阶级以及各大学的偶像,对英国阐释产生了"最伟大的无比的影响"。但作者将更多的笔墨移向了对他诗歌负面影响的批评:

---

① 杨周翰:《路易·麦克尼斯的诗》,《世界文艺季刊》(重庆),第1期(1945年8月),第62页。
② 孙晋三:《一九四三年之出版界》,《时与潮文艺》(重庆)第2卷第5期(1944年1月),第124页。
③ 徐迟:《英国诗:1932—1937》,《新诗》(上海),第2卷第2期(1937年5月),第226页。

他给英国诗歌上的影响最大的部分是有害的;但这并不是他的罪过。那困难是,至少若不理解他的诗,或是若不能走进他的作品的深处的那种精神的痛苦里去,想模仿他不是一件容易的事。每一个智慧的青年都觉得自己要大胆地写长篇半私人性质的诗歌,而加以自由的注解,表示出他的痛苦而不给以解决,创造一种美德,而使人完全不能理解。为什么这些谬误之点会是霭丽奥特的影响的结果,对于每一个仔细地读过他的诗的人简直是不能理解的;但事实上他的诗是没有被人仔细地读。像罗伦斯(Lawrence)一样,霭丽奥特这个名字变成了一种战争的叫喊,使那些对于他们并不认识的人们只从他们的弟子的作品而厌弃着他。霭丽奥特的影响为人所消化与理解以致形成一种新的诗歌,是费了有十年的功夫……但那一大堆恶劣的诗歌的生产,事实上是写着霭丽奥特的名字……荒芜的园地这本书,对于一些先辈,除去惹起了个人的反作用以外,是产生了极少的影响。①

斯特朗将艾略特的恶劣影响并未归于作者本身,而是归因于受影响者,认为是受影响者对艾略特的误读才造成了偏离正常轨道的影响。他以《荒原》为例,指出大多数人只注意到对这本书的恶评,于是他的青年弟子们"固执地相信他的作品对于年老一些的诗人们必是等于诅咒","这是一种很显然的错误。"胡仲持翻译的《英美现代的诗歌》站在把艾略特的诗作为"英诗的尖端"的立场鸟瞰英美诗歌,作者麦克尼斯分析了艾略特的影响原因、影响源和诗艺。尽管作者论述了艾略特的种种出众才艺,对于艾略特却也不是一味的赞赏,比如,他指出艾略特的诗免不了犯到一两个常套语,批评他后期的诗变得衰老,认为他是不胜任的神学家,很容易感受神话,神话制造着他,他也制造着神话。由此作者觉得诗人必须贯彻自己,离开原路求晦涩是错的,离开原路求易解也是错的。作者还指出了艾略特风格的易变及其对模仿者造成的潜在危险:

---

① L. A. C. 斯特朗:《勃洛克以后的英国诗歌》,韩侍桁译,《时事类编》(上海),1935 年第 3 卷第 2 期,第 92 页。韩侍桁(1908—1987)原名韩云浦,笔名侍桁、索夫、东声。天津人,1930 年参加中国左翼作家联盟。参见林煌天主编:《中国翻译词典》,武汉:湖北教育出版社 1997 年版,第 268 页。

蔼略脱在他那早期的诗里耽溺于一种传世底机智,后来他的风格更盛行了,有时令人想起"Cathy"上的旁特……在他那最近的诗岩(The Rock)上,圣经(适切地)成着重要的风格因素。蔼略脱同朱理士一样容易容受各种风格的影响的。幸亏一种严正的自己修养,他才不至于单写混成的作品,然而打算采取蔼略脱的写作途径的较不慎重的诗人却会见到这不是一条途径,却是许多途径,于是迷于窠臼了。最先打动蔼略脱的读者们的是他那犀利的天才和他那惊奇的效果;然而犀利和惊奇却都是可以假冒的。在岩上,我觉得蔼略脱的有些深刻的效果,尤其是有些对句似乎配搭得太容易了;这些切贴是切贴的,可是读来却没有真实的情味。对于他的模仿者们,这是无可避免的暗井。①

现代主义诗人则更多从正面肯定艾略特的影响。朱维基翻译C. Day Lewis的著作《对于一个诗人的希望》多次论及艾略特,多是从影响的角度而言的,他认为战后诗人最近的"祖先"之一是艾略特,从多个方面肯定了他的成就:"当作一个诗人时,爱略脱传达了法国象征主义运动的力量;当作一个批评家时,他尽了许多力使十七世纪的形而上学的诗人和依利萨白朝的戏剧家通俗化"。② "由爱略脱的韵文传达过来的法国象征主义的影响,一向是战后韵文技巧的最重要的形成的动因。"他唤起了"对于法国象征派和英国形而上学派之间的血缘的注意"。③ 作者还指出他是英国第一个用"近代的"意象手法开拓有戏剧性场面的诗的诗人。可以说,艾略特对战后诗人的影响很大。

---

① Louis Mac Neice:《英美现代的诗歌》,胡仲持译,《文学》(上海)1937年第8卷第1期,第249—250页。胡仲持(1900—1968)字学志,笔名宜闲。浙江上虞人。1919年在宁波中学读书,受五四运动影响,与同学合编学生运动刊物《自助周刊》。1921年考入新闻报馆,任记者。一年后转入《商报》任编辑。其间,与兄胡愈之帮助上虞进步青年在沪编印《上虞声》报,寄回上虞发行。1928年进《申报》馆,任夜班编辑、国际版主编,被称为"申报四进士"之一。1936年前后,在《申报》上刊登大量抗日救亡文稿。次年上海沦陷后,留在上海,与梅益、巴人、冯宾符等文化界进步人士合办《译报》、《译报周刊》、《集纳》等。1940年因遭日伪通缉,遂被迫转赴香港。

② C. Day Lewis:《一个对于诗的希望》,朱维基译,《文艺新潮》(上海)1939年第2卷第1期,第48页。《一个对于诗的希望》是Lewis的一本书,朱维基分八次分别发表在上海《文艺新潮》1939年第2卷第1、2期,1940年第2卷第3、5、6、7、8、9期。其中前六次题名《一个对于诗的希望》,后两次则名为《近代诗中的词藻问题》和《近代抒情诗产生的困难》。笔者暂时只查到第一章和第九章的译文,故这里论述艾略特的文字仅出于这两篇文章中。

③ C. Day Lewis:《近代诗中的词藻问题———个对于诗的希望第九章》,朱维基译,《文艺新潮》(上海)1940年第2卷第8期,第48页。

五、一对一的批评

对艾略特的评述性译介,左翼作家针对其中的一些译介文章进行了批评,指出了其不足之处,如江风对王佐良、何东辉对邵洵美、李长之,阿垅对史本德等的批评。

1940年代研究艾略特最力的有王佐良,他连续发表了六篇文章,"序言"《〈哀里奥脱:诗人及批评家〉序》1947年10月刊发在沈从文主编的《平明日报·读书界》上,另外五篇文章发表在《益世报·文学周刊》和《大公报·星期文艺》上,《一个诗人的形成——〈艾里奥脱:诗人及批评家〉之第一章》(1947年2月23日《星期文艺》第19期)、《〈现代化的荒原——艾里奥脱论〉第三》(1947年3月16日《星期文艺》第23期)、《诗的社会功用——艾里奥脱论第五章》(1947年4月6日《星期文艺》第26期)、《普鲁弗洛克的秃头〈艾里奥脱:诗人及批评家〉》(《益世报·文学周刊》1947年7月5日第47期)、《宗教的回旋〈艾里奥脱:诗人及批评家〉》(《益世报·文学周刊》1947年6月14日第45期)。王佐良的研究在当时就引起了注意,江风在《评大公报〈星期文艺〉》中指出《现代文化的荒原》一文是艾略特论的一部分,单论长诗《荒原》,但就文章本身而言,其实是对故事的解释,他认为王佐良用了大半的篇幅叙述故事,然后予以解释和赞美,而对其技巧及风格却丝毫不涉及,因此对于手头无有原诗的读者,这不是一篇值得读的文字。①

《现代》杂志是现代主义文学译介的突出代表,1934年第5卷第6期出版了现代美国文学专号,其中邵洵美的《现代美国诗坛概观》、薛惠撰写的《现代美国作家小传》、李长之的《现代美国的文艺批评》都提及艾略特。邵洵美的《现代美国诗坛概观》将美国现代诗歌分为"乡村诗""城市诗""抒情诗""意象派诗""现代主义的诗"和"世界主义的诗"等六种。在"世界主义的诗"中,他赞同格雷夫斯等人的看法,认为艾略特的诗"是不被国界所限制的。他们

---

① 江风:《评大公报〈星期文艺〉》,《文艺先锋》(重庆),1947年第10卷第4期,第50—51页。江风,山东栖霞人,原名王桐勋,字荣章,曾名王薰风,笔名江风、一戈、力军、大江、硬夫等。1931年在济南读高中时开始写作,后在八路军政治部宣传部,负责编辑《军人周报》,兼编党刊《斗争》、胶东《大众报军人生活》及《中国人报》。1943年,任胶东新华书店编辑部主任、胶东文协会长等职。《民国山东通志》编委会:《民国山东通志》第5册,山东文献杂志社2002年版,第2827页。

(庞德与艾略特——笔者注)的作品简直还不受时间的限制。为他们,字汇,态度,题材,形式,音调,不过是工具;他们所显示,传达,及感动我们的,乃是'情感的性质'……他们发现了诗的唯一的要素了。全历史是他们的经验,全宇宙是他们的眼光"。①邵洵美认为"最伟大的作品当然是艾里特的《荒土》",他从典故、联想、故事的断续、外国文的采用、格律和韵节等五个方面详细介绍了《荒原》的艺术特点,基本上比较准确地概括了艾略特的创作特色。在结论里,邵洵美对比分析了美国诗坛"向外的"和"向内的"的两条路,指出艾略特代表的是为一般人所不能了解、表现自己人格、现代的、在现代文化中生存的态度、永久的一种,他的作品,"可以说是对过去的历史,可以说是对现在的记录,也可以说是对将来的预言。"②何东辉的《现代美国文学专号》对《现代》的美国文学专号进行了批评,指责邵洵美对美国现代诗歌的分类毫无根据,"如此分门别类实勉强到极点,既不足阐明美国诗主要的发展路径,又够不上称现代美国诗坛的概况。事实上所谓意象派,现代主义,世界主义被分成的三个派别乃是一个系统",他举出艾略特、庞德等人,称"这些人实在多是一路货,如旁德在'Lustra'一首诗里用上六七国的典故(甚至有 Provencale 与中文),爱里奥脱之'Waste Land'暗示到七八国语言(甚至 Sanskric)和克敏斯的只有他自己看得懂的文字,实在都是掉着一样的花枪"。他又指出李长之的《现代美国文艺批评》一文是《现代》四篇论文中最不完整的一篇,"非但在我们国内也热闹了好多时的卡尔浮登未提起(更不用说其余新兴文学理论家如衣斯脱曼 Max Eastman,弗利曼 Gosphe Freeman),就是连现在正在美国国内国外绅士,文人热闹着的那批蔚为巨观的'Intellectuals''Modernists'的批评,如爱里奥脱,格莱父斯,雷亭,锡脱惠尔等竟也未叙述。"③其实,李长之的文章谈到了艾略特的批评文集和批评主张,并引述了他对白璧德新人文主义的批评。

阿垅对艾略特等现代主义的批评与现代主义诗人的译介密不可分,他的《传统片论》后记就是在他看到《诗创造》的翻译专号和诗论专号中唐湜翻译的《燃烧了的诺顿》和岑鄂之翻译史本德作的《T. S. 艾略忒的"四个四重奏"》

---

① 邵洵美:《现代美国诗坛概观》,《现代》(上海),第5卷第6期(1934年10月1日),第52页。
② 邵洵美:《现代美国诗坛概观》,《现代》(上海),第5卷第6期(1934年10月),第56页。
③ 东辉:《现代美国文学专号》,《清华周刊》(北平),1934年第42卷第2期,第107页,第108页,第108页。

后,于 1948 年 8 月补录的,在后记中他对艾略特、奥登等人进行了批评。随后,在此基础上,他又阅读了史本德的《反抗中的诗人》《哲学追求的真理》《一首诗底形成》《现代诗中的感性》《一九三九年以来的英国诗》、卡派党那几斯的《论当代英国青年诗人》和马克莱希(A. Macleish)的《诗和公众世界》等文章,并撰文《"现代派"片论》对艾略特、奥登等现代主义诗人进行了严厉的政治批判。详见第二章第二节,不再赘述。

第二节 晦涩、政治、进退步和"误译":奥登译介中的对立

奥登(Wystan Hugh Auden,1907—1973),是继艾略特之后英美诗坛最重要的英语诗人,三十年代在英国诗坛曾有"奥登一代"之称。他先后出版了十几部诗集,如《演说家》(The Orators,1932)、《看,陌生人!》(Look, Stranger!,1936)、《西班牙》(Spain,1937)、剧作《死亡之舞》(The Dance of Death,1933)、《在前线》(On the Frontier,1938 和克里斯托弗·衣修午德合著)、《另一时刻》(Another Time,1940)、《新年信》(New Year Letter,1941)、《此时此刻》(For the Time Being,1944)、《忧患之年》(The Age of Anxiety,1947)、《阿喀琉斯之盾》(The Shield of Achilles,1955)、《1927—1957 短诗集》(Collected Shorter Poems 1927—1957,1966)、《长诗集》(Collected Longer Poems,1968)、《没有城墙的城市》(City without walls,1969)、《给教子的信》(Epistle to a Godson,1972)等。奥登的诗歌创作屡经变易,早年注重弗洛伊德心理分析的皈依,后转向马克思主义,继之最终又以基督教神学为依归。奥登的译介始于 1920 年代①,在 1940 年代一度达到高潮,对中国诗人的诗歌产生了不小的影响。关于奥登在中国的译介已有一些研究成果②,但由于各种原因仍有遗漏,这里在细致梳理的基

---

① 关于奥登在中国的译介张松建指出 30 年代后期才出现(张松建:《奥登在中国的传播》,《现代诗的再出发》,北京大学出版社 2009 年版,第 49 页。)笔者翻阅报刊发现,1922 年奥登已被介绍,参见付东华:《四十年来之英国诗坛》,《晨报副刊》(1922 年 5 月 3 日—13 日)。

② 张松建:《奥登在中国的传播》,《现代诗的再出发》,北京大学出版社 2009 年版,第 49—63 页。李洪华,周海洋:《战争文化语境下的域外现代派文学译介:以里尔克、艾略特、奥登为中心》,《南昌大学学报》2010 年第 1 期。黄瑛:《W. H. 奥登与中国现代文学》,华南师范大学硕士论文 2006 年。《奥登:诗歌——开满战地之旅》,上海图书馆编:《国际名流与近代上海》,上海科学技术文献出版社 2011 年版,第 650 页—674 页。

础上将就笔者发现的资料进行一些必要的补充。

关于奥登的译介,许多左翼作家或借他人之口或亲自撰文对奥登提出了批评,在晦涩、政治、进步或退步等问题上与现代主义作家形成了对立。

一、关于晦涩的对立

与艾略特相同,奥登诗歌也常因晦涩被国外国内左翼作家批评。1935年韩侍桁翻译了L.A.C.斯特朗的《勃洛克以后的英国诗歌》,在这篇文章中,作者指出奥登的作品"虽然难读——不必要的难读——是要人仔细地研究的,而且也值得。"但作者又指出若公平地说起来,"他的过去的成功是半私人性质的,那些私人认识他的人们比那不认识他的更能寻到好机会来理解他。"①作者认为诗歌的私人性是导致晦涩的原因。不过,相对艾略特来说,对奥登诗歌晦涩的批评已少很多了。中国左翼作家更多批评的是现代主义作家的晦涩,而不具体指涉诗人。如何东辉的《现代欧美文学概观》、胡风的《略论战争以来的诗》等。

现代主义诗人在论述或译介奥登时,都注意对晦涩进行解释,如杜运燮、刘芃如、朱维基、穆旦、吴兴华等。刘芃如翻译了奥登的《流亡曲》,对新近出版的《新年信》(*New Year Letter* 在一九四一年出版)作了介绍,分析了奥登诗歌难懂的原因:

> 他的诗最初受 T. 哈代和 E 汤马士的影响,后来 TS 爱略忒来了,他就成了他的热心信徒。诗中老爱大引其古典,外国人名地名,以及许多只有极亲近朋友才懂得的私人典故和笑料。不久这些又为一些科学的,医学的和心理分析的奇奇怪怪专名词所代替。②

穆旦翻译了英国诗人、评论家、奥登的好友 Louis Macneice 之文,对奥登诗歌的晦涩作了非常详尽的解释。作者认为奥登诗歌之所以晦涩乃源于所受文化的限制较小,而对他们所过的生活关心较大。作为"有我的(Personal)"诗

---

① L.A.C.斯特朗:《勃洛克以后的英国诗歌》,侍桁译,《时事类编》(上海),1935年第3卷第2期,第93页。
② 刘芃如:《W.H.奥登的〈流亡曲〉》,《燕京新闻·副叶》(北平),1944年5月6日第5版。

人,奥登诗中的晦涩并非空无一物。作者将奥登诗中的晦涩与史本德做了对比,指出奥登诗中的晦涩归因于专门学说的溶和或采用,史本德诗中的晦涩则源于命意太穿凿,双关地对他所居的世界的看法。具体说来,奥登诗歌的晦涩表现在如下几个方面:

> 读者觉得奥登的第一册《诗》(Poems)是很难懂的。一方面,因为诗里有太多观念,而这些观念是从人类学、心理学或更精微的科学,哥若德克(Groddeck)或荷马·兰(Homer Lane)中汲取出来的。它们陈列在读者面前好像读者已经熟悉了它们。其次,这些观念并没有很仔细地合作起来。奥登在结构上常是草率马虎的。第三,我已经说过了,在这些诗里奥登用了特异的技巧,一种电报文体。比如,他不说"我们能谈困难"或"一个人能谈困难",他要一开头就用动词说"能谈困难"。
>
> 有时候,除去命意专门外,这些诗的难懂是因为思想的复杂:那时奥登是热爱着格瑞夫斯(Graves)劳拉·莱丁(Laura Riding)和爱米丽·狄根生(Emily Dickinson)等人的深奥。格瑞夫斯的影响在这里是很显然的。
>
> 有时难懂是由修辞来的。晚近的奥登采用着但丁式的迂回法——"向着东方,那个令高尔基电化的精细的人"(等于列宁)。
>
> 有时,为了紧凑和图式而牺牲了明显。
>
> 对于世界的看法使他用了一些字在特殊的意义里。
>
> 心理的辩证法在他的诗的紧张和诡辩中反映了出来。①

卞之琳也是热情翻译奥登诗歌的诗人之一。他 1940 年代在刊物上发表

---

① Louis Macneice:《诗的晦涩》,穆旦译,原载《大公报》(香港)"文艺"和"学生界"副刊,分 11 次连载。此处引自穆旦:《穆旦作品新编》,人民文学出版社 2011 年版,第 440—443 页。

的奥登译诗共有 8 首①,其中《小说家》和《战时在中国作》前都有简短的介绍。《小说家》的正文前编者称他为近十年来英国新诗人中最重要的人物,并介绍了他的诗艺特点:对于诗的题材,意象,节奏,句法,词汇等多有拓展。一方面放宽艾略特等从旧传统中开出的道理,一方面又改革他们的深奥作风,使新诗重获较广大的读者群。卞之琳这里并没有辩解晦涩的成因,而是将奥登与艾略特进行了对比,认为奥登的诗已远不如艾略特晦涩,因此获得了广大的读者群。② 可以说,卞之琳是直接反对批评奥登诗歌晦涩的,他认为奥登已改革了深奥作风。这一点其他现代主义诗人也指出过。如杜运燮在《海外文讯》中就指出奥登受里尔克的影响诗已变得明白淳厚抑制。不过杜运燮在文中辨析了奥登诗歌晦涩的原因,即爱用古典、奇怪名词和"临床的"方法等。③ 吴兴华则认为奥登最爱用简略的写法,把一切不必要的冠词,形容词,连接词,甚至于代名词完全省去,因此他的诗都是起首就闯入正题,使普通的读者完全摸不着头脑,再加上他的句子大多没有主词,所以更显得格外的难懂。④ 袁可嘉翻译史本德之文指出现代艺术出现了两种趋势,一种是躲开反人性的客观的世界而遁入个人的、私己的、晦涩的、怪癖的及不关轻重的世界。另一种是设法将想象生活与现代人类所创造的广大而反人性的组织取得联系。而奥登属于第一趋势。作者分析了晦涩的表现与原因,认为表现在他早期作品中非常个人的弗洛伊德主义的解释及后期转入神秘主义,而原因则在于幻想与现实的冲突,因为现实社会并不像奥登早期所设想的那样走向社会主义的天国。⑤ 袁可嘉

---

① 分别是《十四行诗("当所有用以报告消息的器具")》、《服尔泰在斐尔奈》、《小说家》("装在各自的才能里像穿了制服")和从奥登《战时作》中选出的五首诗,题名《战时在中国作》。对于 1940 年代的译作,卞之琳曾回忆说:"在四十年代初期,我在昆明译过奥顿的《战时》十四行体诗组中的六首,曾在昆明和桂林的刊物上发表过,抗战胜利后还在上海被转载过,现在就选了两首。还有一首十四行体诗《小说家》和《服尔泰在斐尔奈》也曾在抗战胜利前后译出来发表过"。卞之琳:《重新介绍奥顿的几首诗》,《诗刊》1980 年第 1 期,第 49 页。卞之琳的译诗分别发表在《经世日报·文艺周刊》第 4 期(1946 年 9 月 8 日)、《现代诗》(天津)第 12 期(1947 年 4 月)、《经世日报·文艺周刊》第 35 期(1947 年 4 月 13 日)和《明日文艺》(桂林)第 2 期(1943 年 11 月),《战时在中国作》后重刊于《中国新诗》(上海)第 2 辑(1948 年 7 月)。
② 卞之琳:《小说家》,《东方与西方》(南京),第 1 卷第 1 期(1947 年 4 月),第 55 页。
③ 杜运燮:《海外文讯》,《明日文艺》(桂林),第 1 期(1943 年 5 月),第 137—138 页。
④ 吴兴华:《再来一次》,《西洋文学》(上海),第 6 期(1941 年 2 月),第 709—710 页。
⑤ 英国史班特:《释现代诗中底现代性》,袁可嘉译,《文学杂志》(上海)第 3 卷第 6 期(1948 年 11 月),第 27—35 页。

还亲自著文予以了辩解。在《诗与晦涩》中,他将晦涩分为四种,其中涉及奥登的有两种,即试图完全摆脱历史只从日常事务的巧妙安排得到综合的效果和构造意象或运用隐喻明喻的特殊法则。①

二、关于政治的对立

关于奥登与政治的关系,作家们的认识极为复杂,自译介伊始就引起了争论。1922年付东华在《晨报副刊》(5月3日—13日)上以连载的方式发表了《四十年来之英国诗坛》一文,文中将奥登和史本德、路易士一起归为右派代表。十五年后引来了西林的嘲讽,他在《付东华谈英国诗》中对付东华的文章提出质疑,指出付文"内论英国近代诗派别,竟指史班德,路易士,奥顿,为右派代表;且举史班德著作为证。但以敝人所知,此三人乃英国青年诗人之翘楚,其所代表之倾向,却是极左极左。奥顿之死的跳舞乃描写资本家之没落……付东华氏之分派,岂从未读过一本原作耶? 而读其文章,则似乎言之有据;无奈此三人之为左派代表,乃稍微涉猎英国近代文学者尽人皆晓之事实;他胆大,岂不怕人头大耶?"②西林指出这一点应该说是三四十年代诸多译者的共识。他们大多都将奥登视为左派诗人,甚至认为奥登访华是为了中国抗战,访华期间所写的诗歌也是为中国而作等。如徐迟、吴兴华、朱维基、杜运燮、袁可嘉及王礼锡等,只不过他们未像西林专门提出质疑而已。但无论是在左翼还是现代主义之间,都存在着争议,从而又形成了他们之间的对立。换句话说,即左翼和现代主义作家都认为奥登是左派诗人,他的诗歌中充满着政治观念,但同时,一些左翼诗人又借译文否定了这一点,一些现代主义诗人则对奥登诗歌的政治性提出了批评。这样,左翼和现代主义之间就形成了一种复杂的对立关系。

杨周翰撰写的《路易·麦克尼斯的诗》一文,虽是论述麦克尼斯,但文中多处提及奥登。他指出奥登等三十年代的诗人之所以成为现代诗人,大部分是由于题材上的政治道德的意义。③ 余生(徐迟)将1932—1937年的英国诗人

---

① 袁可嘉:《诗与晦涩》,《论新诗现代化》,三联书店1988年版,第96页,第98页。
② 西林:《付东华谈英国诗》,《论语》(上海)半月刊1937年第113期。笔者仅看到5月2日—7日和9日、13日《晨报副刊》(北平),暂时未能看到付东华论述奥登等人的文字。
③ 杨周翰:《路易·麦克尼斯的诗》,《世界文艺季刊》(重庆)第1期(1945年8月),第54—64页。

分为四个派别,其中第二派包括奥登、史本德和路易士,称他们是力动的,左倾的,"值得我们用最大的注意去看他们"①。朱维基在《在战时》一书中对奥登诗歌的艺术特点作了分析,其中之一就是政治观念和情感的融合:

> 处在这两个世界的冲突的烈火的中间,一个人在生活和思想上没有不给这烈火所煎熬的。所以对于一个诗人,如其政治观念不直接跟他的诗的职务有关,但是他的人性一定跟政治观念有关。这样,政治观念会不可避免地跟他的诗的职务互相沟通起来,并且影响他的诗。但是政治观念要作为诗的资料,这非要诗人先强烈地去感受它们不可。奥邓在这本"在战时"诗集里很显著地表现出了他的政治倾向。我们从他的字的表面或是底下可以看到,或是感到,有怎样的一种丰盈而强烈的情绪有时低伏着,有时高扬着;他的诗正有着这种观念和情绪的融谐。我们在探索到了他所要指出的主要的意思后,就能感到他的诗行的隽深和饱满。②

左翼作家袁水拍翻译了 Demetrios Capetanakis 的《论当代英国诗人》,文中指出从左翼政治角度评价奥登等三十年代的诗人是不当的,是没有深刻了解他们诗歌的缘故:

> 只有不了解三十年代的诗歌的人才会简单地把它们解释做"马克斯主义"或者"弗洛依特主义"。实则困惑着诗人们的,主要是人间的悲惨,并不是如马克斯或弗洛依特所解释的一样而是他们自己所见及的,那新的社会和新的人类也是他们自己所预言的,并不就是简简单单的马克斯或弗洛依特的转手货,而是他们自己的诗的想像所产生的东西。他们要求一个社会的革命,因为在这个社会中紊乱和痛苦太多太多了。③

作者认为奥登等人的诗作中的革命宣传并不是由马克思主义而来,而是

---

① 余生(徐迟):《英国诗:1932—1937》,《新诗》(上海),第 2 卷第 2 期(1937 年 5 月),第 227 页。
② W. H. 奥登:《在战时》,朱维基译,上海诗歌书店 1941 年版,第 19—20 页。
③ Demetrios Capetanakis:《论当代英国诗人》,袁水拍译,《诗文学》(重庆),第 1 期(1945 年 2 月),第 3 页。

他们在悲惨现实的基础上所产生的哲学的焦虑,这是最使人发生兴趣的。而且正是由于这一点,他们无论是在革命期间,还是停止写作代以左翼革命宣传时,都未改变他们对革命的态度。作者的论述可谓一针见血,确实,奥登与左翼的关系并不如众人所理解的那样,他诗歌中的政治性也极其有限。比如他访华所写的十四行,并不如左翼和现代主义作家所认为的为中国而写,他处处在反观英国,更多是从人性的角度审视战争的。① 胡仲持译的《英美现代的诗歌》一文对奥登的政治性给予了批评,作者指出奥登"受害于逆转的极端爱国主义","缺乏'灵巧'",诗中最可注意的成分是切合时势,格言式和激昂慷慨,但有时难以维持"'配比'自然",就"把拉杂的连串的事物或是成着'新闻'的人们列举出来","仿照着希腊人夸扬英雄的或是定命论的常理""踏着光是炫示的,文字宣传的危险"②等。

一些左翼作家指出奥登对政治极为关心,诗歌中具有政治性,并予以了肯定。他们认为奥登来华就是为中国写史诗的,如曾任全英援华会活动副主席的王礼锡在《英国诗人向中国人民致敬》中就指出英国诗人都有极热情的同情心,以文字向奋斗中的中国人民致敬。奥登是其中的一位,他最近正在为中国写一首长诗。文中还附有奥登和衣修伍德的信,鉴于此文尚未受到注意,这里将信照单全录:

> 在最近的欧洲危机中,也许你们以为西方把中国丢在脑后了。这不是实情。我们虽在这样的悲惨艰苦的日子中过活,我们愿意对你们——中国民族——说,你们的英勇斗争是全世界各国人民为自由与正义而斗争的主要部分,英国人民了解这意义的并不在少数。我们认识你们的战争,不仅是为中国,而且是为了我们,同时我们知道中日冲突问题,对于欧美人民有极深的影响。我们自矢尽我们一切力量——虽然力量也许很单薄,我们很惭愧地自承——以帮助中国,并尽力劝导那些比我们影响更大,更有力的人们同样地来帮助你们。

---

① 姚丹:《误读与传承——奥登〈在战时〉与1940年代中国诗歌》,《新诗评论》,2012年第1辑,第105—120页。
② Louis Mac Neice:《英美现代的诗歌》,胡仲持译,《文学》(上海),1937年第8卷第1期,第247页,第251页,第254页,第255页。

今年(一九三八)上半年,我们在中国游历过四个月,对于你们抵抗军备优良而残暴的敌人的勇敢与耐性,我们简直不能以言语来表示我们的赞叹。在这样一个战争中,胜利必是忍耐持久的能力最大者的。

我们祈求:无论表面上环境是如何恶劣,我们对于你们的"奋斗是正确"这一个信念,永不要灰心,继续战斗到最后胜利获得为止。这是敝国一切有理性的男女的希望。①

由信中我们可以看到,奥登对中国抗战给予了热情的支持。马耳(叶君健)也指出了这一点,他还分析了奥登诗歌的政治内涵,认为奥登对"旧的政治机构,旧的社会制度和旧的经济组织"进行了辛辣地讽刺,"他反对侵略主义者的法西斯蒂"②,奥登诗歌的政治性由此可见一斑。

一些现代主义诗人则对奥登诗歌的政治性提出了批评。孙晋三指出以奥登为首的诗人最大的两个特点是"对于象牙塔是弃若敝屣"和"强烈的政治性"。但作者又指出这种政治性很可能将诗人引入另一个极端,即根据艺术品题材的重要与否定夺价值,废弃了文学和宣传之间的分野,从而"颇有变成高一等的新闻记者的可能"③。吴兴华对叶芝的《论诗书信集》评价不高,稍微有点失望,这是因为,在本书中展露的是叶芝晚年的人格和思想,而其中有好几方面都是不太使人高兴的。譬如他一谈起奥顿和刘易士来,语调就有点轻蔑,而在《现代诗选》序言中又说他很钦佩他们"急进派"的诗歌。吴兴华认为这是诗人的怪脾气所致。④ 显然吴兴华对叶芝肯定奥登等人激进派的诗歌而嘲讽其他诗歌非常不满,暗含了吴兴华对政治批判及奥登激进派诗歌的不以为然。赵景深翻译的史本德作的《现代诗人的危机》一文指出二十世纪英国文学已不能采用十九世纪每二十年的计算方式,而是以十年为界,其中,三十年代

---

① 王礼锡:《英国诗人向中国人民致敬》,《抗战文艺》(汉口),第 4 卷第 5、6 期合刊(1939 年 10 月 10 日),第 135 页。
② 马耳:《抗战中来华的英国新兴作家 W. H. 奥登 C. 伊粟伍特》,《抗战文艺》(汉口),1938 年第 1 卷第 4 期,第 27 页。马耳是叶君健的笔名,他是朱利安·贝尔的得意门生之一,曾在 1938 年 4 月 22 日拜访过奥登,奥登在他的《战地行》一书中也提到过他。叶君健是左翼作家,他于 1938 年参加发起成立中华全国文艺界抗敌协会。
③ E. R. Dodds:《汎论当代英国诗》,孙晋三译,《世界文学》(重庆),第 1 卷第 1 期(1943 年 9 月 1 日),第 35—36 页,第 37 页。
④ 吴兴华:《两本关于叶芝的书》,《西洋文学》(上海),1940 年第 9 期,第 352—354 页。

奥登们属于政治的时期。史本德从危机入手,指出每一时代的诗人不仅属于他们的时代,甚至将成为他们时代的牺牲。这是由于随着时代环境的改变,诗人们也只好随着外部的环境而改变,但每一次改变,都要逐渐失去他自己的才能,因此他的发展有了危机,他必须不顾一切创造他自己的诗的世界,否则他自己的人格就要受外来世界的分裂力量所崩解。奥登也不例外:

> 在奥丹的诗里也有同样的发展,把现代现象当真的现象处理,当作一种有用的方法来表现它们自己的不真实……不问这诗是否真实,我们可以看出奥丹早期的诗许多是在他今日描绘人生以外的。描绘紧缩到一个人玄学的奋斗。虽然一个人独自的奋斗也是为每一个人的,这也是真理,但所说的问题似乎太狭。因为至少许多生活在我们时代的人的心的问题(倘若他们有智慧和感觉),不正如他们所遭遇的,而是数亿别人的物质命运:人们饥饿死亡在集中营那儿(不管那儿是在什么地方)以及我到教堂里去,都不会影响这个的。①

作者没有肯定奥登三十年代诗歌的政治性,反而指出奥登的诗歌因为受制于属于政治时期的三十年代,发展受到了很大的限制。这不能不说是对肯定奥登与政治关系的一种反驳。杨周翰也对被称为左派的奥登提出了批评,认为奥登"虽被人认为左派,但是没有什么政治计划的。"②他认为奥登诗中的许多内容表现都是浪漫的,他没有指出一条出路。因此,他诗中的政治程序是含混的,根源在于年轻。

审视现代主义与左翼作家的译文或文章,他们对奥登诗歌的政治性并没有统一的意见,左翼和现代主义作家肯定的同时均否定了奥登诗中的政治性。其实,奥登诗中的政治仅限于题材,并不具有意识形态上的政治意义。他对西班牙战争的书写,对中国士兵的书写,都源于"奥登的想象力急于在发生在欧洲和英国的巨大的外部景象和显现于他自身内部的微小景象之间制造一种联

---

① 史彭道(Stephen spender):《现代诗人的危机》,赵景深译,《黄河》(西安)月刊复刊第 3 期(1948 年 5 月),第 6 页。后载《新知识月刊》第 1 卷第 1 期(1948 年 7 月 25),关于奥登的这段论述被删去。
② 杨周翰:《奥登——诗坛的顽童》,《时与潮文艺》(重庆)第 4 卷第 1 期(1944 年 9 月 15 日),第 104 页。

接:他感到悬挂在复兴或者灾难面前的公共世界的危机和他自己生活中的一种迫近的行动和选择的私人危机极其相似。"①他从个人危机扩展到外界的政治事件,从两者间发现了联系,他认为要想表现个人的危机如悲伤、孤独等,战争是一个非常适合描绘的场合,因此他"热衷于特殊的悲伤的场合,譬如死亡、内战或者认识到情人之间出现背叛这一伤心的事实。"②而这些诗歌都只是个人化的诗歌,并非如众人所以为的政治性诗歌。

三、退步与进步的对立

奥登于1939年移居美国,不少左翼作家开始批评他移美后的创作出现退步现象,发生了危机。袁水拍翻译了 Demetrios Capetanakis 的《论当代英国诗人》,文中指出三十年代诗人普遍存在一种哲学的焦虑,当他们被哲学的焦虑困惑时,他们就失去了忍耐心,开始认可表面上似觉迅捷而容易到达真理的一条路,那就是神秘主义和唯智主义。作者认为奥登移美后的《新年书信》就属于唯智主义:

> 奥登在他的《新年书信》中,似乎采取了相反的一条道路,可是同样是一条可疑的道路,即是唯智主义。智性在奥登的诗歌中一直是一个危险,可是当他在最佳状态时,那寒冷而能动的非现实当中,常常充满了焕发的结实的感觉的现实。那个时候,他的智性也在跳舞,可是这个舞蹈并不空虚,却饱含了温暖而痛苦的现实……不幸,在《新年书信》中,他让他的智性脱离了热情而跳舞,当智性自己来来去去的时候,它的舞蹈是空虚的,没有现实性的,生硬的,使人讨厌而无用的。它并不能够带我们到什么地方去。它玩弄着一切哲学家们的字句,用来做抽象思考以找寻真理的工具,可是那玩弄仅仅是一种玩弄,其他并无意义。③

---

① 西默斯·希尼:《测听奥登》,《希尼诗文集》,吴德安等译,作家出版社2001年版,第348页。
② 西默斯·希尼:《测听奥登》,《希尼诗文集》,吴德安等译,作家出版社2001年版,第354页。
③ Demetrios Capetanakis:《论当代英国诗人》,袁水拍译,《诗文学》(重庆),第1期(1945年2月),第5页。收入《诗与诗论译丛》,诗文学社1946年6月,再版和三版改书名为《诗与诗论》,分别由上海云海出版社1946年6月和森林出版社1948年出版,改题为《论当代英国青年诗人》。

许多现代主义诗人对此进行了反驳，他们更多地肯定了智性，认为奥登移美后的创作并未退步，反而有了更大的发展，在不断地进步着。

杨周翰认为奥登是 1930 年代最伟大的诗人之一，其中一个因素就是理智的发达，技巧的纯熟之中的一点孩提的天真顽皮。①吴兴华撰文《再来一次》对奥登因流利易解而退步的批评进行反驳。他认为在技巧方面奥登有惊异的发展：爱用明喻、借用十四行的韵脚和音节，但并不被严格的形式所限。他指出《再来一次》一书的第一部分"人和地方"是全集中最精彩的部分，表现出风格的无穷变化。许直认为奥登后期的诗作由于环境发生变化，他已"不再是一个看看英国的诗人，而是一个看看世界的人"，眼界的开阔，使得他的"心肠更广大；反映在他的诗的题材之中的世界性——他能够有世界性的感觉，而表现出来——诗中的世界性也逐渐地更加深刻。把他自己当作世界的一个公民之后，他的诗有了极大的进境。"②陈敬容译有《近年英国诗一瞥》，是对英国诗的一个总论，在诗人们的工作环境一节中，作者史本德认为战争对诗人产生了极大的影响，表现在奥登身上是移美后"所获得的自由使他大大改进了他的技巧，所以他如今是用英文写诗的人们中在技巧上最成功的一位。"③袁可嘉也认为奥登的创作在不断地进步，他逐渐摆脱自嘲、悲愤情绪取得主导的地位，从而接近于综合。袁可嘉弃分析而扬综合，他对奥登的论述显然是满含赞誉之情。他详细分析了奥登采取的三种综合方式，一是集中抨击社会制度本身及因而产生的种种畸形病态，对现代都市文明所带来的贪婪无耻，奢欲自私，及现代人的懦弱无能无不有尖刻锐利的批评，他甚至否认这个时代是可以被称为"悲剧的"，因为我们所有的虚伪甚至使我们的死亡也显得可笑；"我们高声谈话，因为我们最惧怕空虚"实是富有代表性的结语。与艾略特采取宗教信仰的综合方式相比，奥登所指出的这种综合方式十分积极，他在几乎穷尽地批判了现有的社会病态之后，更把改善现实的责任放到普通个人的肩上；"忏悔"，"团结"，"行动"是诗人在剧中所开的三帖药方。但与史本特和路易士的

---

① 杨周翰：《奥登——诗坛的顽童》，《时与潮文艺》（重庆），第 4 卷第 1 期（1944 年 9 月 15 日），第 100—105 页）。
② 吴兴华：《再来一次》，《西洋文学》（上海），第 6 期（1941 年 2 月），第 709—710 页）。
③ S. 史彭德(spender)：《近年英国诗一瞥》，陈敬容译，《诗创造》（上海），第 1 卷第 10 期（1948 年 4 月），第 30 页。

鼓吹革命相比,又没有那么激进。二是贯穿全部诗作的对人与人间互爱的赞扬,三是极类似艾略特的对于神的向往。① 史本德还认为奥登对观念与形式有可惊的鉴别力,能把极端飘逸的观念与感觉融置在语言里,显出前所未有的深邃与机智,从正面肯定了奥登的智性。对奥登移美后的诗作,他指出奥登移美后继续写他自己的说教式的、高度智性的、入技巧的,智慧的诗,深入事物象征与心理的一面。他的诗充满又深又真的观察,轻视具体实在的难免的神秘,以致使人觉得像是用文字帮助寻求一条解释生命本质的共式,但这并不妨碍奥登成为伟大的诗人。② 可见,史本德认为奥登移美后的创作并非减低他的声誉,他仍可视为伟大的诗人。

四、"误译"事件:卞之琳与洪深的对立

关于奥登诗歌的译介,曾发生过一次影响深远的误译事件,与左翼作家洪深和现代主义诗人卞之琳有关。

事情的起因是这样的。1938年奥登访华后,国内作家和媒体都给予了快速的关注。对奥登访华行踪予以最快报道的是1938年4月22日的《大公报》(汉口版),它以四分之一的版面报道了奥登在汉口受到中国文艺界人士接待的消息,他和同行的衣修午德被当作是支持中国人民抗战的拜伦式的英雄,新闻界更是把宣传抗战的希望寄托在这两位诗人的身上。在这则报道中,附有奥登的一首题为《中国兵》的十四行诗的手迹和译文,译者是著名的翻译家和戏剧家洪深,他于1930年加入左联,是左翼作家。这是奥登诗歌首次被翻译出来。但关于此诗译文却引发了一场至今被传得沸沸扬扬的误译事件,起因与卞之琳有关。卞之琳在《××礼赞》一文中论述了奥登的访华与汉口的活动,他称奥登和他的朋友是抗战期间到现在为止来过中国的人中最聪明的两位,而奥登是被许多人认为的英国当代第一名诗人。文中附有他对奥登《他用命在远离文化中心的地方》一诗的译文,并引述了史本德对此诗的评价。他也发表了看法,认为这首诗"亲切而严肃,朴质而崇高,更有替中国抗战捧场的最好

---

① 袁可嘉:《从分析到综合——现代英诗的发展》,《论新诗现代化》,三联书店1988年版,第193页,198页。
② 史彭德:《史彭德论奥登与"三十年代"诗人》,李旦译,《诗创造》(上海)第1卷第12期(1948年6月),第40—46页。

的一首诗。"此处应该说是卞之琳对奥登诗歌有所误解,因为奥登在这首诗中显然并没有站在中国抗战的立场上,而更多表现的是站在人类的立场上对英国的反思。如果说这尚属于卞之琳对诗歌含义的误读,那么此文下面还有一处对奥登诗歌与翻译的误读,由于此文尚未被人注意,且未收入《卞之琳文集》,不妨将原文相关部分录下:

> 当时,有一位先生立即为奥登译成了中文,次日汉口各报就遍登了出来,奥登他们遇见某报新闻记者来访的时候,就请他重新把这首诗的中译文一个字一个字译成英文给他们看,于是他们有了一个大发现。我前面打××的那第二行原文是:
> Abandoned by his general and his lice
> 而以中译文译出的英文是:
> The rich and the poor are combining to fight①

其实,"The rich and the poor are combining to fight"("穷人和富人并肩战斗")并不出自洪深的译文,姚丹查阅《大公报》洪深的译文后指出了这一点,并指出是由于"当时翻译与衣修伍德的沟通出了问题"②。笔者查阅奥登和衣修伍德所合著的《Journey to A War》中衣修伍德的《Travel—Diary》后发现,误译的原因的确与译者有关,但不是洪深,而是麦克唐纳。衣修伍德的日记记录了这一事件,他在4月23日的日记中写道:"今天早晨麦克唐纳跑到领事馆来拜访我们。他在茶会上采访我们的报道,连同手稿副本和奥登那首十四行诗的译文昨天已登在了《大公报》上。麦克唐纳因为做了此次采访,被他的总编特别表扬了一番,他自己也觉得很满意。他把整篇文章逐字逐句地翻给我们听……我们让麦克唐纳把那首十四行诗的中文版本再翻译过来。译者显然认为那行'为他的将军和他的虱子所抛弃'的诗句太残酷无情了,也许甚至是一个'危险的想法'(因为将军们在任何情况下都不会抛弃他们的士兵)。于是,

---

① 卞之琳:《××礼赞》,《月刊》(上海),1945年第2期,第51页。
② 姚丹:《误读与传承——奥登〈在战时〉与1940年代中国诗歌》,《新诗评论》,2012年第1辑,第105页,第108页。不过,姚丹依据的是卞之琳1979年作的《重新介绍奥顿的四首诗》一文,那是由于她未发现卞之琳的《××礼赞》之故。

恰恰相反，他们写成了'富人和穷人联合起来一同战斗'。"①显然，由于麦克唐纳的原因，衣修伍德误以为译者改写了奥登的诗句。卞之琳曾译过奥登的诗歌，继朱维基之后，他也曾参照《Journey to A War》进行翻译，出版了译著《奥登诗抄》，曾在杂志上刊登过"出版预告"，被列为"工作文学丛书"于1942年出版，但笔者未找到此书。② 不过，卞之琳极有可能看到过《Journey to A War》一书，他在论述的时候也和衣修伍德一样提到了记者来访翻译诗歌时才发现奥登诗句被"改写"的，因此才会在《××礼赞》一文中将误译的责任归于洪深。洪深的文章在当时流传并不广泛，卞之琳应没看到过，而卞之琳此文的误读后来一再为人提及，如王家新、赵毅衡等都在文中提到这一轶事③，以至这一错误一传再传，影响极为深广。

第三节　晦涩、颓废和克制：里尔克译介中的对立

里尔克（Rainer Maria Rilke，1875—1926），1875年12月4日生于布拉格，1884年双亲离异后跟随母亲生活。1894年在报刊上发表许多单篇作品，后独自出版第一本诗集《生活与歌曲》。1895年到布拉格大学学习，出版诗集《宅神祭品》。1906年为罗丹当秘书。1907年《新诗集》出版。1922年完成两部重要作品《杜伊诺哀歌》《致俄耳甫斯十四行》。1926年12月29日因白血病逝世。被誉为"自歌德、赫尔德林之后最伟大的德语诗人"。

与其他几位现代主义诗人相比，里尔克的译介与左翼的关联最小。仅有陈敬容、唐湜、徐迟、沈兹九、胡仲持等几位具有左翼倾向的诗人参与译介，更

---

① W. H. 奥登，克里斯托弗·衣修伍德：《战地行纪》，马鸣谦译，上海译文出版社2012年版，第152页。马鸣谦认为麦克唐纳"应是那个与蓝苹成婚三个月的唐纳，原名马季良，出生于苏州"。第144页。

② 1942年6月至1944年7月，方敬在桂林自办工作出版社，出版了《工作文学丛书》，计有：《还乡记》（散文集，何其芳著，1942年出版）、《地之子》（小说，李广田著，1942年出版）、《爱欲三部曲》（诗，德国歌德著，冯至译，1942年出版）、《樱草曲》（小说，法国吉奥诺著，方敬译，1942年出版）、《预言》（诗集，何其芳著，1942年出版）、《奥登诗抄》（英国奥登著，卞之琳译，1942年出版）、《声音》（诗集，方敬著，1943年出版）、《欢喜团》（散文集，李广田著，1943年出版）、《保护色》（诗集，方敬著，1944年出版）等，由桂林大地图书公司总经售。魏华龄：《抗战时期文化名人在桂林（续集）》，《桂林文学史料》第47辑，第462页。

③ 王家新：《奥登的翻译与中国现代诗歌》，《中国现代文学研究丛刊》2011年第1期。赵毅衡：《奥登：走出战地的诗人》，《对岸的诱惑：中西文化交流记（增编版）》，上海人民出版社2007年版，第214页。

多的译介出自现代主义诗人之手,如冯至、梁宗岱、吴兴华、叶汝琏、袁可嘉等。左翼作家对里尔克的批评文字也相对较少,仅批评了他诗歌的晦涩、颓废和克制,与现代主义的对立形势较弱。

一、关于晦涩的对立

左翼作家对里尔克诗晦涩的专文批评虽目前尚未发现,但他们批评现代主义诗歌的晦涩时其实已包括里尔克在内了,故现代主义诗人对里尔克诗歌晦涩的说明可视为对左翼作家的反驳。

对于里尔克诗歌的晦涩,许多现代主义诗人深有体会。冯至就指出:"里尔克的诗,由于深邃的意念与独特的风格就是在他的本国也不是人人所能理解的,在中国,对于里尔克的接受更不是一件容易的事。"①孙晋三也指出里尔克的诗歌"染上神秘主义(Mysticism)的色彩,沉醉于人生晦涩的深奥"②,走的仍然是象征主义的方向。不过他们都未做解释。吴兴华著文《黎尔克的诗》对里尔克进行了详细的分析,他承认里尔克诗歌自有其晦涩处,"本来就有晦涩的地方,像他自己所歌唱的一样……不能达到的——如严沧浪所谓的'镜中花,水中月',这是黎尔克所见的幻景。硬要分析而把行行的诗划裂成散文岂不大杀风景?不必讳言的,一定有许多人读了同一的诗会感到与我截然不同的感觉。在这种情形我只好请大家记住伟大的诗含意原是无穷尽的。它随时,地,人而异,而增长,甚至于创作者自己也不能说他把握着一切。"③吴兴华并不辨析晦涩的原因,反而认为不必硬作分析以使诗歌明白易懂,他认为那样是大煞风景的。吴兴华将晦涩看作了伟大诗歌的必备因素,因为伟大的诗歌必然含义是无穷尽的。在这个基础上,他称赞里尔克后期极为晦涩的《杜诺伊哀歌》和《献给奥尔弗斯的十四行诗》是里尔克"一生中最重要,最富于含意,恐怕也是最好的作品"。④ 吴兴华认为含义是不固定的,它随时地人而变化,这显然将晦涩归结到了读者,因为吴兴华指出在不同的时间、地点、不同的人

---

① 冯至:《工作而等待》,《生活导报周年纪念文集》,1943 年 11 月 13 日。引自冯至:《冯至全集》第 4 卷,河北教育出版社 1999 年版,第 95 页。
② 孙晋三:《从卡夫卡(Kafka)说起》,《时与潮文艺》(重庆)1944 年第 4 卷第 3 期,第 20 页。
③ 吴兴华:《黎尔克的诗》,《中德学志》(北平),1943 年第 5 卷第 1、2 期合刊,第 84 页。
④ 吴兴华:《黎尔克的诗》,《中德学志》(北平),1943 年第 5 卷第 1、2 期合刊,第 83 页。

阅读时,含义是不同的。吴兴华间接地指出了晦涩与里尔克的语言有关,因为"诗中的语言是极简单而不加炫饰的,有时因太简单了,结果很容易使人忽略在这薄脆的外衣下含蕴着多少欲迸裂直出的深意。"①话语中暗示出读者的部分责任,因为毕竟是读者忽略了作品的深意。吴兴华的这种看法与1940年代的许多现代主义诗人不谋而合,可谓左翼与现代主义对立的焦点之一。

二、关于颓废与克制的对立

里尔克的诗歌冷静严峻,音乐性极强,故被许多作家认为是颓废纤细的,还曾一度被国内译者误认为是女诗人。无明翻译日本学者生田春月的《现代德奥两国的文学》就指出了这一点:"里尔克是生长于普拉亚克地方的人,从便宜上,也可以算入奥国籍。波希米亚在现时是捷克斯拉夫国。利尔克就他是诗人的话说起来,虽然和德美尔(见前)完全是别种人,但可以和德美尔并称的。他是真正的抒情诗人,梦之冠形象之书时令之书等诗集,把他的真性情,表现了出来。短篇集表现浪漫的特质。又有一个普格亚克人沙鲁斯和利尔克完全是相异的诗人,比较带男性,比较粗野一些。"②作者将里尔克与沙鲁斯对比论述,指出他的诗歌具有浪漫的气质,缺乏沙鲁斯的男性的阳刚,故而作者把里尔克误认作了女诗人。左翼作家自然也注意到了这一点,兹九翻译大山定一的《最近德国文学上的新问题》指出德国文学最近出现了一个新问题,那就是一般读者最近特别喜欢里尔克的东西。随后,他介绍了人们对里尔克的误解以及他的作品风格:

> 利尔开从前曾被人认为颓废派诗人的,说他虽没有道德上的颓废,至少是神经的极度纤弱,与感情的静谧,一切都是非常女性的等等,但现在已不这样误解他了,认为他的纤细中,却蕴蓄着无限的强烈的纯理的结晶,同时他始终孤独地鹤立着,保持着他独特的精神。他这沉默与静寂,流水似地澄清,这是谁也不能否认的事实……
>
> 利尔开也和汤姆斯曼同样或者也仅能将心投入对象,因此一般人都

---

① 吴兴华:《黎尔克的诗》,《中德学志》(北平)1943年第5卷第1、2期合刊,第83页。
② 生田春月:《现代德奥两国的文学》,无明译,《小说月报》(上海),1923年第14卷第12期,第9页。

容易认他为颓废主义派了。但是将独有的思想,费了绝大的忍耐,而投入对象中,但他的思想,始终纯粹而清洁地固守着,这种伟大的可能性是不可多得的,不管周围的喧骚动乱,独有它的见地,这种精神的崇高,是不可想象的。这确是一种美德的病态。①

虽然作者是对里尔克被误解的辩解,但仍掩饰不住对里尔克的些许批评,他不仅觉得替他们写得过于夸张了,还最后总结说里尔克已属于过去的作家,不是未来的作家,他不会推动今后的德国文坛,因为骚动的世界应该有骚动的文学。

对里尔克的颓废、冷静克制与纯粹,现代主义作家多予以了肯定,对里尔克女性气质的批评则不认可。冯至先后著文《里尔克——为十周年祭日作》《给一个青年诗人的十封信·译者序》《工作而等待》《里尔克和他的诗》等,对里尔克的转变给予详细阐释与肯定。在《里尔克——为十周年祭日作》中,他指出里尔克的转变是"使音乐的变为雕刻的,流动的变为结晶的,从浩无涯涘的海洋转向凝重的山岳"。② 冯至对此极为倾心。他的爱人姚可昆翻译的《引导与同伴》一书中有一章专谈里尔克,作者从他和曾经影响过他的里尔克的一次会见娓娓讲来,其中穿插了一些他对里尔克诗歌的评价。他认为里尔克早期的诗并不吸引他,《祈祷书》他暗暗地反感,《图像书》他并未读过,直到两首壮丽的招魂诗才使他改变了对里尔克的看法,他称其为伟大的挽歌,因为"这是由于伟大的幸福的断念克制住死的哀悼,这是一个新的人类的悲壮的语言。"③他指出了里尔克的转变,对转变后冷静克制的里尔克,他予以了准确地论述:"青年的里尔克是非常轻易地成功他的诗句;在《祈祷书》的风格中,他又一次以为,他能长久地继续下去。但他对于自己的艺术的要求与时俱进地生长着;他要更深刻地试掘,观察。从罗丹那里他学习这样屡屡而深入地注视一棵树,一个动物,一座立像,一个人,或是历史上传述的一个人物,直到那被

---

① 大山定一:《最近德国文学上的新问题》,兹九译,《时事类编》(上海)1935 年第 3 卷第 5 期,第 98 页,99 页。
② 冯至:《里尔克——为十周年祭日作》,《新诗》(上海)第 1 卷第 3 期(1936 年 12 月 10 日),第 295 页。
③ 卡罗萨:《引导与同伴》,姚可昆译,开明书店 1944 年版,第 110 页。

观察者的一个实质的现象忽然在他的内心里出现。"对于里尔克诗中生命之流的遏制,作者认为"有一些东方的生疏的事物来到我们德国的梦者的世界,瑜伽(Yoga)精神,它不再温良地在自身内负担那歌唱着的自然,它却以意志的威力透过灵魂的火镜把它的光机和在一个焦点上,直到这一点鸣响着燃烧起来。"①对于别人否定贬低里尔克,认为他少年时的诗轻易而佻达,他的诗否定原始的男性,或几乎从未写过一首实际的爱情诗的看法,作者进行了辩解,指出里尔克有男性的各样不同的成就,且"但凡是关于原始的,并不是每个人永久都能够认识。现在大多数的人说一首诗是原始的,若是作者在这诗里暴露自己如同不羁不绊的动物,并且把旁人慢慢建设的一切都全盘推翻。他们同时只忽略了,这不羁的人根本毫无建树;他也许能施行一些压制,杀害,焚毁,但没有一件事被他移动,被他建设,奠定了根基。"②作者批评那种在诗中自我暴露的诗人其实并不真正认识原始,认为这种诗歌并不是对原始的男性的表现,只不过是毫无建树的不羁的人罢了。相反,他从里尔克书信中看出里尔克对自己职责的坚守,认为他保留着最伟大的人类的自由,应该是具有英雄气的人。陈敬容也通过他人给予里尔克诗歌的纯粹冷静以赞美,作者以昂扬的笔调赞美里尔克的诗歌有着"可惊的自觉,又是柔和自足的生命,永远的煜耀!至高的纯清!仁爱使他的语言有一种泥土与颜料的可塑性与凝结性"。③ 徐迟不仅指出里尔克的诗并不难懂,因为他读第一遍的时候已经懂了,还对里尔克的颓废批评进行辩护:

  一般前进的作家自然是,并且是已经,责备他了。这个时代的文学,视他自存在,他们把里尔克当作一个颓废派,但是诗是语言,使日耳曼语言,啊、不仅仅是一个!里尔克使人类的言语到达了一个最高峰,那就是说,这样一种语言,表现了人类的感情的最深刻的底奥。我们怎末忽视他?并且在什么理由上我们能责备他?④

---

① 卡罗萨:《引导与同伴》,姚可昆译,开明书店1944年版,第113—114页。
② 卡罗萨:《引导与同伴》,姚可昆译,开明书店1944年版,第118—119页。
③ 陈敬容:《里尔克诗七章》,《中国新诗》(上海),第2辑(1948年7月),第19页。
④ 徐迟:《里尔克(Rilke)礼赞》,《时与潮文艺》(重庆),1943年第1卷第1期(创刊号),第140页。

徐迟认为里尔克由于承继了德国十九世纪末颓废的浪漫主义的传统,在二十世纪的苦痛挣扎的人类中彷徨爬起,以诗歌咏了净化了的人类感情,而这正是里尔克被责备颓废的原因。进而他又从诗歌的纯粹和深入浅出进行分析,指出里尔克的诗歌有纯粹而浓厚的感情,深入浅出后仍要深入,但不易做到,这也是里尔克被责备的原因。最后,他又从政治的角度,指出责备的原因还在于法西斯政府不能容许一个歌咏人类的情感的诗人。徐迟的文章语言啰唆,缺乏科学的论辩,对里尔克诗艺的描绘多停留于激昂的揶揄,故仅仅是一篇以"沙哑"的"嘶声"叫喊出来的"礼赞"。

此外,左翼作家通过译介也对里尔克予以了肯定,如袁水拍译的《现代诗中的感性》称赞里尔克"不单具有感性的才能,而且对于生活非常忠诚。"①胡仲持翻译的《世界文学史话》中指出里尔克的诗形式严格、神秘,从内部再造世界而重铸更接近于自己的精细的音乐的灵魂。因此,他成为古都所生的年青表现派抒情诗人的师,在他周围发生了新表现派的风暴和动乱,不但在小说或剧,还在抒情诗及哲学诗,成就了那最坚实的事业。②

第四节 未来主义、自杀和革命:
马雅可夫斯基译介中的对立

马雅可夫斯基(1893—1930)是苏联最有影响的诗人。1908年参加俄国社会民主党,成为党的宣传员,积极从事地下活动,曾3次被捕,在狱中阅读了大量的文学作品,同时尝试写诗。1911年进入绘画雕刻建筑学校学习,结识了一大批未来派的诗人画家。1912年底,他与大卫·布尔柳克等人共同发表《未来主义宣言》,出版俄国未来派的第一本诗集《给社会趣味一记耳光》。1919年,马雅可夫斯基同未来主义的右翼分道扬镳,组织"共产主义者——未来主义者"协会,简称"康夫"。1923年,他创办《列夫》(即《左翼艺术阵线》)杂志,担任主编。1930年4月14日,他开枪自杀。诗歌作品有长诗《穿裤子的云》、《列宁》、《好!》,剧作《符拉基米尔·马雅可夫斯基》(1913)、《宗教滑稽

---

① Stephen Spender:《现代诗歌中的感性》,袁水拍译,《诗文学》,1945年第2期,第103页。
② 约翰·玛西:《世界文学史话》,胡仲持译,上海开明书店1933年版,第589—590页。

剧》、《臭虫》(1928)、《澡堂》(1929)等,文艺论文有《给艺术大军的命令》(1918)、《给艺术大军的第二号命令》(1921)、《魏尔伦和塞尚》(1925)等。

目前对马雅可夫斯基的译介仅有岳凤麟的《马雅可夫斯基与中国》和戈宝权的《马雅可夫斯基在中国》①两篇文章,论述非常简单,而马雅可夫斯基1949年前在中国的译介非常火热,因此细致梳理他在中国的译介情况,发掘出左翼与现代主义的对立是非常必要和有价值的。从中我们可以发现对他的译介热情为何如此之高？左翼作家最排斥他的是什么？原因何在？而现代主义作家对这一点有何不同看法？

马雅可夫斯基的译介起于20年代初,对他的译介既有诗歌、论文、马氏所写的自传,也有翻译或撰写的专题论文等。译介者多为左翼或具有左翼倾向的作家,如梅雨、邹荻帆、萧三、庄寿慈、郭沫若、李一氓、姚蓬子、魏伯、万湜思、蒋光慈、任钧、以群、穆木天、林林、刘呐鸥、紫秋、流焚、秦似、锡金、刘火子、邹绿芷、安娥、胡愈之、胡风、茅盾、婴子、周而复等②。其中,译介最多的是他的诗歌,且多为后期的革命诗歌,其中不少被重复翻译发表,如《我们的进行

---

① 岳凤麟:《马雅可夫斯基与中国》,《马雅可夫斯基》,四川人民出版社2004年版。戈宝权:《马雅可夫斯基在中国》,《武汉大学学报》1980年第3期。本部分的写作还参考了武汉大学图书馆编的《马雅可夫斯基在中国》资料索引一书,此书收录较为详细,但仍有不少文章未被收录进去。

② 其中左联成员有梅益(笔名梅雨)、郭沫若、姚蓬子、蒋光慈、任钧、穆木天、林林。党员有萧三(1920年)、李一氓(1926年)、流焚(1936年)、邹绿芷(1939年)、魏伯(1936年)、安娥(1925年肄业于国立艺术专科学校,不久加入中国共产党)、胡愈之(1933年)、周而复(1939年)。中华文艺界抗敌协会会员有庄寿慈(1940年)。此外,万湜思也积极参加进步活动。紫秋即陈秋帆,在中学时代即受进步思想影响,积极参加共产党领导的学生运动。婴子原名陈承作,笔名啸青,常用名陈秉晖,福州人。中学时代就开始从事革命文艺活动,与进步同学共同组织青青文艺社(张天禄编:《福州人名志》,海潮摄影艺术出版社2007年版,第429页)。

曲》①、《好!》②《一个非凡的冒险》③、《和列宁同志谈话》④等。翻译或撰写的评论性文字多肯定的是他的革命倾向,而批评他诗作中的未来主义倾向。译介马雅可夫斯基的现代主义作家寥寥无几,尽管如此,他们对左翼作家的批评仍提出了质疑与反驳。左翼作家认为马雅可夫斯基后期完全摆脱超越了未来主义,他的自杀是由于个人与时代的原因,如世界观、健康、感情等问题。现代主义作家或刊物上的文章则认为马雅可夫斯基后期作品仍表现出未来主义的倾向,他的自杀也与此有关,且由于受未来主义的影响,他对革命的理解并不正确。

一、关于未来主义的对立

与法国后期象征主义、英美现代主义等不同,未来主义从一开始就受到了左翼作家的批评。在俄国,当现代主义处于萌芽状态,在西方被捧场叫好时,左翼作家拉法格、梅林、普列汉诺夫、卢森堡及列宁等人,就开始了对未来主义的批评。如列宁在《关于无产阶级文化协会俄共中央的一封信》中批评"未来主义""向工人传播资产阶级哲学观",是一种"荒诞的、反常的趣味"。他对马雅可夫斯基的未来派长诗《一万万五千万》严厉批评,认为是"胡说八道,写得

---

① 马雅珂夫斯基:《我们的进行曲》,史文成译,《新文艺》1930年第2卷第2期,第322—324页;马耶珂夫斯基:《我们的进行曲》,沈海译,《北新》1930年第14期,第75—76页;玛耶阔夫斯基:《我们的进行曲》,番草译,《新时代》1933年第2期,第6—7页;Mayakovsky:《我们的进行曲》,柳倩译,《晨风》1934年第4期;Mayakovsky:《我们的进行曲》,陶陶译,《鹤声》1934年第1期,第99页;玛耶阔夫斯基:《我们的进行曲》,何无译,《银钱界》(上海)1938年第2卷第2、3期合刊,第60页;马雅可夫斯基:《左翼进行曲》,白澄译,《诗歌月刊》(重庆)1946年第5期,第13页;马雅可夫斯基:《左的进行曲》,肖三译,《大众文艺》(延安)1940年第1卷第1期,第2—3页。

② 玛耶可夫司斯基:《好!》,华铃译,《戏剧与文学》(上海)1940年第1卷第3期,第28—35页;玛雅可夫斯基:《好》,林间译,《现代青年》(福建)1940年第2卷第1期,第42页;玛雅可夫斯基:《好》,王春江译,《文学月报》(重庆)1940年第4期,第191—193页,后将《好》诗的断片题名《诗人的自白——》发表于《新华日报》1940年4月14日;玛耶阔夫斯基:《好啊!》,之分译,《列宁是我们的太阳》,香港海燕书店1940年版,第42—71页。(此书中还收有马雅可夫斯基的诗歌《家!》、《玛耶可夫斯基出现了》,第72—90页)。

③ 马耶可夫斯基:《一个非常的奇遇》,李章伯译,《诗》(桂林)1940年新2卷第2期,第34—35页;马耶喀夫斯基:《一个非凡的冒险》,邹绿芷译,《现代文艺》(上海)1941年第2卷第3期,第238—242页;苏联马耶可夫斯基:《一种最奇特的冒险》,关露译,《光明》(广州)1937年第3卷第1期,第20—21页。

④ 玛耶考夫斯基:《列宁同志一夕谈》,徐迟译,《中苏文化》(重庆)1941年文艺特刊,第123页;玛耶可夫斯基:《与伊里奇的谈话》,之分译,《学习杂志》1940年第2卷第8期,第186—187页;马雅可夫斯基:《同列宁同志谈话》,萧三、李又然合译,《大众文艺》(延安)1940年第1卷第1期,第13—15页。

愚蠢,装腔作势",并对支持此诗发行的卢那察尔斯基进行了责备。① 未来主义在中国的命运同样不妙,对马雅可夫斯基的译介始终伴随着对他的批评,且批评往往多于赞誉。

(一)个人主义、形式主义、晦涩与政治宣传的对立

左翼作家认为未来主义是资产阶级的艺术,作品中流露着浓郁的个人主义气息,形式方面也存在诸多怪癖,这些都成了他们批评马雅可夫斯基及其诗歌与未来主义关系的关键词。

茅盾自1920年代多次撰文批评未来主义,如《未来派文学之现势》《论无产阶级艺术》《关于创作》等。至1930年代末,他的批评热情依然不减,将批判矛头指向了马雅可夫斯基。他借 M. N. Alexandrov 之口批评了马雅可夫斯基的不太正确的理论,认为他革命以前创作的诗歌"有很多怪癖和诗的乖技",革命后转向使诗为工人所了解,"诗的意向使他上了正路"。② 时隔不久,他又撰文再次批评马雅可夫斯基的未来主义倾向。他指出未来主义只带着一种盲目性、浪漫性和英雄主义去为机械、力、征服本身而颂扬机械、力和征服,为暴乱本身而歌颂暴乱。他借用卢那卡尔斯基的话表达了对马雅可夫斯基个人主义倾向的批评:

> 玛耶阔夫斯基及其群队是不适合于产生新艺术底派别,因为缺乏革命的接近,自然失掉了他基本的创立,虽然他们是自命为普罗列塔利亚,但他们始终属于小资产阶级的个人主义者,无政府主义的倾向和喜斗的挑战使他们一日一日的没落。虽然工人是在侧耳倾听玛耶阔夫斯基美丽的诗篇在群众集会中朗诵,但是他们只是在聆听诗人的艺术品所表现的韵律,而他们对未来主义的思想却一点也没有用。因此,不消我们抨击,大时代自然会来估量玛耶阔夫斯基和他底群队。③

---

① 姜其煌:《列宁对现代主义的批判》,《马列主义研究资料》1984年第6辑,第106页,第107页。
② M·N·亚历山特罗夫:《玛耶阔夫斯基》,冯夷译,《清华周刊》(北平),1936年第44卷第6期,第61页。此文许峨也译过,题为《苏联的诗人玛耶考夫斯基》,发表于《浪花》(上海)1936年第1期,第33—34页。冯夷是茅盾的笔名,参见黄源:《左联与〈文学〉》,《新文学史料》1980年第1期。
③ 冯夷:《论玛耶阔夫斯基》,《清华周刊》(北平),第44卷第11、12期合刊(1936年7月),第72—73页。

茅盾对此是认同的，他认为这些话是对马雅可夫斯基和未来主义最精确的评语，他和卢那卡尔斯基一样，相信未来主义的马雅可夫斯基必然不能在文坛上长久持续下去。最后，作者详尽论述了马雅可夫斯基诗歌内容与艺术上的缺点：

> 从艺术方面来观察玛耶阔夫斯基的诗，我们立刻就会发现出许多可贵的优点，虽然也尽还有些地方可以訾议，譬如内容的窄狭和过甚的浮夸等等。是的，一九一七的革命使他的创作进步到最高的一级，但同时也是他衰落的开始——从此他把自己伟大的气质和才力挤到宣传品的窄狭的苊里去；这不能不说是他的一个损失……为了宣传，为了尖声地呐喊，他的诗的内容就渐渐儿空虚下去，到头来只剩了许多浮夸，最后简直可以说他在玩着文字的魔术了。①

与茅盾观点相同，周而复也认为马雅可夫斯基作品最大的毛病，是"个人主义气味太浓"②。以群译塞唯林的《苏联作家论》中有一章专门论述马雅可夫斯基，作者分五个部分依次介绍了马雅可夫斯基在不同阶段的经历和诗艺。在第一部分中作者指出未来主义有两种，马氏属于对有产层艺术的反抗转变为对资本主义组织的反抗的一种。他指出马雅可夫斯基早期的诗歌表现着资本主义都市的恐怖、赘疣和污秽，这时的反抗是孤独的，带着小有产者的无政府性质，充满了忧郁厌世的气息。后来虽然创作发生了转变，但早期的思想仍间接出现在他的诗艺中，导致了他诗歌的失败，使得他许多诗歌对革命的描写都带有公式化、抽象化、单纯化的毛病。③ 萧征对未来主义并无好感，批评它是艺术上的小资产阶级倾向的表现，没有革命的目的意识，否定过去和现在的

---

① 冯夷：《论玛耶阔夫斯基》，《清华周刊》（北平），第44卷第11、12期合刊（1936年7月），第73页。
② 周而复：《马雅珂夫斯基逝世七周年》，《文摘》（上海），1937年第2卷第1期，第184页。
③ 塞唯林：《苏联作家论》，以群译，上海杂志公司出版1946年版，第86—109页。后由上海海燕书店重新出版。1947年12月，以群翻译塞维林的《苏联文学讲话》由上海读书生活出版社出版，其中马雅可夫斯基的部分与《苏联作家论》基本相同，只有个别字句稍作改动。如《苏联作家论》中论述马的五部分为十月革命前的作品、十月革命后的作品、左翼进行曲、沉湎在会议中的人们、玛耶可夫斯基底艺术的路，《苏联文学讲话》中变为十月革命以前的作品、革命后的作品、左翼进行曲、沉湎在会议中的人们和结语。（第112—134页）

文化,离开内容,喜欢单纯追求形式上的新奇。他认为马雅可夫斯基不能脱离未来主义影响,批评他早期的反抗是典型的个人主义的反抗。① 此外,任钧的《漫谈未来派和苏联的诗歌》等也批评了马雅可夫斯基革命前的作品中的个人主义。

左翼作家还批评了马雅可夫斯基诗歌的晦涩、粗俗等。蒲风借列宁之语对未来主义诗歌的晦涩进行批评:"劈头我就要说,列宁的这些话是像他诊断其他政治经济情态一般的正确,他说:'我无法承认表现主义未来主义等等是文艺天才的最高表现,因为我不懂他们,不能从他们感到丝毫的愉快。'"② 苏凡翻译的《玛耶可夫斯基的作诗法》批评了马雅可夫斯基把"粗俗的","咒骂的"杂语插进诗的惯用语中,"难于推出同一的意见,堆积起了许多锐利而复杂的隐喻,玛耶可夫司基时常破坏了客观的明瞭和形象的统一",这即是他初期作品难理解的原因。③

与左翼作家批评马雅可夫斯基的个人主义、形式主义不同,现代主义作家则批评他革命诗歌的政治宣传与铺张。戴望舒翻译高力里的文章道出了马雅可夫斯基批评与未来主义的关系,作者认为马雅可夫斯基在赫莱勃尼可夫去世前四年变成未来派的领袖,于是对未来派的攻击都是向他而发。作者反复宣称马雅可夫斯基是一个胆小而纯洁的诗人,对众人给他贴上的粗暴放肆的标签进行反驳,认为这极易忽视他是一个真正的抒情诗人。随后作者批评了马雅可夫斯基转向革命后的诗作,认为他革命重新建设时期与革命开始分裂,之后技巧变得庸俗,成为一个用诗作国家借款、五年计划和其他设施等的宣传的煽动者。④ 赵景深的《玛耶阔夫司基评传》在比较马雅可夫斯基与他的同乡另一个女作家爱克玛多娃(Anna Akhmatova)作品的基础上,从声音的重音和语言的角度批评马雅可夫斯基声音高,粗糙而伤人,他排斥过去,呐喊未来,因此从艺术上来说马氏逊于爱氏。作者还批评了他的诗歌写实主义太极端、幻想太大等。⑤

---

① 萧征:《论马也可夫斯基和他的诗》,《华北文化》(北平),1942年第1卷第2期,第35—37页。
② 蒲风:《表现主义与未来主义》,《狂潮》(广州),第1卷第3期(1938年3月1日)。
③ 包略克等:《玛耶可夫斯基的作诗法》,苏凡译,《中苏文化》(重庆),1941年第8卷第5期,第95页,97页。苏凡原名潘丙心,左联成员。
④ 高力里:《苏俄诗坛逸话》,戴望舒译,《现代诗风》(上海),1935年第1期,第73—82页。
⑤ W. A. Drake:《玛耶阔夫司基评传》,赵景深译,《小说月报》(上海),1930年第21卷第12期。

对马雅可夫斯基语言的批评,在左翼内部存在分歧,如上面论到的茅盾就批判了马雅可夫斯基诗歌的文字魔术,现代主义诗人也批评了这一点。但另一些左翼作家则认为马雅可夫斯基的诗歌语言并不粗俗,不是政治宣传的口号。

> 读者不要误会了,以为马雅可夫斯基的诗尽是一些简单的:"标语,口号"。不是的,绝对不是的!马雅可夫斯基的特别天才的力量,在于他的表现的文字语言;这一工具之特别,措辞之自由,字汇之丰富,宽广,创立形象之新鲜而民众化。他用人的话活的言语,简单的字,朴实而热烈,诗中的形象有时是从来没有遇见过的。字眼有时使人突然,出乎意料,然而他能说服人,因为,他是热情的,他从来不写冷淡,学院派的,没有感情的,由堆砌而成的诗。①

除萧爱梅外,周而复等许多左翼作家都撰文表达了这一点。因此,他们的批评也可视为对现代主义诗人的批判的反驳。

(二) 有无摆脱未来主义

关于马雅可夫斯基与未来主义的关系,左翼作家认为他早期的确是未来主义的代表,但后来受革命影响,摆脱或超越了未来主义。一些现代主义诗人则通过译介指出他并未摆脱未来主义的影响。

极力撇清革命后的马雅可夫斯基与未来主义的关系早在1920年代就开始了。愈之认为马雅可夫斯基转向革命后诗中宣告伟大的自我开始出现,并以他的诗为例说明俄国新诗,"无论是属于未来派,属于想象派或属于表现派,可以说,都不是个人主义的作品。"如他的《一万五千万》赞扬的就不是个人的英雄,而是民众。② 余能在译文中以散文诗的笔调较为详细地介绍了马氏的生平及创作情况,首尾呼应,从马氏的死讲起,再到他的死结尾,勾勒出了一个

---

① 萧爱梅:《论马雅可夫斯基》,《中苏文化》(重庆)1941年第8卷第5期,第90页。此文另题为《正确地认识马雅司夫斯基》和《正确地认识马耶可夫斯基》先后发表于《大众文艺》(延安)1940年第1卷第1期,第4—12页;《诗创作》(桂林)1942年第15期,第44—47页。内容有所增删(增加了两段文字),最突出的是增加了对现代纯诗诗人的批评:"生在今天的中国的诗人们,你们还穿着卷羊毛的皮衣,坐在沙发上对着撒娇的娘们,弹弹孟多林,学那些'纯艺术','纯诗'"。

② 愈之:《俄国新文学的一斑》,《东方杂志》(上海),第19卷第4号(1922年2月),第75页。

从革命到未来主义再到革命的诗人形象。从未来主义到革命后,"玛耶阔夫司基努力从事于革命,他写了咏革命,他写了我们的进行曲,他忘掉了未来主义和旧艺术已经死了"①。至 1940 年代,左翼作家依然否定马雅可夫斯基革命后与未来主义的关系,只突出强化他的革命性,以服务于中国的现实。

萧爱梅(萧三)引用斯大林对马雅可夫斯基的评价,指出中国文艺界对马雅可夫斯基的了解一向不很详细而且不很正确。他认为基革命后的马雅可夫斯基发生了很大的变化,"他谢绝了过去的作风,毅然和'未来派'脱离,加入到无产阶级作家的队伍来,成为无产阶级社会主义而斗争的忠实有纪律的战士。他的诗力求简单,通俗,大众化……成了人民的诗人。"②针对纯诗代表讥讽马雅可夫斯基的煽动品不是诗,作者进行了辩驳,指出马雅可夫斯基的诗是当时所需要的,至今仍保存伟大的效力,而纯诗代表则完全被人们忘却了。张原松翻译了 V·卡坦阳的《论马耶可夫斯基》,在分析马雅可夫斯基与未来派的关系时,作者指出他开初是一个未来主义者,但后来他超越了未来主义:

> 马耶可夫斯基早已超出了这个运动,虽然在习惯上他仍然认为他自己是一个未来主义者。
> 然而,未来主义这个术语,科学地和深刻地解释起来,是不能说明马耶可夫斯基的创造的。
> 他是在一个高出于那最初和他的名字曾联在一起的派别的平面上。③

---

① A. B. Magil:《玛耶阔夫司基》,余能译,《小说月报》(上海),1930 年第 21 卷第 12 期。此文光人和杜衡也翻译过,分别发表于《北新》(上海)1930 年第 14 期,第 67—74 页;《现代文学》(上海),1930 年第 2 卷第 2 期。
② 萧爱梅:《论马雅可夫斯基》,《中苏文化》(重庆),1941 年第 8 卷第 5 期,第 88 页。
③ V·卡坦阳:《论马雅可夫斯基苏维埃时期最好的诗人》,张原松译,《七月》,1940 年第 6 卷第 12 期,第 65 页。V·卡坦阳的这篇文章后经杜岗翻译题名《革命诗人玛耶可夫斯基》发表于《骆驼文丛》(北平)1946 年第 4 期,第 12—13 页,18 页。庄寿慈、白澄和石文也翻译过,分别题为《论玛耶可夫斯基》、《人民诗人》、《伟大的诗人》,发表于《诗》(桂林)1940 年第 2 卷第 2 期,第 21—25 页;《作家杂志》(长春)1947 年第 2 期,第 32—36 页和《中苏文化》(重庆)1942 年第 11 卷第 5、6 期合刊,第 53—55 页。译文内容有些差异,与张原松译文相比,杜岗译文只翻译了其中的一、三、五、七、八部分,且有所删节。白澄的译文与张文相比,少了第三部分,且有删节。石文亦有删节。

作者认为与其他未来主义相比,马雅可夫斯基憎恨的不仅是资本主义的艺术,而是整个资本主义社会制度,以及一切它的学院,伦理准则,宗教,资本家族及小资产的家庭思想。因此,马雅可夫斯基背叛的精神更为广泛深邃有机。未来主义已不能说明他,他不属于任何流派,而属于人民。

戴望舒、贝贝、陈适怀等认为马雅可夫斯基转向革命后,并未摆脱未来主义,仍深受其影响。戴望舒指出马雅可夫斯基所受的教育和意识是小资产阶级的,未来主义也是小资产阶级的个人主义的东西,随着革命的展开和社会的建设,马雅可夫斯基却始终不能克服个人主义宇宙观的残余,最终只能与革命产生尖锐冲突。① 赵华从文艺理论的角度审视了马雅可夫斯基与未来主义的扯不断的关系。他认为马雅可夫斯基的美学观点绝不是对未来主义的否定,错误的未来主义的审美口号在马氏诗中并未被完全抛弃,马雅可夫斯基追求革命的形式,但他却不明白新的形式由新的内容所产生,而不是新的形式产生新的内容。最后作者总结道:"玛耶可夫斯基与未来主义的美学及列佛派的相互关系是非常复杂的,如果在某一阶段,他在探寻建立新形式的法则时燃起了未来主义的火柴库,而同时自己也被这种法则所吸引,那么同时他便一年一年地日益看到未来主义的美学堕落了,因为它是为形式而由形式迈进着,不是为了吸取丰富的新的内容,按这种新的内容,是诗人号角或号角——艺术人在他一切活动中所竭力表现出来的。"② 贝贝认为革命时期俄罗斯有未来主义和意象主义两大诗歌运动,马雅可夫斯基是前者代表,是未来主义主要的推动力。十月革命后马雅可夫斯基的诗充满了政治的转变的内容,但也有一种坚强的充实的醒悟音调,抒情更为个人化,充满失望感伤的气质。③ 这显然是在暗示马雅可夫斯基并未能摆脱未来主义的个人主义倾向。赵景深翻译了米尔斯基 D. S. Mirsky 的《玛耶阔夫司基的自杀》一文,肯定了未来主义对俄国文学的正面影响,"改造诗的语言,把它从用旧了的浪漫的'活字版'(Cliches)里解放出来,使文字有新的生命,使诗句更近于现代的真实生活"。他指出马雅可夫斯基"大半的诗从一九一七年起虽都是革命的和社会的",但并不认为马雅可夫

---

① 戴望舒:《诗人玛耶阔夫司基的死》,《小说月报》(上海),1930年第21卷第12期。
② O·柏斯克:《玛雅可夫斯基审美观点的批判》,赵华译,《中苏文化》(重庆),1941年第8卷第5期,第94页。
③ 贝贝:《玛耶可夫司基》,《文摘》(上海),1937年第1卷第3期,第176页。

斯基就摆脱了未来主义,因为他"同时也写纯粹个人主义的诗……此外还有极端个人主义的诗"①。陈适怀比较了俄国两大诗人:马雅可夫斯基和叶赛宁,认为马雅可夫斯基为未来派代表,但却"很少顾及未来主义的理论,可是他却是它后面的真正的推动力。"与理论未来主义者相比,他的诗歌"没有故意的暗昧","少了许多混杂和伪造",他"革命了诗的技术","打破和改变了俄文的组织法,但没有走到极端;他发展了一些象征的韵律学的改革",因此"得到了更大的自由及有效果的新奇而非老是讨厌的效果",他"故意地通俗和降低了诗的字汇,去迎合粗俗的和不文雅的口味。"作者也介绍了他的转向革命,认为马氏后期"有一种强壮的及生长的醒悟之记号",作品再度"转为抒情的,甚至于比他早期的抒情还更为个人的了"②。可见,他们都认为马雅可夫斯基后期的作品仍具有未来主义的特点,并未摆脱未来主义个人主义的倾向。

二、意俄未来主义的区分与革命的对立

左翼作家普遍认为马雅可夫斯基是一个革命诗人,他们不认同未来主义的马雅可夫斯基,极力撇清俄国未来主义与意大利未来主义的不同。现代主义作家则认为马雅可夫斯基对革命并没有深切的理解。

多数左翼作家在论述马雅可夫斯基时都引用斯大林的评价:"马耶可夫斯基是我们革命时代最优秀,最有才能的诗人",从而突出他的革命性。如萧爱梅的《正确地认识马耶可夫斯基》、茹雯译克坦扬的《玛雅可夫斯基的讽刺》、周而复撰写的《马雅珂夫斯基及其诗歌》等。

郑振铎编著的《俄国文学史略》中称马雅可夫斯基是革命后五年中未来主义的健将,许多诗人中只有他能完全迎受革命,以革命为生活,但他的诗并不充满革命的口头禅。他的才表现在他的神机,即有簇新的人生观上。③ 茹雯(秦似)译克坦扬的《玛雅可夫斯基的讽刺》称赞马雅可夫斯基是善于运用讽刺的艺师,他讽刺的对象非常广泛,从祖国的公开的敌人军阀们地主们资本家

---

① 米尔斯基(D. S. Mirsky):《玛耶阔夫司基的自杀》,赵景深译,《现代学生》(汉口),1930年第1卷第2期,第2页,第3页。
② Gleb Struwe:《马也可夫斯基与叶赛宁》,陈适怀译,《中国诗坛》(广州),1938年第2卷第4期,第7页。
③ 瞿秋白:《劳农俄国的新作家》,郑振铎编:《俄国文学史略》,商务印书馆1924年版,第152—153页。

们和各色各样武装干涉者们到戕害国家的新的敌人们,他用讽刺的扫帚和幽默的毛刷,清除了他的诗句所能达到的时弊。克坦扬认为马雅可夫斯基是服务于十月革命和苏联建设中的一支讽刺的大笔的壮丽的模范。这无疑突出强调了马雅可夫斯基的革命性,而未提及马雅可夫斯基与未来主义的关系①。阿达丽丝也认为"马雅柯夫斯基是诗文中的革命家,布尔雪维克和战士。这一点决定了我们对他的态度以及别种思想体系的人们对他的态度。"②左翼作家认为马雅可夫斯基的伟大在于他的革命性:

> 他之所以被誉为最伟大的诗人,是他以其伟大的形式,反映了革命的现实,他反对当时的恶势力,他的诗,代表了新的要求,新的内容。③

这是胡风在中苏文化协会举办的马雅可夫斯基逝世十周年纪念活动上的发言,参加这次活动的有郭沫若、胡风等 30 个左翼作家。除胡风外,其他左翼作家也肯定了他及其诗歌的革命性,臧云远认为他的一生都充满"倔强忠实的战斗精神",高长虹指出马氏不但是一个诗人,而且是实际革命的行动家,因此纪念他就要从行动上纪念。水夫也撰文呼吁纪念马雅可夫斯基不但"要学习他的'嫉恶如仇'的战斗精神,同时更要进一步,接受他的诗的武器,来向黑暗投枪,向光明颂扬!"④任钧翻译来川正夫的《俄国文学思潮》虽然指出马雅可夫斯基是未来派最大的代表诗人,但更为肯定的显然是他"街头诗人"的身份,称赞他具有粗野而奔放的男性的性格,是一个有着喇叭一样的喉咙和粗壮的铁拳的战士,也是一个大胆而巧妙的言语的革命家。⑤ 可以说,左翼作家认同的是作为"革命诗人"的马雅可夫斯基,对他未来主义的诗作则要么置之不理,要么进行批判。即使有一些左翼作家肯定马雅可夫斯基的未来主义倾向,那

---

① 克坦扬:《玛雅可夫斯基的讽刺》,茹雯译,《野草》(桂林),1941 年第 2 卷第 1、2 期,第 93—94 页。秦似原名王辑和,在《野草》、《中学生》、《青年生活》、《戏剧春秋》、《文化杂志》、《文艺生活》、《半月文艺》、《文艺新哨》、《广西日报》、《艺丛》、《文学创作》等刊物发表了译作数十篇,多署名秦似或茹雯。参见王小莘,吴智棠:《疾风劲草——秦似传》,广西师范大学出版社 2010 年版,第 65 页。
② 阿达丽丝:《现代最优秀的诗人》,水夫译,《苏联文艺》,1943 年第 6 期,第 94 页。
③ 胡风等:《马耶可夫斯基逝世十周年在中国》,《中苏文化》(重庆),1940 年第 6 卷第 3 期,第 85 页。
④ 水夫:《纪念伟大的诗人马雅柯夫斯基》,《文艺学习》诞生号(1946 年 5 月 4 日),第 2 页。
⑤ 来川正夫:《俄国文学思潮》,任钧译,正中书局 1941 年版,第 221—222 页。

也是在区别意俄未来主义的基础上肯定俄国未来主义的革命性的前提下的肯定。

　　未来主义发端于意大利,代表是马里内蒂,倾向右翼,讴歌战争。俄国未来主义诞生之日起有"自我未来主义"与"立体未来主义"的右与左之分,自我未来主义沉湎于消沉颓废中。中国左翼作家对意大利未来主义和俄国自我未来主义自然十分反感,因此,当他们译介马雅可夫斯基绕不过未来主义时,除了不置可否外,就采取区分意俄未来主义的方法曲折地否定未来主义,同时也突出了俄国未来主义革命性的一面。这一点自马雅可夫斯基开始在中国译介时就被左翼作家指了出来,"玛霞考夫斯基的未来主义和意大利人玛里纳蒂(Marinetti)的未来主义不是一件东西。玛里纳蒂的未来主义除浅薄的民族主义而外,又是亲帝国主义的、帮忙小资产阶级的、他处处是小资产阶级心理的表现。玛霞考夫斯基的未来主义纵使与'无产阶级文化'没有历史的关系,可是它实在是表现无产阶级的革命精神的。"①任钧认为未来主义乃是现代资本主义社会的必然产物,受茀理契(V·M·Friche)的影响,他在详细阐明二者的区别时指出,意大利和苏联的未来主义是"完全相异的",他盛赞苏联未来主义,而对意大利未来主义进行了批评:

　　"意大利的未来主义——乃是布尔乔亚的现象。那么我们便可以理解其在政治上的意德沃罗基上,意大利的未来主义者们乃是帝国主义者。"因为是个帝国主义者,所以他们除讴歌现代物质文明之外,还要赞美屠杀,公然宣言:"战争——是世界最好的卫生学;"因为是个帝国主义者,所以马里内蒂后来才会变成慕沙里尼的御用诗人。

　　同时,也就因为他们是帝国主义者的留声机,代言人,所以他们才创造不出真正的新的艺术(诗歌),才不能不成为现代化文艺史上的一朵"新奇的"昙花。

　　至于那以苏联为其暖室的新兴诗歌呢？则恰与未来主义的诗歌相反,乃是一朵历史的、时代的、新世纪的"钢铁的花"——在主题上,它是大

---

① 玄珠:《苏维埃俄罗斯的革命诗人玛霞考夫斯基(Mayakovsky)》,《时事新报·文学》第130期(1924年7月14日),第1版。

众的生活、思想、情感的最真切的反映；在形式上，它也是最通俗的、最大众化的、最能为民众所理解、接受的东西。

这也就难怪这朵"钢铁的花"，如今不但在苏联，而且还在世界各国陆续地开放着。①

张原松翻译 V·卡坦阳的《论马耶可夫斯基》依时间顺序介绍了马雅可夫斯基在各个阶段的经历和诗歌的艺术。在第三部分分析他与未来派的关系时，作者指出他"开初是一个未来主义者。但我们不能把俄国的未来主义与意大利的另一未来主义相混同。当马利纳梯（Marinitti）于一九一三年来到莫斯科时，是曾被马耶可夫斯基和他的同志们所反对的。"②在左翼作家看来，区分了意俄未来主义，肯定了俄国未来主义的革命性，在战争年代的中国，马雅可夫斯基的译介自然就显得值得且必要了，从而为马雅可夫斯基的译介争得了合法性。

对俄国的未来主义左翼作家也进行了区分，他们否定批评自我未来主义，而肯定立体未来主义，因为前者死抱着个人主义，后者则在思想和语言上都表现出了革命性。

> 始创于意大利马利纳蒂的未来主义，在革命前的俄国曾依从了文学上的两个不同的主潮而分歧了它发展的路向：一条是彼得格勒的个人主义的未来主义；一条是莫斯科的立体主义的未来主义。马牙可夫斯基是属于后一路向的……莫斯科派不同于彼得格勒派者，他不是死抱着自己的纲领一定要去接近于个人主义，一定要把自己在局限着的定型的语言中渐渐地趋于死亡。莫斯科派一直继承着马利纳蒂，一开始就从新订正了全俄的文法与语汇。③

---

① 任钧：《漫谈未来派和苏联的诗歌——读诗答记之一》，《新诗话》，上海两间书屋1948年版，第234—235页。文末注此文作于1935年。
② V·卡坦阳：《论马耶可夫斯基》，张原松译，《七月》，1940年第6卷第12期，第65页。
③ 刘火子：《关于马牙可夫斯基》，《诗》（桂林），1940年新1卷第3期，第22页。刘火子（1911—1990），曾用名刘宁、刘朗、刘良月。广东台山人。早年受革命思想影响，30年代初即写文艺评论，宣传普罗文学。

在区分俄国未来主义的同时,作者又指出了马雅可夫斯基与意大利未来主义的承继关系。不过,作者更为肯定的是立体未来主义代表马雅可夫斯基的革命性:"马牙雅夫斯基在世界革命诗坛,在普罗列塔利亚的斗争中都是伟大的。他带着斗争的姿态开始他的生活,去反对布尔乔记的腐俗主义,以及他们的惰性,卑鄙,讨厌的生活方式。"①愈之以马雅可夫斯基的诗为例说明俄国新诗无论是"属于未来派,属于想象派或属于表现派,可以说,都不是个人主义的作品"。②

对于马雅可夫斯基诗歌的革命性,现代主义诗人或现代主义刊物上的文章则存不同意见,他们批评马雅可夫斯基患有左倾幼稚病,对革命的理解并不深入,带有个人主义的特点。

1930年,马雅可夫斯基逝世后,《现代文学》杂志于1卷4期进行了纪念特载,从译诗到论文,共发表八篇译介文章。其中,不少文章都对马雅可夫斯基的革命提出了批评或质疑。赵景深翻译了 Alexander I. Nazarolf 作的《玛耶阔夫司基的自杀》,作者认为马雅可夫斯基的诗"没有诗意,喧哗,狂呼,主要的目的似乎是骂人,吓人……他的诗常被猥亵所毁……所以他只是丑脚,不是诗人。他那滑稽的夸大的比较和卤(应为鲁——笔者注)莽是合于他的性情的"。这些批评无疑是指向马雅可夫斯基的革命诗歌的,他视马雅可夫斯基对社会各种问题的批评是骂人猥亵,严重损害了他的诗歌。③ 作者的批评言辞凌厉,似乎嫌过一些。陈立之的《玛耶阔夫司基的诗》对马雅可夫斯基的论述多注重于批评,文章一开始便拉开了批评的帷幕:

> 玛耶阔夫司基凭个人主义的狂热与普希金的传统决裂,他自己创作了任意的韵与律。他企图以有复杂律的诗行来证明律是不需要的,但是,他失败了。甚至他受了致命伤!一般地说,玛耶阔夫司基是患的左倾幼稚病,我们曾希望他转换方向能达到他底最高峰,但他"暂时的衰颓"竟成

---

① 刘火子:《关于马牙可夫斯基》,《诗》(桂林),1940年新1卷第3期,第22页。
② 愈之:《俄国新文学的一斑》,《东方杂志》(上海),第19卷第4号(1922年2月),第75页。
③ 拉沙洛夫 Alexander I. Nazarolf:《玛耶阔夫司基的自杀》,赵景深译,《现代文学》(上海),1930年第1卷第4期,第13—14页。

为永远的没落了。①

陈立之的批评肯定未来主义,对马雅可夫斯基的左翼倾向则给予了一连串的批评,与 Alexander I. Nazarof 相同,陈立之也认为马雅可夫斯基的革命诗歌只是呼喊,没有深刻的思想。他认为马雅可夫斯基一生所有的诗中最精彩并真正能跃登文坛的只有早期的《裤中之云》,可谓对马雅可夫斯基的未来主义代表作给予了极高的评价。对于马雅可夫斯基的转变,陈立之认为"他努力底想向革命的大道上走去。但是,玛耶阔夫司基一离开个人底轨道便显得弱了,他几乎成为了'官样的玛耶阔夫司基'。玛耶阔夫司基底诗没有高峰,并且有些应该说的地方,他偏要狂喊,结果,有些应该呐喊的地方,他的喉音却哑了!关于革命的歌词,他的我们的马赛曲便犯了这种弊病……玛耶阔夫司基的讽刺诗,也不能深入到事物的要质中去,他的讽刺诗是新奇的并同时是很浅薄的……是表面的作品而已,深刻的眼光他是没有的!"②对于马雅可夫斯基写的关于美国的五首诗,陈立之认为都是普通作品,意义上不重要,文字也不特别出色。纵观整篇文章,陈立之对马雅可夫斯基的革命进行了反复批评,他认为马雅可夫斯基的接近革命只是以个人主义的狂热接近革命,与革命是不太融合的。这显然消解了左翼作家所强调的马雅可夫斯基的革命是摆脱了个人主义的未来主义的革命。同期戴望舒也借文质疑了这一点,文章作者指出未来主义是对于学院式的颓废的反动,但并不是一个革命的运动,而是有帝国主义原质,想创造表现帝国主义时代力学的艺术。它兴感的是运动,而马雅可夫斯基颂扬无产阶级革命就由这兴感带着。因此马氏对于革命不是灵魂的深深的运动,他没有看到力学背后的集团的东西,因此革命时代一结束,他的诗的兴感就死了,再往后,气势也失去了。③ 戴望舒还撰写了《诗人玛耶阔夫斯基的死》一文,从阶级的角度分析未来主义,认为意大利和俄国的未来主义都和政治紧密相连,因此,他们殊途同归。马雅可夫斯基对无产阶级革命的歌颂实质是由着马利内蒂歌颂战争颂扬法西斯战争的道路而来的,"对于革命的观

---

① 陈立之:《玛耶阔夫司基底诗》,《现代文学》(上海),1930 年第 1 卷第 4 期,第 35 页。
② 陈立之:《玛耶阔夫司基底诗》,《现代文学》(上海),1930 年第 1 卷第 4 期,第 40—41 页。
③ A. Habaru:《玛耶阔夫司基》,戴望舒译,《现代文学》(上海),1930 年第 1 卷第 4 期,第 16—17 页。

念的出发点上,玛耶阔夫司基已经走到一条歧异的道路上去……于是他便用他自己的方式接受了革命。显然,他对于革命的观念是个人主义的""和这现实的无产阶级的革命,在根本上已不互相投合"。① 戴望舒并未如左翼作家那样区别意俄未来主义的不同,而是强调了二者的实质是相同的,即革命都和未来主义紧密相连。

三、自杀原因的对立

1930年,马雅可夫斯基在自己的处所开枪自杀。这一事件引起了极大轰动,一时间,人们纷纷猜测其原因。左翼作家将其归因于改造世界观的不彻底、健康、感情等个人因素和时代因素。而现代主义诗人认为他并未摆脱未来主义,因此,他的自杀并不如左翼作家所言,而是与未来主义有关。其中,左翼作家指出改造世界观不彻底时也提到未来主义,这似乎又无意间说明了马雅可夫斯基后期并未摆脱未来主义,与上面论述到的左翼作家认为马雅可夫斯基摆脱了未来主义产生矛盾,这不能不说是左翼作家内部的分歧。这样,左翼作家又似乎和现代主义作家达成了一致。不过,不同的是,现代主义作家虽指出自杀与未来主义有关,但并未将之上升为世界观的改造。

周而复在《马雅珂夫斯基及其诗歌——纪念诗人逝世七周年》中指出马雅可夫斯基自杀是由于"在一九三〇年为了不幸的恋爱事件……为了多病,不能恢复健康"②。萧征将马雅可夫斯基的自杀归因于世界观改造的不彻底:

> 由于世界观上的矛盾,将他引到可悲的自己分裂的路上,这决不是偶然的。他叫着:"我要在列宁的下面清算自己,为着远远地泳入革命的池沼。"但是从小资产阶级知识分子出身的他,加入了革命,没有彻底改造世界观和人生观,清算未来派小资产阶级的气分(应为气氛——笔者注)和无政府的见解,终于造成他的死和他的一切作品内容的矛盾。这里颇值得提起我们底警惕:小资产阶级知识分子出身的"诗人",在今天如不能掌

---

① 戴望舒:《诗人玛耶阔夫斯基的死》,《小说月报》(上海),第21卷第12号(1930年12月10日),第1744页。
② 周而复:《马雅珂夫斯基及其诗歌——纪念诗人逝世七周年》,《译作》,1937年第1期,第96—97页。

握马列主义理论的武器,在改造社会的实践斗争过程中全面地改造自己是危险的。①

以群译塞唯林的《苏联作家论》也认为正是由于世界观上的矛盾,将马雅可夫司基引到了自杀的道路。冯夷(茅盾)则将原因归于时代,认为马雅可夫斯基的自杀是由于"革命的程序已经走上一个建设的路程时,他便会感到痛苦,而他的诗也不再为大众所接受了。他想把个人主义的他溶解在集团之中而不可能,于是他自杀了。这是一个时代的悲剧。"②但无论归因于世界观,还是归因于感情、身体,左翼作家多采取的是俄国对马雅可夫斯基自杀原因的分析,那显然是受俄国左翼的影响的。

戴望舒则认为马雅可夫司基的自杀"显然地,是不能和那玛耶阔夫司基赖以滋长,终于因而灭亡的有毒的'欧洲的咖啡精'(Ia Cafeine d'Europe),未来主义,没有关系的。"戴望舒认为马氏自杀是革命与未来主义的矛盾所致,革命要排除集团内每一个分子内心的个人主义的因素,为各种英雄主义的理想定罪,而"英雄主义的化身,个人主义在文学上的最后的转世"的未来主义必然"在革命的强烈的压力之下作未意识到的蠢动"③,两者矛盾无法调和,因此,马氏没有出路,只能选取自杀。陈适怀译文也指出马氏后期有一种强壮的及生长的醒悟,作品转向抒情且与早期相比抒情更为个人化,这种醒悟的心情必定是除却恋爱受挫这一明显死因之外一个有些作用的因素。④ 关于自杀原因的对立其实也是左翼与现代主义作家关于马雅可夫斯基后期是否摆脱未来主义对立的一部分,现代主义作家认为,正是由于未摆脱未来主义,才一定程度上使马雅可夫斯基走向了自杀。

总之,马雅可夫斯基的译介基本上大多数都是由左翼或具有左翼倾向的

---

① 萧征:《论马也可夫斯基和他的诗——纪念马也可夫斯基逝世十二周年》,《华北文化》,1942年第1卷第2期,第36页。

② 冯夷:《论玛耶阔夫斯基》,《清华周刊》(北平),第44卷11、12期合刊(1936年7月),第71页。

③ 戴望舒:《诗人玛耶阔夫司基的死》,《小说月报》(上海)第21卷第12号(1930年12月10日),第1742页,第1746页。

④ Gleb Struwe:《马也可夫斯基与叶赛宁》,陈适怀译,《中国诗坛》(广州),1938年第2卷第4期,第7页。

作家来译介的。马雅可夫斯基的译介之所以如此火热,与他由未来派诗人变为左翼作家有着直接的关联,他无疑给中国的作家们树立了一个典范:"马耶可夫斯基是今天中国诗人的模范"①。这从他的译介多为转向革命后的诗歌,对他未来主义的代表作却少有译介,及译者多肯定他的革命性、大众化,对未来主义则极力批评、撇清关系等即可看出。无论是左翼和现代主义作家对马雅可夫斯基个人主义、形式主义,是否摆脱未来主义的争论,还是自杀的争论,都与马雅可夫斯基与未来主义的关系有关。他们对立的根本其实在于二者的关系。克·彼得罗索夫就指出:"与研究马雅可夫斯基早期创作有关的、最复杂的也是未最终得到阐明的问题之一,就是诗人与未来主义的关系。"②造成这种现象的实质在于现代中国认识和判断俄国现代主义的重要策略、方法受到了俄国的影响,"把俄国现代主义思潮与'革命运动'、把现代主义文学与写实主义或左翼文学对立起来叙述"。③

小　结　译介的对立与评判的标准

由现代主义译介的梳理我们可以发现,一大批左翼作家参与了现代主义诗文的译介,左翼刊物也为现代主义的译介提供了发表园地。如胡风主编的《七月》、杜宣、勃生编辑的《杂文》、林林编辑的《质文》、茅盾主编的《小说月报》等,都发表了诸多译介文章。在左翼内部,对现代主义的态度并不一致。不少左翼人士都译介了现代主义的诗歌或文章,如艾青、袁水拍、陈敬容、田间、萧三、任钧、穆木天、林林、以群、郭沫若、瞿秋白、张西曼、茅盾等;一些由现代主义转向左翼的诗人也仍然译介了现代主义诗文或翻译撰写了现代主义诗歌研究,如徐迟、卞之琳等。这对他们的创作产生了极大的影响,使得他们的诗歌与现代主义保持了一种或明或暗的扯不断的关系。对此,将在本书的三、四、五章给予论述,此处不赘。

但译介过程中最为引人注目的是左翼与现代主义作家之间的对立。一些

---

① 萧爱梅:《正确地认识马耶可夫斯基》,《诗创作》(桂林),1942年第15期,第47页。
② 克·彼得罗索夫:《马雅可夫斯基诗歌世界》,岳凤麟,陈守成编:《马雅可夫斯基评论集萃》,北京大学出版社1987年版,第9页。
③ 林精华:《误读俄罗斯:中国现代性问题中的俄国因素》,商务印书馆2005年版,第241页。

左翼作家通过译介对现代主义进行了批评,且批评日趋激烈。针对左翼人士批评现代主义诗歌的晦涩、传统、宗教、影响、退步、个人主义等,不少现代主义诗人都借译文或著文对之进行辩解,如朱维基、穆旦、袁可嘉、徐迟、吴兴华、杨周翰、吴大冈、王佐良等。虽然他们也时常认为现代主义诗歌的确有些晦涩,如吴兴华在《现在的新诗》中就指出《荒原》的晦涩难懂:"我很起劲的读《荒原》,同时,尽管仍不大懂"①,但他们多将晦涩归之于艺术手法与技巧,归之于现代主义诗歌的本质。在几位现代主义诗人中,他们的喜爱也是有所侧重的,与艾略特诗歌的晦涩相比,奥登就显得易懂多了,因此王佐良、穆旦、杨周翰等西南联大诗人都较为喜欢奥登。对此王佐良有过解释:"当时我们都喜欢艾略特——除了《荒原》等诗,他的文论和他所主编的《标准》季刊也对我们有影响。但是我们更喜欢奥登,原因是:他更好懂,他的渗和了大学才气和当代敏感的警句更容易欣赏"②。因此,1940年代对奥登译介的热情显然大大超过了艾略特。他们对左翼对现代主义诗歌晦涩的批评进行了反思,路易士在诗语言追求上求明朗而忌晦涩,他在《诗话钞》里说:"诗的用字,最忌的便是'堆砌'。""意识地把属于明朗的意境来朦胧化了,那是在做谜语,而不是在作诗。那种'文字的魔术'乃是顶顶肤浅的东西!"③对未来主义的批评自1920年代就开始了。郭沫若在《未来派的诗约及其批评》中批评未来派是"没有精神的照相机,留音器,极端的物质主义的畸形儿",《自然与艺术——对于表现派的共感》中批评未来派是"摹仿的文艺。他们都还没有达到创造的阶级。他们的目的只在做个自然的肖子。""只是彻底的自然派,他们是只有魄没有魂的痴儿"。④ 1940年代对未来主义的批评就更多了,尤其是意大利、法国的未来主义,他们被视为反动的代表。"法国未来主义文学之所以被当时中国文坛忽略,主要原因是法国以阿波里奈尔为代表的立体未来主义只追求艺术领域的变革,是一种'出世'文学,这显然和中国文坛当时追求'入世'的主流不相符合。""意大利未来主义在马里内蒂的误导下,走向'反动',这显然让追求光明

---

① 钦江(吴兴华):《现在的新诗》,《燕京文学》(北平),1941年第3卷第2期,第5页。
② 王佐良:《穆旦:由来与归宿——诗人逝世十年祭》,《外国文学》,1987年第4期,第60页。后收入杜运燮等编:《一个民族已经起来》,江苏人民出版社1987年版。
③ 路易士:《诗话钞》,《纯文艺》(上海),第1卷第1期(1938年3月15日),第43页,第44页。
④ 郭沫若:《未来派的诗约及其批评》,《创造周报》(上海),1923年9月2日第17号,第5页。《自然与艺术——对于表现派的共感》,《创造周报》(上海),1923年8月26日第16号,第1—2页。

的中国人十分反感。"①虽然俄国未来主义并未像意大利未来主义那样招致一致的批评,但马雅可夫斯基的译介依然受到了极大影响,最突出的表现就是译者或论者多属于左翼阵营,多强调与肯定他转向革命后的诗作,对他所受未来主义的影响则基本上予以批评。且在译介文章中,作家们都注意阐释马雅可夫斯基与德国未来主义的不同,如茅盾在《苏维埃俄罗斯的革命诗人》中说道:"玛霞考夫斯基的未来主义和意大利人玛里纳蒂(Marinetti)的未来主义不是一件东西。玛里纳蒂的未来主义除浅薄的民族主义而外,又是亲帝国主义的、帮忙小资产阶级的,他处处是小资产阶级心理的表现。"②任钧、婴子、萧三、张原松等的译文或文章也区分了两者的区别,指出马氏对未来主义的超越。左翼诗人在译介研究西方现代主义诗歌时往往偏重于他们的政治性,以取得译介的合法性。如叶君健、王礼锡等。即使是现代主义诗人,他们也极力肯定所译诗人的革命政治倾向,如卞之琳、吴兴华、袁可嘉等。

  审视他们四人在中国的译介,以奥登和马雅可夫斯基的译介较为突出,艾略特和里尔克稍微逊色,这与前者的左翼倾向有着紧密关系。40年代诸多译者或论者对奥登青睐有加与他参加西班牙战争、1937年到中国旅行等政治行为有着极大关系,他一直被视为左翼诗人。马雅可夫斯基也是如此,他在现代中国的译介更多展现的是他革命的一面,几无现代主义诗人对马氏进行译介。可以说,他们二人都没有真正地被了解。Cherkassky曾写过一本书:《马雅可夫斯基在中国》(1976年),他认为中国对马氏的评价和译介有许多是歪曲而可笑的,他谈到了从他的观点看歪曲马氏的王独清的文章,分析了戴望舒的看法,他认为戴望舒的评价有很多矛盾。他校对了很多译作,发现了很多可笑的错误。克·彼得罗索夫也指出:"与研究马雅可夫斯基早期创作有关的、最复杂的也是未最终得到阐明的问题之一,就是诗人与未来主义的关系。"③因此,我们必须追问,奥登与马雅可夫斯基与左翼的关系究竟怎样?马雅可夫斯基与未来主义的关系是否仅限于十月革命前?中国作家对他们的误读怎样影响了自身的创作?马雅可夫斯

---

 ① 李鑫,宋德发:《未来主义文学在中国》,《世界文学评论》2006年第2期。
 ② 玄珠(茅盾):《苏维埃俄罗斯的革命诗人玛霞考夫斯基(Mayakovsky)》,《时事新报·文学》第130期(1924年7月14日),第1版。
 ③ 克·彼得罗索夫:《马雅可夫斯基诗歌世界》,岳凤麟,陈守成编:《马雅可夫斯基评论集萃》,北京大学出版社1987年版,第9页。

基对中国作家的影响是否仅限于形式？未来主义的其他特征是否也产生了影响？这些都是通过译介梳理所触发的须思考和分析作品影响时须解决的问题。

翻译不仅仅是知识的传递，它背后蕴含着的是译者不同的评判标准及不同的时代文化含义。由艾略特、奥登等人的译介，我们可以发现左翼和现代主义之所以会形成对立，原因就在于评判标准的不同。其中涉及文学、政治、宗教等多种评判方法。史本德曾指出现在评断诗歌的标准非常缺乏，二十年代着重于时代的敏感，三十年代重于政治，他认为这是不当的，"我们不应该采用那些文学的，政治性的，哲学的或神学的说明书的方法"，不能"舍弃诗本身不谈，光是去找它的'智慧''成熟的思想''基督教'（假定这些是存在诗中的）"①，因为这是容易的，但同时也是危险的工作。因此，他建议应该从作者是否能写好诗和是否能在他的作品中融会贯通着他对生活所抱的态度两个方面去衡量，而这两个方面可以归于诗的一个特性，那就是感性。我们姑且不论史本德提出的评判标准是否可行，他指出以政治、宗教等不同的评判标准去评判诗歌却是确实存在的。无论左翼作家和现代主义作家之间关于艾略特译介中晦涩、传统、宗教和影响等的对立，奥登译介中晦涩、政治、退步和"误译"的对立，还是里尔克译介中晦涩、颓废、克制的对立，马雅可夫斯基译介中未来主义、自杀和革命的对立，其实最根本的对立在于左翼往往是从思想政治的角度出发，而现代主义作家多从诗歌本身艺术出发，在于他们的评判标准不同。可以说，他们之间的对立是评判标准错位的对立。不过，影响他们评判标准的选取与历史文化背景有关，左翼作家从思想政治角度评价现代主义诗歌就是时代氛围与他们的政治观念影响的结果。

---

① Stephen Spender：《现代诗歌中的感性》，袁水拍译，《诗文学》，1945年第2期，第101页。

第四章
创作视域中现代主义与左翼的对立

1940年代,左翼文化成为主流,不少现代主义诗人都受到影响,纷纷转向,创作向左翼文学靠拢。但也有一些诗人坚守现代主义,与左翼文坛展开论争,创作了极具现代主义风格的诗歌,路易士、冯至、穆旦、袁可嘉等就是其中引人注目的几位诗人。路易士自称"积极意义上的'第三种人集团'之一英勇的斗士",反对诗与政治等意识的关联,批评左翼诗歌"概属文学以下"。他坚持提倡创作纯诗,反对抒情,以此对抗左翼诗歌。左翼作家也多次批评路易士,指控他为"文化汉奸"。面对左翼作家的批评,路易士从自负不屑,逐渐转变为恐惧绝望。冯至1940年代对左翼诗人强调的个体融入集体,发挥集体的巨大力量持怀疑态度,认为集体产生的只是冷漠与空虚的幻象,因此他强调个体在大时代中的承担与责任,以此对抗集体的虚空。袁可嘉则对左翼诗歌的感伤和工具性进行了批评,他和穆旦都对革命、集体进行了嘲讽与拒绝。

第一节 路易士:一个"非协和之音"

路易士原名路逾,祖籍陕西,1913年4月27日生于河北省清苑县。幼时因父亲工作需要举家四处漂泊,1924年定居扬州。因喜江南风光,且自此开始了较为稳定的学习生涯,故称扬州为故乡。早年就读于武昌美专,后转学苏州美专,1933年毕业。因诗集出版和二次画展受挫,于1934年3月自费出版了处女诗集《易士诗集》①。与此同时他创办过《火山》、《菜花》(《菜花》出版一期后,因众读者觉得菜花"不太好听",从第 2 期改名《诗志》②) 等刊,1935 年与杜衡合编《今代文艺》,1936 年与徐迟、戴望舒合编《新诗》,期间受到李金发和戴望舒诗歌的影响,陆续出版了《行过之生命》和《火灾的城》③。抗战爆发后,路易士辗转于上海、扬州、武汉、长沙、贵阳、昆明、香港、南京等地,创办《文艺世纪》(1944 年 9 月 15 日–1945 年 2 月,共出 3 期)、《诗领土》、《异端》等刊,主编《新代》旬刊④,先后出版了《爱云的奇人》、《烦哀的日子》、《不朽的肖像》、《出发》、《夏天》、《三十前集》、《上海漂流曲》、《二月小窗》、《没有诗的日子》等诗集⑤,除了写作发表诗作外,路易士还在《纯文艺》、《中华副刊》、《语林》、《上海艺术月刊》、《诗领土》、《文帖》、《异端》等刊上发表大量诗论,曾编成《艺术的苦闷》和散文集《柠檬黄之月》⑥,但因故未能印行。凭借着办刊出版诗集、跻身名人交际圈、卷入文学论争等多种渠道方法,路易士迅速在上海文坛崛起,成为 1940 年代捍卫坚守现代主义的一朵奇葩,值得我们深思。

---

① 路易士:《易士诗集》,中和印刷公司 1934 年版。
② 路易士:《编者的话》,《诗志》(苏州)创刊号(1936 年 11 月 5 日),第 60 页。
③ 《行过之生命》由未名书屋 1935 年 12 月出版,列为"未名文苑"第二种;《火灾的城》由上海新诗社 1937 年 7 月出版,列入"新诗社丛书"第四种。
④ 《文帖》(上海)1945 年第 1—5 期第 171 页对《新代》介绍如下:路易士主编,纯文艺旬刊,第一号已由新代旬刊社出版,文汇书报社总经售。内容包括:胡兰成的《时代的生发》(专论),傅彦长的《生活现象的观感》、路易士的《"马上侯"之猫》(随笔),穆穆的《时代的遗弃者》(小说)和南星、胡启、董致白、言之末、田尾、石夫、林纯瀛、董纯瑜八家诗。
⑤ 《爱云的奇人》由诗人社 1939 年 4 月出版;《烦哀的日子》由诗人社 1939 年 10 月出版;《不朽的肖像》由诗人社 1939 年 12 月出版;《出发》由太平书局 1944 年 5 月出版;《夏天》由诗领土 1945 年 2 月出版,列为"袖珍诗丛"第一种;《三十前集》由诗领土社 1945 年 4 月出版,列入诗领土社丛书第一种。《上海漂流曲》多次预告,《文学》(上海)第 8 卷第 1 期"新诗专号"(1937 年 1 月)上的《新诗集编目》中列有《上海漂流曲》,但出版社、时间和地址均不详。《诗志》1937 年第 1 卷第 2 期上说到:"至于《爱云的奇人》(包括《行过之生命》里的一九三五年的一辑及宣传已久而尚未出版的《上海漂流曲》及《二月之窗》(包括一九三六年的作品之全部)两集,亦正在整理中,俟《没有诗的日子》出版后,即将陆续付排。先此预告。"《上海漂流曲》真正的出版时间是 1945 年,由诗领土社出版(公木:《新诗鉴赏辞典》,上海辞书出版社 1991 年,第 1164 页)。《二月之窗》,闻一多在《现代诗钞》所附新诗《待访录》的"战地歌声"中列为新诗社预告之诗集(闻一多:《闻一多全集》第 1 卷,湖北人民出版社 2004 年,第 345 页),至于最终是否出版,待查。《没有诗的日子》亦待查。
⑥ 被列为文艺世纪丛书之三,在《文帖》1945 年第 1—5 期上做过预告,内容包括:艺术的苦闷、科学与诗、最近十年来之诗坛、批评论、新诗之诸问题、表现论、袖珍诗论、诗人之路、其他共三十篇。此外,在《文艺世纪》1944 年第 1 期上也做过广告。《柠檬黄之月》被列为文学丛书,在 1945 年《文帖》上多次作广告。《出发》后记所附路易士着译书目包含此二书。

一、"'第三种人集团'之一英勇的斗士"

路易士于美专读书期间开始诗歌创作,这时与他来往密切的同学有王家绳,也即为他第一本诗集作序的王绿堡①,王绿堡思想左倾,路易士受其影响,此时不少诗歌都与左翼诗歌无异,他自己也承认了这一点,"我在投稿《现代》以前,所写的诗,有意无意之间,偶尔还带着左倾的色彩,那是由于受到王家绳和他的那些南京同学影响之所致。"②翻开他的《易士诗集》,我们经常可见他对帝国主义、资本主义、富豪官僚的批判和对光明未来的期盼与歌颂,如《从象牙之塔到十字街头》严厉地抨击了帝国主义、军阀、资本家、官僚、城绅乡豪,号召知识者"重建光明的大厦"。在《栽秧号子》中,他诅咒富人的压榨,赞美穷人的辛劳。他呼吁艺术家和诗人从自私而耽美、卑怯而颓废中醒来,否则"无情的时代,要将你们踢开了!"他鼓动诗人们到前线去,争做先锋,不要被淘汰(《醒醒吧,朋友们》)。此时的路易士俨然一个向往革命的左翼青年,后来他自己回顾这些诗歌时认为是"很可笑的普罗诗,十之八九是很糟糕的不成熟的东西",是"很幼稚的歌颂光明诅咒黑暗之作"③。不久,路易士结识杜衡,加入了杜衡1935年5月创办的"第三种人"杂志《星火》和"星火文艺社",思想逐渐发生转变。他自诩为星火文艺社的核心人物,并联合扬州、镇江一带的文艺青年,组成了星火文艺社江苏分社,借《苏报》副刊版面,出版《星火周刊》。他视左翼分子为文艺之敌,与"左翼诗人左翼作家,我是不往来的",成为了"积极意义上的'第三种人集团'之一英勇的斗士"④,开始了对左翼文学的坚决反抗与批判。

路易士受现代主义的影响,重视诗的艺术,反对诗与政治等意识的关联,而这正是左翼诗人所强调的。路易士认为把"'诗'和'政治'结合在一起,纵然可以办得到,也是一件相当困难而不大自然的事。把某种政治上的主张意识地替它穿起诗的外衣来,是决不会产生什么良好的效果的。'政治的成分'

---

① 王家绳和王绿堡是同一人,参见吴心海:《关于路易士创办火山的几点史实》,《新文学评论》2012年第3期。
② 纪弦:《纪弦回忆录(第一部)》,联合文学出版社2001年版,第66页。
③ 路易士:《三十自述》,《三十前集》,上海诗领土社1945年版,第4页。纪弦:《纪弦回忆录(第一部)》,联合文学出版社2001年版,第58页。
④ 纪弦:《纪弦回忆录(第一部)》,联合文学出版社2001年版,第64页,66页。

是很难以溶化在诗的里面的,往往浮出于表面,像一层油浮在水面上一样。""一首诗的好坏,不能取决于其'政治意识'之有无。同时,也不能因一首诗缺少'政治意识',便胡乱地斥之为'空洞的',或是'无内容的'。须知'政治意识'这东西,也只是作为诗的内容之一而已。"①在路易士看来,左翼诗歌只注重诗与政治、现实的关联,既缺乏想象力,又没有表现出特殊的经验,与真正的诗歌尚相去甚远。他对左翼诗歌的批评主要集中发表在《中华副刊》、《诗领土》和《异端》等刊物上。

1943年8月12日,路易士在《中华副刊》上发表了《作家们在干什么》一文,批评了"左翼分子的残余"。9月25日,他在《中华副刊》发表《希望与责任》,再次对左翼分子展开批评。同日上海《太平洋周报》第82期刊出"围剿篇"特辑,发表了各足、秋翁(平襟亚)、白眼生、燕公、张明远、逸帆六人的文章,对路易士的批评进行了集中的反驳。各足的《诗人之路》称路易士为"一条怪'路'",借两位诗人之口对路易士的诗人身份进行了质疑,"江北才子,不是由玩剃头刀而玩鬼头刀幺!怎么能作诗?""低能儿之狂者,神经病初明,人拉'充数',因而发'抖',怎么能作诗?"作者认为路易士的诗文语气夸大骄傲,姿态狂妄,让人不懂,因而他只是"'想成'诗人,而'不作'诗人",于是遭围剿就是必然的。作者还认为路易士化名欧阳新自捧,并由路易士对报章杂志上以马克思主义文艺观衡量文艺作品的批评,将矛盾抛给政府审查,控诉路易士的批评实乃诬出版者与作者。作者针对路易士的声明,抓住路易士并未声称打倒资本家,而称路易士的诗"是在不打倒资本家圈中的'诗'",最后以路易士、欧阳新、鬼头刀或剃头刀三条诗人之路回敬诗人的《诗人之路》一文。② 秋翁的《讨伐群鬼》针对路易士"自命为诗人","诋毁同文为粪蛆,为臭虫,并称要扫荡'鸳鸯蝴蝶派'"的行为,认为路易士是痴人说梦,思想腐化到臭豆腐干里去了。最后以路易士"持屁诗索千金",指责其无耻拜金,可以休矣。③ 燕公的《搏兔何必用全力》由秋翁与路易士的论争而发,认为秋翁正不惜全力做搏兔工作。而在他看来,不搏也好,因为现在的论争无主题无中心思想,也不涉

---

① 路易士:《诗话抄》,《纯文艺》(上海),1938年创刊号,第45页,46页。
② 各足:《诗人之路》,《太平洋周报》(上海),1943年第82期。
③ 秋翁:《讨伐群鬼》,《太平洋周报》(上海),1943年第82期。

及焦点,路易士只是无聊地在翻旧账,论争的全是拾人唾余的、陈腐的问题。①白眼生的《炉边骚音谱》讥讽路易士像堂吉诃德一样发出骚音,他从低能儿、放冷箭、喽啰们三个方面对路易士进行了批评与谩骂。② 张明远的《真相》开篇就声称不敢恭维路易士为诗人,而觉得他不是有七八分神经病,便是想靠"装疯"吃饭,对于文艺懂得很少。③ 逸帆的《诗人与CRB》站在中国人的欣赏角度,指出路易士的诗中满篇的洋文,有些怪气,因此是假冒诗人。④

左翼文坛对路易士的批评,自然使得路易士内心极为愤怒,他在《批评论》中指出目下没有纯正的批评,取而代之的"不是'谩骂'便是'瞎捧'",批评是"皮相的肤浅的,而且是十分无聊的《×××论》或《评×××》之类,实在除了有所标榜,捧或骂,以及藉此造成他自己的地位的企图以外,根本就不成其为批评。"路易士称这些批评家只是伪批评家、冒充的批评家,是改不好的劣种。批评并不仅仅只是存在着一种记录了好与不好的判断的文学而已,因此,他提出当前我们所最需要的批评,莫过于对此每况愈下之文坛加以全面的痛击之批评。⑤ 于是,我们就看到了路易士在1944年《诗领土》上发表的批评左翼诗歌的7篇文章。可以说,他身体力行地实践了当前诗坛最需要的"全面的痛击之批评"。

在《论诗之存在的理由》中,他批评左翼诗人"对日常的一般经验表示好感而自以为此即所谓'把握现实'。其实那是最无知的,最愚蠢的事情。"批评左翼诗歌为社会为人生的功利性,认为这种诗歌"除了免强找些马克思主义的妖言鬼话来撑撑腰,此外就再也显示不出凭其自身之存在的理由了。它们朝生暮死,随其政治的潮流之高涨而出现,复又随其政治的潮流之退落而死亡。因为它们不是诗的经验之完成,或纵是诗的经验然而由于其方法之万分低劣或根本非'诗的'因而终于完成不了什么。"在路易士看来,为社会为人生的左翼诗歌根本就不算诗,"概属文学以下"。⑥ 在《谬论一扫》中,他先解释了诗与现实的关系,认为诗是取材自现实的,没有一个诗人是离开了现实而活着的,

---

① 燕公:《搏兔何必用全力》,《太平洋周报》(上海),1943年第82期。
② 白眼生:《炉边骚音谱》,《太平洋周报》(上海),1943年第82期。
③ 张明远:《真相》,《太平洋周报》(上海),1943年第82期。
④ 逸帆:《诗人与CRB》,《太平洋周报》(上海),1943年第82期。
⑤ 路易士:《批评论》,《读书杂志》(南京)第1卷第1期(1945年2月1日),第10页。
⑥ 路易士:《论诗之存在的理由》,《诗领土》(上海),1944年第1期,第15页。

但这并不能说现实就是诗,现实必须经过净化、组织和表现,才能成为艺术品的诗。在此基础上,他批评左翼残余分子们因缺少诗的才能和文学上的教养,因而"籍强调'现实'以争取彼等之不自然的存在。"对左翼诗歌的这种倾向,路易士认为是诗之绊脚石,文学之蹂躏者,因此"必须予以最后的消灭的讨伐而一扫彼等之现实即诗观现实即文学观之谬论"。①《五四以来的新诗》再次重复了《论诗之存在的理由》中左翼诗歌不是诗的批评,他认为"至于那些标语口号制造者,那些'新诗歌史太哈诺夫运动'的乱喊乱叫者,那些'普罗诗歌','国防诗歌','大众诗歌','抗战诗歌'之类,在文学论的地加以处理的场合,概属文学以下,不置论。连'诗'都还不是,连'歌'都还不是,更谈不到什么'新诗'了。在这里,我说这话,决非基于某种'政治的偏见',请勿误会。"②在评论俞亢咏的诗集《诗一束》时,路易士也不忘展开对左翼诗歌的批评,他认为左翼诗人不成其为诗人的原因在于想象力的缺乏和不懂得运用,因此他们"只是革命革命标语口号乱喊二十四气,把好好的精力白费掉了。我说他们白费,是指他们的'写诗'而言,至于他们的'革命',那我一概不管。因为对于政治,我是从来不关心的。总之,他们不是诗人,他们写的东西也不是诗。"③在《诗领土》1944年第5期上路易士发表的三篇文章也都对左翼诗歌进行了批评,但批评内容与前几篇文章并无二致。《伪自由诗及其他反动分子之放逐》再次批评左翼诗歌("普罗诗歌"、"国防诗歌"、"大众诗歌"、"抗战诗歌"、"诗歌大众化"、"新诗歌斯太哈诺夫运动")"全是胡说八道,文学以下",将标语口号派,意识至上主义,诗歌大众化等归为反动分子之一,批评田间的诗只是分行的散文而非诗。并指出在今日诗坛,左翼诗人已随其政治的潮流之退落而销声匿迹,标语口号诗派也潜伏起来,不过只要他们敢于探首出来看看,路易士必以手杖重重打之,表现出路易士激烈的批评态度。《什么是全新的立场》批评左翼诗人老是喊些标语口号,他们的诗歌内容的实质,即"革命的概念"而已。与此同时,"革命的概念"的内容又决定了他们的形式亦成了标语口号。

---

① 路易士:《谬论一扫》,《诗领土》(上海),1944年第2期,第1页。
② 路易士:《五四以来的新诗》,《诗领土》(上海),1944年第4期,第2页。"新诗歌史太哈诺夫运动"为蒲风在《新诗歌的斯达哈诺夫运动》中提出的一个口号,意在提高诗歌的质和量,但实际却只提高了量,质上却粗制滥造。因而在左翼内部就引起了论争,杨骚、茅盾都提出了批评。
③ 路易士:《诗评三种:〈诗一束〉》,《诗领土》(上海),1944年第5期,第22页。

《诗评三种中华民国居留》将左翼诗人径直呼为小鬼,显示出一种傲慢的姿态,再次批评了他们的诗只是低劣的标语口号,他们不能称为诗人。

《新诗之诸问题》是路易士撰写的一篇长篇诗歌批评,其中批评了左翼诗歌对艺术技巧的忽视和对意识的过分偏重:"'左翼'诗人们的理论洋洋万言,可是他们的诗就太不成样子了,他们的诗形也很混杂,反正他们的批评尺度所量的只是一个'意识',不问是山歌也好,民谣也好,大鼓词也好,甚至连文言和白话也不管,总之只要'意识正确'就是'好诗',因而他们的诗,可以说是没有什么诗形的。他们根本不注意技巧,表现手法全无,只要喊出一个'革命的概念'来,就算是诗了。他们以为'革命的诗'就是'诗的革命',岂不荒谬之至!"①

路易士在出版《三十前集》时写下了《三十自述》,对左翼诗歌进行了严厉的批评:

> 五四以来,举凡一切视文学为政治的奴仆,不问形式,不问风格,也不注意技巧,只是斤斤于内容意识之"正确"与否的时流文学,例如"普罗文学","大众文学"等种种名目悉皆引起我的反感。因为那些根本都不是当"文学"之称而无愧的真正的文学,它们是"伪文学",或称之为"非文学"亦无不可。而他们的"正确"一语,实际上等于"歪曲"加"诡辩",一点都不正确,全是自欺欺人之谈。他们全不理解什么是文学的本质,压根儿他们也不想下点功夫去理解它,只是人云亦云,随声附和,凑凑一时的热闹,帮帮一时的场子而已。他们自初即已上了共产作家的当,中毒深而不自觉……他们所吵着闹着的文学其物,连说它是属于某一特定的时空间的文学都远不够资格,更谈不到什么超越了时空间的限制的具恒久性与广域性的纯粹文学了。②

1948 年路易士创办《异端》杂志,继续坚持自己的艺术主张,他亲自撰写的宣言表明了中间人的立场,对左右翼文学均提出了批评。他提出特别要把

---

① 路易士:《新诗之诸问题(中)》,《语林》(上海),1945 年第 1 卷第 2 期,第 49—50 页。
② 路易士:《三十自述》,《三十前集》,诗领土社 1945 年版,第 9—10 页。

诗从政治解放出来，自称是马克思主义神学系统下清一色的公式文学之异端，是不参加那些效忠于赤色梵蒂冈的桂冠诗人竞技会的另一种选手，是相对于他们的逆流，是对于左翼、对于右翼，以及对于一切正统、一切权力、一切偶像的不驯服的异端。① 同期《纪弦诗论》②中，路易士反复强调"诗不是歌功颂德，也不是标语口号。诗不是一个事实的说明，也不是某种真理的传播。诗是直觉的产物，不是学问的结果。"诗人在创作诗歌时，必须记得自己是"一个诗人，一个艺术家，而非一个官僚，一个政治家。他的政治上的主义，不能充当诗的内容。"否则，诗的内容必是最空虚和贫乏的，甚至可能是毒药，危害诗的生命。这里显然间接影射批评了左翼诗歌。

左翼文坛与路易士之间的批评与论争在1940年代应是一个持续时间较久影响也颇为广泛的事件，"鱼诗人"、"臭袜子诗人"便是对他的戏称，由此他可谓名声大噪，享誉文坛，叶谟和许衡在评价路易士诗歌的文章中也都提到路易士对诗的见解和个人主义引起不少争论和攻击。这里重点勾勒了路易士对左翼诗歌的批评，由此可以看出路易士对左翼诗歌的拒绝，即使随着日益加重的压力，他亦不改弦易辙。

当然必须指出的是，路易士与左翼文坛论争时，双方态度都颇为蛮横，虽然路易士在《批评论》中一再强调批评家应除去有色眼镜，尽量站在客观的立场上说话，态度不可蛮横，不可采取教训的斥骂的态度，不可怀有替某种个人所倾向的政治主张乃至某种宗教信条，某种道德观念等服务的心理，但他亦没能避免这种错误的批评态度。

二、从自负不屑到恐怖绝望：对立情绪的转变

路易士在1940年代所撰写的理论文章中一再批评左翼文坛，即使招致左翼文坛的围攻、嘲笑，他的态度始终颇为自负，不改初衷。但在诗歌中却发生了明显的变化，1940年代初期表现为自负不屑，中后期则掩饰不住恐怖绝望的心态。这与1940年代左翼文坛对他批评的转变有着直接的关系。

1940年代初期左翼文坛对路易士的批评多是从他的诗歌着手，批评他诗

---

① 《异端》(上海)出发号(1948年10月10日)，封面页。
② 纪弦：《纪弦诗论》，《异端》(上海)出发号(1948年10月10日)，第11页。

歌的晦涩,对他的批评进行反击。这时他们之间的批评还多文学上的意气之争,路易士多书写左翼诗人对他的迫害和他与左翼诗人迥异的艺术追求。在路易士的眼中,左翼人士经常批评迫害他,如"他拿着魔术的瓶,/叫我的名字"(《幼小的鱼》),"新闻记者/拿最难堪的形容词/冠在他的名字上,/嘲笑他。"(《不朽的鱼》)"他们捣毁了我的 tochka,/烧了我的字典和书,/连看星的望远镜也被他们摔碎了,/剩下来的只是一支超现实派的手枪/忧郁地躺在地板上。"(《摘星的少年》)面对左翼文坛的批评,路易士极尽讥讽之能,称迫害他的左翼人士是瓦雀们(《述怀篇》)、魔鬼们(《自画像》),是"大批蠢材,狗,啦啦队,/CP 外围分子,假正义"(《被谋害的名字》),是"连顶起码的哲学都不懂"的"穿一律的制服的野种"(《幼小的鱼》),是"不要脸的投机分子"、"善妒的低能儿"(《什么奸细老跟在我后面》),是"卑劣的江湖医生们"(《失眠的实际》)。他们的诗歌则是魔术,他讥讽高尔基的诗集没有资格站在他的书架上,"一旦马克思主义被从这个世界拿掉/他就沦为第十八流的文士了"(《给许多的市侩》)。

对于左翼诗人的批评迫害,路易士自命清高,自诩为"栖息在梧桐树上的凤凰,/是不乐与瓦雀们数晨夕的,/我宁愿不鸣,不飞。/永远。"(《述怀篇》)"在我面前,他是傲慢的。/他甚至不屑讥我为竞走的低能儿。/他阔步而行,唱着我不唱的流行歌,/如一阵风掠过我肩膀,他远了。/然而我亦不屑去追他:/我仅是一个散步者而已:/而况,我有我的歌。"(《竞走的低能儿》)在诗中,他与我是相对立的两个主体,对于我,他傲慢嘲讽,而对于他,我亦傲慢不屑理会,他们互相唱着自己的歌。诗中充满了象征意味,对此路易士曾解释道:"此诗之'他',原指某一个左翼诗人而言;'流行歌'三字,则系嘲笑彼等所写的标语口号诗,是为我所看不起的。但如扩大其范围,则亦尝不可看作我的人生态度之显示:我走我的路,我唱我的歌,我与世无争。"①路易士苦心经营自己的艺术之宫,以对抗并摧毁他们的诗歌。"我辛苦地构成了/用以否定凡诸魔术的/全新的体系,我拿烟斗/敲碎了魔鬼们的/罪恶的头。"(《乱梦》)"他以一种有个性的全新的体系去否定你们的魔术/连同你们的胡子和塔"(《革命》)。对众人的批评,路易士这时更多地表现出来的是傲慢与愤恨,尚无恐惧与性命

---

① 纪弦:《纪弦回忆录(第一部)》,联合文学出版社 2001 年版,第 91 页。

之忧。

  1942年,路易士开始感到了左翼力量的强大。诗中"我"的对立面常为杀气十足的群体,不再是对他不屑一顾的个体。在这种氛围中,路易士诗中开始流露出一种悲剧意味,如《7与6》《吠月的犬》等。

> 载着吠月的犬的列车
> 滑过去消失了。
> 铁道叹一口气。
> 于是骑在多刺的
> 巨型仙人掌上的
> 全裸的少女们的
> 有个性的歌声四起了:
> 不一致的意义,
> 非协和之音。
> 仙人掌的阴影
> 舒适地躺在原野上。
> 原野是一块浮着的圆板哪。
> 跌下去的列车不再从
> 弧形地平线爬上来了。
> 但击打了镀镍的月亮的
> 凄厉的犬吠
> 却又被弹回来,
> 吞噬了少女们的歌。①

  这首诗与西班牙杰出的超现实主义画家米罗的一幅画同名,两个作品创作时间相差16年,美术出身的路易士极有可能看过米罗的画,他曾自述在1936年东渡日本后,接触到世界诗坛与新兴绘画,于是大画特画立体与构成派的油画,也写了不少超现实的诗。他开始喜欢阿波里奈尔的诗,而米罗曾与阿

---

① 路易士:《三十前集》,诗领土社1945年版,第248—249页。

波里奈尔等超现实主义诗人过从甚密。因此,路易士看过此画的可能性极大。对比画与诗,两者也有许多相同之处,"月、犬、列车(其实是梯子)诗和画都有"①,不同的是路易士的诗中多了"全裸的少女""仙人掌"和少女们"有个性的歌声"。如果说米罗画中的张力主要在于犬与月,即有限与无限、个体与宇宙的对立的话,那么,路易士诗中的张力则增添了个体与群体之间的冲突。全裸的少女们无疑代表了一个群体,他们所发出的歌声虽然有个性,但却是不协和的,暗含着路易士对她们的讽刺。歌声在这里并不是第一次出现,路易士曾在《竞走的低能儿》中以"流行歌"嘲讽左翼诗歌。但那时"我"所面对的还只是"他",诗人和"他"之间尚保持平等对立的关系。而此时则不同了,单个的高傲的"他"变成了具有诱惑力的"全裸的少女们",但这诱惑却是致命的,正如他在《我的声音和我的存在》中所说的:"一切危险:那些紧紧包围着我的具诱惑性的诸形态和种种魔术的意义。我必须无视于其形态之丑恶或美好。我必须无知于其意义之深刻或浅薄。否则,被取消的必然是我自己"。这里,多刺的巨型仙人掌无疑具有巨大的杀伤力,它的丑与裸女的美构成了一种强烈的对比。"四起"暗示少女们人数众多、力量庞大,诗人不能再像之前那样不屑理会了,在现实中他跌落下去,声音已如凄厉的犬吠,流露出浓郁的悲剧意味。诗结尾以犬吠被月亮反弹回来,吞噬了少女们的歌,一改之前的悲剧处境,转为乐观,暗示出在时间(月亮)面前,他的歌一定能战胜不协和的歌,即真正的艺术定能获得胜利与永久的价值。但显然,这里的乐观有些许的勉强。考虑到路易士曾以"流行歌"隐喻左翼诗歌,这里众多非协和之音或许也可视为对左翼诗歌的嘲弄,隐含了诗人与左翼作家的诗歌艺术的较量,也隐含了路易士与左翼之间对立的力量之悬殊。

如果说1944年之前左翼文坛与路易士之间的批评还多文学上的意气之争,那么他是1944年年底参加过第三届大东亚文学者大会后,对他的批评则上升至政治的层面,"文化汉奸"的帽子牢牢地戴在了他的头上。

1944年11月12日,第三届大东亚文学者大会在南京召开,南京、上海、北平、苏州、杭州等地都派代表参加,其中,路易士作为上海代表之一参与了这次

---

① 商禽:《读纪弦的诗》,《现代诗季刊》(台湾),第20期(1993年7月)。奚密在《从边缘出发》中对这首诗作了精彩的分析,他在商禽比较两诗异同的基础上重点从裸女和歌声两方面分析了诗所表达的孤独(广东人民出版社2000年版,第180—182页)。

大会。会上,讨论了中心问题,拜谒了中山陵,审查了提案……路易士相当活跃,即席赋诗一首,悼念汪精卫。15日大会结束,代表纷纷返回。① 路易士返回上海,几日后,1944年11月21日,美军轰炸上海,路易士连作三首诗歌即《十一月廿一日 No. 1》《十一月廿一日 No. 2》和《炸吧,炸吧》,对战争进行批判,表露出对战争的极端厌恶。前两首诗以一种"异乎寻常的宁谧"描绘了空袭下的景物,作者没有描绘轰炸的惨象,反而着力于宁谧与沉静,以此衬托对战争的厌倦,前者从兵营里梧桐树的叶子读出对"这个战争之永无结局的长篇小说之连载"的厌倦,后者亦从法国梧桐树叶的飘坠读出其对六小时空袭的"乱世的无言歌"。《炸吧,炸吧》也与美军轰炸一事有关,但它与前两首诗歌极为不同,批判的目标明确,态度更为激烈,并未收入路易士的任何集子。这首诗发表在《文友》1944年第4期上,因少有人见,故以往借此诗对路易士文化汉奸的指控始终稍嫌"不够充分",而路易士也趁机否认,扬言要指控者拿出证据,并在回忆录中辩解道:"1942年,我从香港回到沦陷区的上海,直到1945年抗战胜利,在这几年之内,我从未写过一首'赞美日本空军轰炸重庆'的诗,我也从未写过对于我们先'总统'蒋公有所大不敬的一字一句。"②那么,事实究竟如何? 还是让我们从这首诗说起。

这首诗分为六节。第一节描写两个人的对话,一个说飞来的飞机是我们中国的,另一个说是美国的。第二节表面看似对美机的赞颂,赞扬它们飞得高,太英雄了,实则充满了对它们的嘲讽,正是由于它们飞得高,所以它们瞧不见目标,人们只听到炸弹一个个落下的响声,结果自然可想而知,大批无辜贫穷人员和房屋遭难。第三节即是对这一惨象的描绘,路易士批评美国飞行员"盲目投弹","炸死了的,/都是中国的老百姓"。他认为美国飞行员毫无自己的思想,只不过是美国的"奴才走狗",是"人家的工具"。第四节持续批判美军,指出他们"炸南京是政治的意义。/炸上海是经济的目的。"而轰炸过后最高兴的是罗斯福,美军对中国的援助并未解决任何问题,只不过使物价愈抬愈高,人心愈离愈远,而失地愈来愈多,最后反问"何苦来啊"彻底否定了美军援助的作用。第五节将笔调一转,从批判美军转向了批判联美的蒋介石,指出所

---

① 光震:《记第三届大东亚文学者大会》,《申报月刊》,1944年第11期,第32—42页。
② 纪弦:《纪弦回忆录(第三部)》,联合文学出版社2001年版,第153页。

谓的"长期抗战,最后胜利"的无望,及对蒋介石永远不回来的担忧。第六节继续表达诗人的忧虑,他怕蒋介石即使回来也无力收拾残局,担忧他为一己政权的贪恋,背弃全民祈愿"老死在重庆"。路易士在回忆录中指出,他 1944 年写过一首抗议"陈纳德飞虎队误炸上海市中心区,毁屋伤人"①的诗,应是指此诗。诗中对美军、国军及蒋介石的讽刺不可谓不尖锐,乍看"似从人权着眼,为沦陷区的无辜百姓抱不平。唯细究起来,它又充满政治性的论断,在论调上颇有为日本人或汪政府宣传之嫌"。② 这的确是中肯之论,不过,分析这首诗歌不可忽视的是它创作的历史时间与背景,只有了解了这一点,我们才能更加确定路易士在这首诗中所表达的是对战争的批判,还是借这次战争批判美国,以及他批判的原因与目的。

路易士非常厌恶战争,他曾在诗中宣称:"再会! 战争。／你使全人类堕落。／可诅咒的! ／二十世纪再会! ／地球再会! "(《向文学告别》)在回忆录中也写道:"战争毁灭文化,实在可恨之至!"在《炸吧,炸吧》一诗中,他再次痛斥战争,将物价愈高、人心愈远、打仗愈糟、失地愈多都归结于战争。但这首诗并不是从普泛意义上对战争的批判,而是有所指。上面我们提到这首诗作于第三届大东亚文学者大会后不足一周的时间内,如此敏感的时间间隔自然引发对它们两者之间微妙关系的探究。翻检 1940 年代对这次大会的记录,我们发现大会"讨论中心问题"第一条是"如何以小说诗歌戏曲等来激励民气,昂扬战意,协力大东亚战争,驱逐英美,以争取大东亚民族之解放"。③ 了解到这一点后,我们再回过来看路易士在诗中对战争的批判,无一不是指向美国,他抓住美军误伤房屋,大肆批判美军,进而把矛头指向美国政府,认为他们到中国来抗战只是为了政治经济的利益,并未为抗战做出任何实质性的帮助。诗中"驱逐英美"之意相当明显,这不能不说是路易士对会议精神的快速反应。对蒋介石的批判,他的辩解自然不攻自破。由此,指控他写过汉奸文学作品,也就并不算冤枉了他。

且当时对文化汉奸的界定非常宽泛,据中华全国文艺界抗敌协会决议,

---

① 纪弦:《纪弦回忆录(第一部)》,联合文学出版社 2001 年版,第 140 页。
② 刘正忠:《艺术自由与民族大义:"纪弦为文化汉奸说"新探》,台湾《政大中文学报》,2009 年第 11 期。
③ 光震:《记第三届大东亚文学者大会》,《申报月刊》,1944 年第 11 期,第 35 页。

"凡担任伪文化官,主编和出版书报杂志,以及著述为伪方宣传作品,从事伪教育文化工作,伪特务文化人员,在敌伪控制下的文化机关团体中工作和其他不洁人物,都在附逆文化人范围之内。"①路易士自然难逃被控为"文化汉奸"②了。秦保1945年9月发表的《三年来上海文化界怪现状》指出路易士"有时神经发作,要写几首政治诗,反英美,反'重庆',反共,拥护'大东亚''伪政府'的口号,都在他的诗里出现"。③ 接着,沈子复指出路易士是"'大东亚文坛'上的'健将'"④,《汉奸丑史》1945年5期发表《"大东亚文坛"上的"健将"》《鸡零狗碎》,显然也明确将路易士归入了汉奸之列。⑤ 至1946年,对路易士的指控仍在继续,《文化汉奸依然猖獗》中说道:"至于风行上海之方形小报,许多专写汉奸丑史的豆腐文人,都为当时红绝一时的文化汉奸,如林徽音、路易士之流,成为其中骨干,早已成为公开的秘密。但至少他们还有一点儿秘密,不敢出头露面,而竟有无耻到连这点儿'秘密'都不要了。"⑥这里透露出一个信息,路易士"文化汉奸"的名声远扬,已"不敢出头露面"了。他的好友戴望舒也间接痛斥了他,在给艾青的信中戴望舒写道:"路易士已跟杜衡做汪派走狗,以前我已怀疑,不对你明言,犹冀其悔改也。"⑦当时对汉奸的惩治工作也开展得快速,一大批刊物、文人被检举出来,一些人被审判收监,一些人遭暗杀身亡,整个上海充斥着谣言、诽谤,也弥漫着恐怖。

在这种历史环境中,面对严厉的政治批判,路易士孤傲、狂狷的性格已难

---

① 《调查附逆文化人的决议》,《周报》,1945年第4期,第15页。
② 关于路易士"文化汉奸"的问题已被诸多研究者讨论,并写入文学史,参见古远清:《纪弦在抗战时期的历史问题——兼评〈纪弦回忆录〉》,《书屋》2002年第7期;刘心皇:《抗战时期沦陷区文学史》,台湾:成文出版社1980年版;陈青生:《抗战时期的上海文学》,上海人民出版社1995年版;徐乃翔、黄万华:《中国抗战时期沦陷区文学史》,福建教育出版社1995年版。近年研究者开始对路易士是否为文化汉奸和汉奸作品进行考证,参见刘正忠:《艺术自由与民族大义:"纪弦为文化汉奸说"新探》,《政大中文学报》2009年第11期;吴心海:《"巨人之死"与"巨星陨了"——路易士两首诗作的辨析及史料新发现》,《名作欣赏》2011年第5期。笔者在此无意探究事情的真相,只想就此问题深入发掘左翼文坛就这一问题对路易士的批评给他四十年代后期诗歌创作带来的影响。
③ 秦保:《三年来上海文化界怪现状》,《自由中国》,第1期(1945年9月20日),第9页。
④ 沈子复:《八年来上海的文艺界》,《月刊》(上海),第1期(1945年11月10日),第78页。
⑤ 《"大东亚文坛"上的"健将"》与沈子复《八年来上海的文艺界》第四部分中关于汉奸书写的内容一致,《鸡零狗碎》提到路易士参加了大东亚文学会,参见《汉奸丑史》1945年第5期,第20—21页,第14—15页。
⑥ 云生:《文化汉奸依然猖獗》,《消息半周刊》第13期(1946年5月19日),第11页。
⑦ 戴望舒:《致艾青》,《戴望舒全集·散文卷》,中国青年出版社1999年版,第252页。

以抵抗,不免时时感到被迫害的恐慌和焦虑,他 1940 年代中后期创作的不少诗歌中都表露了这一点,如《画室》《夏天》《手杖》等。他曾自述《画室》的写作起因源于上海文坛兴起的一股讨伐汉奸活动给他造成的心理困扰:"我很想控告他们毁谤,要他们赔偿我的名誉损失……我是被侮辱的,我是被冤枉的,一种复仇的意念,遂在我心中萌生了一种持续的情操,屡次在我日后的诗作中显示了出来。例如作于一九四六年的《画室》。"①诗中描绘在众人的迫害下,诗人瘦弱苍白,伤痕累累,并且永不痊愈。

1945 年后,路易士的恐惧有增无减,他"怀着莫大的忧愁与恐惧,/小心翼翼地打发每一个日子——/有似载重卡车那么了的/匆忙/焦躁/不安定/而又沉重/而又危险的日子。/而在静寂了的夜晚,当孤独的时候,听哪!呼着口号哗然通过我的致命地疲惫了的孱弱的胸部之/平原/盆地/与夫丘陵地带/的是一列不可思议的预感。"(《夏天》)"预感"成为他这时诗中的常见词汇,他时时有着不祥的预感,在"摇摇欲坠的危楼"(《阴影》),他对他生活的城市有一种"毁灭的预感",在这个"狂犬病和脑膜炎流行的季节",他感到"恐怖,不安"(《预感》)。到 1948 年,他更是"忽然有了一连串不祥的预感,/并且开始觉得老了。/因为我已疲于每个拖着拖着的日子的打发。"(《手杖》)"犬"也是路易士40 年代的诗中经常出现的意象,他感到窗外老有一条狗在深夜吠,声音"凄厉而且幻异",于是他内心"有了不安的跳跃",感到"一切都已不可挽回了的""绝望"(《绝望》)。

从不屑傲慢到恐惧绝望,短短的几年时间,路易士的变化是如此之大,他没有了战前的忧郁虚无,更没有了战时的悠闲,他恐惧地打发着每一个危险的日子,直至疲于打发,感到绝望。造成这一结果的最大原因,无疑首推战后"惩奸"的舆论压力和众人对路易士"文化汉奸"的控诉。当然,左翼对自由主义知识分子的大规模的批判也是不可忽略的历史背景。

三、纯粹的诗与深度抒情

路易士 1930 年代中后期开始接触现代主义诗人及诗歌,最初深受李金发、戴望舒的诗作影响转向象征主义诗风,后来东渡日本,经常"去逛书店,特

---

① 纪弦:《纪弦回忆录(第一部)》,联合文学出版社 2001 年版,第 140—141 页。

别是廉价的旧书店,我一买就是几十本,买了不少有关艺术与文学的旧书,从日本诗人崛口大学的译诗集《月下之一群》,我间接地观光了现代法国诗坛,深受阿保里奈尔(Guillaume Apolinaire)的影响。同时,又从其他的日译本及报章杂志的介绍,使我眼界大开,广泛地接触到了兴起于二十世纪初期之诸流派——立体派的绘画,超现实派的诗,我无不喜爱。不过,达达派的音乐与演剧,那种否定一切只有破坏而毫无建设的极端虚无主义倾向,我不能不反对,于是我开始写超现实主义的诗。例如《致或人》,就是那时期的得意作"。此外,他还"喜欢 T. S. 艾略特、波特莱尔、马拉美、兰保、魏尔伦、梵乐希和阿保里奈尔。"①他翻译介绍了法国诗人阿保里奈尔(阿波利奈尔)的作品,如《被杀死了的鸽子与喷泉》《米拉堡桥》和《一九〇九年》,并撰文《关于阿保里奈尔》介绍了阿保里奈尔的生平与诗艺。② 还翻译了梵乐希的《消逝的美酒》和《蜂》(署名青空律),草野心平的《关于》、《睡着》,池田克己的《防空装》,黑木清次的《望乡》,伊房·高尔的《乘脚踏车》等③,1948 年他计划写《诗的法兰西》,以介绍法国各诗派及其主要诗人,第一章为《象征派的特色》,发表于《创进》的5、7、9 期上,简要介绍马拉美、魏尔伦、梵乐希、克劳代尔等诗人,但后因路易士去台此书便无下文了。

在现代主义的影响下,路易士极力反对左翼诗歌的那种将诗与社会政治相连的观念和做法,而提倡西方现代主义诗人所倡导的纯粹的诗。他不谈诗的"内容意识,也不问其形式风格",只关心"诗本身的构成如何?换言之,诗情诗意诗境的组成,究竟严密与否,完善与否?"④他在《夏天》自序中说道:"在内容上,我永远是'纯粹诗'的憧憬者"。⑤ 至 1948 年创办异端社,他还在异端社的宣言中宣称:"我们主张一切文学,一切艺术的纯粹化""诗之目的,不在诗本身的完成以外。诗必须是诗,诗必须写得好;为了诗本身的革命,这就是一切……我们向一切人宣言:我们坚决反对拿诗去服役于任何政治上的目的或是理念,我们要求诗本身的独立,自由,与纯粹化——这就是我们的革

---

① 纪弦:《纪弦回忆录(第一部)》,联合文学出版社 2001 年版,第 96、97 页。
② 《异端》(上海)第 2 期(1948 年 11 月 1 日),第 16—17 页。
③ 《诗领土》(上海),1944 年第 2、3 期合刊。
④ 路易士:《诗集〈出发〉——我的书》,《天地》(上海),1944 年第 15、16 期合刊,第 27 页。
⑤ 路易士:《夏天》,诗领土社出版 1945 年版,第 5 页。

命。"①在《异端》第 2 期的《纪弦诗论》中他再一次强调说:"纯粹的诗,排斥一切杂质:政治、宗教、哲学、科学、道德,其他。他排斥一切意识地放进去的东西。因为那些都是毒药,危害诗的生命。"可以说,纯粹成为他 1940 年代诗论和诗歌中的一个关键词,如"我向酒保要了最好的酒,/自斟自饮,从容地,/统治一个完整的纯粹的帝国。"(《饮者》)"只有在孤独的时候,我的存在是真实的;只有在孤独的时候,我的行为是纯粹的;只有在我自己的天地里,我有自由的意志。"(《面具》)"我用真实的/和纯粹的调子/歌我的/多苦难的生命/和我的心胸"(《我活着》)。在路易士看来,纯粹是与孤独、苦难相连的,也是与左翼所强调的政治相对立的。为了表现诗的纯粹,路易士在诗歌中反复抒发一己之愁:孤独、矛盾、消沉和高傲。

在路易士的诗中,他反复塑造了一个孤独、焦虑、破碎而又高傲的自我形象。他"在世俗的明枪暗箭的重围下,/独来,独往"(《诗人》),在无声息的地球上"独自蜗蜗地"散步,试图以手杖击地的微弱之声感知自己的存在(《在地球上散步》),在青空中孤独地翱翔(《隼之歌》),在"欲坠的危楼上""独坐沉思"像一个古代的哲者(《寒夜》),或躺在床上失眠,伸出双足试探远方、明日,却未得到任何消息(《消息》)。孤独既是他对社会政治的反抗,更是他追求纯粹的表现,只有在孤独中,才愈发显现出他追求纯粹艺术的虔诚,如"忍受着,一切风的吹袭,/和一切雨的淋打,/赤着双足,艰辛地迈步,/有一条以无数针尖密密排成的/到圣地去的道途上,/我是一个/虔敬的独行者。"(《独行者》)

他无时无刻不处于焦虑之中,夏天面对满街的黑眼镜,他心里大为烦乱,疑心"其后则藏有许多的阴谋/和不光明的心地"(《夏季恶感》)。面对各种声音,他亦会"陷于大烦乱",认为没有一个声音是美的,无论是"鸡啼,犬吠,孩哭,叫卖,/兵营里的号声,/操麻将的骚音,/打铁,无线电,/车,人,马,……/甚至一个来访的友人的/敲着门的一声/老路。"(《未题》)他感到危险处处包围着他,在现实中,"那些明枪暗箭,/那些嫉妒,/那些毁灭我的企图,/包围着我"(《我活着》),在梦中,他亦发现自己被危险所包围,左边是火,右边是河,而回头是张牙舞爪的猛虎,头上天是惨青的,而地是绝黑的(《乱梦》)。

在这种心态作用下,他的自我发生了分裂,变成了"破碎了的我",他带着

---

① 《异端》(上海)1948 年 10 月 10 日出发号,封面页。

破碎的我在严寒的十一月出发,企图用"上品的丝线"和"铁杆磨成的绣花针",补缀这个破碎的我,"要他完整",但世途上却多蛇蝎多荆棘,崎岖而险峻,沉沉压下来的云,重而且冷,风和秃树也说着坏话,无奈最终我只能背负着破碎的我"到全或虚无"(《出发》)。如果说这首诗中的自我分裂暗指的是与社会政治的纠葛,那么他也有一些诗歌表现了都市对人的异化。如《都市的魔术》,在这首诗中,路易士指出都市中充斥着"骚音"和"速率",是"炭气和传染病的制造所",于是,在这种都市中"我不能思想。我眩晕",并且失去了"自意识和存在感",他开始不断地"收缩",变得"渺小"起来,最终成为了被都市"征服"和"侮辱"的一员。

必须指出的是,路易士追求内容的纯粹,但实际上他并不可能真正脱离社会,如叶谟所指出的"路易士的思想,根本与社会无关,连社会生活与他之间也有着严密的隔阂,矛盾,消沉,高傲,是他存在的骨干"①。他的诗中也有一些地方涉及到了社会生活,他也有感于物价之高,如《物价巨人》,苦于无钱去坐咖啡馆,痛心于家人的营养不良,但他诗中的现实并未使他产生左翼诗中常见的将批判矛头指向政治、阶级,而只是仅仅停留在生之苦闷的诗情表现。正如他自己所说:"我却不敢肯定地说我的某一首诗是纯粹诗。我的艺术的苦闷,起于如斯纯粹诗之追求。"②

1939 年,路易士的好友徐迟发表了《抒情的放逐》,引起了广泛的批评讨论,左翼作家纷纷提出反对意见,认为抒情难以放逐③。路易士受现代主义诗人艾略特及徐迟的影响,在 1940 年代发表的《无诗学时代》和《新诗之诸问题》等文章中多次指出"单凭着'天才'是没有用的。那些原始的,单纯的,素朴的抒情诗人们的时代是过去了。""那些天真的抒情诗的时代也过去了。"④这可视为路易士对徐迟观点的认同和支持。不过路易士并非完全抛弃抒情,他曾说过:"我必须承认我是一个本质上的抒情诗人"⑤。因此,他在反对天真

---

① 叶谟:《路易士的诗歌》,《现代周报》(上海)1945 年第 3 卷第 9 期,第 34 页。
② 路易士:《〈夏天〉自序》《夏天》,诗领土社出版 1945 年版,第 5 页。
③ 刘继业在《新诗的大众化与纯诗化》一书第三章第二节"'抒情的放逐'及其他"中已梳理了大众化和纯诗化之间对抒情放逐的争论。(北京大学出版社 2008 年版,第 74—88 页。)
④ 路易士:《无诗学时代》,《诗领土》(上海)1944 年第 1 期,第 1 页。《新诗之诸问题》,《语林》(上海)1944 年第 2 期,第 53 页。
⑤ 纪弦:《纪弦回忆录(第一部)》,联合文学出版社 2001 年版,第 70 页。

素朴的抒情的同时,提出要创造新的抒情诗①,即依靠技巧、经验和科学知识来深化抒情。这与左翼作家的抒情是不同甚至是对立的,因为,左翼作家重于情感,轻视技巧、经验,认为科学知识并不能放逐感情。这从1940年代左翼对现代主义诗歌形式等的批评即可看出。而路易士认为技巧、经验、科学知识重于情感,这无疑是要受到左翼作家批评的。

路易士非常强调技巧在诗歌中的作用,他认为技巧可以把诗歌组织得严密而完善,否则情感一旦过于冲动,失之技巧,则诗将显得不够完善:"一首诗之所以组织得不严密不完善者,要之是由于诗人的感情太过冲动之故。这原来并不是一件坏事。但在写的时候,不可以不冷静。否则无意匠活动之余地矣。而一首诗之组织得严密与完善,全仗这意匠的活动。这就是所谓'技巧'了。"②因此,他在评价诗歌时多从技巧出发,如他在评论俞亢咏诗歌的文章中指出俞诗有三个特点,一是驾驭文字工具的纯熟,二是诗情诗意组织的严密,三是想象力之丰富与超越。其中第二个方面就是关乎技巧,"到达'完美'之域的唯一通路,不是灵感,不是苦吟,乃是技巧,百分之百的技巧。"③路易士认为技巧才是成为诗的决定性因素,而情绪则只是诗的素材,能否成为诗"情",还有赖于呕心沥血得来的技巧:

"技巧决定一切",技巧是必要的。假如没有技巧,或技巧拙劣的话,则一个赤裸裸的情绪之自身,本来只是诗的素材,而不可能成其为诗的,所以"富于情感"还不是一个诗人的全部条件;在此之上,更需有那种"呕出心肝乃已"的努力。写一首诗,谈何容易。人人有情绪,但是不能人人成为诗人,其故在此。"先天的禀赋"加上"后天的努力":这便是作为一个诗人的二大主要条件,缺一不行。④

热情这一类的东西,在一个诗人的场合,当然是重要的,是好的。但尤重要的是怎样去处理这些东西的手腕或才能。术语地说,便是"情绪的

---

① 路易士在《〈出发〉自序》中提出"我必须唱我的。我必须从事新的旋律,新的节奏,新的抒情诗的创造。"《出发》,太平书局1944年版,第5页。
② 路易士:《诗集〈出发〉——我的书》,《天地》(上海)1944年第15、16期合刊,第28页。
③ 路易士:《诗评三种:〈诗一束〉》,《诗领土》(上海)1944年第5期,第22页。
④ 路易士:《新诗之诸问题》,《语林》(上海)1944年2期,第51页。

客观化"的手腕或才能。①

光有技巧也不行,诗人也必须累积经验,将热烈的感情沉淀为经验。路易士认为"诗乃经验之完成",而经验的来源则在于"诗人所通过的人生及其所从属的社会的。"②因此,他强调诗人应置身于现实的生活之千锤百炼下,即使诗情奔涌,也不可一忽而就,"他必须压抑他的情绪,努力忍住他那创作欲的冲动。要多想几天,几个星期,甚至几个月,几年;慢一点再写。"③正如他在《太阳与诗人》中所表现的:"惠及众生大地,/是以距离九二、九〇〇、〇〇〇哩/为免得烧焦了其爱子之保证的。//故此诗人亦须学着/置其情操之熔金属于一冷藏室中,/俟其冷凝,/然后歌唱。"

此外,还要多积累知识,多读一点文学与艺术以外的书籍,如自然科学与社会科学等等,"因为普通的知识也与诗的本身的学问一般的重要。"④路易士极为注重积累知识,尤其是天文学方面的科学知识,他在回忆录中说到:"有关历史和天文学方面的著作,我也啃了不少。王夐斯和爱丁顿(这两个英国人,号称'天文学上的双星')的书,是经常带在身边,随时要查看的。"⑤他在《年来的读与写》中提到"常读之书只有下列三类:一是新诗集。二是诗论,文学论,艺术论之类的单行本。三是关于天文学方面的著作。"⑥徐鲁在《双子座——记徐迟与纪弦》中也提到路易士"从小就啃过不少有关天文学的书籍,时常用望远镜看星空。他还曾开玩笑似地说过,如果不是由于数学不及格的关系,他或许早就成为一个天文学家了。"⑦徐迟早年的《赠诗人路易士》中有写到"你匆匆地来往,在火车上写宇宙诗"。

我们翻看路易士的诗集,可以发现,他的许多诗歌中都有着科学术语,如"望远镜"(《我之塔形计划》)、"窗的黄金律的画框"(《窗》)、"尼古丁中毒的季节"(《三十年代》)、"狮子座"(《恋人之目》)、"碳水化合物"、"蛋白质"、

---

① 路易士:《诗评三种:〈中华民国居留〉》,《诗领土》(上海)1944年第5期,第21页。
② 路易士:《〈出发〉自序》,《出发》,太平书局1944年版,第3页。
③ 纪弦:《纪弦诗论》,《异端》(上海)出发号(1948年10月10日),第11页。
④ 路易士:《诗话抄》,《纯文艺》(上海)1938年创刊号,第44页。
⑤ 纪弦:《纪弦回忆录(第一部)》,联合文学出版社2001年版,第37页。
⑥ 路易士:《年来的读与写》,《读书》(上海)1945年第3期,第25页。
⑦ 徐鲁:《双子座——记徐迟与纪弦》,《当代作家》1994年第2期,第58页。

"维他命 ABCD"(《向文学告别》)、"同温层"、"宇宙船"、"冥王星"、"生殖腺"、"行星第 3 号"(《进化论》)、"大熊七星"、"极星"、"猎户星"(《失去的望远镜》)、"爱因斯坦"、"相对论"(《长歌行》)、"猎户星座"(《九点钟》)、"辐射体"(《辐射体》)、"螺旋体"、"生命之x^n"(《致或人》)等等。这一定程度上使他的诗歌具有了一种智性的成分。

> 我的爱情除以三：
> 你,工作和烟草。
>
> 为你而工作,我说。
> 于是你骄傲了。
> 但你却没收了我的烟斗,
> 使我没精打采,凶霸得
> 如一善妒的泼妇。
>
> 善妒的泼妇是没福的,
> 因为她不懂
> 三位一体的哲学。

在这首诗中,爱情不再如戴望舒、何其芳所抒写的两人之间的喜怒哀愁,爱情被加入了工作、烟草,变成了可以等额分配的事物,变成了三位一体的哲学,爱情不再代表情感,而带有了智性因素。值得注意的是"三位一体"这一词语,这个词语曾在路易士最为钟情的诗人阿波里奈尔的《6 与 9》一诗中出现过,此诗后由纪弦移译①,如"而三位一体/复与两性论相一致。/为什么呢？因为 6 乃 3 之二倍,/三位一体之 9 乃 3 之三倍。/那么 69 是两性之一体了。"由三位一体而衍生出两性一体,这一观念在路易士的诗中可谓得到了具体的展示,一方面是我与你两性之间的爱情,而另一方面却是我的你、工作与烟草三位一体的爱情。在阿波里奈尔诗中数字之间的关系以倍数计算,而在路诗中

---

① 《现代诗》1955 年第 12 期,现代诗季刊社,第 160 页。

爱情也是 3 的倍数。除了此诗,路易士的《7 与 6》一诗也显然受到了阿波里奈尔诗的影响。

  拿着手杖 7
  咬着烟斗 6
  数字 7 是具备了手杖的形态。
  数字 6 是具备烟斗的形态的。

  手杖 7+烟斗 6=13 之我

  一个诗人,一个天才。
  一个天才中的天才。
  一个最最不幸的数字!
  唔,一个悲剧。

  悲剧悲剧我来了。
  于是你们鼓掌,你们喝彩。

  在阿波里奈尔的《6 与 9》中,他描绘着两个数字的形状与意义,认为它们是"宿命论的两条蛇;/是两条蚯蚓。/好色的且神秘的数字"。路易士也在诗中描摹着数字的形状,7 具备了手杖的形态,而 6 则具备烟斗的形态,最为奇特的是两个数字凑在一起,代表了自视为天才诗人的路易士本人,而凑在一起的数字 13 与 6、9 一样神秘,只不过它的意义不是两性之间的好色,而是具有殉难意味的悲剧意义(13 是耶稣殉难日)。这样,路易士想要抒发的为艺术而受难的情感就间接地表现了出来,诗人没有痛苦呼喊,而是以数字和对方"你们"的态度暗示了出来,幽默诙谐而又不失悲壮。

  路易士 40 年代中后期的许多诗歌都表现出了对情感的节制,"比以往任何时期都更懂得情绪'沥滤'的技巧"①,他注意将情绪客观化,在时间的历练

---

① 许道明:《海派文学论》,复旦大学出版社 1999 年版,第 258 页。

下逐渐将复仇、高傲、孤独等情绪锤炼成生存经验,加强诗歌画面的立体感,从而使得诗歌的智性色彩日益突出,如我们前面提到的《吠月之犬》、《摘星的少年》等等,从而与左翼诗歌形成了鲜明的对立。

四、小结

　　1940年代,大多数诗人在忧国情绪和左翼文学等的影响下,诗风都发生了转变。徐迟在1940年就开始"觉醒",称1940年1月11日为他的觉醒日,1942年在《〈最强音〉增订本自序》中断然宣称:"我已经抛弃纯诗(Pure Poetry),相信诗歌是人民的武器……",并吟出了时代的"最强音"。何其芳从梦中醒来,唱出了新的《夜歌》。嘲笑"国防文学"的戴望舒也写出了焕然一新满含血泪的《狱中题壁》和《我用残损的手掌》。唯有路易士不受政局与意识形态左右,一面坚持提倡并创作纯诗,智性地表达一己的悲欢,一面积极地批评左翼诗歌,并在诗歌中多次予以表现。这在40年代的现代主义诗人中是异常醒目的,也是不多见的,可以说,他在1940年代是一个"非协和之音"(《吠月的犬》)。

　　但路易士与左翼的对立也为他的诗歌创作带来了一些问题,他在诗中反复书写这一主题,已经出现较多的重复写作现象。他在诗中不厌其烦地书写左翼人士对他的讥讽和嘲笑,而他则自始至终与之奋战,表现出他对其诗歌艺术必将最终战胜左翼诗歌的信心。有时因对立情绪的激荡,诗中语言略显粗糙。这种对立的情绪在他居台后的诗中亦不时流露,如《四十岁的狂徒》、《梦中大陆》、《过程》等。在《梦中大陆》中,他批评左翼人士对大陆的破坏,痛骂他们对名画、名曲般的大陆的蹂躏。路易士反感、排斥左翼诗歌的标语口号化,追求诗的纯粹,但在战时的沦陷区,实现这一点几不可能。他亲近敌伪,于是在他标榜以"纯粹"为本位的刊物上发表了日本人朝岛雨之助的"口号诗"。就他个人来讲,他也"不算是沉潜于创作的纯粹诗人,而是争名、争势、争地盘的文坛活动家"[①]。由此,他的诗歌在多大程度上实现了他所标榜的纯粹就大可怀疑了。

---

　　① 刘正忠:《艺术自由与民族大义:"纪弦为文化汉奸说"新探》,《政大中文学报》2009年第11期。

第二节 冯至:集体的"幻像"与个体的承担

冯至(1905—1993),原名冯承植,字君培,河北涿县(今涿州市)人。1921年考入北京大学德文系,1923年后受到新文化运动的影响开始发表新诗。1927年毕业于北京大学,4月出版第一部诗集《昨日之歌》。1928年任北京大学助教。1929年8月出版第二部诗集《北游及其他》。1930年与废名合编《骆驼草》周刊,同年赴德国留学专攻德国文学,兼修美术史和哲学,其间受到德语诗人里尔克的影响。1935年获得海德堡大学哲学博士学位,同年回国,任教于上海同济大学,战后任教于西南联大外语系。1941年创作《十四行集》,出版后影响甚大,引起了现代主义诗人方敬、李广田、吴小如、李瑛、唐湜和袁可嘉的一致好评。散文作品有《山水》、《东欧杂记》,中篇小说有《伍子胥》等。是研究杜甫的专家,著有《杜甫传》。翻译作品有《海涅诗选》、《德国,一个冬天的童话》等。

冯至在40年代初期是现代主义的代表诗人,他1941年左右创作的十四行组诗以深沉冷峻的笔触抒发了对宇宙人生的哲思,受里尔克、基尔凯郭尔等人的影响,他强调个体在大时代中的承担,以此对抗集体的虚空,这明显与左翼所倡导的个体融入集体,发挥集体的巨大力量相对立。

一、集体的"幻像"

存在主义哲学思潮是20世纪20年代产生于德国的现代哲学流派之一,基尔凯郭尔、尼采、里尔克、雅斯贝斯等是其先驱和代表。存在主义将人的存在问题作为根本问题,对之进行哲学思考。它"拒绝归属于思想上任何一个派系,否认任何信仰团体(特别是各种体系)的充足性,将传统形而上学视为表面的、经院的和远离生活的东西,而对它显然不满——这就是存在主义的核心。"[①]存在主义强调个人的独特性、自由和责任,在他们看来,集体显然属于信仰团体,他们往往主张自由选择生存方式,以自己的意志战胜个人将会面对

[①] W.考夫曼编著:《存在主义:从陀思妥耶夫斯基到萨特》,陈鼓应译,商务印书馆1987年,第1—2页。

的永恒孤独,与群体对立。

冯至1930年留学德国,此时正是德国现代存在主义哲学达到辉煌的顶峰之际。冯至开始大量阅读歌德、里尔克、尼采、基尔凯郭尔及存在主义哲学,几乎"头脑里装的是存在主义哲学、里尔克的诗歌和梵诃的绘画"①。他由听雅斯贝斯的课加深了对尼采、基尔凯郭尔的理解,翻译了里尔克、基尔凯郭尔等人的作品②。回国后他依然持续不断地关注他们的著作,经常阅读。创作十四行诗歌时期,他还怀着热情读"随身带来的陆游的诗、鲁迅的杂文、丹麦思想家基尔凯郭尔的日记、德国哲学家尼采的个别著作、奥地利诗人里尔克的诗和书信"③。1948年,冯至还翻译了一些基尔凯郭尔的杂感,发表在天津《大公报》"星期文艺"第67期上。受里尔克等人的影响,冯至40年代初对集体与个人的关系进行了深入的思考。与左翼作家强调集体力量的强大不同,冯至多次撰文批评集体的虚幻。

左翼作家认为个人只有融入集体之中才能发挥巨大力量,他们在诗歌文论中反复表达这一主题。中国诗歌会在发刊词中就强调自我在集体,小我在大我中的融合,明确主张"我们要使我们的诗歌成为大众歌调,/我们自己也成为大众中的一个"④。在左翼诗人看来,他们每一个个体都只是集体中的一部分,就像"长城的任何一块砖",只有组织起来,才能"连成一座铁的长城"(蒲风《咆哮》)。因此,他们热切地呼吁个体们汇合起来,"我要汇合起亿万的铁手来呵",以投入抗敌战斗中(《我迎着风狂和雨暴》)。

冯至则有感于集体背后潜藏的危机,反复对其进行批评。在《一个对于时代的批评》中,他重点介绍了基尔凯郭尔对他生活的时代的批评,这种批评观念亦可看作冯至的批评。文中基尔凯郭尔批评了集体的幻象和虚无,认为群众被投进"平均一切"这种抽象的势力中,失去了个体应有的热情与责任:

"平均一切",是一种抽象的势力,把一切都淹没了。所以现代的人,

---

① 冯至:《从癸亥年到癸亥年——怀念杨晦同志》,《冯至全集》第4卷,河北教育出版社1999年版,第286页。
② 在1932年初,冯至就翻译了基尔凯郭尔的一些语录,发表在《沉钟》半月刊上(1933年第21期)。
③ 冯至:《昆明往事》,《新文学史料》1986年第1期。
④ 《发刊诗》,《新诗歌》(上海)第1卷第1期(1933年2月11日),封面页。

不属于神，不属于自己，不属于爱人，不属于他的艺术和他的学术，而是属于这个抽象的势力："考虑"把他平平稳稳地安排在这个势力里边。

"若是平均一切能以成功，"基氏说："必定要先造出一个幻象，一个精神，一个非常的抽象，一个包罗万象，而又虚无的事物，一座蜃楼——这个幻象就是群众。只有在一个没有深情，只是考虑的时代，这个幻象才能依附报纸的帮助发展——"群众把一切"个人"溶在一起，成为一个整体，但是这个整体是最靠不住，最不负责任的，因为它什么也不是。一个时代，一个民族，一个团体，一个"个人"，都是一些把握得到的具体，所以他们能够有责任心，慕愧心，忏悔心，——这些，群众却没有。

但是，无论什么人投到这群众的海里，便具体的化为抽象的，实的化为虚的了：多少人在岸上时，是冰炭一般地不同，可是一到这海里，就冰也不冷，炭也不烫了。这真是"平均一切"的理想的境界！它是一切，也是虚无，它有上帝一般广大的神通，而没有就是一条狗也应有的一点责任心：于是有些人看着它，像是小孩看见一个肥皂泡一般，不由得起了好奇心，就是一个村童也可以拿它玩玩，一个醉鬼也可以拿它耍一耍了。①

基尔凯郭尔认为提倡"平均一切"的时代是一个没有深情的时代，遗忘生存最根本问题的时代，在这样的时代中，没有"特出之士"，有的只是"称赞平庸，无能，污秽或蠢笨相的道德"。人人都安于平庸，没有责任心，没有热情。冯至对此显然是认同的。他在之后的《教育》、《论个人的地位》等文中都揭露了集体的危险性。在《教育》一文中，他举出纳粹的例子，认为纳粹党的教育"不着重培养人的天性，而是要把人作成一个一定的定型"，即"你是无，集体是一切"。在纳粹党的教育者们看来，个体是无足轻重的，随时随地都要委身于庞大的集体。他们抹去个体生命存在的意义，让一个个个体受控于某种政治目的。冯至对此非常反感，认为"在这样的集体里，人人都没有个性，人人都可以觉得自己是无，人人都可以做些不负责任的事，尽量发展他的残暴，归终是谁负责任呢？是那个抽象的集体"。② 在这里，冯至批判了集体为权力操控

---

① 冯至：《一个对于时代的批评》，《战国策》（昆明）第 2 卷第 17 期（1941 年 7 月 20 日），第 13 页。
② 君培：《教育》，《萌芽》1946 年 1 月 1 期，第 2 页。

者所利用的危害。在《论个人的地位》中,他指出时人所谓的"集体时代"其实不过是"一盘散沙",而"许多批评家往往为了这有名无实的'集体'两个字,便不容许人有些不合时尚的工作与言论,他们说,这是个人主义的作祟。"①对此,冯至进行了反驳,他认为埋头于个人的工作并没有什么罪,事实上他也是为人类努力。"在任何一个集体的、机械化的社会,只要他是健康的,都不会否认个人的地位。……为人类的进化设想,是应该被容纳的。反过来说,只有一个混沌的社会才不允许个人的地位;东风来了,把所有的人望西方扯,西风来了,把所有的人望东方扯,扯来扯去,仍然是一片混沌。若想把这混沌的状态澄清一些,也只有尊重个人的严肃的工作与明澈的批评。"②这里显然隐含了"个人主义者"对当时集体主义"压迫"的反抗。在冯至看来,那些以"集体"名义压制"不合时尚的工作与言论",实际上就是企图以单一的声音取代个体的声音,使人人都固定在一个模子里,做相同的工作,书写相同的主题,采用相同的形式,这是冯至所不能忍受的。早在1941年,他便从诗歌内容和形式方面指出了个体问题的关注思索与集体、大众的关系:

> 讲到诗人和大众的关系,我还要借用一句爱略特的话:"一个艺术家的进步是不断地牺牲自己,不断地消灭自己的个性。"(前书一一五页)。不断地舍弃自己,为的是归附于那些比自己更有价值的事物。一个伟大的诗人,在青年期以后,除去自己的哀乐外,眼前每每横着两个更大的问题:宇宙和人生。把宇宙和人生中种种的问题担在肩上的人,就是无时无刻不在为大众工作,无时无刻不把自己牺牲在大众的面前。③

在诗歌的内容上,冯至认为只要是对人的问题、人间最切身的问题的探讨就是为大众、集体工作,而只就文字的通俗与否,大众了解与否,流行与否,来判断一首诗是否大众的,则是一种皮相的见解。他举出侦探小说和思索生、

---

① 冯至:《论个人的地位》,《冯至全集》第5卷,河北教育出版社1999年版,第287—288页。
② 冯至:《论个人的地位》,《冯至全集》第5卷,河北教育出版社1999年版,第288—289页。
③ 冯至:《新诗蠡测》,《当代评论》(昆明)第1卷第2期(1941年7月14日),第14—15页。此文为冯至佚文,《冯至全集》第5卷中虽在集外文章中收录此文,但所收之文并不全,编者称"本文未完,下半篇已丢失",实则因他只看到原刊的第13页,未看到第14—15页的缘故。

死、爱的意义的作品，认为前者所谓"大众的作家"的作品实际上与大众不关痛痒，而后者虽被贬为"神秘派"，他们的诗表现的却正是大众根本的问题，与生命有深的接触。在形式上，冯至认为主张创作自由诗、嘲笑"寻找新枷锁"的诗人并不是爱自由之人，只有真正爱自由，觉得自由可贵的人，才愿意给自由找完美的形式。他批评现代人在集体的限制中情感受到影响，"因为机械的势力和集团的精神使我们的情感受了多方面的限制，喜怒哀乐很难直接发泄。"因此他指出"怎样创造新的形式，培养深切的情感，个人融在大众中而不沦为盲群，这是在这失却自然、甚至爱情和宗教都在起着变化的时代里新诗人所应有的努力。"①他的这些见解无疑是与左翼作家迥然不同的，是针对左翼作家而言的。

冯至对集体打击个体自觉意志、限制个体情感的抒发、盲目虚空无责任感的批评，使他成为1940年代初期引人注目的自由现代主义诗人。可以说，他是"四十年代为数不多的几位敢于公开维护个人价值"②、批判集体的人士之一。

他的诗歌《威尼斯》对集体的虚幻有所表现：

我永远不会忘记
西方的那座水城，
它是个人世的象征，
千百个寂寞的集体。

一个寂寞是一座岛，
一座座都结成朋友。
当你向我拉一拉手，
便像一座水上的桥；

当你向我笑一笑，

---

① 冯至:《新诗蠡测》,《当代评论》(昆明)第1卷第2期(1941年7月14日),第14页,第13页。
② 解志熙:《生的执着——存在主义与中国现代文学》,人民文学出版社1999年版,第167页。

便象是对面岛上
忽然开了一扇楼窗。

只担心夜深静悄，
楼上的窗儿关闭，
桥上也敛了人迹。①

这首诗通常被从人与人之间交流的角度来解释，如陆耀东在解释这首诗时说道："诗实写威尼斯城，象征人类社会。一个一个岛屿象征一个又一个人类集体，桥似人与人拉一拉手，楼窗如人向人微笑。诗人忧虑的是害怕楼窗关闭，'桥上也敛了人迹'，也就是人与人隔绝。"②这首诗也可说反映出了对他十四行诗所要表达的万物"相互关连"和"不断变化"的两个关键主题③的融会贯通。对这首诗的解释可谓见仁见智，不过，从个体与集体的角度来解释也无不可。第一节以水城象征人类社会，一座座岛屿像一个个人一样组成一个集体，但这个集体之间却是彼此孤独寂寞的，暗含他们并未真正融合在一起。第二节描写威尼斯各个岛屿之间以桥相连，彼此连接在一起，就像集体中的人与人之间手拉手一样，寂寞的个体聚集在一起。第三节接着描写个体与个体之间交流的情况，岛屿之间互相笑一笑，仿佛彼此敞开楼窗，象征集体中个体与个体的呼应。但第四节陡然一转，将之前集体中个体与个体之间的融洽，即集体的美好一扫而光，道出事实真相，那就是夜深静悄，楼窗关闭，桥上空寂，一个个岛屿组成的集体之间不再交流，而是彼此悄然无语，"担心"一语暗示出冯至对集体之间互相友好交流的怀疑，表达出冯至对集体的不信任，他认为寂寞是集体的实质，集体之间的友好只是白日的幻象。

---

① 冯至：《威尼斯》，《冯至全集》（第1卷），河北教育出版社1999年版，第327页。本节所引冯至诗歌均出自《冯至全集》，下同，不另注。冯至对《十四行集》做过多次修订，这首《威尼斯》在1949年文化生活出版社出版的《十四行集》中最后一节改动颇大："等到了夜深静悄，只看见窗儿关闭，桥上也敛了人迹。"（第12页）

② 陆耀东：《冯至传》，十月文艺出版社2003年版，第170页。

③ 冯至曾说过："我在1941年内写了二十七首十四行诗，表达人世间和自然界互相关联与不断变化的关系。"冯至：《在联邦德国国际交流中心"文学艺术奖"颁发仪式上的答词》，《冯至全集》第5卷，河北教育出版社1999年版，第205页。

冯至在《十四行集》中盛赞了几位伟人,其中,对蔡元培的体认是从集体与个人的关系出发的:

> 你的姓名常常排列在
> 许多的名姓里边,并没有
> 什么两样,但是你却永久
> 暗自保持住自己的光彩;
>
> 我们只在黎明和黄昏
> 认识了你是长庚,是启明,
> 到夜半你和一般的星星
> 也没有区分:多少青年人
>
> 从你宁静的启示里得到
> 正当的死生。如今你死了,
> 我们深深感到,你已不能
>
> 参加人类的将来的工作——
> 如果这个世界能够复活,
> 歪扭的事能够重新调整。

冯至以名字隐喻蔡元培与集体的关系,他身处集体之中,与其他人并无两样,但与众不同的是,他并未在群众的"海"中失却热情与责任感,他永久"暗自保持住自己的光彩",保持了作为一个个体的个性。第二节再次强调了他与集体(一般的星星)的不同,即他独特的伟大。在冯至心目中,蔡元培是一个"天体",是长庚星或启明星。"正当的死生"值得注意,前面我们提到冯至对"不容许人有些不合时尚的工作与言论,他们说,这是个人主义的作孽"进行反驳,他认为埋头于个人的工作并没有什么罪,并不是什么"作孽",因此,这里"正当的死生"可看作以诗对"个人主义"批评的反驳。显然,冯至认为"暗自保持住自己的光彩",不流于一般的集体中的蔡元培的生和死都是正当的,同样能汇入将来的历史之中。

二、个体的责任与承担

在冯至看来,集体是没有责任心、忏悔心的,只有个体才具备责任感,能凭借意志爆发出惊人的创造力,推动社会的发展。他在《论个人的时代》中对个体的创造力进行了褒扬,指出:"打开人类的文化史,从一瓶一罐最初的制造到震撼全世的伟大的发明,开端的工作多半是个人的,冷清的,寂寞的。"冯至认为个体必须保有认真负责的态度,必须对个人生存全面负责。间隔十年完成十四行诗集对冯至来说就是责任的一种承担,他在回忆诗集缘起时说:"这开端是偶然的,但是自己的内心里渐渐感到一个责任:有些体验,永久地在我的脑里再现;有些人物,我不断地从他们那里吸取养分;有些自然现象,它们给我许多启示:我为什么不给他们留下一些感谢的纪念呢? 由于这个念头,于是从历史上不朽的精神到无名的村童农妇,从远方的千古的名城到山坡上的飞虫小草,从个人的一小段生活到许多人共同的遭遇,凡是和我的生命发生深切的关联的,对于每件事物我都写出一首诗:有时一天写出两三首,有时写出半首便搁浅了,过了一个长久的时间才能续成。这样一共写了二十七首。到秋天生了一场大病,病后孑然一身,好像一无所有,但等到体力渐渐恢复,取出这二十七首诗重新整理誊录时,精神上感到一种轻松,因为我完成了一个责任。"① 短短的一段文字,"责任"被重复强调,可见,个体责任感对他重新开始创作的重要意义。

那么,冯至如何表现自己的责任呢? 他想要表现的责任究竟是什么? 由上面的文字我们可以看出,那就是对体验予以文字纪念,而体验的内容则是与个体生命相关联。与个体生命相关联的体验最本质的就是个体存在的独自承担。这在他的诗歌中多次表现,担当、领受、承受成为他十四行诗歌的关键词,如《我们准备着》中的领受和承受、《什么能从我们身上脱落》中的安排、《鼠曲草》中的默默地成就、《蔡元培》中的暗自保持、《杜甫》中的忍受等等,都是对独自承担精神的表现。

冯至认为个体须料理好自己的事,因为"旁人是很难给以多少帮助的"。

---

① 冯至:《〈十四行集〉再版序》,《中国新诗》(上海)1948 年第 3 期,第 23 页。

因此，他一再强调个体的"担当"。在翻译里尔克的《给一个青年诗人的十封信》"译序"中他说道："谁若是要真实地生活，就必须脱离开现成的习俗，自己独立成为一个生存者，担当生活上种种的问题，和我们的始祖所担当过的一样，不能容有一点儿替代。"①冯至受里尔克影响极大，他三四十年代翻译了许多里尔克的作品，这一点从第二章的论述中我们可以看到。里尔克后期创作具有浓郁的存在主义特质，在他的生命存在观中，他认为死亡"具有不可替代的个体性的人作为不可剥夺的真正自己的成就来完成的，'作出'的"。里尔克的这种生命观归根结底是要求生命个体对其人生持一种认真负责、自我承担的态度。冯至受其影响，也强调个体必须对生命认真负责、独自担当起其生活中的全部问题。因此他接连不断地批判中国人不认真的人生态度，在《忘形》、《自慰》二文中冯至对"忘形者"（包括"得意忘形者"和"失意忘形者"）和"自慰者"两种"不认真"的人格类型作了批评，认为他们都是在逃避自我承担的责任。冯至认为："人之可贵，不在于任情地哭笑，而在于怎样能加深自己的快乐，担当自己的痛苦，那些临死时还能保持优越姿态的人，犹如嵇叔夜最后一曲的《广陵散》，我们只有景仰赞叹。"②冯至对个体自我承担的强调，事实上是对个体生命存在自觉性的召唤，因为人要获得正当的独特的"死生"，就意味着人必须自觉地去承担去完成自己的死生。

冯至极力张扬个人应独自承担其生存的全部问题，包括生老病死，且应采取积极主动的认真态度。《鼠曲草》最能体现他的这一思想：

> 我常常想到人的一生，
> 便不由得要向你祈祷。
> 你一丛白茸茸的小草
> 不曾辜负了一个名称；
>
> 但你躲避着一切名称，
> 过一个渺小的生活，

---

① 冯至：《〈给一个青年诗人的十封信〉译者序》，《冯至全集》第11卷，河北教育出版社1999年版，第283页。

② 冯至：《忘形》，《冯至全集》第4卷，河北教育出版社1999年版，第15—16页。

不辜负高贵和洁白,
默默地成就你的死生。

一切的形容、一切喧嚣
到你身边,有的凋落,
有的化成了你的静默:

这是你伟大的骄傲
却在你的否定里完成。
我向你祈祷,为了人生。

鼠曲草是一种在欧洲非登上阿尔卑斯山的高处不容易采撷得到的名贵的小草,每逢暮春和初秋开放,有白色茸毛的花朵,通常谦虚地掺杂在乱草的中间。但是在这谦虚里没有卑躬,只有纯洁,没有矜持,只有坚强。冯至对这种具有顽强生命力的名贵小草非常喜爱,他在《一个消逝了的山村》中就曾对其进行过夸赞:"一个小生命是怎样鄙弃了一切浮夸,孑然一身担当着一个大宇宙。"①独自担当自己的生命是鼠曲草精神的本质,它躲避外界的一切形容喧嚣,以沉默进行抗争,坚守自己生命的本色:高贵与洁白,在沉默中独自实现自己生命的价值,并勇于承担死亡,并不以默默无闻、渺小的生活而自我否定,它否定的只是名称、形容与喧嚣,而这正是鼠曲草"伟大的骄傲"之处。这首诗可说是冯至的自况,他所称赞的独自担当大宇宙的鼠曲草精神正是冯至所孜孜以求的,他在《深夜又是深山》中就曾热切呼唤"给我狭窄的心/一个大的宇宙!"

冯至强调个体的担当精神往往是主动的、积极的,"我们把我们安排给那个未来的死亡"(《什么能从我们身上脱落》)"各自把个人的世界耕耘"(《别离》)。且个体担当不仅是对自己命运的承担,也是对他人痛苦的分担,"多多分担同时同地的人们的苦乐"。在《杜甫》中他写道:"你在荒村里忍受饥肠,/你常常想到死填沟壑,/你却不断地唱着哀歌/为了人间壮美的沦亡"。杜甫一

---

① 冯至:《一个消逝了的山村》,《冯至全集》第 4 卷,河北教育出版社 1999 年版,第 48 页。

生漂泊、穷困,但他并未沉湎于个人的悲哀,而是时常主动想到他人生命的悲哀与生存的困难,而这正是冯至所认可杜甫的伟大意义所在。正是由于他不仅独自承担"承受了、担当了、克服了他的命运"①,还主动分担他人的艰难,才使得他的"贫穷在闪烁发光","有无穷的力量",他"圣者"的形象才得以确立。梵高也是如此,他主动承担他人的痛苦,将自己的"热情到处燃起火",哪怕是监狱里的贫穷人,他也"画了吊桥,画了轻盈的船",试图引渡他们。

三、小结

冯至坚持个人存在要独自承担责任,他所选择的"'鼠尾草精神'传达出来并不是左翼文学所宣扬的那种集团行为如何蕴蓄着改变历史的巨大能量,而是一种孤独个体的不屈不挠的决断行为如何迸发出惊人的创造力。"②他不相信集体能迸发出这种力量,在他看来,集体只会制造"平均一切"的幻象,使人失去热情,丧失责任心。因此,他强调个体的责任与承担。

但冯至与左翼的对立在1940年代并未能持续下去,他在对集体、对左翼所提倡的大众化不遗余力批评的同时,也对集体表现出难以掩饰的认同。可以说,他在1940年代对个人与集体之间关系的思考始终存在着矛盾。如在《论个人的地位》中:

> 二三十年以来,中国在政治的和社会的改革上面,产生过,或是接受过许多口号。每一个口号提出来,总少不了一些随声附和的人,这口号正确也好,不正确也好,归终都不免嚷了一阵,无结果而散。将来不可知,过去确是如此,——其中只有一个例外,是"抗战",但我们不愿把这两个字叫做口号,因为那是绝对的真实,绝对的需要。③

他一方面批判集体对个人主义的批评,一方面又肯定"抗战"的绝对真实与需要,将集体打着"抗战"口号可能存在的对个人主义的批评排除在外,视为正当。这显然与文中批评集体对个体的打压形成了一种矛盾。同样,他在《新

---

① 冯至:《我想怎样写一部传记》,《世界文艺季刊》(重庆)1946年第4期,第7页。
② 张松建:《现代诗的再出发》,北京大学出版社2009年版,第256页。
③ 冯至:《论个人的地位》,《冯至全集》第4卷,河北教育出版社1999年版,第288页。

诗蠡测》中批评大众作家,认为只要是对宇宙人生的思考都是为抗战服务。但在受到友人批评和看到老舍讲演的内容后却又为之自责,"1941年秋,老舍应罗常培的邀请,来昆明住了两三个月。他作过几次讲演,讲演中有这样一段话,大意说,抗战时期写文章的人应为抗敌而写作,不要在小花小草中寻求趣味。我在学生壁报上读到这段话的记录,内心里感到歉疚。我自信并没有在小花小草中去寻找什么小趣味,也思索一些宇宙和人生的问题,但是我的确没有为抗敌而写作。"①虽然属于事后追忆,但也多少透露出冯至在1940年代的矛盾。他既对集体的力量堪忧,担心"人人可以做些不负责任的事",又对平凡个体可能导向的道路的正确性持怀疑态度,对集体力量持认可态度:"一个平凡的个人,若是为了目的而不选择方法,则往往走入迷途,归终连自己的目的也在心头上遗失了。"而"一个团体,一个政党,为了迅速成功,可以这样做。它们代表一种集体的力量与意志,只要有严格的训练,有健全的组织,同时又看准自己目的,无论走什么样的道路都不大容易走错,人们也不可以用狭隘的道德来权衡它们。"②

由此,我们可以发现,冯至1940年代对集体的批判更多的是对缺乏责任、个体担当组成的集体的批判,他对由富于个体责任担当精神组成的集体是并不排斥的。"他反对'公众',反对的一种如同鲁迅笔下的坎坷似的'虚无'的没有目标、没有准则的集体'无意识',而不是群体意识。那些'有严格的训练,有健全的组织,同时又看准自己目的'的群体,并不在他的反对之列。"③因此,他常写到富于担当精神的个体化为集体的情景,"但死后他们已不是一个一个的个人,却融化为伟大的无语的一群"④。在这种思想观念的基础上,冯至在被摇醒的昆明,在"目所能及的现实"的感染下,在卞之琳、李广田、陈邃、夏康农、翟立林等人的影响下,他由对集体的矛盾态度进而发展到彻底认同、服务于集体。在北大方向社1948年举行的座谈会上,他的"既要在这路上走,就得看红绿灯"⑤就暗示出他对个体独立意志的放弃。至1950年代,融入集体

---

① 冯至:《昆明往事》,《新文学史料》1986年第1期。
② 冯至:《方法与目的》,《冯至全集》第5卷,河北教育出版社1999年版,第291页。
③ 段美乔:《"工作而等待":论四十年代冯至的思想转折》,《文学评论》2006年第1期。
④ 冯至:《纪念死者》,《冯至全集》第4卷,河北教育出版社1999年版,第71页。
⑤ 沈从文,冯至等:《今日文学的方向》,引自商金林:《朱光潜与中国现代文学》,安徽教育出版社1995年版,第335页。

的他自主降格为"木屑"和"水滴",个体不再处于完全独立自主的状态,而是从属于集体,成为集体力量的一部分。存在主义的影响最终受制于中国社会的现实背景。

第三节 穆旦、袁可嘉:感伤、工具的批评与革命、集体的嘲讽

在九叶诗人中,杭约赫、陈敬容、辛笛等人较多受到左翼影响,而穆旦、袁可嘉等北方的一支则与沈从文较为亲近,他们是西南联大的学生,是左翼文人眼中的"沈从文集团"[①]。他们受到40年代远离政治革命的沈从文、冯至等人的影响,一定程度上与左翼保持了较远的距离,有时还出现了对立。袁可嘉多次批评左翼诗歌的弊病,他和穆旦都在诗歌中对革命进行了嘲讽与拒绝。

一、政治感伤与工具的批评

三四十年代,左翼作家穆木天、任钧、蒲风、鸥外鸥、林焕平、蒋锡金、黄药眠、艾青、臧克家、胡风、阿垅等对现代主义诗歌个人抒情的感伤倾向进行了严肃的批评,一些现代主义诗人对此也进行了批评与反驳,如穆旦、袁可嘉、冯至等,详见第二章。但袁可嘉对感伤的批评并未止于现代主义诗歌个人抒情的感伤,他对左翼诗歌的感伤倾向也进行了批评。虽然袁可嘉在文中并不以左翼诗歌举例,"以避免攻击私人的讥评"[②],且时时露出综合的祈盼,但他的根本立场仍然是以文学、人为本位的。因此,从他40年代的论文中,我们便常常能看到他对左翼诗歌弊病的揭露和批评。蓝棣之就指出:"他在潜意识里所想批评的,是'人民的文学'内部的左的倾向"[③]。袁可嘉对左翼诗歌的政治感伤与工具性的批评是相互联系的,他认为政治感伤导致的后果之一就是对工具性的强调,即艺术的价值意识的颠倒。

[①] 初犊的《文艺骗子沈从文和他的集团》、张羽的《南北才子才女大会串——评《中国新诗》等都把穆旦、袁可嘉等定性为"沈从文集团",这在当时基本上是左翼文人的共识。

[②] 袁可嘉:《综合与混合——真假艺术底分野》,《大公报·星期文艺》(上海)1947年4月13日第7版。

[③] 蓝棣之:《坚持文学的本身价值和独立传统》,袁可嘉:《论新诗现代化》,三联书店1988年版,第252页。

袁可嘉对左翼诗歌感伤倾向的批评主要表现在以下几个方面：

第一，诗人的素养，即缺乏个性、创造力贫乏、感情过量。袁可嘉认为左翼诗歌的政治感伤源于创作者缺乏个性和创造力贫乏，他们"借他人的意象而意象，继他人的象征而象征，一种形象代替了千万种形象……黎明似乎一定带来希望，暴风雨似乎一定象征革命，黑夜也永远只能表示反动派的迫害。"①这在袁可嘉看来是情绪的自我陶醉，它分享情绪感伤的特质——虚伪，肤浅，不负工作所赋予的责任。袁可嘉认为感情过量也是左翼诗歌感伤的原因，指出人民派诗中的激情可与"前一世纪的浪漫派相比"，强调抒发的"集体的，阴暗面的，粗犷的"同样属于"狭义的感情（被统治者对于统治者的仇恨）"，"一样的泛滥，瘫痪，伤感，乏味"。② 他们的错误都在于迷信感情，以为有情总是好事，热烈总比温和或冷淡强。而人民派"对于粗、厉的情绪的陶醉却正犯了这个大病"。③

第二，诗艺的表达方式。袁可嘉认为"人民派"的左翼诗歌的政治感伤主要源于"承受与表达那些观念的方式显示了极重的感伤"。即使某些看来似乎是观念本身的感伤也是由于表达方式引起的，是由于"在某些观念中不求甚解的长久浸淫"，使他们偏执地认为"观念的壮丽"就是"作品的壮丽"，"观念的伟大"就是"创作者的伟大。"④他们不择手段地要求传达与表现，如为了表达强大的生命活力、诗情的粗犷，为讴歌反抗的精神，他们就选择粗犷的艺术技巧，以技巧的粗劣为有力，"今日有不少诗作者不幸地以诗艺的粗劣代替了力。任意的分行，断句，诗行排列的忽上忽下，字体的突大突小，成林的惊叹符号的进军，文字选择的极度大意，组织的松懈，意象的贫乏无力，譬喻的抄袭，不确，都足以说明这些急欲显示伟力的诗作的奇异地无力的原因，因为我们明白知道，只有成熟的思想配合了成熟的技巧的作品才能表现大力。"袁可嘉认为这种"借一种原始的犷野始足以表现强大的生命活力，其实这是种狭窄的看法"。⑤ 此外，在《对于诗的迷信》、《诗与主题》等文中袁可嘉再次批评了情感

---

① 袁可嘉：《论现代诗中的政治感伤性》，《益世报·文学周刊》1946年10月27日。
② 袁可嘉：《对于诗的迷信》，《文学杂志》（上海）第2卷第11期（1948年4月），第8页。
③ 袁可嘉：《对于诗的迷信》，《文学杂志》（上海）第2卷第11期（1948年4月），第9页。
④ 袁可嘉：《论现代诗中的政治感伤性》，《益世报·文学周刊》1946年10月27日。
⑤ 袁可嘉：《论现代诗中的政治感伤性》，《益世报·文学周刊》1946年10月27日。

表达方式引起的感伤。他认为左翼诗人常常直截了当地捧出观念,避去经历的痛苦经验,于是"观念因泛滥而重染感伤,神圣主题被轻易玩弄而惹致相反效果"。① 袁可嘉指出左翼诗歌往往不讲究艺术手法,开门见山就以粗粝的声调呼唤"我们不要……"或"我们拥护……",对爱憎对象作赤裸裸的陈述控诉,这无疑是感伤的,危害是极大的。② 这样的诗是混合而非综合的,它忽视艺术技巧多方面的适度融合,"只有选威胁,叫嚣,捶胸,怒号的刺激方法",着眼于"自我的完全抹煞",其作品必然千篇一律,人云亦云,根本失去创造的价值。③

第三,诗歌的政治主题或观念。袁可嘉认为政治主题也常引起感伤,因此对其极为反感,他认为诗人的任务在写诗,而不在灌输一套概念观念,诗人为写诗而起用若干观念,却不是为传布观念而动手作诗,他指出如想为观念做广告,远不如写本小册子来得省时有效。④ 他认为"诗的政治感伤性"是"比任何'反动派'的阴谋理论更有力量破坏'诗的政治性'的,一如沉溺于感伤最有碍正常的情绪发展一样。"⑤对左翼诗歌的政治感伤,袁可嘉归纳出了一个公式:"为×而×"+自我陶醉,认为最终必然会导致"已经不是以诗来写政治,(因为这时正确意义的诗早已被放逐,被抹煞),而是确确实实地为政治而政治了。"⑥ 袁可嘉批评这种为政治而政治的创作,更反感从政治角度进行的批评,他指出人民文学有"确定的阶级性","社会意识的合乎规定与否自然成为批评作品的标准","有异于这一标准的宗派或作品都被否定",它对人生和文学都进行了简化,以"人民"否定了人,以"政治"否定了生命,以"工具"否定了"艺术"。⑦ 他将政治感伤的结果归结为工具性,无论哪种感伤:"表现感情的沦为

---

① 袁可嘉:《诗与主题》,《大公报·星期文艺》(上海)1946年12月29日第10版。后刊《大公报·文艺》(天津)1947年1月14日、17日、21日第6版。
② 袁可嘉:《新诗戏剧化》,《诗创造》第1卷12辑(1948年6月),第3页。
③ 袁可嘉:《综合与混合——真假艺术底分野》,《大公报·星期文艺》(上海)1947年4月13日第7版。
④ 袁可嘉:《诗与意义》,《文学杂志》(上海)第2卷第6期(1947年11月),第40页。
⑤ 袁可嘉:《批评漫步——兼论诗与生活》,《大公报·星期文艺》(天津)1947年6月8日第6版。
⑥ 袁可嘉:《漫谈感伤》,《大公报·星期文艺》(天津)1947年9月21日第6版。
⑦ 袁可嘉:《"人的文学"与"人民的文学"——从分析比较寻修正,求和谐》,《大公报·星期文艺》(天津)1947年7月6日第6版。

感伤,表现观念的无异说教,表现个人的自我夸大,表现时代成为标语口号。"①而归根结底由于他们对"文学性"的忽视,对于工具性和战斗性的过分迷恋。为此,袁可嘉提醒"不能片面地过分迷信文学的工具性及战斗性,它必须适度地尊重文学作为艺术的本质"。② 对左翼诗歌一味强调政治性、工具性,袁可嘉认为体现出的只是"狭隘性、排斥性、简化性、感伤性、机械性"。③

总之,袁可嘉的文章《论现代诗中的政治感伤性》、《对于诗的迷信》等都是径直把矛头对准左翼诗歌的。张松建在《〈文学杂志〉与中国现代诗学》中就指出"朱光潜们利用《文学杂志》作为阵地,扶持穆旦等现代主义作家,奖掖袁可嘉的'新诗现代化'系列论文,用意是显示对于文艺大众化的抗辩,张扬自由主义的文艺理念"④。袁可嘉在《文学杂志》、《新路周刊》等自由主义者的刊物上共发表了30篇左右文章,批评了左翼作家强调的文艺从属于政治、以政治决定作品价值高下的标准、文艺是宣传的工具可以导致直接的行动,批评了左翼诗歌的政治感伤、标语口号化等倾向。

二、革命的嘲讽、拒绝与集体的愚蠢

与左翼诗人拥护革命、满怀期待革命成功,且一味谴责国民党政府的黑暗不同,穆旦、袁可嘉等人并未将矛头只对准国民党政府,而是超越党派,站在人类的立场上审视战争,对暴力、革命进行了嘲讽。

穆旦40年代后期生活漂泊,袁可嘉则北上任教于北京大学,贫困的现实、内战的混乱和对自由的向往,使得他们对当时的社会现状颇为不满,他们迫切盼望内战早日停止,对革命双方均无好感。王佐良在谈到穆旦的诗歌时就说到:"穆旦并不依附任何政治意识。一开头,自然,人家把他看作左派,正同每一个有作为的中国作家多少总是一个左派。但是他已经超越过这个阶段,而

---

① 袁可嘉:《我们底难题》,《文学杂志》(上海)第3卷第4期(1948年9月),第19页。
② 袁可嘉:《"人的文学"与"人民的文学"——从分析比较寻修正,求和谐》,《大公报·星期文艺》(天津)1947年7月6日第6版。
③ 袁可嘉:《诗与民主——五论新诗现代化》,《大公报·星期文艺》(天津)1948年10月3日第4版。
④ 张松建:《〈文学杂志〉与中国现代诗学》,《中国现代文学研究丛刊》2011年第8期。

看出了所有口头式政治的庸俗"。① 袁可嘉和穆旦相似,也看出了革命背后的政治与欺骗。穆旦的《牺牲》、《甘地之死》、《饥饿的中国》、袁可嘉的《号外二章》、《北平》等诗都表现出了对革命的嘲讽和其背后政治力量的批判。

> 因为有太不情愿的负担
> 使我们疲倦,
> 因为已经出血的地球还要出血
> 我们有全体的苍白,
> 无论地图怎样变化它的颜色,
> 或是那一个骗子的名字写在我们头上。
>
> 所有的炮灰堆起来
> 是今日的寒冷的善良,
> 所有的意义和荣耀堆起来
> 是我们今日无言的饥荒,
> 然而更为寒冷和饥荒的是那些灵魂,
> 陷在毁灭下面,想要跳出这跳不出的人群。
>
> 一切丑恶的掘出来
> 把我们钉住在现在,
> 一个全体的失望在生长
> 吸取明天做它的营养,
> 无论什么美丽的远景都让我们等一等:
> 一个苍白的世界正向我们索要屈辱的牺牲。②

---

① 王佐良:《一个中国新诗人》,《文学杂志》(上海)1947年第2卷第2期,第195页。此文最初发表于《生活与文学》(伦敦)1946年6月号,题名《一个中国诗人》,收入《穆旦诗集(1939—1945)》(1947年5月自费版)时名《一个中国诗人》。故现在文学史对这一篇文章的题名有些混乱,文论资料汇编类书籍多采用《一个中国新诗人》,而研究者多采用《一个中国诗人》。

② 此诗作于1947年10月,初载《益世报·文学周刊》(天津)1947年11月22日。后重载于《文学杂志》(上海)1947年第2卷第10期。第一节第六行"骗子"改为"骗徒",第三节第一行"掘出来"为"走过来",第四行"明天"为"我们"。

在《牺牲》这首诗中,穆旦对内战所要求的个体应该承担的抗战的责任流露出"不太情愿"的情绪,他认为它已经变成"负担",使人们疲倦苍白。人们在革命双方的交战中只是无意义的"炮灰",每天忍受的是"无言的饥荒",无论谁胜谁负,都改变不了人们现实生活的窘迫,都不是为人民真正谋福利。他们玩弄着语言技巧,以"美丽的远景"引诱人们,向他们"索要屈辱的牺牲"。在穆旦看来,他们都是"骗子"。"地图"在这首诗中是一个值得注意的意象,"地图"在奥登的诗中曾是一个关键意象:"而地图真能指出一些地方,/那儿的生活如今十分不幸:/南京,达豪集中营。"(《在战争时期》十六)[1]穆旦诗歌此处以地图颜色的变化隐喻中国土地上政治力量的变更。袁可嘉诗中也出现了这一意象,在1947年7月发表的《号外三章·三》中他写道:

> 当然要咒诅:多少生命倒下如泥土,
> 你们拿枪杆在死人身上划地图;
> 你争面,他占线,我们岂只能装糊涂,
> 伴随地名肉团子般任你们吞吞吐吐?
>
> 一种自私化生为两型无耻,
> 我们能报效的却只是一种死;——
> 冬夜远地的战争传来如闷鼓,
> 城市抱紧人畜为你们底自信受苦![2]

袁可嘉在这里表达的主题与穆旦的《牺牲》极为相似,第一节描写革命双方互相争夺势力范围,"你争面,他占线"是对他们之间争权夺利的相当直接的描述,他们不顾众多生命的消亡,在暴力中"划地图"。第二节袁可嘉进一步指出混战对人与物的毁灭,认为他们"自私"而"无耻",人们只能以死"报效"或在他们虚幻的自信中"受苦"。与穆旦的诗相比,袁可嘉似乎语气更为严厉,他

---
[1] W.H.奥登等:《英国现代诗选》,查良铮译,湖南人民出版社1985年版,第120页。
[2] 袁可嘉:《号外三章》,《文学杂志》1947年第2卷第2期,第86页。

们不再仅仅是"骗子",而是自私无耻的骗子。袁可嘉和穆旦的这两首诗,都作于1947年"五·二〇"学潮即反内战反饥饿运动前后,此次运动由中共地下组织发动,意在揭露蒋介石国民党为挑动内战的罪魁祸首。但袁可嘉和穆旦都未站在左翼的立场,对国民党进行批判,而是站在中立的角度,"把共产党和国民党的军队等量齐观,谴责为同样是制造军民大规模死亡灾难的暴力"①,这显然一定程度上形成了与左翼的对立。

郑敏的《最后的晚祷》也对暴力进行了反思。她认为暴力是愚蠢的:"人们被枪声惊醒,发现世界在重复它的愚蠢"。郑敏这首诗把耶稣和甘地相连,以耶稣的经历映照甘地的被害,发现世界不过是在"重复它的愚蠢"。这首诗是诗人有感于甘地之死而作,晚年郑敏回忆说:"甘地之死对于上世纪40年代全球知识分子的震动是今天一般人难以想象的。二战战后,甘地在印度似乎向全世界被歧视的民族宣布一个人类高尚的历史时代的到来。……但当我读到甘地遇刺的报道时,我的心灵受到无比之大的震动。当甘地举手祝福人类时,却在这个姿态被人类中的败类击毙。"②甘地之死震动了当时大多数的诗人,穆旦、辛笛等都写有诗作。郑敏此诗从宗教的意义上肯定了甘地的非暴力思想。她指出耶稣和甘地都宣扬忍耐、宽恕和博爱,但他们都被自己的门徒所害。于是诗人认为人类都是"半个天使半个魔鬼的混合怪物",但诗人并未由此失望,而是坚信死去的人早已在人们的心灵里布下种子,这种子就是他们对人类的博大之爱,它必将长大繁茂,遍布全世界。穆旦的《甘地之死》也反思了暴力,他认为战争只是"力和力的猜疑"的游戏。

穆旦还有一些诗篇对革命进行了嘲讽。在《饥饿的中国》中,他称革命理论是"纯熟得过期"的理论,政治家则成为"公开的嘲笑"。"对于'革命',穆旦在这里反映出的并非是'人民诗人'乃至部分'九叶'那种歌颂或者赞同的态度,在这首诗作中他不仅没有偏向'革命',甚至对其表现出了一定的嘲讽态度。"③此外,穆旦的《绅士和淑女》《诗四首》《隐现》等诗也都表现了对革命的嘲讽与拒绝,他对混战的双方均予以强烈谴责和拒绝。

---

① 邵燕祥:《读袁可嘉一九四八年〈诗三首〉》,《诗探索》2010年第1期。
② 郑敏:《再读穆旦》,《诗探索》2006年第3辑。
③ 李章斌:《一九四零年代后期的穆旦:内战、政治与诗歌》,台湾《中国文化大学中文学报》2010年第2期。文中对穆旦40年代后期诗歌与左翼政治的关系有详细论述。

袁可嘉认为内战无异于一场"闹剧",尽管人们苦苦等待"沉郁夏夜的霹雳响雷",但可悲的是"悲剧都不配存在",有的只是可笑,"无耻的闹剧里死也失去尊贵"(《号外二章·一》)。在《香港》一诗中,袁可嘉也对革命百般嘲讽:

在无路的海上你铺出一条路,
破船片向来视你为避风港,
远来客人中有革命家,暴发户,
明日的风暴正在避风港酝酿;

革命家与被革命家搭台唱双簧,
洋绅士修养有素,毫不觉汗颜,
你演说企业社会化,他则投机撒谎,
正反合,懂辩证法的都为之一唱三叹;
……

这首诗连同另外两首诗题名《诗三首》发表在1948年《新路》周刊21期(1948年10月2日)上。《新路》周刊是一批教授、学者主办的刊物,以时事政论为主,其倾向当时即引起注意,因为据说他们主张所谓"第三条道路",也就是独立于国共两党之外,因此左翼指他们实际上是为垂死的蒋家王朝帮忙,刊物的立场自然是在"两个中国之命运的决战"中站到共产党的对立面去了。袁可嘉选择将诗发表在这个刊物上是颇有意味的。从诗作产生的背景看,1948年内战日益临近决战,许多左翼人士和其他一些知名人士渐为国民党所不容,于是由中共统战部门护送到香港暂住。这一点在袁可嘉的诗中有所表露。诗歌第一节以船隐喻国家,这早在民初小说《老残游记》中就已出现,穆旦、陈敬容的诗中也都出现过。袁可嘉在这里以"破船片"隐喻1940年代千疮百孔的中国,不少人都不远千里来到香港避居,香港成为避风港。远来客中有"革命家"与"暴发户",袁可嘉将二者并列,难掩讽刺意味。第二节进一步嘲讽革命的虚伪,在袁可嘉看来,革命家只会与"被革命家搭台唱双簧"、"投机撒谎"。但这种自由宣传是如何获得的?随后的"各有春秋,帝国绅士夸耀本港的自由"无疑道破了其中秘密,即港英当局之洋绅士,他们之间互相利用,"反对帝国主义"的"革命家"在帝国主义统治下享受言论自由、投机撒谎,而帝国主义的香港也因大批来客获取更多的金钱,因为"从不被处徒刑,只是罚钱,罚钱,罚钱"。这里对革命家的嘲讽可谓淋漓尽致,入木三分。袁可嘉在《新路》周刊上发表的另两首诗是《北平》和《时感》。《时感》尖锐地批评了内战对文化所造成的巨大灾害,它摧毁了理性,使北平"自困于反智的迷信"。诗歌最后三节因提到国民党将领在当时曾引起激烈批评,不仅北大等校的左翼学生在民主墙上贴壁报,在刊物上抨击袁可嘉"东边挖苦,西边歌颂,显得不左不右""败类的败类:疯狂者——你帮凶手下的帮凶"①"一头栽入反动者的阵营",最终将在"血与火面前受到最后审判"②。"帮凶的态度更明显,手段更毒辣",是"游泳在粪缸里的蛆虫""无耻之尤"③。阿垅、苏夫等人也严厉批评了袁可嘉,斥责他是"自由主义底典型""自由分子,是走中间路线者,是一个地地道道的'超然派'","早已不是什么诗人,他已经继起了希特勒钢铁一样的志愿","把'人民'的方向看为'普遍的沉沦',他把'人民'看为'愚昧',而他把这个人民的时代看为'黑色地狱'"。④(详见第二章第二节):

> 总愿你突破一时的眩惑,返求朴质的真身,
> 至勇者都须自我搏求,像你所拥有,当今
> 重心的重心:傅宜生——将军队里的将军!⑤

傅宜生即傅作义,当时任华北剿匪总司令部总司令。袁可嘉此处提及傅作义,应是"比喻热爱北平的文化和文化北平的人,能像傅作义守城一样坚守

---

① 徐起航:《献给"诗人"——仿袁可嘉〈诗三首之二〉》,《诗号角》第4期(1948年11月1日),第12页。
② 宁可:《袁可嘉和他的方向》,《诗号角》第4期(1948年11月1日),第16页。
③ 青苗:《无耻之尤的袁可嘉》,《诗联丛刊》1948年第3期,第10—11页。
④ 苏夫:《袁可嘉先生的〈时感〉、〈诗三首〉片论》,《大公报·时代青年》(天津)1948年11月6日第4页。
⑤ 这首诗后来收入蓝棣之编选的《九叶派诗选》(人民文学出版社1992版)、《半个世纪的脚印——袁可嘉诗文选》(人民文学出版社1994版)和《西南联大现代诗抄》(中国文学出版社1997年版)时,最后一节作了大的修改:"总愿你突破一时的眩惑,返求朴质的真身,至勇者都须自我搏求,像你在五四之春所发出的追求科学民主的宏大呼声!"蓝棣之称此修改据作者手稿(自然是得到作者同意的)排印。

文化和理性"①。

袁可嘉、穆旦对集体也进行了反思。袁可嘉认为应从文化性上来看待诗与民主,"重视各阶层,各个体的自我完成,而不以某一阶级(不问它包含多少人们或具有几分代表性)的利益为唯一的至上的前提……不以政治抹煞教育,经济抹煞伦理,'群众'代替个人,'工具'代替生命。"应努力使个人的精神、物质、情绪、想象的种种生活得到均匀的发展机会,而"不以狭隘的政治热自炫",个人也必然"从自我完成的创造价值来增进群的福利而不消极地放弃个性,甘为群的奴才"。袁可嘉认为机械地反映所得的"无非支离破碎的现实景象,或迷糊空洞的集体愿望"②。可见,袁可嘉的观念与冯至是相同的,都强调个体的价值与个性,对集体的空洞保持警醒。穆旦的《暴力》则批评了集体的"愚蠢":

> 从一个民族的勃起
> 到一片土地的灰烬,
> 从历史的不公平的开始
> 到它反复无终的终极:
> 每一步都是你的火焰。
>
> 从真理的赤裸的生命
> 到人们憎恨它是谎骗,
> 从爱情的微笑的花朵
> 到它的果实的宣言:
> 每一开口都露出你的牙齿。
>
> 从强制的集体的愚蠢
> 到文明的精密的计算,
> 从我们生命价值的推翻
> 到建立和再建立:

---

① 邵燕祥:《读袁可嘉一九四八年〈诗三首〉》,《袁可嘉诗歌创作与诗歌理论研讨会论文集》2009年10月31日。
② 袁可嘉:《诗与民主——五论新诗现代化》,《大公报·星期文艺》(天津)1948年10月3日第4版。

> 最得信任的仍是你的铁掌。
>
> 从我们今日的梦魇
> 到明日的难产的天堂,
> 从婴儿的第一声啼哭
> 直到他的不甘心的死亡:
> 一切遗传你的形象。①

这首诗对暴力进行了批判,四节以并列的形式反复指出暴力的无处不在,值得注意的是第三节,穆旦对集体与暴力的关系进行了揭露,他认为集体的产生乃是由于暴力"强制"的结果,在这种强制作用下聚集而成的集体,并不如左翼诗人所认为的那样具有强大的力量,反而是"愚蠢"的,是没有实现个体的"生命价值"的,控制着生命价值的"建立和再建立"的是"暴力"的"铁掌"。

穆旦、袁可嘉对左翼政治力量的拒绝在当时就引起时人注意,晋军就指出穆旦虽然"表面上肯定了战争,而骨子里却否定战争"②。在穆旦等人看来,内战并未如战争双方所宣扬的那样出于提高群众生活、为人民服务的目标,相反,他们带来的只是无数群众的死亡和饥饿,只是他们双方政治权利的争斗,因此,穆旦、袁可嘉对革命双方都进行了嘲讽,拒绝战争,并对集体的空洞、愚蠢保持了清醒的认识。

---

① 此诗作于 1947 年 10 月,初载《益世报·文学周刊》1947 年 11 月 22 日。后重载于《中国新诗》(上海)1948 年 3 期。有两处修改,第一节第四行冒号改为逗号,第四节第四行冒号改为分号。
② 晋军:《踢去这些绊脚石》,《新诗潮》(上海)第 4 辑(1948 年 12 月),第 15 页。

第五章
由左翼至现代主义的对流

虽然在1940年代左翼文坛对现代主义展开了激烈的批评,但二者之间并非水火不容,也存在着对流的关系。本章讨论的是1940年代由左翼至现代主义的对流。1940年代,一些诗人先受到左翼文学影响,后接触到现代主义,创作遂发生变化,如《诗创造》群体四人陈敬容、唐祈、杭约赫、唐湜等。《诗创造》群体在1947年前多倾向于左翼,诗中常从政治和阶级的角度对国民党、都市的罪恶进行严厉批判,他们持直线进步时间观,对行动与集体充分肯定。1948年他们与现代主义群体"西南联大"诗人们集合,集中受到现代主义的影响,诗中开始表现人的异化,精神的空虚,艺术上采用悖论、反讽、大跨度比喻等艺术手法。但左翼底色并未消失,一定程度上制约了他们的诗歌对现代主义的探索。袁水拍是40年代引起热议的左翼诗人,他对国民党的批评极为辛辣,不过,他的诗作也表现出现代主义的特点,这与他的"态度诗学"有关。他的《后街》描绘了一个"荒原",《摇晃》、《悲歌》表现了城市对人的主动异化,《山歌》则常以轻松幽默的笔触鞭挞都市生活中的种种虚伪者和丑恶的人与事,悖论、隐喻手法的运用也常能制造出喜剧效果。

第一节　现代主义与左翼的对流概述

现代主义与左翼之间自1920年代起就存在着对流的关系。不少现代主义诗人受左翼影响创作发生了转变,如郭沫若、戴望舒、何其芳、卞之琳、鸥外鸥、俞铭传、王佐良、李白凤、辛笛等等。许多左翼诗人,在创作中也受到现代主义文学的影响，从内容到形式都表现出一种现代性，如袁水拍、杭约赫、陈敬容、唐祈、唐湜等。下面，我们将从现代主义和左翼诗歌的特点出发，探究出40年代受左翼影响的现代主义诗人的作品中体现出了哪些左翼诗歌独具的特点，而受现代主义影响的左翼诗歌又体现出了哪些现代主义诗歌所独具的特点。

左翼诗歌与现代主义诗歌在人与历史、社会、自我、自然等诸多方面都表现出不同的特点。袁可嘉曾指出："现代派在思想方面的特征是对西方现代文明的危机意识、变革意识。特别是它在四种基本关系上所表现出来的全面的扭曲和严重的异化：在人与社会、人与人、人与自然（包括大自然、人性和物质世界）和人与自我四种关系上的尖锐矛盾和畸形脱节，以及由之产生的精神创伤和变态心理、悲观绝望的情绪和虚无主义的思想。"[1]具体说来，在人与历史的问题上，左翼诗人认同马克思主义的历史决定论，认为时间呈直线进步状态。而现代主义诗人则否定时间的连续性，批判"时间运动的目标或者历史的'目的'"，"也就是对于'未来'之意义与历史进步的或者发展方向观念本身的质疑"[2]。在人与社会的问题上，左翼诗歌非常强调行动的目的与意义，对城市批判多从政治、阶级的角度；现代主义诗人对城市的批判则从抽象的人性的角度上升到普遍人类的境遇。在人与人的问题上，现代主义诗歌强调个体的承担，塑造的主体往往是痛苦分裂的、被动的，嘲讽集体的愚蠢与虚幻；左翼诗人则强调个体融入集体，强调集体的力量和作用。在艺术特征上，现代主义常用思想知觉化、悖论、反讽、大跨度比喻、不同文体、标点符号甚至拼写方法和排列形式等表现法，来暗示人物在某一瞬间的感觉、印象和精神状态；左翼诗歌则致力于诗的通俗化、大众化，多运用明喻、近取喻等。

在1940年代的诗歌中，我们经常可以看到左翼诗歌具有现代主义诗歌的特征，而现代主义诗歌也呈现出一些左翼诗歌的特征，可以说，现代主义和左翼诗歌的特征是综合地体现在左翼或现代主义诗人的诗歌中的。

在1940年代受到左翼影响的现代主义诗人的诗歌中我们可以发现他们对行动的强调。探索、解决诗与行动的完美结合，是左翼诗歌最重要的诗学命

---

[1] 袁可嘉：《略论西方现代派文学》，《文艺研究》1980年第1期。
[2] 李章斌：《"九叶"诗人的诗学策略与历史关联（1937—1949）》，南京大学出版社2019年版，第176页。

题之一。左翼诗人往往将诗歌视为一种达到政治目标的桥梁,或者一种行动的方式、一种"武器"和"炸弹"。于是,行动就变成了一种最高的美:"———反抗!反抗!反抗———/ 新时代新诗中的最高的节奏,/ 新时代新诗中最妙的音响"(果青《给诗人》)。唐祈的《时间与旗》多次肯定战争的意义,他认为经过战争,我们才"将欢笑,从未欢笑的张开嘴唇了/那是风,几千年的残酷,暴戾,专制/裂开于一次决定的时间中,/全部土地将改变,流血的闪出最强火焰/烛照着光荣的生和死。"通过风,将使人们日渐看见新的土地,花朵的美丽,鸟的欢叫:一个人类的黎明。杭约赫也强调以"执锄头的手","来解放这最后一片被束缚的/土地,复活新的伊甸园。"(《复活的土地》)。现代主义诗人则强调行动时的心理,他们受弗洛伊德的影响,注意运用心理分析的手法,深入到人物的心理世界,从而展现行动过程中的怯弱、自私与矛盾,这一点与左翼诗歌极为不同。郑敏的《生命》虽最终肯定了"他"行动的意义:"情愿继续走去,为了同时代和来到中的旅伴",但郑敏此诗的重心却是反复渲染他生命历程中的心理变化。从童年开始,人们是被"鞭策"着向前的,因此"每一分钟的前进却更是一个难结",但正是在这无数次的痛苦里,人的自我意识觉醒了,"每日繁殖着自愿"。紧接着,日复一日平静的生活中暗藏着"潜伏的危机",于是"怯懦者早已没顶,勇敢者也终于厌倦",在冗长的等待中,信仰动摇,陷入彷徨。但"他"最终在"战鼓的赞美"中,"从痛苦中掘出对造物的爱",奋勇向前了。郑敏没有如左翼诗人那样构建一个行动带来的乌托邦,而是对他行动实现意义前的心理历程进行细致的描绘分析。不过,仍能看出她受到左翼的影响,对行动及其意义予以了肯定。汪铭竹通过阅读进步书刊受到左翼影响[①],在为迎接友人李白凤返贵阳而作的《迎风曲》中,他认为"天下事大有可为",关键是看各人"今后之身段",要么"跃马而前,抑或叠足而歌"。这里既有对

[①] 汪铭竹于抗战后流落西南,初任教于国立三中。国立三中是 1938 年在铜仁创办的,校中不少青年学生和教师积极阅读进步书刊,1938 年下半年起还陆续秘密组织读书会,汪铭竹参加了读书会。读书会的内容主要是学习从各个渠道来的《新华日报》、《群众》、《社会发展史》以及艾思奇的《大众哲学》等书刊,并结合时事政治进行讨论。后来 1939 年下半年,国内形势变化,国民党对共产党进步力量加紧了迫害,汪铭竹被迫离校,到了贵阳。(程可超:《关于"国立三中"的读书会》,《铜仁党史资料》1984 年第 1 辑,第 124 页。)到贵阳后,迫于生计,汪铭竹开办"白鸟书屋",由于"销售进步书籍和掩护过江口分校进步老师刘苇因学潮被黔东警备司令刘伯龙的追捕等原因,受到当局的注意,被迫离开贵阳"(吴纯俭:《汪铭竹与"白鸟书屋"》,《杉乡文学》1994 年第 2 期)。魏荒弩也提到过汪铭竹曾一度"因读鲁迅的书而被捕"(魏荒弩:《隔海的思忆》,《文汇报·笔会》1991 年 1 月 11 日)。

李白凤勉励之感,也有严厉自剖之情,处处可见诗人的心志,暗含诗人内心对人生之路的抉择,那就是不再"扬首天边外"(《自画像》),而是"跃马向前"。九叶诗人辛笛、俞铭传、鸥外鸥等也都非常强调行动的必要和作用,辛笛从布谷声中听出"我们须奋起 须激斗/用我们自己的双手/来制造大众的幸福"(《布谷》),俞铭传在现实中也感到必须以"成熟的思想指示新生的行动"(《动》)。

左翼诗人多从阶级和社会矛盾的角度深入大众、对都市展开批判。这一点在现代主义诗人鸥外鸥、罗寄一、王佐良等人的诗中有所表现。罗寄一的"已经树立的威权/从每一座高楼,每一辆轿车,每一扇/耀目的门窗炯炯地眨着眼,/不能够理解一个季节的转换。"(《序——为一个春天而作》)诗中"威权"与高楼、轿车、耀目的门窗相联系,点出阶级批判的向度。王佐良的《上海》关涉贫富悬殊,认为"有几个上海同时存在:/亭子间的上海,花园洋房的上海,/属于橱窗和夜总会的上海;/对于普通人,上海只是拥挤和欺诈。"《哥伦坡水边》也表现了两种阶级的不同生活:"彩布包头的当地人在叫喊,/甲板上,白种人懒洋洋地聊天。"对比中隐含了诗人的批判。鸥外鸥的《都会的悒郁》在鲜明的贫富对比中突出地讽刺了资产阶级生活的腐化与对现实的漠不关心。异化是现代都市中的一个普遍现象,马克思在《1844年经济学——哲学手稿》中提出并着重阐述了异化概念,他将其应用于分析批判资本主义社会,论述了资本主义制度下劳动异化和工人的异化问题,并指出了消除异化的现实途径,即经济政治。在许多现代主义诗人的诗作中,都表现了经济政治导致人的异化,如杭约赫的《复活的土地》等。

左翼诗人对未来充满乐观期待,诗中的时间多指向未来。辛笛1940年代诗中的时间已不再仅仅停留于夜晚,不再是现在与过去的交织,而是出现了黎明,出现了未来。诗人的情绪不再是感伤,而是充满了期待,如《十月小唱》、《月夜之内外》、《再见,蓝马店》等都表现了对黎明的期待。他已认识到"失去的不再回来"(《文明摇尽了烛光?》),他"守着这尽夜的黎明不睡"(《再见,蓝马店》),确信黎明会在夜之后来到,"夜之后来了黎明"(《月夜之内外》),他以超历史的姿态等待,等待明天的黎明。汪铭竹的诗歌中也充满了对远景的期待,他认为"一种伟大在远景中才能看出"(《世界落日中的龙》),时间是呈直线进步状态的,"时光之流除去明天,将支离不全。"(《向明天》)

左翼诗歌强调集体的力量,他们认为个人只有融入集体之中才能发挥巨大力量。蒲风呼吁个体们汇合起来,"我要汇合起亿万的铁手来呵",以投入抗敌战斗中(《我迎着风狂和雨暴》)。杭约赫也呼吁众多的穷人"手握着手站起来",一起去创造幸福的生活:"我们去寻求温暖,/我们去建造住房,/我们去争取荣誉……"(《世界上有多少人在呼唤我的名字》)。现代主义诗歌则强调个人的卑微、渺小、孤独,与浪漫主义将自我看做高高在上"立法者"不同,现代主义诗人视自我为普通人。杨周翰在1943年讨论燕卜荪时曾重点论述了艾略特对现代"个人"的意义:"Eliot(艾略特)所攻击的已不是世界而是自己了。这是出于对自我的冷酷的分析的结果。经过一番极严格极无情的自我分析后,我们就发现了自己的无能、怯懦、愚妄、犹豫和可怜。"承认"这些罪恶都是现代人特有的",因此"这在听惯了世界对我们不起的老调子的耳朵,却是新鲜而有力","而我们发现了这些之后,要表现它们所出的态度只有戏剧的嘲讽"。① 杜运燮在《赠友》中自嘲"我是个庸俗主义者,无心痛哭。"现代主义诗人勇于自剖自嘲,承认自我的弱点,但他们往往把这视为个体实现自我必须承担的命运,如罗寄一虽然感受到"时空严酷的围困"和命运"无边的阴暗",但他并没有向命运屈服,而是在承担中赞美生命:"上帝庄严地说:'你要承担'。/风正柔,夜色美丽而丰满,/哀痛自己透明而年青,/只留下嘎哑的歌唱:'我赞美生命。'"(罗寄一《诗六首》之四)。受到左翼影响的现代主义诗人的诗歌中也有肯定集体的作用的,如俞铭传认为"结晶的分子构成结晶的整体"(《动》),"欣欣然参加街头的群众"(《悼闻一多师》)。辛笛在《布谷》、《一念》中也都表达了融入集体的渴望与集体的力量。

在1940年代受到现代主义影响的左翼诗人的诗歌中,我们同样可以发现现代主义诗歌的特点。现代主义诗人经常运用悖论和大跨度比喻。悖论是新批评派的布鲁克斯在其著名的论文《反讽与"反讽诗"》中提出的一个概念,在《精制的瓮》中,他认为悖论是诗歌语言的基本特征,包含两种形态:惊奇与反讽。在《悖论语言》一文中,他对悖论进行了解释:"表面上荒谬而实际上真实的陈述",它主要是指在文字上所表现出来的一种矛盾的形式、矛盾的两个方

---

① 杨周翰:《现代的玄学派诗人燕卜逊》,《明日文艺》1943年第2期。引自姚丹:《西南联大历史情境中的文学活动》,广西师范大学出版社2000年版,第255页。

面在字面上同时出现。布鲁克斯在论述悖论时常将它与反讽相连,称它们是本质相近的两个理论范畴。他认为"悖论正和诗歌的用途,并且是诗歌不可避免的语言""诗人要表现的真理只能用悖论语言"①。现代主义诗人袁可嘉、穆旦、郑敏等经常运用悖论修辞,如"丈夫的欢喜充满不安的叮咛"(袁可嘉《孕妇》),"聪明的愚昧"(穆旦《隐现》),"勇敢而怯懦"(郑敏《爱的复活》)、"污秽的肌肤下流着清洁的血"(郑敏《人力车夫》)等。左翼诗人的诗歌中也有这种悖论语言,如杭约赫的"热闹的寂寞"(《赠友》),陈敬容的"完整等于缺陷/饱和等于空虚/最大等于最小/零星等于无限"(《逻辑病者的春天》),袁水拍的"但听楼梯响不见人下楼——/活见鬼!根本连楼梯也没有!/此所谓有等于无,黑等于白,/不打等于打,坐着就是走!"(《三万万美金的神话》)"大大的捧,/轻轻的评,/骂是俏,/打是情,/字字'良心',/句句美金。"(《我讨厌这张报》)"自由太多便专制"(《改革歌》)等。现代主义诗歌常用大跨度比喻,瑞恰慈在《语言的两种用法》中说:"如果我们要使比喻有力,就需要把非常不同的语境联在一起,用比喻作一个扣针把它们扣在一起。"②如艾略特的"此时黄昏正朝天铺开/像手术台上一个麻醉过去的病人"(《J·阿尔弗瑞德·普鲁弗洛克的情歌》)③。奥登的"他拥抱他的悲哀像一块田地"(《战时》七首),"这儿战争像纪念碑一样单纯"(《战时》十六首),"'丧失'是他们的影子和妻子,'焦虑'像一个大饭店接待他们"(《战时》二十一首)等。袁可嘉的《号外二章》中"仇恨如烂葡萄涨破",用一个动作来比喻爆发的愤怒,用形象之物来比抽象之词。受现代主义影响的左翼诗人的诗中也不乏大跨度比喻,如唐祈的"精神世界最深的沉思象只哀伤的手"(《时间与旗》),袁水拍的"打扮盛夏"(《后街》)等。

现代主义文学将人与人之间无法打通的厚障壁产生的孤独、冷漠感更多地归因于现代文明和人性,而不是从阶级的角度批判都市。左翼诗人也有从人性的角度批判城市对人的异化的,如陈敬容《陌生的我》《逻辑病者的春天》、唐祈的《老妓女》《时间与旗》、杭约赫的《火烧的城》《复活的土地》等都

---

① 克林思·布鲁克斯:《悖论语言》,见赵毅衡编:《"新批评"文集》,中国社会科学出版社1988年版,第313页,第314页。
② 赵毅衡:《新批评———种独特的形式主义文论》,中国社会科学出版社1986年版,第142页。
③ T.S.艾略特:《世界诗苑英华:艾略特卷》,赵萝蕤等译,山东大学出版社1997年版,第10页。

表现了都市中人的寂寞与虚无,表现了都市对人的异化。陈敬容在都市中被异化为"渺小的沙丁鱼",杭约赫则被异化为"可怜的一只蚂蚁""我们是/蚂蚁,也是鱼,我们是沐浴在/音乐的徊流里的鱼",他们"背负着孤独""你走入闹市中央/走进更大的孤独。"。

总之,左翼和现代主义之间是存在着良性互动的,作家的身份、政治信仰是随时代历史的境遇而不断变化的,正如鲁迅所说:"'左翼'作家是很容易成为'右翼'作家的"①。同样,右翼作家也很容易成为左翼作家。而身份的转换必然对创作产生影响,因此,可以说左翼文学与现代主义文学之间经常会出现对流,并呈现出交叉的状态。

第二节 《诗创造》四人核心:九叶诗人的聚合与创作转变

一、九叶诗人的聚合对《诗创造》四人的影响

《诗创造》群体四人核心②陈敬容、杭约赫、唐祈、唐湜在1940年代中期以前均受到左翼诗人的影响,经常参加左翼活动,他们与西南联大四人聚合前的作品大多与左翼诗歌相近。至1940年代末期,由于他们逐渐向西方现代派靠拢,诗歌作品遂染上现代主义色彩。

陈敬容1940年代诗歌发生转变已是学界共识,一般将1945年作为她诗风转变的分水岭。但细细推敲我们便会发现,她的诗歌在1940年代初就已发生转变,这与她和左翼人士接触,参加左翼活动有着直接的关系。陈敬容于1938年在成都参加中华全国文艺界抗敌协会,1940年到兰州,婚姻生活受到挫折和打击,但她不甘于被家庭所困,不甘于依赖不忠实的沙蕾而活③,在从事抗战戏剧活动的唐祈的鼓励下挣脱婚姻的束缚,于1945年回到重庆,在红岩村见到了在《新华日报》工作已转向左翼的何其芳,并读到其诗作《夜歌》,

---

① 鲁迅:《对于左翼作家联盟的意见》,《萌芽月刊》(上海)1930年第1卷第4期,第23页。
② 辛笛虽属《诗创造》群体,但由于他的创作路径与其余四人不同,也极少在《诗创造》上发表诗歌,故本节主要论述陈敬容四人,对辛笛的论述详见第六章。
③ 笔者从沙蕾的多篇散文和陈敬容佚文等推断出沙蕾并不忠实,且居兰期间陈敬容带着两个孩子,经济上极其困难。参见笔者《离兰事件与陈敬容佚文中的女性和城市书写》,《南方文学评论》2021年第2辑。

她感慨道:"从《画梦录》中那些绮丽而凄凉的梦境,到《还乡杂记》里沉闷的令人窒息的现实,再到《夜歌》里的摸索以至找到光明后的振奋与欣喜,这中间经过了多少曲折而漫长的路程呵。"①陈敬容对《夜歌》的充分肯定,实质上也是对自己创作的一个否定,是她认识上的一次飞跃。陈敬容在甘肃的生活并未销蚀她的勇气,反而更激发出对未来追求的执着希望。何其芳对她产生了极大影响,她曾说:"在我的心目中,其芳同志向来是一位值得敬重的良师益友,一位严峻而和蔼的兄长,生活上和创作上我都从那受到过启发,得到过指点。"她回想起和何其芳在重庆的见面时说:"七年啦,那是多么不寻常的七年!在燃烧的旧中国,他该经受多少锻炼和考验啊,他和决鸣向我描绘着解放区的生活……"②可以说,陈敬容在1940年代初受到的最大的影响是左翼的影响。

杭约赫在九叶诗人聚合前也与左翼联系紧密。1931年"九一八"事变后,为宣传抗日救亡,他与孔厥等人,在中共地下党领导下创办了文艺周刊《平话》。1937年抗战爆发后,他奔赴山西抗日前线,入山西临汾民族革命大学读书。1938年入延安陕北公学、鲁迅艺术学院学习。1939年调入爱国民主战士李公朴率领的抗战建国教学团,赴敌后晋察冀边区工作。1940年他调至重庆生活书店,在邹韬奋直接领导下的《全民抗战》周刊编辑部工作。杭约赫1940年代初期写过不少政治讽刺诗,这些诗歌可以说是左翼诗歌。他在诗集《最初的蜜》的后记里,对他早期的创作活动和所受影响作了详细的说明:"在敌人的炮声火光中,为动员民众、鼓舞士气,演剧、歌咏、在墙上画漫画、刷大标语、办墙报、写诗。什么枪杆诗、诗传单、朗诵诗、顺口溜、四行六行的短诗、数百行的长诗……只要工作需要,我都积极的写。在这段紧张的战斗生活里,几乎天天都写,就是在行军途中,还在寻诗觅句,这种旺盛的写作热情,对我以后的十多年——把写诗作为自己的第一愿望,有着决定性的影响。我从事新诗创作,就是从这个基础上起步的。"他指出在前辈诗人中,"接触最多、受益最深的是艾青和臧克家同志。"他在一九三八年山西临汾民族革命大学读书时曾受教于艾青,后在重庆时经常一起参加文艺界的活动,"他发表的大量的诗歌和评论,成了我最好的精神食粮。"杭约赫青年时代最喜欢读的诗集是臧克家的《烙印》

---

① 陈敬容:《陈敬容选集》,四川大学出版社2005年版,第189页。
② 陈敬容:《陈敬容选集》,四川大学出版社2005年版,第187页,第189页。

和《罪恶的黑手》,他承认:"在新诗创作上他给我的教诲和鼓励是很多的",臧克家还为杭约赫的第二本诗集《噩梦录》写了序。① 郑敏就指出杭约赫诗歌"主题严肃和时代性,则和当时的延安革命诗派有相通之处"②。

唐祈1938年随母迁到甘肃兰州后"很快就参加了抗战宣传活动——演话剧、朗诵诗。……我和犁荒不但在群众中朗诵艾青、田间、高兰的诗,我们也都为赵西主编的《现代评坛》和报纸副刊写抗战诗。"③在《在诗探索的道路上(寄给H. S. 诗简之一)》一文中他说道:"1937年,我在南昌读书,远离了我的故乡苏州,我正是个十六、七岁的高中学生。当时抗战的烽火燃遍全国,我基于热爱祖国和家乡的感情,从写个人抒情小诗,转而写起抗战诗歌,宣传抗战。"④不久他考入西北联大文学院历史系,期间,茅盾曾来做过报告,对抗战文艺"要求有战斗性和鼓动性"。在西北联大,老师杨晦"一贯以进步思想引导和影响学生",唐祈和诸多学生深受影响。"联大当时有几个诗社,由于外文系俄国文学扩散的影响,和法商学院学俄语同学的进步倾向,苏联和俄国现实主义文学很快在校园传播开来,还记得当时我们在一起读苏联文学的几个亲密的同学,如扬禾、姚汝江……我们宿舍的床铺上书桌上,从普希金、叶赛林直到A·托尔斯泰、肖洛霍夫的小说,同学们怀着一种进步倾向,贪婪地读这些新书。在我们后来的创作和翻译中都留下了深深的烙印。"⑤西北联大毕业后第二年,因从事进步的戏剧运动遭反动当局逮捕,在地下党的帮助下逃往重庆。在重庆,"由于参加了当时进步的戏剧活动和民主运动,我结识了诗人力扬、孟超同志,他们又介绍我认识了何其芳同志,他当时在中共代表团负责重庆的文艺、戏剧工作。"结识新的一批左翼诗人后,他又投身到反戡乱、揭露美蒋黑暗统治、争取民主的火热的运动中去了,深入到学校、煤矿和社会生活底层。这一时段的主要作品《探煤工人》、《老妓》、《圣者》等,都是揭露反动派的

---

① 曹辛之:《最初的蜜》,文化艺术出版社1985年版,第252页,263页,264页。
② 郑敏:《辛之与九叶集》,《艺术之子曹辛之》,中国出版工作者协会书籍装帧艺术委员会编,天津教育出版社1998年版,第288页。
③ 唐祈:《诗歌回忆片段》中说:"这一时当时为了宣传抗战,号召各兄弟民族大团结一致抗日,我应一个剧社约请导演阳翰笙的话剧《塞上风云》。"《飞天》1984年第8期。收入《唐祈诗选》,人民文学出版社1990年版,第187页。
④ 唐祈:《在诗探索的道路上(寄给H. S. 诗简之一)》,《诗探索》1982年第3期。
⑤ 唐祈:《诗的回忆与断想》,《外国文学评论》1989年第1期。

黑暗统治,同情劳动人民和拥护革命的。此外,左翼诗人艾青对唐祈影响最大。在左翼活动的历练和左翼诗人的影响下,唐祈"诗里现实主义的成分多一些,很红色革命。"①公刘也称唐祈"是这个流派中现实主义成分最多的一位。在政治思想上,他和杭约赫不分轩轾,都是旗帜鲜明地站在革命方面的。"②

唐湜在温中初中部读书时受到马骅(学校的学生领袖,后来是"地下党")的影响,参与组织了"野火读书会",读高尔基、法捷耶夫、鲁迅、茅盾的著作,救亡刊物《大众生活》《世界知识》《中流》《译文》等。他积极宣传团结抗战,加入了中国共产党,并任永嘉县政工队区队长。1937年秋天,他与小姨母陶谢言、表兄陈桂芳结伴去延安,后受阻回家。不久,再次约友人打算由西安转道去延安,途中被捕。两年后出狱,考取浙江大学外文系。唐湜也深受何其芳和艾青的影响,他在《诗人的自白》中写到:"对我影响最大的诗人是何其芳与艾青。《预言》(原先是《汉园集》中的《燕泥集》)与《大堰河——我的保姆》对我都有很大影响"③。他在40年代已敏锐地意识到"人民"在未来民族国家中的主体地位,指出"一切荣耀归于人民"④。这是左翼诗歌的典型论调。

《诗创造》群体在1947年前与穆旦、郑敏、杜运燮、杭约赫四人均不认识,虽然陈敬容在兰州时曾编发过穆旦、杜运燮的诗稿⑤,但尚未有资料证明他们有书信来往或其他交往活动。他们之间开始联系在1948年以后。1948年1月,唐湜写成《穆旦论》,发表在《中国新诗》8、9月出版的第3、4辑上,陈敬容在《真诚的声音》中论述穆旦、杜运燮和郑敏,而《诗创造》第12辑也发表了袁可嘉的《新诗戏剧化》一文。围绕着《中国新诗》他们聚合以后,由于《中国新诗》大量刊载英美现代主义的译介文章或诗歌,《诗创造》群体开始集中受到现代主义的影响。且陈敬容、唐湜等人本身还在影响下译介了里尔克、艾略特等人的诗作,发表在他们主编的刊物上,如唐湜翻译了艾略特的《四点钟起来的风》、《我最后看到时含泪的眼睛》、《四个四重奏》之一的《燃烧的诺顿》与里

---

① 郑敏:《人是需要知识良心的》,《最后的文化贵族:文化大家访谈录(第一辑)》,陈朝华编,南方日报出版社2007年版,第136页。
② 公刘:《九叶集的启示(续一)》,《花溪》1984年第7期,第56页。
③ 唐湜:《诗人的自白》,刘杰锋,叶凯编,黑龙江人民出版社1988年版,第225页。
④ 唐湜:《论〈中国新诗〉——给我们的友人与我们自己》,《华美晚报》(上海)1948年9月13日。引自王圣思编:《"九叶诗人"评论资料选》,华东师范大学出版社1996年版,第6页。
⑤ 王贺:《从兰州到上海——论陈敬容的行旅与都市书写》,《汉语言文学研究》2010年第4期。

尔克的诗。他们的译诗都发表于1948年,这绝不是偶然的。

这些聚合前后译介的诗歌对他们的创作产生了主要影响,陈敬容曾在《答〈中国比较文学〉提问》一文中自述道:"除了古代和现代中国诗人,在外国诗人中,我读得较多,译得也较多的是法国的波特莱尔(即波德莱尔)和奥国的里尔克,因而就很难说没有受到他们的影响了"①。唐祈的《时间与旗》、杭约赫的《复活的土地》等诗也都与《中国新诗》刊载的艾略特的译诗有关。范培松就指出唐祈"在参加了《中国新诗》的编辑并同被称为'九叶派'的诗人们频繁交往之后,他的诗风又有了进一步的发展。1948年,他又写出了《时间与旗》这样的长诗。"②对此,唐祈指出《中国新诗》阶段他"更多地学习和运用西方现代主义的表现方法,受到里尔克、艾略特较深的影响"③。杭约赫1948年创作《复活的土地》时,正在读着T·S·艾略特的长诗力作《荒原》。他受到的奥登的影响与《中国新诗》有关,"一九四八年在上海出版的《中国新诗》第二期上,刊登了他(卞之琳——笔者注)翻译的英国诗人奥登的《战时在中国作》,在当时国统区的诗坛反响很大,奥登的诗风引起了许多青年人的兴趣,我也是其中之一。"④他们几人更是常常聚在一起讨论诗艺,加深了对西方现代主义诗歌的体会与理解,唐祈就指出:"如果没有诗友们的互相切磋,相濡以沫,我在诗歌创作和理论上是难以寸进的"⑤。

当然,他们创作的转变也与他们与穆旦等人聚合前受到的现代主义的影响有关,如陈敬容1945年回到重庆后就开始利用业余时间翻译法国19世纪中叶到20世纪初期的现代主义诗歌,曾编成《法国现代诗选》一书。唐祈在大学时也曾接触到西方现代主义诗歌,他的老师盛澄华头两年开的是诗歌课,"法国诗从波特莱尔、玛拉美、魏尔仑、梵若希(今译瓦雷里)……一直讲到正在法国搞抵抗运动的阿拉贡、艾吕雅。时间的跨度大约从19世纪40年代到20世纪40年代,包括前期象征主义、象征主义、后期象征主义到超现实主义;英国诗则从浪漫主义复兴时期讲到19世纪末,也多用《藏金集》一类教材。另

---

① 陈敬容:《辛苦而又欢乐的旅程》,作家出版社2000年版。
② 范培松,金学智:《插图本苏州文学通史(第四册)》,江苏教育出版社2004年版,第1358页。
③ 唐祈:《诗歌回忆片段》,《飞天》1984年第8期。
④ 杭约赫:《〈最初的蜜〉后记》,《最初的蜜》,文化艺术出版社1985年版。
⑤ 唐祈:《后记》,《唐祈诗选》,人民文学出版社1990年版,第187页。

外还有叶意贤、霍芝亨教授讲莎士比亚……我也从几位俄国文学教授那里听讲普希金、布洛克、叶赛宁、马雅柯夫斯基的诗歌。""有意识地建立现代派诗"。① 唐湜在浙大读书时接触到了一些欧美的现代诗作与诗论,"老师们叫我们去读现代派有代表性的作家 V·吴尔芙的《波浪》,与大诗人 T·S·艾略特的《荒原》、《四个四重奏》一类作品;而我自己又读到卞之琳的《西窗集》与冯至、梁宗岱、戴望舒们的译诗,对《西窗集》中现代派大诗人 R·M·里尔克的散文诗《军旗手里尔克的爱与死》更感到惊羡。于是,我就由雪莱、济慈飞跃到了里尔克与艾略特们的世界,这在我的学习生涯中,应该说是一个大的一吃跃。"②但对他们影响最大的英美诗人艾略特、奥登和里尔克,他们更多是在上海聚集后并与穆旦等人取得联系之后才较多接触并受到影响的。他们最具现代主义诗风的诗作都作于 1948 年左右,也是明证。

二、时政批判、直线进步时间观、行动与集体的肯定

九叶诗人或参加左翼运动,或与左翼人士交往,或受到左翼文学的影响,他们 1940 年代中期以前的诗歌都表现出不少与左翼诗歌一致之处,最突出的就是他们在诗歌中对国民党的批判,如发表在中华全国文艺界抗敌协会成都分会会刊《笔阵》上的陈敬容的《后方小都市》(1939):

> 小都市瘫着手膀/像个衰弱的老人,/它叫不出宏大的声音,/偶尔来几声咳呛,/像一个肺病患者,/告诉人说它已病入膏肓。/难道血腥的风,/吹不醒疲弱的神经吗？/难道连天鼓角,/震不动麻木的耳膜吗？/——后方,满塞着愚蠢的梦;/梦着黄金,高官,和令名;/后方,不制造飞机、炸弹,/不制造巨大的抗战力量,/而忙着在五色梦中,赶制着腐烂和灭亡。/来,歌咏手,以高亢的声音,/在这沉沉的昏夜里/给他们唱"我们的祖国/在苦难中,在苦难中……"

1938 年,陈敬容逃难回到故乡成都,本应对故乡充满亲切,但此时的陈敬

---

① 唐祈:《诗的回忆与断想》,《外国文学评论》1989 年第 1 期。
② 唐湜:《我的诗艺探索》,《新文学史料》1994 年第 2 期。

容已不再是小镇儿女,4 年的北平求学,使得她不自觉的会将成都与北平相比,于是,"成都,我重临时那些街对我不是陌生的,但整个城市给我的印象如像颠簸在一乘破旧的洋车上;花香掩不住它的破败。"① 破败是这个城市再次映入陈敬容眼帘的最深刻的印象,就像上面这首诗中所描写的衰弱的老人一样,陈敬容对之充满了不满与批判之情,但批判的根由却是小都市的腐败与不抗战,人们互相追逐金钱与官位,沉浸在五色美梦中,最终的结果必将是"腐烂和灭亡"。这里陈敬容对城市的批判与左翼诗歌的论调是相通的。在左翼诗人看来,都市本身并无善恶之分,这也是不少左翼诗人礼赞城市的内在原因,如郭沫若、殷夫、艾青等。他们之所以批判城市,关键在于城市是否由革命之力所掌控,城市如果是罪恶的,那么必定是资产阶级所造成的。《逻辑病者的春天》一诗第五部分第一节写道:"儿童节,有几个幸运的儿童/在纪念会上装束辉煌,/行礼,背讲演辞,受奖,/而无数童工在工厂里,/被八小时,十小时以上的/苦工,摧毁着健康",就揭露批判了资本主义制度下,资本家榨取工人剩余劳动、剥削童工的社会现象,正是由于伪善的资产阶级,无数儿童被苦工摧毁着健康。唐祈也对都市进行了批判,他笔下的都市是病态的,"都市浮肿的跳跃,叫嚣……"(《老妓女》)由无数下层人物所组成,他们是被吞噬着生命的挖煤工人《挖煤工人》)、悲惨命运的乞丐(《小女乞丐》)、妓女(《老妓女》)、嘶喊的流产女犯(《女监狱犯》)、哭泣的男人、变疯狂的温驯的女人(《严肃的时辰》)等。他们生活的悲惨或源于"可卑的政权",或源于贪官污吏。如《挖煤工人》:

  呵,呜嘟嘟的挖煤机、锅炉,
  日夜不停地吞吃着
  钟点,火车吐口气昂头驰向天边,
  它们的歌都哭丧似的吓人,
  当妻子小孩们每次注视
  险恶的升降机把我们
  扔下,穿过比黑色河床更深的地层。

---

① 陈敬容:《街》,朱成蓉编:《陈敬容选集》,四川人民出版社 1983 年版,第 256 页。

这里;没人相信,没人相信。
地狱是在别处,或者很近。①

代表现代文明的挖煤机、锅炉摧残着挖煤工人的生命,每一次和它们的接触都意味着向地狱更进了一步,它们成了压迫工人的工具,这形象地注释了马克思的异化学说。但诗歌并未止于此,他将批判的矛头进一步指向了中饱私囊的"战争贩子",他们无情地对"来自穷苦僻壤的乡镇"的十万生命"剥削不停",直到他们的生命耗尽。对此,诗人愤怒地宣称"清算他们的日子该到了"。

他们对国民党的反动统治也进行了批判,唐祈的《雾》把国民党的反动思想统治物化为"雾"的形象,通过着重描绘"雾"的动态、情状,隐喻重庆的政治气氛、国民党意欲掩盖其内战阴谋的舆论宣传和无孔不入的思想统治。在国民党营造的白色恐怖氛围下,人们被蒙蔽,只有"扣着头脑叹口气",而统治者则"利用和平作白色烟幕","用人骨画着地图",辛辣地揭露了在雾气遮掩的"灰色的和平"表象下"一片战争的泥泞"的实质。《女监狱犯》则抨击了重庆国民党监狱对犯人生命的摧残。

他们肯定个人必须汇入集体,强调集体的强大力量。杭约赫呼吁众多的穷人"手握着手站起来",一起去创造幸福的生活:"我们去寻求温暖,/我们去建造住房,/我们去争取荣誉……"(《世界上有多少人在呼唤我的名字》)。他认为在"凶雕在天空飞,/毒蛇在爬行,/猫头鹰在歌唱……""闷热的天气"的世界里,只有"我们靠拢点,/相互以自己的涎沫",才能潮润彼此"快要枯瘠的生命"(《落潮以后》)。陈敬容反问"我们怎么能够/时时只记着自己,/只关心自己?"(《小儿女的哀怨流去吧》)显然,她认为我们不能只记着自己,而应时刻与他人合作,为他人着想。"从一个点引申出无数条线,/一个点,一个小小的圆点,/它通向无数更大的圆。"(《出发》)以点、线、圆隐喻人群的队伍越来越壮大,在渐渐壮大的队伍面前,她呼吁"让我们出发",去揭露"狡猾的谎言",从而迎来"抛弃了黑夜的早晨"。在她看来,只有集体的力量才能揭露谎言。唐湜在诗中时时宣称"我们",认为只有"人们已经醒来,/人们已经起来","新

---

① 唐祈:《唐祈诗选》,人民文学出版社1990年版,第27页。

人类的早晨"才会真正地由地层里升起(《手》)。

时间观念上他们对未来充满期待。陈敬容相信春天的种子埋藏的是"一个最热的希望"(《春和期待》),她对时间的流逝不再感伤,反而唱起了赞歌,认为正是由于无数个日夜的远去、花的萎谢,诗人才弹起了她的弦琴,"假若花不会谢/假若烛不会灭……/我想,我也弹不起我的弦琴"(《形体的成长》)。她经常将昨天和未来并置,表现出对过去的抛弃和对未来的期盼,"昨日的葬曲/远去,/年轻的朝阳/在沉沉的黑海上升起。"(《献属》)明天、黎明、清晨、朝阳成为她诗歌的高频词语,如"一双双眼睛/望着明天"(《群像》),"渡啊,渡啊/向黎明的彼岸"(《渡河者》),"我想攀上它,飞,飞/直到我力竭而跌落在/黑夜的边上/那儿就有黎明/有红艳艳的朝阳"(《黄昏,我在你的边上》),"在痛苦的挣扎里守候/一个共同的黎明"(《力的前奏》)。唐湜在《陈敬容的〈星雨集〉》中说:"黎明的象征,我们是读得太多了。"她"使自己能背负着希望与梦想,在滚动的时空间迈步。"①陈敬容认为未来一定是比现在美好的,"在你们的时代,/世界将比现在千百倍繁荣,/那里没有剥削、没有欺侮,没有压榨,/没有摧毁一切的战争。/每人尽自己的力量工作,/每一粒稻麦,每一寸土地,/都属于恰配享用的人们"(《为新人类而歌》)。陈敬容勾勒了一幅未来的美好画图,没有剥削,一切都是平等分配的,除了不配分享的人外。这隐含着左翼人士的观点,并不是所有的人都能享受平均分配的利益,只有无产阶级的人民才能享受,而那些地主是没有权利享受的。杭约赫和唐祈也都憧憬未来,持进步的历史观,认为"明年""我们将有着晴朗的青天,/我们将获得丰衣足食,我们将能够用最嘹亮的歌声/来迎接第一个属于自己的新年;/也许明年/我们所爱的人/都会生活得很幸福,/我们的孩子/也都能找到他的金苹果……"(杭约赫《岁暮的祝福》)。唐祈1940年极为关注战争之后的中国现实与命运,他满含焦虑,许多诗歌以时间为名,如《最末的时辰》、《严肃的时辰》等,但并未泯灭希望。他40年代的诗作大多表现出迫切希望那决定性时刻的到来,坚信未来必是在烈火中诞生的新世界。只要那"另一个队伍/踏着六尺的阔步开到"(《最末的时辰》),充斥于街市的各种罪恶将烟消云散,胜利就会到来。唐湜的《我的

---

① 唐湜:《〈星雨集〉》,《文艺复兴》(上海)第4卷第1期(1947年6月),第96页。收入《新意度集》改名为《陈敬容的〈星雨集〉》。《严肃的星辰们》,《诗创造》(上海)第11辑(1948年5月),第21页。

歌》和《手》等也表现了未来的美好与期盼,认为未来是"完整的",因此他将"什么都歌向一个完整的未来"(《歌向未来》)。

　　他们对行动的意义进行了肯定。陈敬容肯定了劳动对时间的超越意义,"但也有温暖的语言/友爱的手/轻轻抚平时间的皱折/热情和理智/在劳动中永不衰老//渡河者渡过了苦难/用创造消灭死亡"(《渡河者》)。她认为活一天就要战斗一天,以自己的行动改变这个世界。杭约赫在行动中找寻"自己的世界外的世界",通过自己的世界外的世界,"去磨练自己"(《启示》),从而实现自我蜕变。唐湜认为"行动才是坚实的生命,/美丽的思想等于生活的无力",因此他"不愿学孱弱的尼采,大声叫嚣/要征服别人,却征服不了自己!"(《遗忘》)他在多篇诗作中都表现了勇于征服自己的行动力量,在《剑》中,他想在行动中创造一个崭新的自己,像穆罕默德一样,"有年轻的兽那样的奔突直前"的力量。在《诗》中,他祈求一片雷火,"烧焦这一个我,又烧焦那一个我","在自己之外又欢迎另一个自己"。在《庄严的火焰》中,他想象古代的铸剑者一样,"在长夜茫茫中忽奋身一跃,/把自己的身肢献给庄严的火焰,/叫蓝焰里闪出了剑的光烨!"在《有赠》中,他渴望高举两臂,"猛一掷,将生命化作片烈焰飞腾"。这种在行动中创造自己、征服自己的行为,在唐湜看来是最值得珍视的,行动才是坚实的生命。因此他称"推开了沉思与行动的门"的人为"庄严的人",他将带来"一片青春的火焰"(《庄严的人》)。他批判"拿尼采的超人作精神的冠冕"的沉睡者,讽刺他为"行动的矮子",他将不会被"残酷的斗争"所"饶恕"(《沉睡者》)。

三、城市人的异化、自我的追寻与悖论、反讽

　　陈敬容四人1940年代后期受到现代主义文学的影响,不过他们原有的左翼意识并未退却,他们并未抛弃以往的政治信念,于是,他们40年代后期的诗歌就表现出了左翼与现代主义杂糅的诗风。

　　现代主义诗人描绘城市多从审美的角度展现其善与恶,并表现都市人的心理状态。他们认为现代人是孤独寂寞的,是无法被理解的。陈敬容等人的诗中就表现了这种现代体验。陈敬容的《船舶和我们》描绘了一个热闹的港口,但人们在港口的大街上却互相"漠然走过","紧抱着各己的命运",表现出都市中人与人隔绝的孤独、自私情绪。公刘就读出了诗中所蕴含的这种现代

体验,"我不知道,诗人是否接触过存在主义的著述,然而,从这首诗里流露出来的,却是典型的萨特式的思维活动的结论:人,是无法被理解的。"①不过,在里尔克的影响下,陈敬容这时面对孤独已没有早期的感伤,而是勇于承担这份孤独,"我在这城市中行走/背负着我的孤独"(《我在这城市中行走》),她怀着对未来的信心,行走于上海。这时的孤独寂寞不再是源于交流者的匮乏,不再是安然的珍视,而是源于人群的彼此漠视,是闹市的寂寞。"荒塞的凄凉和闹市的寂寞/同样沉重,而你就喘息地缩小"(陈敬容《寄雾城友人》),繁荣热闹的商业社会使人与人的心灵距离渐行渐远,在人潮拥挤的都市中,人们发现了自己的渺小,就像"渺小的沙丁鱼",互相变得自私、冷漠,因为"不挤容不下你",于是,人与人、人与物之间的关心、悲欢离合都"被挤放逐,/成为了空白"(《逻辑病者的春天》)。正如孙玉石先生所说:"现代都市生活中人与人之间关系的冷漠,都市发展造成的物质发达而精神匮乏引起一部分专注于精神世界的敏感的知识分子内心的孤独与寂寞"②。为了排遣抵抗孤独,他们又往往选择行走于闹市,在人类被技术牵引支配的年代,行走仿佛成为指代安全感的隐遁行为,成为寻找自我身份和存在意义的一种途径。"漫步即无固定的场所。这是既不到现场,又不断追求完美的、追求自我的一个不定的过程。"③正如杜运燮在《流浪者》中所说的"赋予我们以生命/只是为了去寻找",而寻找的"不是别人的孤独,/是自己的寂寞"。陈敬容在行走漫步中寻找到的更多是陌生,她"常常停步于/偶然行过的一片风""迷失于/偶然飘来的一声钟","在熟悉的事物面前/猛地感到的陌生/将宇宙和我们/断然地划分"(《划分》)。陈敬容等人以个人的感觉与体验表现在现代都市生活中的孤独迷惘与无意义,从超脱烦嚣现实的人性和生命立场展开都市批判,这显然已偏离了从阶级和社会矛盾的角度批判都市的左翼诗歌。

但陈敬容在1940年代后期依然著文强调要不断斗争,"不合理的社会制度尚存在着的当儿,真正快乐的生活是不可能实现……而那少数剥削者的幸福,都是建立在广大人民痛苦的生活上,这种由别人痛苦生活扶养起来的所谓

---

① 公刘:《〈九叶集〉的启示》,《花溪》1984年第6期。
② 孙玉石:《中国现代主义诗潮史论》,北京大学出版社1999年版,第141页。
③ 米歇尔·德·西尔多:《空间的实践》,马歇尔·布隆斯基(Marshall Blonsky)编:《论符号》,美国约翰·哈普金斯大学出版社1985年版,第124页。

幸福生活,并不是我所理想的……这种只是为个人享福的理想,已经离去我的脑子很远很远,因为它早被现实粉碎个干干净净。……活着一天,应该战斗一天,把不合理的现实帮忙改变过来,在不合理的现实生活中,找出一条河里的生活道路来,生活根本就是战斗的历程,要有不断的战斗,才不会失掉生活的意义。"①并将斗争延续到了自己身上,"人生是一场无终无尽的搏斗,和社会,和人群,和可见与不可见的敌人,和爱与恨——而尤其是:和自己。"②自我搏斗、和自己斗争这又是现代主义诗歌的基调之一。可见,陈敬容 1940 年代末不仅秉持和自己搏斗,还坚持和不合理的社会制度、现实搏斗,这双重观念作用于诗歌,就使诗歌呈现出驳杂的性质。如《陌生的我》:

我时常看见自己/是另一个陌生的存在/独自想着陌生的思想/当我在街头兀立/一片风猛然袭来/我看着一个陌生的我/面对着陌生的世界

许多熟习的事物/我穿的衣裳/我住的房屋/我爱读的书籍/我爱听的音乐/它们都不是真正属于我/就连我的五官四肢/我说话的声音/我走路的姿势/也不过是一般之中的/一个偶然

在空间里和时间里/我随时占有又随时失去/我如何能夸说/给出什么我的所有/虽然人类舞台上/永在扮演取予的悲剧

我没有我自己/当我写着短短的诗/或是长长的信/我想试把睡梦里/一片太阳的暖意/织进别人的思想里去。③

早在 1947 年 1 月份,陈敬容就在《给我的敌人——我自己》一诗中表达了和自己搏斗的思想,称自己是敌人,这个严厉的敌人嘲笑、鞭打她,使她不再"感伤"、时时回头"留连光景",可谓对自己的过去进行了反思与否定。这意味着她的自我意识开始觉醒,开始了对自我存在的追问,《陌生的我》就是思索人的存在的诗篇。诗歌延续了《给我的敌人》中的自我的分离,她时常发现另一个陌生的自我,这个陌生的自我有着陌生的思想、衣裳、房屋、书籍、音乐,从

---

① 陈敬容:《不要感到自己活着是多余的》,《新妇女月刊》(北平)1947 年第 14 期,第 13—14 页。
② 陈敬容:《读书杂记》,《读书与出版》(上海)1947 年复 2 卷第 1 期,第 51 页。
③ 陈敬容:《陌生的我》,《交响集》,星群出版社 1948 年版,第 95 页。这首诗歌中"虽然人类舞台上/永在扮演取予的悲剧"在《九叶派诗选》(蓝棣之编选,人民文学出版社 1992 年版)不知何故被删去。

物质到精神,两个自我都是迥异的,但这陌生感源于她与世界的对立,源于她在大城市的体验。《大都市和精神生活》中说:"大都市型个性的心理学基础是由神经刺激的强化而形成的,这种强化是外部刺激和内部刺激不停顿的流动和变化的结果。……作为差异创造物的人在大城市中的意识比在农村中要复杂得多。"①陈敬容 1946 年前多居住在富于乡村气息的城市,如北平、兰州、成都、重庆等,它们都不能与商业化的大都市上海相比,这种外部的强烈刺激混同着陈敬容初到上海居无定所的内心刺激,她很快就体验到了城市的寂寞,体验到了人与人、人与物分离的孤独感。她感叹"在空间里和时间里/我随时占有又随时失去",这令人想起冯至的诗句:"我们走过无数的山水,/随时占有,随时又放弃,//仿佛鸟飞翔在空中,/它随时都管领太空,/随时都感到一无所有。//什么是我们的实在?/我们从远方把什么带来?/从面前又把什么带走?"(《看这一队队的驮马》)两个受里尔克影响的诗人都对人的存在进行了反思。但不同的是,冯至最后进行了形而上的追问,表现出对无欲无求的生命的本真状态的追求和承担。陈敬容则落回到现实之中,将陌生的原因归结到无我的奉献,她写诗写信都是为了给别人以温暖和希望。这正是陈敬容自我搏斗之外所强调的自我与社会搏斗的结果。以往的研究者分析这首诗歌时往往只注意到诗歌中城市对人的异化的描绘,而忽视了最后一节,这无疑遮蔽了这首诗所蕴含的左翼底色。

既有左翼色彩又具现代主义特征的现象在陈敬容 40 年代末的诗中极为普遍,如《逻辑病者的春天》、《我在这城市中行走》等等。在杭约赫的《复活的土地》、唐祈的《时间与旗》和唐湜的《〈交错集〉序诗》等诗中也同样存在。

杭约赫的《复活的土地》是"笼盖一代之作,是当时诗作中的冠冕,更是我们九叶中最突出的重大政治主题的史诗,是当时最大的突破。"②唐湜突出强调了它的政治倾向。的确,在这首诗中,杭约赫肯定行动的力量和意义,他不愿再做"世界的看客",将思想化为实际的行动,"让我们冲出这间窒息的/关锁着噩梦和虚妄的屋子,/把文字上的骗术留在/门窗里,我们到/街上去,到街上去……"。肯定集体的作用和力量,认为只有不同的人聚合在一起,"不同的颜

---

① 康少邦编译:《城市社会学》,浙江人民出版社 1986 年版,第 161 页。
② 唐湜:《九叶诗人:"中国新诗"的中兴》,上海教育出版社 2003 年版,第 77 页。

色,不同的声音,拖过/残酷的时间和空间,在一个/熔炉里汇合。人类开始觉醒……"才能"扑灭这历史上最大的/一次,也应该是最末的一次/火灾"。他将人的异化归结为不平的制度,"自从人类的劳动被掌握于不平的/制度,从巨大的机器到精小的玩具/他们的主人已经失去了自己的身份,奉献全部的时间,用/含泪的微笑,无望的哀告来扮演/可怜的猴子。"杭约赫侧重从阶级的分野中来反映人的异化,富人在花天酒地中醉生梦死,而穷人却在死亡线上痛苦挣扎。批判国民党统治下的报纸每日"臃肿着谎言",他们表面尊奉我们为主人,实际却言行不一,"我们长久被我们的公仆/当作了一群死去的主人"。他们以假民主哄骗人们,人们实则从未享受过主人的待遇。在时间上,对未来充满乐观期待,认为"不敢放纵信心"的昨天应该"卸弃",在历史的激流里,今天能"向我们证明""新世界就要在人民的觉醒里到来",也即"绿洲"正伸出臂膀招呼拥抱我们。

《复活的土地》也表现了现代主义的特征。在《火烧的城》中杭约赫就表现了现代繁华都市中的寂寞,"城市太寂寞,/寂寞得使外乡人不愿等待下去"。在《复活的土地》中他不仅表现了闹市中"人与人之间稀薄的友情",表现了在都市文明下人被异化为动物的可悲,"我们是/蚂蚁,也是鱼,我们是沐浴在/音乐的洄流里的鱼。"这异化并不源于上面提到的制度,而是都市的"音乐":马达、铜笛、各种车划过、飞过、咆哮着的怪声,"充塞在我们所有的空间里,开足/马力,以最强音来竞赛,/诱惑或者掠夺"。他更表现了在都市中对自我的悲剧性寻找,在饕餮的上海,无论豪客、将军、政治家、土财主,还是走险者、观光者,他们最终寻找到的只能是自己的失落,就像是"一根针,投进海里便再找不着自己"。

唐祈的《时间与旗》将批判的矛头指向政治:"资本社会的光阴,撒下来,/撒下一把针尖投向人们的海,/生活以外谁支配每一座/屋与屋,窗口与窗口/卑鄙的政权"。诗人展现了不同阶层人物生活的巨大差距,贫穷悲惨的人或生活在"工厂的层层铁丝网后面",或"在提篮桥监狱阴暗的铁窗边",或在"覆盖着霜雪的贫民窟",或成群地在"资本家和机器占有的地方"做苦力,他们推着载重车,像一群"纷沓过街的黑羚羊",而资产阶级则生活于有着"墨晶玉似的大理石,磨光的岩石的建筑物"的上海高港,他们在"月亮和霓虹灯混合着的虚华下面",过着荒淫休闲的生活。两相对比鲜明地揭露了国民政府倒行逆施的政治所造成的社会现实,揭露了他们剥削中国下层人民的残酷本质。唐祈对此不仅进行了痛斥,还预言"弹指间就要向他们采取报复"。唐祈强调行动的力量,坚信斗争必能带来一个新的世界,"我们经过它/将欢笑,从未欢笑的张开嘴唇了/那是风,几千年的残酷,暴戾,专制/裂开于一次决定的时间中,/全部土地将改变,流血的闪出最强火焰/辉耀着光荣的生和死。""它"指的是战争的风,唐祈在诗中多次表现了这一观点。他在马克思主义历史决定论的影响下①,认为时间是呈直线进步状态的,未来一定是美好的,那时"人们日渐看见新的/土地;花朵的美丽,鸟的欢叫……"。《时间与旗》也受到现代主义的影响,在"结构的运思,意象的选用,以及沿中心而四散呈波浪形的节奏方面",它都受到艾略特特别是他的《四个四重奏》的影响②。在《时间与旗》中,唐祈同陈敬容、杭约赫一样都表达了在漫步中对自我存在意义的寻找:"许多次失败,走过清晨的市街,/人群中才发现自己的存在"。

唐湜的《交错集》序诗明显受艾略特的影响,"黄昏打天宇上播撒下来,/就像手术台上的病人样苍白"显然来自艾略特的《J.阿尔弗莱德·普鲁弗洛克的情歌》中的诗句:"让我们走吧,你和我,/此时黄昏正朝天铺开/像手术台上一个麻醉过去的病人……"。序诗中频繁出现"荒原"意象,如"荒凉而又热闹的城市"、"荒芜了千年的城市"、"电线交错如森林的荒原"、"残破的城垣"、"荒原的中心"等。在这个"荒原",现代文明摧毁了人性、人们的身心均已凋残:"电光的摧残消灭了人影,/机械的手捏熄了人性的灯……智慧的野蛮扑灭了自然的光灿,/人类乃有了肢体、心灵的凋残"。荒原中处处充满着病菌霉烂的气息,"满是霉菌在飞扬",象征着现代世界的荒谬性。游友基称这首诗"可视为艾略特《荒原》的中国压缩版、变形版"③。唐湜自己也曾说《交错集》前后的序诗与尾歌"是比较现代化的","我企望把现实的主题,现代方式的构思在这两首诗里与中国传统的诗风融合起来。"④在艺术形式上,诗中采用抽象与具象词语结合、悖论与反讽等多种手法,如"常识的迷雾到哪儿都惹花拈草,/贫弱的空虚俨然是雄辩的批评家,/要抹去一切颜色的萌芽,/要扼杀一切季节

---

① 李章斌:《"九叶"诗人的诗学策略与历史关联》,南京大学出版社2019年版,第183—186页。
② 袁可嘉:《诗的新方向》,《新路周刊》(北平)1948年第1卷第17期,第24页。
③ 游友基:《略论唐湜40年代的抒情诗》,《温州师范学院学报》1998年第2期。
④ 唐湜:《我的诗艺探索》,《新文学史料》1994年第2期。

的变化！"常识是抽象词语,而迷雾则是具象词语,它们搭配在一起产生一种陌生化的效果。惹花拈草本是描绘人的行为的词语,这里用在迷雾上,形成一种幽默的反讽。贫弱的空虚与雄辩是含义相反的两个词语,这里却共同形容批评家,实则嘲讽了批评家雄辩表面下掩盖的空虚本质。

与艾略特《荒原》不同的是,唐湜没有没落感、颓丧感,没有诅咒荒原的衰亡,没有止于现世的批判。他在诗中强调了一贯坚持的行动的力量,他质问"问什么人就不能去弯弓射月？"他渴望付诸行动,"去寻找人类的诗,崭新的生命",在大千世界一片沉睡的暗夜,他却"合不上自己的眼睫",他想要发扬"北京人"的巨大精神,想要"扔出一阵风雷,/劈开这一片阴霾,一片深渊,/叫时间在我的手下哆嗦个欢！"他相信自己的抉择,要和众人一起"走自己的路,/高举起光辉的旗",从而努力改变现状。诗中行动的意志和力量呼之欲出。唐湜不仅批判了缺乏行动力的"扔开了剑与弓箭"的蛮人们、"供养蛆虫"的茫然沉睡的女人,他更批判了散播迷雾的空头批评家。

四、小结

《诗创造》核心四人先受到左翼影响,后又接受西方现代主义诗人艾略特、奥登、里尔克的影响,1940年代末创作的诗中交织着不同的诗学策略。他们诗中的"现代性"其实包含了左翼文学思潮的某些特质,其中涉及当时(1940年代)与"大众化诗学"的论争、美学风格以及现实主义与现代主义之间关系的思考等方面。

正是陈敬容、唐祈等人诗歌的左翼底色,使得他们1940年代后期诗歌中的现代主义迥异于西方现代主义。他们对都市的恶的展露与批判,并未"引人质疑现代都市植基于'进步'、'繁荣'、'团结'等启蒙神话,暴露出都市自身的荒谬素质。"①相反,他们在批判的同时更在期待一个"进步"、"繁荣"、"团结"的都市。

同时,他们所接受的左翼的影响和意识一定程度上制约了他们的诗歌创作对现代主义的探索。杭约赫、唐祈的诗歌因左翼意识使诗歌带有明显的乌

---

① 张松建:《"恶之华"的转生与变异——汪铭竹、陈敬容、王道干对波德莱尔诗的接受与转化》,《中国现代文学研究丛刊》2006年第3期。

托邦性质,艺术大打折扣。"当一种未经审视的意识形态和乌托邦假想在《复活的土地》第三章占据了主导地位时,诗歌的艺术和道德认识水准就显著地下降了,充斥于诗中的是宣传机器所惯用的那一套隐喻/换喻符号:土地、锄头、血液、血浆、血地、暴风雨、剑、武器……这些符号含义明确、用法固定,它们除了像巫术一样遏制作者的表现力和读者的感受力之外,没有给艺术表现带来多少实际效果。"①正是左翼意识的影响,陈敬容在对人的存在的探索中未能像冯至一样深入下去。在《珠和觅珠人》中,诗人继续为存在寻找一个幸福的出口,"'它有一个等待/它知道最高的幸福是/给予,不是苦苦的沉埋",《陌生的我》也结束于给予、奉献,将形而上的存在之思拉回到了现实之中,这些都消解了诗人可能引发的对存在晦暗沉重、无力而又无奈的深思。

第三节 袁水拍:时政批判与人的异化、轻松的风格

袁水拍(1916—1982),原名袁光楣,江苏吴县人,笔名有马凡陀、水拍、酒泉、魏沫、水云、应天长、仰高、兰君、李念群、珍妮、王念锄、路漫、望诸、白迭、劳泥、牛克马、梁汝怀、相因、泉伯等②。他1935年肄业于上海沪江大学,曾在上海、香港、重庆等地的银行工作。1937年在香港参加文艺界抗敌协会,任候补理事、会刊编辑。抗战爆发后开始写诗,并陆续结集出版。1946年春,他由银行调回上海,担任《新民晚报》副刊"夜光杯"编辑。1948年转移到香港,进《华商报》工作。1949年上海解放,他随军进入上海。同年9月定居北京,任中央党报《人民日报》文艺部主任。1960年代位居中共中央宣传部文艺处长。主要作品有诗集《人民》《冬天,冬天》《向日葵》《沸腾的岁月》《马凡陀的山歌》《马凡陀山歌续集》《解放山歌》《诗四十首》《歌颂与诅咒》《煤烟和鸣》《春莺颂》《政治讽刺诗》等,通讯文集《华沙·北京·维也纳》,论文集《文艺札记》,译文集有《诗论集》、《土耳其诗选》、《哈罗尔德旅行及其他》、《现代美国诗选》、《聂鲁达诗文集》(合译)、《巴黎的陷落》(合译)等。

---

① 李章斌:《"九叶"诗人的诗学策略与历史关联(1937—1949)》,南京大学出版社2019年版,第170页。

② 丽梅:《袁水拍笔名笺注》,《新文学史料》2004年第2期。

一、辛辣的时政批判

袁水拍是一个公认的左翼诗人,于 1938 年开始诗歌创作,从此一发不可收拾。他初踏上诗坛时,经常参加进步的文化活动,参加了《新哲学大纲》、《法兰西内战》和《资本论》的学习小组,后来还举办了青年读书班。1942 年,在桂林加入中国共产党。现实环境也是他倾向左翼的重要原因,徐迟就认为"在殖民地的香港,抗日战争的不利以及社会现实生活的黑暗使他很快有了明确的倾向性。""曾居住过那种'后街'的人民的沉沦,迫使他唱出了慷慨的悲歌。"①他强调诗歌要为人民服务,"文学艺术属于人民,为人民服务",诗歌评判离不开的两个标准就是"写给人民大众看或听"和"为了人民大众而写",因此,他要求诗歌在意义上要"能够明白易懂"②。

袁水拍 1940 年代主要居于城市,香港、重庆、上海是他生活过的主要城市,它们或属于殖民地,或属于国统区,因此袁水拍诗歌的批判矛头就经常指向国民党的反动统治。在他的抒情诗和山歌中,他将"市民所感到的一切不合理的事象"都作为他诗歌的材料,"加以嘲笑、拨弄,极尽辛辣讽刺之能事。从马路的泥渍到电车的拥挤,从外汇开放到物价飞涨,从吉普车撞人到取缔黄包车,从金条到房子,从副官到张百万,……一切一切,凡是市民生活中所遇到的事物,差不多都逃不出他的笔尖。……他所挖苦、嘲笑的事物,无一不是这个臭名远播的'恶政府'的'政绩',他的讽刺的箭,是每一根都射中了黑暗势力的鼻梁"③。袁水拍对国民党的批判主要是从政治等角度予以批判的,《责问》批判重庆的贪官污吏,他们脑肥脸红,"一天喝三千元广柑汁",却使"布匹霉烂了三万万元"。《钉子》批判国民党特务对人们无所不在的监视,人们丝毫没有自由。《死亡的制造者》批判国民党将领滥杀抽去的壮丁,无视民主,诅咒他带着洪愿"到坟墓里去喂蛆虫"。《幕开幕落》批判国民党内部互暴彼此贪污劣迹的互相倾轧行为。《一个秘密》批判国民党伪造民意会议社团的行为。《发票贴在印花上》批判国民党当局抗战胜利初期忙于复员、接收、修建房

---

① 徐迟:《〈袁水拍诗歌选〉序言》,《袁水拍诗歌选》,人民文学出版社 1985 年版。
② 袁水拍:《诗人节的一点感想》,《华商报》(香港)1949 年 6 月 1 日。《为人民与人民所爱的诗》,上海《文坛》1946 年第 2 期,第 44 页。
③ 默涵:《关于马凡陀的山歌》,《文萃》(上海)第 2 卷第 19 期(1947 年 2 月 13 日),第 24—25 页。

子的混乱现实。《三万万美金的神话》批判一些政客笑里藏刀,虚伪宣传"政治解决",实际上却劳民伤财、策划进攻解放区。《主人要辞职》辛辣地讽刺了国民党政府官僚声称自己是"人民公仆",实则无端欺压大众,"把我出气,遍体鳞伤",揭露他们借民主装腔作势任意宰割大众、施行独裁统治的本质。《一只猫》以"水龙刀"和"枪连炮"形象地暴露了国民党所谓的"还政于民",不过是比军阀更残酷地镇压人民。最后以一只向主人乞讨的猫嘲讽了国民党取悦于帝国主义的丑态,与其屠杀人民的"毒辣狠"形成鲜明对照,惟妙惟肖地讽刺了国民党内外政策的反动本质。"这首诗指蒋贼一面高唱'还政于民',一面公开以武力镇压学生运动。末一行指匪帮不断地向美帝乞怜,伸手要钱",①这已是研究者的共识。《警察巡查到府上》《朱警察查户口》《铁丝网围在四周》《人咬狗》《报载妓女应穿制服》等诗,抨击了国民党政权实施的法西斯警察制度。其中,《人咬狗》一诗嘲讽了"特务在人民的集会上打人,警察反把被打的人送往法庭"的黑暗现实。《男女分校》《报载妓女应穿制服》等,则嘲讽了统治当局的荒唐举动。《大人物狂想曲》《海内奇谈》《这个世界颠了倒》等,批判国民党官吏的种种丑恶嘴脸。《'民国'三十五年的回顾和民国三十六年的展望》《垃圾堆上的花园》等,勾勒反动统治官僚既昏庸无能又口是心非。《户口大检查》批判国民党动辄以户口检查的名义大搜查。《祖国的忧郁》批判殖民地官僚的财大气粗、房东的欺诈,资本家的驱赶工人,在他们的联合压榨下,穷人或跳舞当向导或吃药跳海或饿死街头。《寄给顿河上的向日葵》、《铃鼓》批判了法西斯的侵略,他们牵去农民的牛和羊,开来坦克车对付起来反抗的农民们,他们要的是高利贷、农民的穷困和死亡。

  1940年代国统区通货膨胀现象极为严重、给广大城市市民带来了巨大的灾难,为此,袁水拍创作了《抓住这匹野马》《活不起》《上海物价大暴动》《上海(一九四〇)》《长方形之崇拜》《关于米》《关金票》《大钞在否认发行声中出世》《如今什么都值钱》《纸头老虎——法币》《王小二历险记》《公务员呈请涨价》等诸多诗篇,对国民党的经济政策进行批评讽刺。《上海(一九四〇)》描绘商人屯米、警察满大街,人们生活穷困,要么乞讨,要么自杀。《抓住这匹野马》将飞涨的物价比作野马,揭露它对工人、职员、学生、教师等多个行业人民

---

① 张业松编:《艾青袁水拍卷》,上海文艺出版社2010年版,第321页。

生活的影响。袁水拍从经济方面对城市的丑恶进行了多方面的批评,但他并未止于表面的批评,而是对造成这种经济状况背后的政治力量进行了揭露和讥讽,"把广泛存在于市民之中的因物价飞涨、贪官横行所激起的愤懑不平,提到反对国民党政权的政治斗争高度。"①他多次在诗中指出物价飞涨与国民党祸国殃民的财政经济政策有关,与国民党的政治利益有关。《关于米》批评重庆物价飞涨,根源在于囤积商无顾人民生计,国民党政府政治上未能疏浚得宜,将责任推卸给民众,认为"米涨价,是民众心理作用在作怪"。《咏国民党纸币》指出正是由于国民党滥发金圆券,才导致通货急剧膨胀。《大钞在否认发行声中出世》宣告国民党的货币政策乃是"法币,法币,作法自毙"。《万税》更是将矛头指向国民党政府,他指出"样样东西都有税",嘲讽国民党政府巧立名目,用苛捐杂税盘剥人民,而达官贵人就可躲避这些无所不在的税。他还从阶级对立的政治角度描绘城市人民的生活,揭示出二者之间难以跨越的鸿沟。"丰富,贫困,/豪宴,饥饿。/暖洋洋的房间里吃冰淇淋,/大饭店的门口车夫啃大饼。//有的变成了仙人,/有的变成了仙人似的恶霸。/有的变成了蚂蚁。/不过,这种蚂蚁的头脑还得检查检查。"(《上海的感觉》)诗中处处构成矛盾对比的现象,将上海贫富悬殊的两个阶级人物的生活准确地勾勒了出来。面对年夜饭,这两个阶层的人各有滋味,富人"火锅年糕大肉团""篷擦篷擦滑地板",穷人"西风马路芦席片",失业、没得吃,睡不着。(《今年这顿年夜饭》)在寒冷的季节,天气对穷人来说,就像"一副刑具",对富人来说,则不过是展示他们皮大楼狐毛的时候,他们夜里有"天鹅绒被的弹簧床",穷人则在门外用"麻布片盖着饥饿和解雇"(《天气》)。《香港的渡轮》将焦点对准往返于港岛与九龙的轮渡,形象地勾勒出了富人与穷人的不同神态、表情、形象,从而揭示出两种阶层人物截然不同的生活和命运。艾青曾说:"袁水拍是今天最富有西欧明澈的、理智的诗人,他常常以强烈的憎与爱的讽谕,解释并批判着世界。"②周良沛也指出"袁水拍早期的抒情诗,有种清醒的、科学的阶级意识……后来的

---

① 陈安湖,黄曼君:《中国现代文学史》,华中师范大学出版社1988年版,第388页。
② 艾青:《论抗战以来的中国新诗》,《文艺阵地》(重庆)第6卷第4期(1942年4月10日),第14页。

《山歌》，作者显然抱着阶级的责任感、使命感，投入诗，也投入社会了。"①袁水拍对都市的批判着眼于阶级的对立，无论是他的抒情诗，还是山歌，他都从阶级意识出发进行批判。

袁水拍的诗歌具有强烈的鼓动作用，善于"把小市民模糊不清的不平不满，心中的愿望和烦恼，提高到政治觉悟的相当的高度，教他们嘲笑贪官污吏，教他们认识自己可怜的地位，引导他们去反对反动独裁政治"。② 他的许多诗歌都"从城市市民现实生活的表现中激发了读者的不满、反抗与追求新的前途的情绪"③。这正是左翼诗歌着意强调的。在表现人民苦难的同时，号召人们起来与反动派抗争，以改变现实状况。在《抬起头来吧》中，袁水拍号召"挽起兄弟们的手／一起走！"诗中流露出对光明未来的向往，"挽起兄弟们的手／一起走！／远方那一条明亮的地平线，／画笔点染的淡绿的地方，／一颗颗露珠映出／七色的无穷空间。"（《抬起头来吧》）在灰暗的现实中，他"想的依旧是明天，计划的依旧是将来的希望！"（《给西班牙的战士们》）。

袁水拍的诗歌通俗易懂，臧克家曾指出："《马凡陀的山歌》打破了一般新诗的习用形式，采取了民歌、民谣、五七言的形式和格调，这种形式和格调，容易懂，容易上口，为广大人民，特别是一般市民所喜闻乐见，因而，它的读者是广泛的，它的影响是普遍的。这些诗篇，接近人民的口语，风格明快朴素，同时也是深刻有力，透入人心的。"④这与他强调诗歌要为人民服务是分不开的。鉴于对袁水拍诗歌的左翼特征已有较多分析，故不再详述。

二、荒原都市中人的异化与轻松的反抒情诗

1940年代，袁水拍同时创作了两种诗体，在陆续出版抒情诗集《人民》《向日葵》《冬天，冬天》《沸腾的岁月》的同时，他化名马凡陀，创作了大量的山歌，结为《马凡陀的山歌》《马凡陀山歌续集》《解放山歌》三本诗集。以往的研究者在论述袁水拍时，往往从转变的角度肯定了马凡陀的山歌，而否定了袁水拍

---

① 周良沛：《那位叫"马凡陀"的人》，《中国现代新诗序集》（下），海天出版社2006年版，第901页。
② 冯乃超：《战斗诗歌的方向》，《大众文艺丛刊》（香港）第1期（1948年3月），第26页。
③ 茅盾：《在反动派压迫下斗争和发展的革命文艺》，《中华全国文学艺术工作者代表大会纪念文集》，新华书店1950年版，第51页。
④ 臧克家：《马凡陀的山歌》，《读书月报》1955年10月第4期。

的抒情诗,如冯乃超指出:"袁水拍的主观的忧郁性与旁观性,只是马凡陀的包袱","袁水拍发展为马凡陀的思想基础是很薄弱的……是缺乏一个很明确的革命的人生观在指挥着的"①。这种以诗的意识来作批评标准的评判方式,袁水拍并不赞同,他曾在《为人民与人民所爱的诗》中说道:"我们不会把'对不对'来批评一首诗,我们还是把好不好来做喜欢不喜欢某一首诗的标准的。当然,这里所说的'对不对'仅仅是指'意识'上的'对不对',而'好不好'也是指我们读起来喜欢不喜欢它,受不受它的感动,或者包括了我们记不记得它"②。且将袁水拍与马凡陀割裂开来的现象无疑使袁水拍的面相极为单一,他一直被作为1940年代左翼作家的典型代表。其实,"袁水拍是一个很难理解很复杂的人"③,这是徐迟在回忆与袁水拍《悲歌》相关情形时所说的话,审视袁水拍的《悲歌》,我们会发现,诗中现代主义特色相当明显。这或许就是徐迟所谓复杂的原因吧。袁水拍和现代主义文学之间有一定的联系,他不仅翻译了西方现代主义诗歌和现代主义诗人所撰写的批评文章,如他于1949年出版的译诗集《现代美国诗歌》一书中,不但翻译了篇幅分量最重的10组一共38首现代英美"民歌",还翻译了T. S.艾略特的三首诗,并做了篇幅较长的介绍,同时也翻译了美国意象派几个诗人的作品。袁水拍还翻译了Demetrios Capetanakis作的《论当代英国诗人》和英国诗人刘易斯的书评《大众诗歌论——评奥登编(牛津通俗诗选集)》,分别发表在重庆《诗文学》1945年第1期和《星岛日报》"星座"副刊第350期上。袁水拍和许多现代主义诗人也时相过从,如戴望舒、徐迟、穆旦等。这些都对他的创作产生了影响。

袁水拍的抒情诗,即使是那些反映现实之作,也都或多或少融入了现代主义诗歌的某些因素。他特别强调诗歌与心灵的关系,认为诗歌的作用在于"灵魂重建","激发人与人之间的应有的同情心",评价一首诗应以是否被"感动"为好坏的标准。④ 他在《论诗歌中的态度》《态度》《你也许会喜欢诗的》等文中建构了一种心灵、态度诗学,这种诗学受到乔冠华的影响,"与一般的大众化

---

① 冯乃超:《战斗诗歌的方向》,《大众文艺丛刊》(香港)第1期(1948年3月),第27页。
② 袁水拍:《为人民与人民所爱的诗》,《文坛》(上海)1946年第2期,第43页。
③ 徐迟:《江南小镇》,作家出版社1993年版,第299页。
④ 袁水拍:《论诗歌中的态度》,《大公报·战线》1943年第993号,后收《诗与诗论》和《诗与诗论译丛》;《态度》,《诗垦地》(重庆)1946年第5辑;《你也许会喜欢诗的》,《青年文艺》(上海)1944年新1卷第1期;《〈沸腾的岁月〉后记》,新群出版社1947年版。

诗学拉开了距离",它与"七月派"的"主观战斗精神"相似,使诗作"呈现出与一般的现实主义诗歌并非一致的风貌,甚至不自觉地包容了现代主义诗歌,正是与这种较为开放的诗学观念息息相关的。"①

他1939年创作的《后街》极具现代性,诗歌描绘了香港九龙后街中形形色色人物的悲惨生活,这里有"粗暴的'下流人'"、"搽三仙一匣鸡蛋粉的妓女"、"广州逃来的难民"、"北方话的乞丐"、"唱歌的盲妹"等,他们无以为生,"吃腥臭过活",没有信仰,还要忍受巡捕、房东、日本工厂的压榨和医生、盗寇的迫害。这是一个绝望、阴森的"荒原",与艾略特的诗歌极为相似,都感受到了"社会的烦恼和可怖"、"可厌和堕落"②。李薇在分析这首诗时,曾指出了它与艾略特《荒原》的关系,认为"这是一个被剥夺,被粉碎了的社会的史诗","我把这首诗称为一种破碎社会的史诗,意义是和一个朋友认《荒原》为20世纪的史诗一样,记录了许多破碎阶层的混合体,一团糟的沉渡质。在这里,无论是从灵魂到身体,从内容到形式,都被绝望、混乱、粗暴、焦灼、噪音等等渗透了。"③在这首诗中,袁水拍运用了悖论、隐喻等20世纪英美现代主义诗人常用的修辞手法,如"仁爱的医局不要钱/只有侮慢和拥挤/两个钟头诊一百三十四个。/我们忽然死了/早就写好要死的……短促的生命/用最长的尺子量/用最长的鞭子抽"。医局既是仁爱的,但却又无视人的生命,仓促诊断、任意侮慢,矛盾的语言实则对医局进行了嘲讽。短促的生命与最长的尺子也构成了一种张力。"我用咖啡匙量走了我的生命"。"骑楼下每一堆破布垃圾里/躲着一个生命……魁梧的菜场建筑/外面流着四季相同的腥臭,/我们吃腥臭过活""打扮盛夏"等则运用了大跨度的隐喻。不独这首诗,他的其他许多诗歌也都运用了悖论,如"贝当将军勇敢不勇敢?勇敢的!勇敢地在柏林做生意;/法兰西的武装,法兰西的食粮,/法兰西的自由,革命,和血。……一千三百万难民在破碎的地图上徬徨/二百户的安乐椅和碗橱高坐在游春汽车里/避难到什么地方去才安全呢?/他们仍旧有春天的,在不是敌国的敌国"(《未爆发的夜》)。"在宰杀的日子,却娇养你自己,/掳掠我们,却要我们拿起琴来唱。"(《可恶的陌生地方呀!》)"他的亲人就是他的敌人,/他的友人,他不能亲

---

① 刘继业:《新诗的大众化和纯诗化》,北京大学出版社2008年版,第268页,第270页。
② 霭根:《现代美国诗歌》,袁水拍译,晨光出版公司发行1949年版,第48页。
③ 李薇:《起点的说明》,《新华日报》1943年8月9日。

近!"(《葬歌》)"我们知道他们失掉了一切,什么也没有,/除了错误所教给他们的错误。"(《或人的问》)"丝线是她的爱,丝线是她的愤恨"(《赠LY》),"比布景还假的屋子,象谎话一样站在各处"(《城中小调》)。

艾略特认为个人是无能、怯懦、愚妄、犹豫和可怜的,他在《J. 阿尔弗莱德·普鲁弗洛克的情歌》中塑造了一个犹豫怯懦的中年男子形象,无论在爱情还是其他事情上,他都非常被动,"在被公式化时,狼狈地趴伏在一只别针上"。① 袁水拍也表现了现代人在社会中的被动,如《摇晃》,诗人描绘"我"做完十二小时的工,累得快要倒下,身体像分了家,于是新颖的隐喻出现:"工作做完了我",更奇妙的是诗人接下来所描写的"我"乘车回家的感受:"电车的皮圈抓牢我的手/电车的车顶抓牢这皮圈/都会抓牢这辆电车,/像巨人抓牢/我,/我们/一切,/他使劲地摇晃,/一个巨大的问号/昏迷还是/醒觉?"一连串的被动隐喻,最终将都会喻为抓牢"我"的巨人,个人与工作的关系升华为个人与城市的关系,从而将城市对人的异化毁灭生动地表现了出来。《悲歌》也表现了城市对人的异化,"贫穷的大街,肠壁蠕动,/消化这抽完血液和笑容的,/消化这没有计数的时日。/疲倦得要死,街车急叫,喘气,拉扯,/又抛弃中年人,少年人,头发枯白。/奔波每一天,为了要奔波,直到/停止在对面那三层楼上……"城市里的人已失去追求的目标和意义,整日为奔波而奔波,他们失去了主动性,被街车"抛弃",被街道"消化",城市对人的主动迫害和人的被动承受通过隐喻表现了出来。这首诗歌还表现了都市中底层人们之间彼此冷漠仇视的心理,妓女瞧不起流落的儿童,算命的老头给每个路人一句咒语,他们"忙碌着走完各自的路",谁都没有功夫关心慰问别人,因为"饥饿咬紧现在"。1940年代许多诗人都巧妙地利用上海的海字来隐喻上海,人则是这个海中的鱼,如陈敬容的《逻辑病者的春天》、杭约赫的《复活的土地》等。袁水拍也运用了这一隐喻,《城里的鱼》描绘人们像"无数的直立的鱼"在"抽干了水的沟里走来走去",但他们却精神麻木,不如彼得堡人懂得痛苦,表现了城市对人的异化。

最富战斗力的马凡陀山歌,也具有现代主义诗歌的特征。这与他学习英美民谣不无关系:"袁水拍坚持大众化立场,在创作中却并不拒绝现代主义诗歌的因素。即使是在马凡陀山歌阶段,他也同样坚持从英美民谣中吸取营养,

---

① T. S. 艾略特:《世界诗苑英华:艾略特卷》,赵萝蕤等译,山东大学出版社1997年版,第13页。

而没有单纯、主动地将创作的营养源限制在中国民谣等旧形式之中。"①在英美民谣和现代主义诗人奥登等的影响下,"马凡陀的山歌与轻松诗有点相近,但在人物的描写上不见得有什么成就……在匆促的都市生活里,读小说似乎是太烦重的工作,那么,这种写人物的轻松诗便是最好的体裁,好像是小说的大兵团里派出来的轻骑兵,马凡陀的成功似乎也是如此获得的。"②

轻松诗源于英国,是从英文"Light verse"译来的。莎士比亚、弥尔顿、约翰逊、斯威夫特、蒲柏、路易斯·卡洛尔、爱德华-李尔和奥登等人都写过轻松诗,1940年代以奥登的轻松诗最为引人注目。刘芃如、杜运燮、吴兴华、唐湜等都对轻松诗进行过解释或评价,刘芃如在《W. H. 奥登的〈流亡曲〉》中指出:"'Lighter Poems'(轻松的小诗),跟我们的'朗诵诗'很相似,音乐成分比较是外在的。"③吴兴华出于纯诗的角度,对轻松诗的评价不高,他认为奥登《再来一次》中的"'轻快的诗作'Lighter Poems 里,有许多颇为有趣的试验。奥顿试着写民谣——成绩不太良好,Cabaret songs——有些结果也近乎美国的流行歌曲,和 Blues——美国黑人常唱的歌。在这里我们可以看出现代诗人竭力求作品大众化的倾向,尽管结果总是产生出一些较劣的诗篇。"④1940年代创作轻松诗最力的是杜运燮⑤,他多次对轻松诗进行解释,1943年他在给友人的信中提到奥登新作中的"light Poems"时说这些诗"极似我们诗人所写的许多'朗诵诗',音乐成分较是表面的"⑥。这是从诗歌的格律、语调来讲的。几十年后,他再次说到轻松诗时将之改为"轻诗",指出"'Light verse'与西方的'Light music'(轻音乐),'Light opera'(轻歌剧),'Light eomedy'(轻喜剧)字面上有近似之处,译为'轻诗'似更妥当,也较为顺口。轻诗,在西方有悠久的历史。何谓轻诗?我没有仔细研究过,只是觉得并不等于中国的打油诗。美国艾布拉姆斯编的《文学名词汇编》这样说:'轻诗使用平常说话的语气和宽松的态度,欢快地、滑稽地,以至怪诞地处理一些题材或者带有善意的讽刺。'《英汉辞

---

① 刘继业:《新诗的大众化和纯诗化》,北京大学出版社2008年版,第265页。
② 唐湜:《〈诗四十首〉(书评)》,《文艺复兴》(上海)1947年第3卷第4期,第509页。
③ 刘芃如:《W. H. 奥登的〈流亡曲〉》,《燕京新闻·副叶》(北平)1944年5月6日第5版。
④ 吴兴华:《再来一次》,《西洋文学》(上海)1941年第6期,第710页。
⑤ 《一个有名字的兵》副题为"轻松诗(Light Verse)试作",后又在《中国新诗》1948年第3期上发表《轻松诗(Light Verse)三章》(《善诉苦者》、《排泄问题》和《论上帝》)。
⑥ 杜运燮:《海外文讯》,《明日文艺》(桂林)第1期(1943年5月),第138页。

海》的解释是,'这种诗体主要是为了取乐和给人助兴而写,常具有机智、优雅和抒情的美的特点。'着眼点是轻快性,机智、风趣,目的主要是逗趣,给人愉快。我最早是在40年代读奥登诗时接触到的。我喜欢他的那种轻松幽默,带有喜剧色彩,内含微讽的手法,觉得可以很容易用之于写讽刺诗,加入严肃的内容。"①可见,杜运燮理解的轻松诗包含内容与形式两个方面,形式上可歌可颂,具有明显的音乐性,内容上可写"严肃的内容"。唐湜称"幽默的轻松诗,讽刺现实又刻划人物的浮绘诗"是西方现代诗两种类型之一,它"以歌谣的样式作木炭素描式的绘制,体裁轻松可喜,常成为市民层的流行口语,而结语也常以有重量的哲理性的断语压后。……以马斯脱,卢滨逊及继承惠特曼传统的卡尔·桑德堡为代表。"②奥登对"light verse"的理解更为广义:"他编过一本 The OxfordBook of Light Verse(1938),在序言里指出'light verse'取决于作者的立场和作者与读众之间的关系:'当诗人感兴趣的事物和见到的事物跟读众大致相同,而读众又是一般大众,诗人便不把自己当作特殊人物,他的语言便会直截了当,接近口语。'奥登认为这样一位诗人写出来的诗就是'light verse',因此,他不但把音乐性很强的歌、童谣、小调、滑稽诗等划入'light verse'的范围,兼且包括写来给人阅读的诗,只要题材不出当代日常社会生活或诗人作为普通人的经验。那么,'light verse'不但是轻松的,也可以是严肃的;它是与艰深晦涩、崇高出世的诗歌相对待。"③奥登将轻松诗的内容扩大,既可以是轻松的,也可以是严肃的,形式上他强调音乐性、口语化。

袁水拍1940年代创作的山歌内容多是严肃的,面对都市生活中的种种虚伪者和丑恶的人与事,他常以轻松幽默的笔触加以鞭挞。《人咬狗》根据民间流传的"希奇古怪歌"的形式写成:"忽听门外人咬狗,/拿起门来开开手,/拾起狗来打砖头,/反被砖头咬一口!//忽见脑袋打木棍,/木棍打伤几十根,/抓住脑袋上法庭,/气得木棍发了昏!"句句"正话反说",诗人利用人们对词语的惯常理解与具体的语境之间的矛盾现象,营造出令人啼笑皆非的诗句,幽默地嘲讽了当时社会上普遍存在着的颠倒黑白的现象。诗歌音乐性比较明显,第一节四行全压 ou 韵,二节一、二、四行都押 un 韵,读来朗朗上口。《杀人》讲述

---

① 杜运燮:《自序》,《杜运燮60年诗选》,人民出版社2000年版,第3—4页。
② 唐湜:《〈诗四十首〉(书评)》,《文艺复兴》(上海)第3卷第4期(1947年9月),第507页。
③ 张曼仪:《卞之琳著译研究》,香港中文大学出版社1989年版,第71页。

"我"发现"杀人容易生人难"这样一个真理,对暴力进行了批判,诗中有对自己的嘲弄,"自然啰,那是我笨所以刚才晓得,/聪明人早已这样做,早已明白。"描绘孩子学习加减乘除法时,也极为幽默:"五岁的孩子学加法,/满了一只小手就糟糕。/六岁的孩子背乘除法,/比攻打一个城市难多了。"形象生动地把孩子学习中的困难表现了出来。《抓住这匹野马》将物价喻为野马:

> ……
> 这匹野马跑得好快,
> 这匹野马横冲直撞,
> 这匹野马好象发了疯,
> 这匹野马没有人管。
>
> 撞倒了拉车的,挑担的,
> 撞倒了工人,伙计,职员,
> 撞倒了读书的孩子,
> 撞倒了教书的先生。
> ……

诗人抓住了野马和物价之间的共同之处:疯(跑或涨)、无人管和巨大的破坏性,形象地表现了物价对人们生活的巨大影响,在物价面前,人人都被"踩得头破血流"。《报载有吞墨水十二瓶自杀未遂者》百般嘲讽自杀未遂者,认为以墨水自杀"是何等的叮笑",讽刺他"没有鸿图大志"、"不甘吃饭拉屎"、"没有学得残忍凶狠,也没有学得厚皮无耻"、"居然也结婚生子,梦想也像别人一样生活"、"竟然比不上一头牛,能够安然挨一刀",种种嘲讽背后难掩心酸。《主人要辞职》中"我"不停地自嘲为驴子,认为"动物学上的驴子,倒也堂皇!"甘愿给公仆大人骑、踢和打,而"我""不声不响,驴子之相","我"称公仆大人为"骑师大人",请他不必装腔作势,放心地骑,隐隐透出悲哀与愤懑。

袁水拍山歌中的隐喻手法也常能制造出喜剧效果,如"也许你们(古巴皮鞋)的脸皮已经磨去不少"(《中国皮鞋致古巴皮鞋》),"物价不像物价,/倒象是前世冤家"(《四不像》),"但听楼梯响不见人下楼——/活见鬼!根本连楼梯也没有！/此所谓有等于无，黑等于白，/不打等于打，坐着就是走！"(《三万万美金的神话》)"我讨厌这张报，/一副十足的伪善样子……大大的捧，/轻轻的评，/骂是俏，/打是情，/字字'良心'，/句句美金。"(《我讨厌这张报》)脸皮与皮鞋、物价与前世冤家、报纸与伪善……都因不正常的搭配营造出幽默的效果。

三、小结

袁水拍以轻松幽默的笔调书写严肃的内容，使诗歌相对含蓄，比之许多左翼诗歌的标语口号化，显然有诸多可取之处，也易为广大人民群众所接受。洪遒在《向马凡陀学习》中就指出："马凡陀对于英美的近代诗有相当的熟识，却不妨碍他创造通俗形式的诗，反之，英美的民间歌谣，和英美诗人模拟歌谣风味的作品，给他的诗的大众化，铺下了踏实的路。"[1]与杜运燮相似，袁水拍实质上亦很难实现真正的轻松，虽然他"试图让诗歌轻盈起来。但是，读者很容易觉察到充溢此诗的是悲愤和谴责……它充满了时代本身的特性，即沉重。"[2]这虽是对杜运燮《追物价的人》的评价，却同样适用于袁水拍。如《兵士，兵士，你肯不肯娶我？》以极富音乐性的旋律描写了一男一女之间的对话，女方不断地追问兵士不娶她的原因，男方则在追问中一步一步后退，最终道出了真实原因："当兵的保卫国家是本分……等我赶跑鬼子才和你结成亲"，将原本轻松喜悦的事情引到了政治上，使人顿感现实的沉重。《致老爷》一再自我嘲讽，"我呢，是一个瘪三，叫化子""我要像狗一样活命"，但诗中的"我"满腔愤怒之气，满含作奴隶的"恶怒"，在他顺从温和的脸色后，隐藏的是他对高高在上的主人的诅咒："你的末日将要来临！/你的奴隶们将要翻身！""我"的愤怒已完全压过了自嘲所带来的轻松。此外，袁水拍仅有轻松幽默，而无意蕴宏富的哲理断语或深邃的诗思作重心，故有时显得"有点轻佻，有点油滑"[3]。杜运燮则基本不存在这种状况，他的轻松诗机智而不油滑，嘲弄而不致轻浮，戏

---

[1] 洪遒:《向马凡陀学习》,《文萃》(上海)第48期(1946年9月19日),第12页。
[2] 李章斌:《"九叶"诗人的诗学策略与历史关联(1937—1949)》,南京大学出版社2019年版,第117页。
[3] 李广田:《再论〈马凡陀的山歌〉》,《论文学教育》,文化工作社1950年版,第102页。本文文末注明写于1947年12月7日。

谑而具有真诚,他对社会现实的批判往往透露出他对生命的沉思。如他的名篇《追物价的人》以自嘲的方式把物价拟人化,说他是"抗战的红人"。"那种自嘲的笔调,我以为比马凡陀的《山歌》更加深刻。其实,袁水拍原本是现代派的诗人,也熟悉奥登,他的《山歌》风格也应该源自奥登,只不过政治主题上有过分的功利主义倾向,风格上有小市民的庸俗化。"①正是由于袁水拍过于强烈的政治倾向,过分的功利主义倾向,他在讽刺人和事时经常止于政治批判,很少对人物心理进行探析,即使有所表现,也是单向度的,很少表现矛盾的心理状态,因而有失油滑。

---

① 唐湜:《杜运燮论》,《诗探索》1998 年第 3 期。

第六章
由现代主义至左翼的对流

　　本章以鸥外鸥、俞铭传、辛笛为例论述现代主义诗人如何受到左翼影响而转变为左翼现代主义诗人的。鸥外鸥 1940 年代的诗歌以反抒情的笔调抒发了对传统制度的反叛和现代文明的不舍,在他的都市诗中他对殖民地香港和桂林的资产阶级和国民党当局的腐败一一予以揭露。他的诗歌也有部分因受未来主义影响,过于注重形式,诗艺受到损害。俞铭传 1940 年代在诗中对个体存在进行反思,经常运用科技意象、隐喻与反讽,同时他又肯定了行动与集体的力量,对资本文明、资产阶级进行了批判。辛笛 1930 年代末 1940 年代初的诗中充满了对时间的焦虑与反思,他在诗中运用了意识流手法,后来在身份认同困境和工业救国理念的影响下,肯定强调了集体与行动的力量。

第一节　欧外鸥:未来主义的影响与时政批评

　　鸥外鸥(1911—1995),本名李宗大,广东东莞虎门人。另有笔名林木茂、江水涣、欧外鸥、司徒越、叶沃若、李自洁、英文笔名 Outer out 等。儿时随父亲率领的讨袁护国军在潮汕一带转战各地,1918 年第一次世界大战结束前不久移居香港,1922 年随父迁返广州。1925 年至 1927 年参加左翼学生运动,曾加入青年政治运动委员会、中华全国反文化侵略大同盟会等组织,参加了广州起义。1927 年后赴上海,拟入蔡元培办的"劳动大学",因病突发不果返穗入医院,疗养 2 年。在疗养中遍读欧洲各派社会主义经典著作,其后才研究文学。1930 年代开始文艺创作,在《中山日报》副刊《荔友周刊》、《大地画报》、《妇人画报》(上海)、《矛盾月刊》(南京)、《诗志》(苏州)、《新时代》等刊物上发表诗作,期间加入荔枝社、广州诗坛、诗场、中国诗坛等组织,任刊物编委,后又组织少壮诗人会,主编《诗群众》月刊,任《中国诗坛》编委,广州沦陷前夕停刊,即去香港工作。在香港主编《中学知识》月刊,任国际印刷厂总经理,在殖民当局的限制下,为生活书店提供印刷方便,刊印邹韬奋主编的《大众生活》周报、茅盾主编的《笔谈》月刊及其他进步期刊。太平洋战争爆发后,逃往桂林,与韩北屏等人编辑《诗》月刊,并参加马国亮、李青的新大地出版社工作。1942年曾编诗集《脱去衣服的城》①,1944年出版《鸥外诗集》。1944年桂林大撤退前离桂到防城,在县立中学任教,1947年到台山广大中学任教。1950年代在广州中山大学、华南联合大学、华南师范学院任教,自此几乎从文坛淡出。至1980年代才再度公开发表诗作,1985年由花城出版社出版《鸥外鸥之诗》。除诗歌外,他还著有散文、小说。

一、鸥外鸥之诗在左翼内部的纷争

因鸥外鸥诗歌字体大小不一,诗行的设计与排列特别,被视为形式主义,是未来派。也有人对此称赞,认为生动活泼。《鸥外诗集》里有一篇题为《感想》的自序,他说:"论者们对我的诗,都说我是不走既成的路的。的确,在诗的沙漠上我独来独往,自己行自己的路。……反对我的人,我知道不少。然而同意我的人,亦有不少。"②鸥外鸥的诗在当时引起了极大的争议,在桂林"议论纷纷,有人说是什么形式主义,甚至写文章批评'围剿'",后"一直传到延安那边"。③ 鸥外鸥的诗可说在左翼诗人内部褒贬不一。

1938年2月20在胡风主编的《新华日报》副刊《星期文艺》第5期上,黎嘉发表了《诗人你们往哪里去?》,对鸥外鸥、柳木下、黄鲁、欧罗巴、胡明树、杨起等自称为"少壮诗人派"的诗人们最近出的"一种漂亮的诗刊"《诗群众》提出了批评,说他们与抗战"似乎没有多少关系",在"他们的宣言里,并没有新

---

① 据1942年12月出版的《诗》(桂林)第3卷第5期刊登的司徒越绘的《封面》(鸥外鸥著《脱去衣服的城》诗集之封面画)推断,但笔者未查找到此诗集。
② 鸥外鸥:《感想》(《鸥外诗集》序),《鸥外诗集》,新大地出版社1944年版。后收陈绍伟编:《中国新诗集序跋选(1918—1949)》,湖南文艺出版社1986年版,第361—362页。
③ 鸥外鸥:《郁郁群山玉桂香》,潘其旭编:《桂林文化城纪事》,漓江出版社1984年版,第555页。

鲜的东西,他们只是混杂的抄袭着未来派(意大利的未来派和俄国的未来派同样的被抄袭)以及日本早就没落了的'新感觉派'的玩意儿而已。"黎嘉对鸥外鸥的《用刷铜膏刷你们的名字》进行了解读,质疑"今天的中国是不是可能产生未来派,是需要怎样的未来派",断言"未来派在意大利本是反动的,在俄国却是革命的","少壮诗人派所谓的'学习未来派',只不过是模仿着未来派的皮毛,而成了'摩登的形式主义者'。他们并没有玛耶珂夫斯基的对于革命的热情,而只在创造着怪式怪样的东西"。他特别强调:"中国现在正在进行着反抗日本帝国主义侵略的自卫战争,这战争是伟大的,也是艰苦的。我们全国同胞——连诗人也在内——都应当奋勇参加这战争,尽全力坚持这战争,诗人们的诗篇,也必须是帮助这神圣的战争的。这种帮助抗战的诗篇,必须是坚实的,具体的,朴实的。""今天,中国的诗人们只有一条路可走,这条路是与全国民众一起的。"①林焕平批评鸥外鸥的诗"自负与标榜"、"标奇立异"②。蒲风也对少壮诗人派提出批评,"现今的'少壮'自命者究竟有若何程度的少壮精神显现我可不晓得,不过,少壮精神应该是非常现实的,非是预约券上的未来主义的。譬如,抗日战争中,少壮精神便是英勇抵抗,踢开诗人的手提包,踏碎那种靡弱的声音的域外诗帖,起码不能有少卜卜卜的机关枪式的声、色、力的交奏,而且,当顾虑到眼前,不能徒慕汽车阶级的荣耀,要想做革命广告,却不一定要在飞机上散发传单,或汽车上涂绘革命广告,我们得了解,我们的真实的大众对于这些还是未来的预约。"③和黎嘉一样,蒲风也将未来主义的标签加诸于鸥外鸥身上。不久,蒲风又发文《表现主义与未来主义》,对未来主义极力批评,文中虽未点名鸥外鸥,但从写作时间我们可推断出应是包含鸥外鸥在内的,"我国的文艺界,任何方面都仍属幼稚。假如有人说起未来派诗已是目前已经存在的事实,则我将说,他们(实在还没有几位)并没有抓住未来主义文学精义而存在。既不是力的表现,也不见充分被表现着的声色,赘述的句话一大篇,(按:未来主义的诗是不注意虚字及累赘的形容词的),结果仅见其揭发

---

① 黎嘉:《诗人,你们往哪里去?》,《新华日报·星期文艺》第 5 期(1938 年 2 月 20 日)。引自王学振:《〈新华日报〉的文艺专刊〈星期文艺〉》,《重庆师范大学学报》2011 年第 6 期,第 29 页。
② 林焕平:《诗歌散论》,收入胡风等著:《论诗短札》,耕耘出版社 1942 年版,第 70—78 页。
③ 蒲风:《"少壮"精神——谈〈诗群众〉创刊号——》,《前夜》第 1 卷第 3 期(1938 年 2 月),第 16 页。

了牛角尖式的一点情趣。"蒲风认为"凡能真正呼吸着现实生活,凡能真正投身于群众的热烈而英勇的斗争中,冲击起感情之波,凡能认识艺术之应为自由解放尽点任务,无论何时都应该属于整个大众的一方面的,他们的正确的路都是新现实主义,亦即是社会主义的现实主义。"他认为抗战诗歌的创作方法只能是"新现实主义"①,这样才不致纯陷于表现主义、未来主义等机械的表现方法。胡危舟在《新诗短话》中以不短的篇幅对鸥外鸥诗歌的形式进行了尖锐地批评:

> 那些标奇立异的"诗"底一再鬼样的出现,并不是它底作者因自己创造了一种新形式而怪癖地喜爱;他们曾何尝不知这是把碎玻璃冒充金刚钻的玩意,但他们却不能不以这"革命"的"天才"的形式底烟光,去照亮他们"英雄"底姿态,和掩饰他们内心的疲贵。——这原是他们做桂冠梦者一种甘为不得已的手段底巧妙的手段啊!听见吗?他们宣传他们是"机器",他们宣传他们写诗是"制造"的,——是的啊,他们原不是写诗的,并且正患着一种只有以人性与真感去写诗才能医治的宿疾。
>
> 经过篆隶而演化为今日的楷字,象形的这一书法所原有的画意的价值与生命早已被时代底脚步踢开了;但今天,却依然有人反意识地把旧花样当作创造,赏玩着他那大小不一的字体所凑成的"诗",而呐喊它为崭新的形式——这一务须恭维的"图画诗"的形式啊!如果它能生存下去,那末画家怎么不可以代替了诗人呢?
>
> 那些以独特象征,独特感觉,独特印象,和仿佛唯其才能获得了诗底顿之力学的速记式文字,写出些连心理学者都难能领悟的靠着各种体别(可惜排字房里还没斗大的铅字)的铅字堆垒出来的"诗",加上像广东菜馆里稀奇古怪的菜名似的题目,和署名(尽管化了许多笔名,一定非要在姓名之间空一格)便不成为形式主义的滑头(是的!这是中英中美新约成立之前的洋场的派头。)这便成为他们在同一时间以拥护新形式的论文底掩护下,而声明着的它是经过"机器""制造"出来的"诗"。好啊!好发达的中国"重工业"啊!连诗人都创造了比打字机更轻捷,竟可不必携带而

---

① 蒲风:《表现主义与未来主义》,《狂潮》第 1 卷第 3 期(1938 年 3 月),第 54 页。

本身就是的诗(应为"诗的"——笔者注)机器了。是不是诗从此不再是传达情绪的工具了？是不是诗人也从此不需要别人了解，和读者更不必去了解诗人了呢？你"机器诗人"啊，我献给你以 D S. Mirsky 底这几句话："诗坛变成了势刊主义的价值的市场，那是可以不顾真实的内容而随意叫卖的。诗人的名誉成了纯粹偶然的，赠给了那些并非诗人的人们。因此诗歌价值的市场对于凡是想要研究衰落市民层的诗歌或诗底感受性的人毫无兴趣。这无关于读者的兴趣或理解的程度，这是一种属于社会学和经济学的领域的社会组织的印象。……"而且，请你抛弃这块干枯碛薄的荒野吧，已经枯了五、六年的草根，那怕天天是凑着"春加春再加春"的春天的机遇，也是决不发芽的。①

简壤(戈茅)也"指摘林木茂及鸥外鸥的诗"，称他的诗歌"《桂林即日》，副标题叫做《4・5・6》》'这题目看了已经觉得十分玄妙，而内容就更加不可理解了'"②。克锋在"'账单诗'和'账单诗人'"中对鸥外鸥极尽挖苦之能事，喊着"进步的"口号，从诗歌批评进至人身攻击，仿佛一位很懂医理的医生，对林木茂(鸥外鸥)的身体进行遥诊，断定"一定林先生底膀胱有病(膀胱括约肌结疤了，失去开放的力么？膀胱结异物或结石塞住了么？)不然，就是尿道有病，因而变狭或闭锁了；再不然就是输尿管断了，或结石了；又再不然，是肾脏有毛病，或简直没有肾脏……"。③ 完全失去了批评的意义。阿垅也尖刻地嘲讽他的《被开垦的处女地》"是一个半殖民地知识分子底一种不太可靠的苦闷，一种洋场才子底自喜的敏感底呕吐物而已。"④天衣认为《被开垦的处女地》这样的诗篇，"如果作者不自己'说明'的话，读者永远是怀疑他是故作'谬论'的'异端学说'者。"⑤

---

① 胡危舟：《新诗短话(续五)》，《诗创作》(桂林)1943 年第 18 期，第 18—19 页。
② 《新华日报》1942 年 12 月 10 日。笔者暂未看到此文，此处引自徐力衡：《问题的中心在那里？——为简壤及克锋二先生而作》，《诗》(桂林)1943 年第 4 卷第 1 期，第 6 页。
③ 徐力衡：《问题的中心在那里？——为简壤及克锋二先生而作》，《诗》(桂林)1943 年第 4 卷第 1 期，第 8 页。
④ 阿垅：《形象片论》，《希望》(上海)1946 年第 2 辑第 1 期，第 28 页。后收《人和诗》与《诗与现实》。
⑤ 《读者来信》，《诗》(桂林)1943 年第 3 卷第 6 期，第 35 页。

艾青则赞誉鸥外鸥的诗"有创造性、有战斗性、有革命性"①,"很多人对鸥外兄及林木茂的诗非难,我曾给以冷静的解释。我的意见是:这些诗的内容有它们的革命性(当然还是不够的)形式上的炫奇是'次要的'。"②朱自清在他的《朗读与诗》一文中,对鸥外鸥的诗也加以欣赏与好评,他着重分析了他的《和平的础石》,称"诗行也许太参差些","比较生硬而复杂,只可朗读给自己听,要是教一般人听,恐怕不容易听懂。"但"'金属了的他''金属了的手'里的'金属'这个名词用作动词,便创出了新的词汇,可以注意。"且"不过为己的朗读和为人的朗读却该同时并进,诗才能有独立地圆满地进展。"③对于重庆文坛上对鸥外鸥诗的否定,桂林文坛同仁为之辩护,指出他的诗,在思想上,在诗的旋律及节奏上,及至修辞上,都没有理由说它是坏诗。④ 孙望认为鸥外鸥的作品,给人以"新鲜而舒畅的印象"⑤。闻一多也肯定了鸥外鸥的诗歌,《中国现代诗选》选入他《和平的础石》等多首佳作,针对时人批评鸥外鸥之诗"这些诗不是诗",闻一多著文为诗人进行辩解:"历史上常常有人把诗写得不像诗,如:阮籍、陈子昂、孟郊,如华茨华斯、惠特曼,而转瞬间便是最真实的诗了。诗这种东西的长处就在于它有无限度的弹性,……只有固执与狭隘才是诗的致命伤。"⑥胡明树更是予以热评,他认为鸥外鸥"用人家不敢用的题材来写诗",成功地"通过非诗的东西而抒情"。他认为反对鸥外鸥的诗的人,大部分是反对他诗歌的形式:"反对鸥外鸥的诗的人,有大部分仍是反对他的形式用二、三、四、五号字的大小的排列法。我是既不完全反对,也不完全赞同的人,我主张'中庸之道'"。但接下来,胡明树却以张天翼、郭沫若和梅志的作品为例,证明大小字是可以用的,问题在于需要不需要。站在客观公正的角度,他指出鸥外鸥的诗,"有时的确大字用滥了一些,我主张能少用还是少用为好。偶然用一些忽然用一些是不成问题的。"因此他希望不要"斤斤于这形式上的小问题的计较"。最后他总结道:"鸥外鸥的诗是不走正路的诗……他的优点在这

---

① 鸥外鸥:《鸥外鸥之诗》,花城出版社1985年版,第1页。
② 艾青:《书简》,《诗》(桂林)1943年第4卷第1期,第8页。
③ 朱自清:《朗读与诗》,《当代评论》(昆明)1943年第4卷第3期,第17页。后收《新诗杂话》上海作家书屋1947年版。
④ 编者:《覆读者的信》,《诗》(桂林)1943年第3卷第6期,第36页。
⑤ 孙望:《〈战前中国新诗选〉后记》,《战前中国新诗选》,江西人民出版社1983年版,第129页。
⑥ 闻一多:《文学的历史动向》,《中国作家》(北平)1947年第1期,第3页。

里,同时缺点也在这里。"①这确是公正之语。

从上面的论述我们可以看出,左翼诗人对鸥外鸥诗歌的意见不尽统一,持批评立场的左翼诗人主要批评的是他诗歌的形式及由形式而引起的晦涩、难懂,而另一些左翼诗人则对此予以反驳,并从内容上给予了高度肯定。虽然现代主义诗人并未参与到这场论争中来,但对鸥外鸥诗歌予以肯定的诗人无疑都是受过现代主义影响的诗人,这实际上即反映了鸥外鸥诗歌所具有的双重性:既有左翼诗歌的革命政治的内容,也有现代主义诗歌的艺术。

二、传统制度的反叛、现代文明的不舍与反抒情

鸥外鸥1930年代在上海开始创作时多与现代派诗人交往,路易士、戴望舒、徐迟等都是他常与之交往的对象。在他们的影响下,鸥外鸥接触到了未来主义,受到了阿保里奈尔尤其是俄国立体未来主义诗人马雅可夫斯基的影响。诗作注重形式创新,内容也表现出一种反讽的气势。对此,不少论者都注意到了,古苍梧谈论港台现代诗,就曾提到鸥外鸥是"立体派的诗人,诗写得很精彩"。纪弦也提到鸥外鸥的立体派诗歌创作,认为"法国诗人阿保里奈尔会拍手赞好,引为立体派的同志"②。彭燕郊认为"当时很多人对鸥外鸥也不能接受,他确实是一个很现代主义的诗人。"③对鸥外鸥诗歌的现代性,目前研究者较多从形式、反讽、反抒情和对现代文明的批判等几个方面来论述④,但这其实并未完全道出鸥外鸥诗歌的真正现代性之所在。

众所周知,现代主义诗人中对鸥外鸥影响最大的是俄国未来主义诗人马雅可夫斯基,但研究者在论述二者的关系时,往往落脚于形式方面影响的考察,而没有从深处挖掘他们之间的共同之处。对此,鸥外鸥曾提出抗议,"其实,我当然不是形式主义者,写了半个世纪的诗,我没有一首诗的形式是相同相类的,每首诗根据内容情感来写,因而形式都不相同,各有各的形态。也不是什么未来派,未来派只是讴歌机械文明的、欧洲诗坛上一个已趋没落的流

---

① 徐力衡(胡明树):《问题的中心在那里?》,《诗》(桂林)1943年第4卷第1期,第6—8页。
② 王渝:《鸥外鸥之诗》,《大公报》2011年10月7日。
③ 彭燕郊:《诗人彭燕郊谈各时代的人物》,《长城》2007年第2期。
④ 解志熙:《现代及"现代派诗"的双重超克》(《文学与文化》2011年第4期)和张松建:《鸥外鸥:地缘政治、反讽诗艺与形式实验》(《现代诗的再出发》,北大出版社2009年版)。

派。马耶可夫斯基的诗,也用大字小字,而且排成梯级形的诗句,倒可以说是个形式主义者,但他不是未来派嘛。光凭大字小字论定未来派,不问实质不问内容不求甚解,这岂非不是形式主义者的评论家吗?"①这里自然有偏颇之见,或许是三四十年代批评的影响所致,他否认了自己和马雅可夫斯基与未来派的关系。但指出"光凭大字小字论定未来派"却是公正之言,暴露出对未来主义的机械理解。那么,鸥外鸥究竟从未来主义汲取了什么?要想回答这个问题,我们必须对未来主义尤其是马雅可夫斯基进行深度地解读分析,必须挖掘出他形式创新的深层原因。

马雅可夫斯基未来主义诗歌最大的特点是采用声音模拟、图案符号及颜色线条杂糅合成,表达一种孤独虚无的主观感受。在他的未来主义代表作《穿裤子的云》中,他发现了爱情、政治、宗教的虚伪,因此他决绝地提出打倒爱情、打倒政治、打倒宗教,表现出横扫一切的气势。"《穿裤子的云》是一首描写单恋的长诗。真实的人类感情同虚伪的社会关系发生了冲突。因此就要打倒这些关系,打倒这种妨碍真实与正直的人类感情的制度。也要打倒这个社会所司空见惯的畸形的、虚伪的爱情。"②在这打倒的背后,隐藏着的是马雅可夫斯基深深地对传统的反叛与憎恶。即使是形式上的革新,他也指向的是反叛传统,因为在他看来,传统的创作方法已远不能表现日新月异的现代社会中的一切。他崇尚速力,崇尚现代文明生活,反叛传统政治制度、宗教信仰对人的戕害,因此激烈地予以打倒。他认为在"未来主义诗歌——就是都市诗歌,现代的都市之歌……整个现代的文化世界都正在变成无限庞大的都市。都市代替了大自然与自然力。都市本身就是自然力,新的都市人就诞生在它的内部。电话、飞机、特别快车、电梯、复印机……最主要的是生活的节奏变了。一切都成了闪电式的,迅雷不及掩耳,活像影片的镜头。旧诗歌那种四平八稳、不慌不忙、不焦不急的节奏不适合现代都市人的心理……发疟子——这才是现代节奏的象征。都市里没有平平稳稳、从容不迫、圆圆滑滑的线条,有的是棱角、断层、折线——这才是都市风景的特点。诗……应当适应都市心理的因素……语言不应当描绘,而应当表现自己。语言有自己的芳香、色彩、灵魂,语

---

① 鸥外鸥:《郁郁群山玉桂香》,潘其旭编:《桂林文化城纪事》,漓江出版社1984年版,第555页。
② 季莫菲耶夫:《苏联文学史》,水夫译,唯物家出版社1956年版,第279页。

言是活的肌体,而不仅仅是确定某一概念的标记。语言如同音乐的音节,它善于无止境地演奏装饰音。"①

受马雅可夫斯基的影响,鸥外鸥也极力反叛传统,"以成败不问的决心","不走既成的路","举着鹤嘴锄去开辟新的路","自己行自己的路","在诗的沙漠上独来独往"②。这种反叛意识不仅表现在引人注目的形式中,更表现在他诗歌的主题之中。

鸥外鸥诗中处处可见对妨碍人类真实感情的制度的反叛。《论爱情乘了BUS》嘲讽了礼仪道德下的婚姻,强调恋爱双方个体的独立,声称已"没有保护驼载一夫一妇的小型 CHEVROLET 的法律了",而私有独占的爱情已经"都收入了人类两性关系演进的历史观/代表过去时代的一历史制度了",并且必将被"明日的人笑斥"。此诗初刊于《矛盾》1934 年第 2 卷第 5 期,后改题《爱情乘了 BUS》,收入 1985 年花城出版社出版的诗集《鸥外鸥之诗》中,有很大修改。但主旨是基本没有变化的,依旧是对传统婚姻制度的批判。在传统婚姻中,双方没有自主选择的权利,老奶奶"不管她本人愿意不愿意",就被强行"塞入轿子"进入婚姻,少奶奶虽则"一厢情愿白头偕老(签了约领了证书)",但她和老奶奶一样即使双方没有感情,"下轿下车不能随意"。这样的婚姻是对人类真实感情的抹杀。因此,诗人在诗中表现了他所倾心的爱情模式,那就是一切以个体的意愿为主,合则留,不合则分,不再固守一成不变的婚姻。"自己爱上哪一辆便上哪一辆/合则留坐到终点站/不合则半途而废/自己下车/又挑过另一辆 BUS 扬长而去/对搭错车一笑置之"。婚姻不再是有保障的,而是充满了快节奏,仿佛闪电一般,可以随时更换对象。在这里,爱情观念的演进与社会的物质文明相联系,从轿子、汽车到公交车,人类的观念也与时俱进。《技术政治力的贫困的丈夫》讽刺了规矩服药乏力不能胜任丈夫之职的男子,无法使妻子开心幸福,但妻子却被束缚在传统的贞操道德之下:"以贞操论的冰塞在妻的手/会握不住的滑脱了去的妻的手",暗示出婚姻对人类的基本欲望的遏制。1940 年代鸥外鸥持续讽刺与批判了无爱的婚姻制度,如《婚姻制度的床》(1943):

---

① 高莽:《诗人之恋》,外国文学出版社 1991 年版,第 8—9 页。
② 鸥外鸥:《感想》(《鸥外诗集》序),《鸥外诗集》,新大地出版社 1944 年版。后收陈绍伟编:《中国新诗集序跋选(1918—1949)》,湖南文艺出版社 1986 年版,第 361—363 页。

坐在椅子上
左边的是我
中间是你
右边的是他

世间
有可以容纳得三个人的椅子
可没有容纳得三个人的床呀

我不能奉陪了
我要离座而去
去找可以容纳我的床啦
晚安！晚安！①

在这首诗中，一夫一妻的婚姻制度再次受到了诗人微妙的反讽。在他看来，"你"可以和"我"和"他"同时谈恋爱，但这却不为制度所容，"没有容纳得三个人的床"即隐喻三个人的恋情不为社会所允许，因此，"我"最终"离座而去"，去寻找可以容纳的床，表现出"我"不甘屈服于现有的婚姻制度，而试图努力改变。《妳的选手》②则以自嘲的方式揭露了现代社会中虚伪的爱情，诗人以具有甜味、酒味的糖隐喻"我"的花言巧语，从味觉（糖质的语言、混合着酒精）、听觉（发出ｓｓｓｓ的甜声甜汽的溶解、脉搏加速、跳跃作声）、视觉（立体方糖、美目盼兮巧笑倩兮、脸红）、触觉（体温骤增、有高度的热）等多方位调动感官，淋漓尽致地渲染了"我"一位骗子成功骗取女方感情的过程。诗人最后的自嘲："我是不是一个骗子/妳的恋爱选手入选了一个骗子"，将现代人与人之间虚伪、以欲望为中心的爱情触目惊心地揭示了出来。《夫妇之间》批判了现代文明对爱情的影响："800度的克罗克先生/800度的克罗克太太/你们的

---

① 鸥外鸥：《鸥外欧之诗》，花城出版社1985年版，第89页。
② 鸥外鸥：《诗的制造》，《诗》（桂林）第3卷第4期（1942年11月），第30—31页。

恋爱与婚姻/恐怕不克善终的//彼此都戴着800度克罗克/近视眼镜"。影响爱情的不再是传统风俗制度，而是极具现代感的近视眼。《无翼的男子》对传统进行揶揄讽刺，诗歌写他从自己的八层楼窗子，望见对面八层楼窗里的女子，"我的心呵早已飞过去了"，他不满于传统"心有灵犀一点通"式的爱情，认为"我的心呵/飞航过去的心呵/对于你，对于我/有什么用处呢"。在他看来，心过去而"身"不能过去，对于你我是没有用的。可见，现代社会的爱情充满了欲望，传统的爱情已成无用的笑料。《戴了眼掩的马车之马》写他自己陪夫人逛街，感到"不能侧目的苦；/不能逐鹿的苦"，而只能"挂了一脸无他的冒牌的忠实"，暴露出外表看似和睦幸福的夫妇二人实则内心痛苦无比，有一种自嘲的风趣。

未来主义宣扬新的物质美学，物质的美学同物质的运动一样被视为一种重要的本质。未来主义诗人对现代文明的态度影响了鸥外鸥，他在许多诗歌中虽然批判了现代文明，这一点也已为研究者所注意①。但细审鸥外鸥的诗歌可以发现，其实鸥外鸥也流露出对现代文明的眷恋。如《暖气管》以轻快的笔调抒发了暖气管给人带来的春天般的感觉，他将暖气管拟人化，糅合听觉、触觉、味觉等多种感官，形象地表达了暖气管给人带来的舒适之感。1940年代创作的《铁的兵役》也表达了这一主题。

  穿过了杨和桂
  窗的外面
  建立一座木的贮水塔

  又穿过了杨和桂的上空
  竹的输水管架设起
  无昼无夜的输送着自来水
  往屋后面的厨房间去

---

① 张松建《现代诗的再出发》中指出现代文明侵蚀桂林的风俗之美，成为鸥外鸥诗作的一大主题（北大出版社2009年版，第201页）。徐迟在与周良沛的谈话中曾指出"鸥外鸥的作品，基本上都是讽刺"（周良沛：《真格的"前卫"诗人鸥外鸥》，《中国现代新诗序集（下）》，海天出版社2006年版，第617页）。

往屋前面的淋浴间去

铁的贮水塔拆下来了
铁的水管掘出来了
它们都乘了运输车往铁工厂去了
它们经过改造与锻炼
开赴前线参战去了
它们都是有兵役的

今代的人类对于铁
有着难分舍的感情的

我们举起祝出征的手
向它高呼着"二十世纪文明的再会!"①

  前两节描写了与现代生活密切相关的输水管道,它为人们的生活提供了极大的便利,通过它人们可以直接享用到自来水,吃用无忧。但接着,第三节描写它们被一一拆卸,经过进一步地改造,服务于战争去了。对于这一重大变故,现代社会中的人一时难以适应,对之存有难分难舍之情,但最终还是高呼再会。这首诗收入《鸥外鸥之诗》时有所修改,在诗末增加了"我们等待着它们的凯旋",修改后的诗歌无疑增添了对战争的信心,同时也暗示出战争对现代生活与文明的破坏。

  鸥外鸥 1940 年代的诗是反抒情的诗,他注意以科学知识和技巧来增加诗中的智性成分。这与他 1930 年代和路易士、徐迟等现代派诗人的交往有关。路易士和徐迟都提倡反抒情,技巧和科学知识是其中重要的两项(详见第四章路易士的论述)。鸥外鸥也反对抒情,他曾作《情绪的否斥》,广泛涉猎科学知识,诗中的科学知识关涉政治经济学、历史学、医学、社会学、地理学、物理学、心理学等多个领域,如消化不良、泻盐三十瓦、眼药水、预防这离奇的传染病的

---

① 鸥外鸥:《铁的兵役》,《诗》(桂林)1942 年第 3 卷第 5 期,第 19 页。

注射剂、失眠病、800度的近视眼镜等属医学知识,民主国家、民主阵线属政治学知识,存款的户口、禁运金属出口令则属经济学知识,温带地热带地的交界碑、"沙漠植物地理学"、香港是南洋的墙属地理学知识,寒暑表温度计的水银常常升降徘徊于六十至九十度(华氏)、吸水纸属物理学知识,青铜时代、奴隶社会则属社会学知识。从科学的角度出发,鸥外鸥将诗歌创作看做一种工人的精确加工,也即不断锤炼诗句,苦心经营。他在《诗的制造》一文中说:

> 诗是工业的制成品,诗人即机器——不能说没有制造诗的机器。我是一个自甘菲薄,自以为机器的;如果诗是机器工业,如果诗是手工业,我亦自以为一个"诗工人"的……把的自己(此处语序当为"把自己的")作品看成那样工业的,真是偏见之至的偏见了吧。一篇诗,断不能一经下笔便算完成的吧?我这个"断不能"并不绝对肯定——否则便开罪了天才们或不敢了粗制滥造之辈的史太哈诺夫们了……尽人事,多费功夫,1次2次3次的重复着一篇诗稿的工作……我是一个"诗工人",我甘愿于如此:制造我的诗,享受我的劳动后的满足的。①

鸥外鸥把不断修改加工诗看作他的一种工作态度的体现,抱着这种认真的态度,他前后对《你的选手》增删6次,修改后的诗歌显得更为含蓄,如诗标题原为"不用迷药的'骗子'",这应该说是这首诗的主题,但作为标题显然"内容太易露眼,所以第(2)次改得(改为你的选手——笔者注)比较隐藏一点"。原诗第一句是"我是不是一个骗子"后来调到倒数第二句,这样就使主题慢慢才体现出来 ②。这种修改情况在他的其他诗中也有所体现,如《爱情乘了BUS》、《锁的社会学》等诗都至少有两个版本,在初发表的刊物上和《鸥外鸥之诗》中并不尽相同,显然是作了修改。

三、都市诗与时政批判

鸥外鸥自幼随任国民新军团长的父亲转战南北,常能听到父亲与友人纵

---

① 鸥外鸥:《诗的制造》,《诗》(桂林)第3卷第4期(1942年11月),第30页。
② 鸥外鸥:《诗的制造》,《诗》(桂林)第3卷第4期(1942年11月),第31页。

谈时势,受此影响,鸥外鸥极为关注国家民族命运。1925 年,他入广州南武中学,积极参加反帝爱国的学生组织"学联"、青年政治运动委员会、中华全国反帝反文化侵略大同盟等。大革命失败后逃亡上海,因病休学期间大量阅读进步书刊。后于广州沦陷前去香港工作。在香港主编《中学知识》月刊,任国际印刷厂总经理,在殖民当局的限制下,为生活书店提供印刷方便,刊印邹韬奋主编的《大众生活》周报、茅盾主编的《笔谈》月刊及其他进步期刊。鸥外鸥三十年代末四十年代初与诸多中国诗歌会诗人一起,思想明显左倾。他曾参与少壮诗人会,主编《诗群众》杂志,在这份刊物上发表少壮诗人会宣言,宣言称他们在政治上作"革命的广告员"。他在自传中也说道:"我,由于关心政治——换言之关心人的如何生活。我写诗,多是以这方面的现象、存在问题为主题,抒这些方面的反应与感情。"[1]古苍梧也提到鸥外鸥是"立体派的诗人,诗写得很精彩。但他的意识形态是左翼的,非常社会性的"[2]。

鸥外鸥 1940 年代的诗歌多是有感于现实而作。因盟军攻陷了突尼斯,打通地中海水上通道,他作诗《地中海之春》,批判英帝国的殖民思想:英帝一向以地中海作为它的生命线。这观点,跟它过去的殖民地联系有关。因桂林物价飞涨,他作诗《趁人之危的拍卖》《胃肠消化的原理》《节省的方法》等,渲染经济压力对人生活的威胁,批评当局的腐败与乘人之危。因桂林暴雨受淹,他作诗《与自然无关》批评国民党当局推卸责任。因香港世居华人喜爱取个英国人的名字贯在自己原来的姓氏上,他作诗《精神混血儿》,批评这类不伦不类的现象,对他们的身份进行质疑,"你们是否我国民",最终宣告他们是属于"另外的一个种族",是"对土地不敬的家伙"。针对桂林住房紧张的问题,他作诗《都会的悒郁》。因 S.P.C.A 每年集资捐款反对虐待畜牲,他作诗《文明人的天职》讥讽反对虐待牲畜的文明人,以"何故硬不反对虐待人类"向他们进行反问。

鸥外鸥对社会政治现实的批判可谓相当强烈,跳动着时代的脉搏。他1940 年代的诗以都市诗最为引人注目,主要有"香港的照相册"和"桂林的裸体画"。在这两类诗中,鸥外鸥的城市书写或突出殖民地的政治身份,或强调

---

[1] 鸥外鸥:《鸥外鸥自传》,见张磊编:《东莞奇人录》,中华文化出版社 1994 年版,第 256 页。
[2] 杜家祁:《回首云飞风起——谈六七十代的香港文学》,《香港文学》2004 年第 229 期。

城市中的两极分化,从而他的批判没有停留在表面,而是指向香港桂林背后的政治。在《用铜膏刷你们的名字》中他斥责外国资本家是"一群贪婪可憎的苍蝇满伏在中国",《食纸币而肥的人》尖锐地抨击了那些靠通货膨胀而大发横财的官僚政客,指斥那些发国难财的贪官奸商们是"食纸币而肥的人",辛辣地嘲讽"他们吸收着纸币的维他命 ABCDE"。他讥讽带着殖民地崇洋媚外生活作风的人是"一群传染病人呵"(《传染病乘了急列车》)。《大赛马》批判了疯狂的香港社会中资本主义文明对人类精神的迫害,它使人们沉迷于迷信赌博之中,城市都罢工,迷信,同样贪婪与同样自私,在他们的眼内今日的世界只有这一件是大事而已,终年都在叹息中过着日子。《礼拜日》书写现代文明对人的异化,在游泳场、跑马地的刺激下,人们都异化为"一船一船的'满座'的电车的兔",不再因循守旧,安于定期礼拜,精神荒芜。《狭窄的研究》指出在千变万化的现代社会中,自然中的一切都不会永久,人失去了安定的居所,屋与屋的削壁,仅有一寸的隙,表现出诗人对香港现代文明发展的忧虑。"一切扒到了最尖端最高度的巅上的时候:/香港,怎么办呢?"

　　鸥外鸥在批评都市的腐败时,注意贫富悬殊的对比,如《都会的悒郁》:

蔬菜贵
茄子,马铃薯都贵

我的住宅
一座小木屋的楼上
一个面积有限的房间
全部木板
使我无限感慨
没有一寸过剩的土地
播种在地板上吗
俯视纸窗的下面
邻家的竹篱内
却广植着郁金香,夹竹桃,与蔷薇
抒情的植物呵

>　　花匠每早起来
>　　剪裁着枝叶,落肥和灌溉
>　　主人咬着板烟草
>　　坐在院子里读早报
>　　无忧无虑的把经济版新闻翻过背后
>
>　　对于那甘美的土地的奢费
>　　不堪入目了
>　　我患眼充血的眼
>　　滴着病眼药水①

1941年香港沦陷后,自香港来的人挤满了桂林,住房问题至为紧张,可是富有的人到处有家,他们买了房子还有花园,起居舒适之至。鸥外鸥对此非常不满。在诗中,贫病交加的"我"觉得物价高昂,一切都消费不起,租住的房子也是面积非常有限的,没有多余的空间,窗子是纸糊的。而一院之隔的邻居却每日无忧无虑,住所宽敞,院中广植各种花木。荒淫奢侈与贫寒饥饿对比鲜明,讽刺战时桂林是一个两极分化的不平的世界。如果说这首诗的批判并未明显指向战时桂林政府的话,那么《与自然无关》就明确将矛头指向桂林当局,即国民党统治的腐败与黑暗。

>　　……
>　　对于雨对于河流水道
>　　和对于米
>　　我们应该有人事的方法
>　　不能听任"自然"的左右
>　　怎样收容怎样储备"太多了"的雨
>　　预防太少了没有雨的时候有雨水可用

---

① 司徒越(鸥外鸥):《都会的悒郁》,《诗》第3卷第5期(1942年),第18页。

建设雨的收容所,雨的仓库

怎样调节水道

增加雨的公共汽车路线

雨的停车场

使没有河的地方有河

有河的地方不至暴涨泛滥

都是人为的工作

荒旱水灾

不再是自然的祸福了

人是上帝

人已经坐在上帝的办公椅(大禹治水,不是上帝治水!)

人应该工作把人居住的世界创造得更适合于人类居处

二十世纪的世界政治

不属于自然

不是自然的政治

是人的政治①

  这首诗因桂林被淹而作,将雨水过量导致河水上涨和米价联系起来,雨降米价也降,而河水上涨米价也跟着上涨。诗人认为自然灾害应通过人的治理得到解决,应早日预防,通过建设雨的收容所,雨的仓库,调节水道等种种措施,使没有雨的时候有雨水可用、没有河的地方有河、有河的地方不至暴涨泛滥。进而他指出"二十世纪的世界政治"不是自然的政治,而是人的政治。这就将批判的矛头指向了桂林当局,正是由于他们推卸责任,称此乃自然灾害,无法避免,才使得桂林大半城市被淹。同理,物价上涨也和河水暴涨一样,也是他们不予调节的结果。

  鸥外鸥也将视线投向世界,关注英德帝国给世界带来的灾难。《欧罗巴的

---

① 鸥外鸥:《鸥外鸥之诗》,花城出版社1985年版,第70—71页。

狼鼠祸》批判纳粹德国给世界各国带来的灾难,他吞噬了乌克兰的稻谷仓、罗马尼珂的第 2 石油库,日耳曼没有文化。他与其他左翼诗人一样,坚信未来必定比过去和现在都要好,即历史决定论和二元世界观。如在《罗马的黎明》中,他相信携带着毒瘤的意大利的"昨日之夜的黄昏已去"而"今日之日的黎明再临",在今日之日毒瘤已被割去,它正日有起色,享受着"新的阳光"的照耀。

鸥外鸥作为一个"诗的战斗兵",他唱着"不愿做奴隶的人们"的歌,举着"为正义而战的 PARKER 牌的枪",与众人"有共同的目标/有一致的脚步"(《不降的兵》),他把当时文人萃集,以诗当枪的"文化城"比喻为"鼓手的城",人们"擂着鼓吹着号,响着枪发着炮","金鼓齐鸣的,大声疾呼着战斗"(《鼓手的城》)。他对殖民地香港和桂林的资产阶级和国民党当局一个都不放过,他那锋利的诗笔一一扫向他们,将他们的腐败、黑暗等一一予以揭露。

四、小结

鸥外鸥以大胆新颖的形式、反讽的笔调、鲜明的反叛传统与政治批判的主题在 1940 年代一度惹人争议,他接受现代主义与左翼的双重影响使得左翼作家之间对其议论纷纭。"左翼现代主义"是解读他诗歌的精确的身份标识。他的诗歌既没有一般左翼诗歌的标语口号化倾向,也没有 1930 年代现代主义诗歌的那种哀婉陶醉式的感伤。但他的诗歌也有部分因受未来主义影响,过于注重形式,诗艺受到损害。如《第 2 回世界讣闻》,通过现金集中、银归国有、停止生命汽船建筑物购买保险、德国肉类恐慌、缴住宅门匙、制备防毒面具、通货膨胀、设立辅助消防站等各种不正常的动态,反映第二次世界大战爆发前夕的社会面貌。但诗歌形式上,以重复过多的"WAR"来突出夸张现实情况的紧急和给人的震惊,不免有刻意雕琢之嫌。他在 1985 年出版此诗时在诗的后面指出:"此诗写于第二次大战前的 1937 年初,通过各方面不平常的动态,预见大战的迹象已迫近。所以利用英语'WAR'一词作为叫卖号外时惊呼'呐呀'的拟声,又兼用了原词'战争'的意义。不会被视为'形式主义'吧? 有人会这样看的。"[①]这显然是受未来主义的影响,未来主义特别注重以声音模拟来表达情绪。且这一点在鸥外鸥的《欧罗巴的狼鼠祸》中也有表现,诗末对希特勒窃

[①] 鸥外鸥:《鸥外鸥之诗》,花城出版社 1985 年版,第 27—28 页。

国窃土的行为非常厌恶,愤怒地以"达达达达达达——达,达——达达达达达——/达,达达达达/扫射它吧,扫射它吧,用机关枪!",一连串的枪声将诗人的愤怒表达得淋漓尽致。但与《第2回世界讣闻》相比,此诗就显得节制得多,后者则不同,全诗90行,有48行都是"WAR"即"蜗呀"的叫喊,且开头结尾的六行全是"WAR",艺术性大打折扣。

第二节 俞铭传:由"潘彼得的梦"走向集体的行动

俞铭传(1915—1979),安徽省南陵县谢家坝村人。1926年在芜湖高级小学肄业,1928年秋进省立芜湖初中,1929年秋转入上海立达中学,1935年秋考入安徽大学外文系,1936年转入武汉大学外文系,1939年毕业后历任四川省立重庆高级工业学校、四川江津第一中山班、国立十七中学、第二华侨中学英文教员。1942年进西南联大清华大学研究院研究英国诗歌,同年被聘为西南联大助教。1946年清华大学研究院毕业,任教北大。其间曾在云南大学任讲师,把部分石鼓文、楚辞及苏东坡的诗词译成英文,收集在美国出版的《中国历代诗选》里。罗拔·佩恩(Robert Payne)编选的《中国当代诗选》收他的诗作十一首,比何其芳、艾青和徐志摩的都多。他还应英国教授白英之约将《红楼梦》译为英文。1949年后曾任北京大学讲师、助教联合会主席、校务委员会常务委员、中国教育工会北京市委员会办公室主任、河北师范大学教授等。俞铭传在1940年代属于西南联大诗人群,1945年10月由北望出版社出版了《诗三十》。他的诗、散文多发表在《文学杂志》、香港《大公报·文艺》、《春秋》、《中建》、《文艺复兴》、《奔涛》等杂志上。诗作在当时有一定影响,闻一多的《现代诗抄》选入他的诗作7首,仅次于穆旦,位列西南联大诗人群中第二位。他多次在时人日记中出现,如在《吴宓日记》中出现10次,朱自清日记提到了他的《诗三十》,叶圣陶也提到了他①。但遗憾的是他迄今没有进入研究者的视野。

---

① 李斌《俞铭传和他的拍卖行》文中的统计(《新诗评论》2010年1辑)。朱自清:《朱自清全集》第十卷,朱乔森编,江苏教育出版社1998年版,第402页。商金林:《叶圣陶年谱长编》第2卷,人民教育出版社2004年版。

一、个体存在的反思、科技意象、隐喻与反讽

俞铭传自 1930 年代开始发表作品,最早发表的诗歌是《我底脚上黏了一点黄泥》(《中学生》1930 年第 3 期)。他在 30 年代属于现代诗派,孙玉石和唐祈都指出了这一点。孙玉石在《中国现代主义诗潮史论》一书中将他归于 1930 年代的现代诗派,唐祈在《论中国新诗的发展及其传统》一文中也说"俞铭传、南星、路易士、汪铭竹等都属《现代》诗作者群"。① 朱自清在读过他的《诗三十》后认为"乃唯感派之作"②。1940 年代俞铭传接触到了艾略特等英美现代主义诗人,翻译了艾略特的《溺死》和《海伦姑娘》。③ 1947 年 4 月 20 日,他翻译了《现代英诗漫谈》(天津《大公报·星期文艺》1947 年 28 期),从中可以看出他的观点较偏于现代性。俞铭传与英美现代主义诗歌的接触与他进入西南联大研究英国诗歌有着密切关系,1940 年代现代主义诗歌的译介多半都是由西南联大师生完成的,艾略特、奥登、里尔克都是他们喜欢并经常阅读的诗人,"记得当时昆明'文学青年'们读得最多的还是几首名诗:艾略特的《荒原》与《普鲁弗洛克的情歌》;里尔克的《豹》和奥登的《在战时》。"④俞铭传还与许多外国诗人有联系,如 Herbert Read 和 Robert Payne,后者编选过他的诗歌,他们二人对他的《诗三十》均给予高度评价,Robert Payne 指出了他诗歌的风格及所受影响:"他的诗好像敦煌石室中的壁画。它们闪耀着光彩,而且往往具有凶猛和壮丽的素质——这种凶猛和壮丽,乃是历代中国诗中所不常见,现代的中国诗中尤其罕有……随处都使人想到济慈,叶芝和米尔敦的作品。"⑤

1937 年后,俞铭传自武汉珞珈山南下,通过汉口、四川,最后抵达昆明攻读硕士并从事教学。这从《诗三十》中诗后所注的内容中看得清清楚楚。《拍卖行》一诗作于 1943 年 11 月 1 日的昆明,这是俞铭传到昆明以后作的第一首

---

① 孙玉石:《中国现代主义诗潮史论》,北京大学出版社 1999 年版,第 305 页。唐祈:《论中国新诗的发展及其传统》,《西北民族大学学报》1984 年第 2 期。
② 朱自清:《朱自清全集》第 10 卷,朱乔森编,江苏教育出版社 1998 年版,第 402 页。
③ 《经世日报·文艺周刊》(北平)第 35 期(1947 年 4 月 13 日)。
④ 杜运燮:《在外国诗歌影响下学写诗》,《世界文学》1989 年第 6 期。
⑤ 俞铭传:《诗三十》,北望出版社 1945 年版,第 39—43 页。本节所引俞铭传诗歌,除特别注明外,均出自《诗三十》。

诗,这首诗与他之前的诗歌风格有了很大的变化。他 1938—1941 年的诗歌多流露出浓重的乡愁,多次提及浪漫派诗人,如《病》中提到"曾经把名字写在水里的人"济慈,《"文涛"》指出"浪漫派的诗人没有骗人"。而两年后创作的《拍卖行》、《空袭》等诗则开始呈现出现代主义的风格。

> 来自不同的门第的
> 一群失宠的尤物。
> 以往的日子乃是潘彼得的梦。
>
> 曾经在香郁的嘴唇上亲吻的,
> 曾经与女人的手指同谋的,
> 曾经随着蜜蜡的胸脯而起伏的,
> 曾经以神秘的圆眼睛
> 摄取欢乐的灵魂的,
> 曾经不分永昼与永夜地
> 用象牙的吸盘吮血的,
> 曾经借浩渺的风云或苍老的松石
> 装饰着华丽的客厅的,
> 曾经任劳任怨地越过
> 千重山万重水的……
> 以往的日子乃是潘彼得的梦。
> 王昭君还在依恋汉宫吗?
>
> 那边却是芝加哥的屠场。
> 吊在铁丝的脖子上的
> 皮革的纵队,
> 哔叽的纵队,
> 绸缎的纵队,
> 还有使 Manet 的眼睛迷离的
> 说不出名字来的纵队,

还有羊毛与驼毛的 Torsi;

汽车,脂粉与香水

以及梅毒的细菌

酿造着都市的氛围。

它们已经失去了处女的颜色。

它们果真失宠了呢,还是战争消瘦了它们的恩人

且听门楣上的收音机;

吉普赛的女人替它们算命了。①

  拍卖在1940年代是一种非常常见的现象,仅就昆明而言,1939年起就开始通货膨胀,接下来的几年逐年上升。战前生活安逸的大学领导、教授也日益捉襟见肘,拍卖遂成为日常生活中的一个"公共事件"。朱自清就多次光顾拍卖行②,至于学生就更为稀疏平常了,联大学生杨彤在《穷苦的大学生》中写到:"学校快开学,纸笔都成问题……辛辛苦苦从北方带来的几本书,今天都卖去了……把母亲送我二十岁生日小戒指换了一笔不小的数目。"③因此,拍卖行进入到了1940年代的诗歌中,成为一个典型意象。如鸥外鸥的《乘人之危的拍卖》,联大诗人王佐良的《诗两首》中也有"而嘴唇又薄又闹,像一张/拍卖行长开的旧唱片"。俞铭传的这首《拍卖行》从拍卖行里的"一群失宠的尤物"写起,通过它们古今命运的对比,反思战争中物的存在与命运。第一节描写拍卖行中物的来历与失宠的命运,第二节描绘戒指、项链等多种拍卖物以往的命运,第三节则转向现实,描绘他们在拍卖行的命运,它们被挂起来,像在芝加哥的屠场一样等待着被"宰",命运不由自主,它们虽然依旧光鲜,在拍卖行营造

---

  ① 俞铭传:《诗三十》,北望出版社1945年版,第39—43页。(本节所引用俞铭传诗歌,除特别注明外,均出自《诗三十》)。

  ② "拍卖行"在朱自清日记中多次提到,仅1942年9月—12月,就至少出现了8次:1942年9月23日,"晚到拍卖行寄售淋浴器具";1942年10月1日,"晚饭后到拍卖行寄售桌灯";10月7日,"晚饭后到拍卖行";10月12日,"晚饭后去拍卖行";10月22日,"晚上去拍卖行";10月29日,"晚访拍卖行";12月15日,"晚上找了几家拍卖行,将带去的东西全部寄卖";12月29日,"晚上去拍卖行"。(《朱自清全集》第10卷,江苏教育出版社1998年版,第199页,第201页,第202页,第203页,第205页,第206页,第213页,第215页。)

  ③ 杨彤:《穷苦的大学生》,《宇宙风》(桂林)1940年4月16日,第565页。

着都市的氛围,但它们已不再健康,仿佛梅毒病菌一般,预告着这个城市的没落与衰亡。因为拍卖行越繁荣,就意味着人们的生活越艰苦。第四节与第一节形成对比,原先肯定的"失宠"一说被否定,宣告了物的命运的变化实源于"战争消瘦了它们的恩人",即人类,罪魁祸首就是战争。最后一句算命的"吉普赛的女人"这一意象出自艾略特的《荒原》,《荒原》第一部分《死者葬仪》中出现的女相士马丹·梭梭屈里士,曾在赫胥黎《克罗姆·耶娄》中出现,小说中 Mr. Scogan 被女性抛弃,自愿成为算命者,他穿得像吉普赛女人,女扮男妆,取名 sesostris。马丹·梭梭屈里士在《荒原》里也是算命者。"通过吉普赛女人算命这一意象,《拍卖行》和《荒原》建立了关联。"①这首诗既是写战争中物的无常命运,也隐含着诗人对自我命运的担忧,诗人最后将救赎的力量指向神秘,与《荒原》指向宗教信仰相似。此外,他的《黄金国》、《马》都表现出一种"荒原"意识,"他这些对艾略特进行模仿的诗,我认为是新诗人中跟艾略特跟得最紧的一个"。②

现代主义诗人喜欢用科学术语入诗,其中尤以奥登最为显著。他把数学、医学、地理学等多种知识术语引入诗中,杜运燮就指出他在诗里"大引其古典,外国文字,许多的人名地名以及一些只有自己与朋友知道的笑话与讽刺。不久他又以一些科学的,医学的,以及心理分析的奇怪名词代替古典的引句"③。俞铭传的诗中也有大量科学术语。如历史学术语"封建的都市"(《"顶好!"》)、"铁器时代"(《村居》)、"中世纪"(《悼闻一多师》)、"古代的希腊"(《细雨》),物理学术语"声音的波纹以几何的级数消损"(《空袭》)、"牛顿的定律"(《黄金国》),数学术语"五立方尺"(《北极熊》)、"平行线"(《溜冰场》),地理学术语"金碧路"、"洪化桥"(《空袭》),医学术语"毒瓦斯"(《空袭》)"维他命"(《"顶好!"》),经济学术语"五年计划"、"商业资本"(《"顶好!"》)、"官僚资本"(《悼闻一多师》),政治学术语"马其诺防线"(《最后的一代》),军事学术语"夜航机"、"烧夷弹"(《村居》),天文学术语"流星的轨道长到十万光年"、"天体"、"流星的轨道"(《夜航机》)、"显微镜"(《信》)、"恒星"(《赠——》),气象学术语"同温层"(《生》)、"紫外线"(《最后的一代》),

---

① 李斌:《俞铭传和他的拍卖行》,《新诗评论》2010年第1辑。
② 李斌:《俞铭传和他的拍卖行》,《新诗评论》2010年第1辑。
③ 杜运燮:《海外文讯》,《明日文艺》(桂林)1943年第1期。

生理学术语"肺叶"(《表面张力》),植物学术语"叶绿素"(《煤坑》),生物学术语"细胞"、"分子"(《动》)、"子宫"、"胚胎"(《最后的一代》)、优生学(《"顶好!"》)。众多科学奇观涌入俞铭传的诗歌中,拓宽了诗歌的表现空间,使之具有一种冷静坚硬的质地。

受艾略特、奥登等人的影响,俞铭传诗中常用悖论修辞与大跨度的比喻。《黄金国》最后一节在《诗三十》中为"五岳山上的松柏/不青也不黄;/稻麦一代又一代,/田里的元气都已拔光;/为着土质的肥沃,/需要一次洪水的泛滥。"后发表于《文艺复兴》1946年1期上时更名为《祖国》,内容也有修改,最后一节改为"五岳上的松柏/不死也不生",修改后的诗歌明显增加了语言的张力。此外如《表面张力》中的"饥饿的等待,奢侈的忍受"。俞铭传诗中有许多大跨度的比喻,如"鞋底下消磨掉八年的别离/短短的八行收集了千百卷演片"(《信》),"就寝号在空旷上巡逻了一遭"(《郊》)。

奥登诗中隐喻多为1940年代诗人借鉴,如《中国兵》中"像逗点一样加添上意义"一句被众多诗人所击节,杜运燮的《善诉苦者》和汪铭竹的《空军颂》等都受到影响,以标点符号作隐喻。俞铭传的《郊》也采用了这一隐喻,"耶稣的胸膛仰卧在十字路口;/他的头上,他的脚上,/他的左右手上,/四连串的路灯/钉着四颗生锈的惊叹号。"这一节显然是从高空俯视的角度来描绘的。

奥登在二十世纪三四十年代创作了许多轻松诗,轻松诗既可以写严肃的内容,也可以写滑稽的内容,形式上则具有明显的音乐成分①。俞铭传的《空袭》以轻松幽默的口吻、抑扬顿挫的音乐性表现严肃的空袭事件,明显具有奥登"轻松诗"的特点。

  沉重的节奏
  提着二万尺长柄的竹帚
  五秒钟的功夫
  扫清了每一条

---

① 刘芃如、杜运燮等人对此都有解释。杜运燮在《海外文讯》中说:"轻松诗"主要是从诗歌的格律、语调来讲的,刘芃如在论述奥登新作中的"light Poems"时说这些诗"跟我们的'朗诵诗'很相似,音乐成分是比较外在的"。参见杜运燮:《海外文讯》,《明日文艺》(桂林)第1期(1943年5月)。刘芃如:《W. H. 奥登的"流亡曲"》,《燕京新闻·副叶》(北平)1944年5月6日第5版。

挤满人畜的道路。

俯冲机一连生下三十个红蛋,
飞上天,飞上天,
咯,咯,咯,咯,咯。
却说声音的波纹以几何的级数消损,
晴朗的天气中储蓄一塘死水。

于是古装的城市伏案午睡。
低能的插画家在它的头上
用浓厚的黑墨
画一条缭绕的黄粱梦。

于是草丛中睁开刺猬的眼,
泥沟中冒出甲鱼的头。
"哪儿?哪儿?
是不是飞机场?"
"飞机场?恩,我看该是金碧路!"
"哪有那么远?不会!
准是洪化桥!"

下午两点钟。
P—40回家了,
低空中翻一个金斗。
老王推开房门来,
"哎呀!"向床上一倒;
"哎呀!"
老刘把屁股摔在藤椅里,
两脚向桌上一跷;
老周连倒三杯开水,

一口气把肚皮灌饱。

老周点上一支黑猫。
"以后可要小心,
听说他们已有大批的毒瓦斯运到。"
"没有防毒面具,
却能把手帕浸上小便
做一个临时的口罩"
"哈哈,那才好看!
炸弹一响,
山头上挤满了男男女女,
个个都解开裤子来屙尿!"

空袭在 1940 年代战争时期是极为常见的军事行为,即使身处后方,联大的师生亦不能幸免,躲空袭是他们日常生活中的常见事情。对此联大师生多有记录,并以诗表现。但由于所受影响不同,他们对空袭的描绘也就迥异。冯至从躲空袭事件中反思的是人与人之间的交流与个体的承担与责任。俞铭传则以反讽、戏谑的口吻表现了这一事件,轻松幽默。诗人居高临下,采用高空俯视的角度描绘空袭时城与人的种种形态。第一节描绘空袭来临前人们躲避之迅速,仅五秒钟,人去楼空。紧接着,第二节描绘了敌机来时轰炸的情形,诗人将炸弹喻为鸡下蛋,像母鸡下蛋后欢快的呼叫,飞机排下炸弹后飞上天也发出"咯"的声音。飞机轰炸有一定的间期,两次轰炸间的沉寂又使人觉得万里晴空无一点声息,宛如一塘死水。第三节承接第二节的沉寂,在短暂的时间内,整座城市陷入昏睡当中,"黄粱梦"与现实多么不合时宜,表现出诗人对它的嘲讽。第四节是人物之间的对话,他们揣测着受到轰炸的地方,在战争中人被异化,他们变为刺猬、甲鱼。第五节描述空袭后人们回家后的状态,来回奔波使得他们又渴又累。最精彩最啼笑皆非的是最后一节,他们讲述之后空袭的谣言,为预防毒瓦斯,戏谑以小便制作口罩,嘲讽人们在生存面前最起码的尊严也将消失殆尽。诗人没有描写空袭带来的生离死别,而以反讽的口吻将空袭的痛苦与灾难轻松化,诗歌也具有一种明显的音乐性,"奏""帚""夫"

"路""蛋""天""损""水""睡""上""梦""倒""跷""饱""猫""到""罩""尿"等字的运用使得诗歌极具韵律，具有一种轻松的乐感。

俞铭传的诗中还可见出里尔克的影响。里尔克在1903年7月18日写给女友萨洛美的信中指出他"出于恐惧造物"，创作了大量的物诗。物诗既包括动植物、艺术品，也包括儿童、乞丐、盲人等人物形象，如《豹》《天鹅》《独角兽》《海豚》《黑猫》《诱拐》《蛊惑》《阳台》《读者》《从前的阿波罗》《古老的阿波罗躯干像》《西班牙舞女》《阳台上的贵妇》、《白发老妇》等。里尔克的物诗以感情的客观化与敏感自我的物化与理智化呈现出现代主义的特征，他要求在孤独中观看、感受客观事物，承认物体自身具有独立的意义。这意味着对浪漫主义专注内心感受拒绝凝望世界的抗拒。俞铭传1940年代也创作了一些物诗，如《拍卖行》《北极熊》等。

> 铁栏里挤出饥饿的眼。
> 穿透辽阔的青天
> 而又在白云上摔成了粉末。
> 北极熊跳着迟钝的回旋舞，
> 他的宇宙就是五立方尺。
>
> 那些游园的男女
> 在嫩绿的空气中走来走去。
> 他们的指头剥着桔子皮，
> 他们的眉毛还在叙说着爱情呢。
>
> 跳着迟钝的回旋舞，
> 北极熊的宇宙就是五立方尺。
> 锁链吗？兀鹰的长喙吗？
> 你的讽刺乃是生生不息的
> 生生不息的Prometheus的心肝！

这首《北极熊》为诗人1945年在昆明所作。诗歌第一节描述了北极熊的生存环境,突出了被监禁的生存状态中北极熊对生存的追求及受到压抑产生的迟钝。第二节与第一节形成对比,描绘游园男女的虚无,他们沉浸于吃喝玩乐。第三节再一次转折,既与第二节形成对比,又是对第一节的强化,北极熊对囚禁迫害自己的铁链、兀鹰的长喙投以讽刺,他没有被囚禁的生存状态所压倒,而是以 Prometheus(普罗米修斯)生生不息的心肝对抗现实,突出了北极熊顽强的生命力。对比俞铭传的《北极熊》和里尔克的《豹》,我们可以发现两首诗有许多相同之处,都是从观察的角度描写一个被囚的物,有相同的意象:铁栏、宇宙、旋转(回旋),所描绘的物都既是诗人观察的对象,也是诗人自身,都具有多重含义。但两诗也有不同之处,里尔克的《豹》主要描述了主观观察方式的错误性:第一节描述人囿于自设的牢笼,第二节描述人在这个困境中越陷越深,最后以精神崩溃告终,第三节描述从主观转向客观,使人能够从新的角度认识世界,从而达到人与物的融合。① 诗歌表现的是对主观意志的否弃。但俞铭传的《北极熊》并未实现最后的转折,即并未从主观观察转向客观观察。他也描绘了囚禁对北极熊精神的迫害,北极熊渴望铁栏外辽阔的青天,对自由有一种强烈的饥渴,但却"在白云上摔成了粉末",日复一日,北极熊变得迟钝,如同豹"伟大的意志昏眩"。第三节继续强调北极熊的迟钝,但北极熊并未如豹一样变得静寂,将外在侵入心中的图像化为乌有,而是以自身的生命力对抗外在现实并予以嘲讽。诗中人称的转变也反映出诗人的观察角度,第一、二节以"他"、"他们"描写北极熊和游园人,力求客观,第三节却变为"你",既是与北极熊直接对话,也是与自己对话,将客观的描述一下子变为主客对话,拉近了与描述对象的距离。

二、行动、集体的肯定与资产阶级及其文明的批判

俞铭传在芜湖读初中时,开始接触《共产主义 abc》等革命书刊,1928 年秋进省立芜湖初中参加共产党的地下组织,成为一名地下党党员。他一面读书,一面宣传党的思想,宣传进步思想,号召学生们起来革命,推翻反动的势力,反对反动政府。后来因在上海南京路参加"八一"学生示威游行被捕入狱,一年零 8 个月后被释放,时年仅 18 岁。之后,他考入安徽大学读书,一年后转入武

---

① 林克:《里尔克的豹评析》,《国外文学》1998 年第 2 期。

汉大学。七七事变后,积极参加学校抗日救亡运动。清华研究院毕业后分在北大任教,再次入党,成为北大地下党的负责人之一,多次参与左翼活动。他坚决反对第三条道路,在1940年代末清华大学举办的座谈会上,他对知识分子进行了一番审视:"知识分子的定义很难下,因为他们是从各个不同的阶层出身的;如果以'理性'来区别,未免太不着边际了。据一般的了解,他们就是各级学校的教职员,大中学生和文化人。将来的社会,大多数人不会再容许少数人来统治,而知识分子在社会中的数目是很少的,所以要想在社会中起领导作用,那只是一种幻想。今天的知识分子只有两条路好走,要吗跟这些人倒下去,要吗跟那些人站起来。第三条路是没有的。他们不可能别树一帜;他们应该虚心地接受觉醒了的多数人的领导,不要只替自己打算而要为整个社会的前途贡献出自己的能力。"①这里,俞铭传显然是站在左翼一方的角度否定第三条道路的。

俞铭传1940年代中后期的诗歌与现实联系比较紧密,诗中非常强调行动的作用,肯定个体融入集体,如《动》:

> 横的行列穿插着纵的队伍,
> 纵的队伍穿插着横的行列:
> 十万支肩膀的图案
> 烘托着十万支呼号的眼:
> 这一条就要出巡蟠龙
> 鳞甲下酝酿了冲天的气焰。
>
> 成熟的思想指示新生的行动,
> 浪漫的情绪护卫理智的信念;
> 每一个细胞装满同一的原形质,
> 结晶的分子构成结晶的整体;
> 已经到了不能沉默的时候,
> 愤怒逼迫我们冒头颅的危险。

---

① 俞铭传:《知识分子今天的任务》,《中建》(上海)半月刊第2期(1948年8月5日),第8页。

这首诗于1945年5月作于云南大学,这一年的5月,昆明举行了大规模的游行示威。5月4日,昆明的西南联合大学、云南大学、中法大学、英语专科学校四个学校的学生,会集在大操场,举行"五四"纪念会,规模盛大。会后两万余人举行游行示威,反对国民党一党专政,要求成立民主联合政府。4天后,法西斯德国军队统帅部代表在柏林正式签署德军无条件投降书。审视俞铭传的这首诗,可以看出是对集会的描述。第一节从纵横两方面突出人数的众多,他们内心蕴涵的悲愤气焰冲天。第二节是对第一节的发展,排列好的队伍马上就要出发,他们在成熟思想的指示下,将投入"新生的行动",他们中每一个结晶的"分子"都属于"整体",他们不再是个人的,而是属于集体的,在祖国危难的时刻,他们甘愿"冒头颅的危险",即甘愿以死来实现自己和众人的"新生"。俞铭传1940年代中期以后的诗歌已不再如初期的诗歌,频频回望故乡,抒发乡愁,而是渴望加入集体,像闻一多一般,"欣欣然参加街头的群众"(《悼闻一多师》)①,在斗争中发挥魄力。

俞铭传1940年代的诗歌属于城市诗,描写的多是昆明这个城市。他对昆明的种种黑暗、不平现象进行了批判。俞铭传有很强烈的现实批判的热情,他批评通货膨胀:"前天的行市两万六,/昨晚的行市三万四,/今早的行市四万三",在这种残酷的现实中,人们的信仰被击败,"时代的现实/打倒了释迦和基督,/还向亚里士多德吐着唾沫。/以艺术和科学制造了方舟,/人们飘浮在洪水中/寻觅冷冰冰的金羊毛,怀里藏着一个储宝盆,/而且贴上一张笺条:黄金禺。"(《金子店》)艺术和科学也无力营救,它们制造的方舟驮载不起人们对金钱的欲望和追求,人们只能漂浮在洪水中无力自拔。他还批判了美国资本主义文明对昆明的腐蚀侵害,指出昆明的繁荣是封建的虚假的,"二十世纪的四十年代,/金圆是超等的武器,/金圆也是超等的道德观。"(《顶好!》)战争也取决于金钱,因此,贫困的"黄帝的子孙仍旧拖着两条泥腿",在战争中挣扎,而山姆大叔(即美国)则在一边嘲讽"顶好"。他批评暴君尼禄"烧遍了整个的罗马",批评资产阶级谋取利益,将他们喻为屠夫,批评他们对人民的欺诈:"官僚资本堆砌高楼大厦,/屠夫们在梦想威震四海;/人民的身体榨成了枯柴;/'不

---

① 俞铭传:《悼闻一多师》,《文艺复兴》(上海)第3卷第5期(1947年7月),第539页。

够,脖子上还要勒一把!'"(《悼闻一多师》)

俞铭传还深入社会底层,描绘了煤矿挖掘者的悲惨命运:

> 朝着静穆的青天
> 地壳张开撒旦的大口。
>
> 曾经在地球上称雄的
> 古生代的羊齿,
> 在地层的严密的封锁之下,
> 在万千的岁月的重荷之下,
> 丰盛的叶绿素
> 变为一团黑墨的化石。
> 岩浆有冰结的时候;
> 埋葬着的枯骨
> 也要重见天日。
>
> 一锄,一锹,
> 炭坑夫转辗于煤屑中
> 为着人类的文明
> 聚集自焚的薪火。
> 血肉和火药化合成一体,
> 黑暗中闪耀着尼格罗的牙齿呢。

这首《煤坑》作于1944年的马坊,在这里,有着张开撒旦大口般的煤坑,它自古至今不断地吞噬着人类的生命,但他们不会白白牺牲,他们的"枯骨",最终必会"重见天日"。第三节重点描述了为人类文明的发展,煤坑夫自焚的悲惨命运,最后一句中的尼格罗(Negroes)是指世界三大人种之一,泛指世界各地的黑人,也特指分布在非洲大陆撒哈拉以南的黑人居民。诗歌看似并无批判指向,将煤坑夫的死亡看做为人类文明的自愿牺牲,但最后一句却暗含了对资本主义社会的批判,因为尼罗格人从事煤矿工作多是由于被欧洲列强掠卖为奴所致,故而他们的命运并不为自己做主,人类的文明并不是包含他们在内的文明,只是资本主义社会中资产阶级的文明,他们从中获取暴利。

总之,俞铭传深受英美现代主义诗人艾略特、奥登和德国现代主义诗人里尔克的影响,在诗中大量运用科技意象,以反讽轻松的口吻冷静地批判现实,客观地观察"物",以悖论和大跨度比喻抒发诗情,诗中意象多取自现代主义诗人。1940年代中后期,他由"潘彼得的梦"中醒来,抱着浓郁的批判热情,对现实中种种黑暗现象,尤其是资产阶级及其文明对人民的危害予以批评。他强调行动的力量,个体融入集体的作用,期待风雨冰雹的来临,以解救窒息的魂灵,渴望以死换取人民的新生。他认同"亚历山大的意志",诗的现实功能,认为只有革命斗争才能解救人民。这无疑是与左翼人士的观念和诗歌中的表现相一致的。

第三节　辛笛:由时间反思、意识流至集体、行动的肯定

辛笛(1912—2004)原名馨迪。生于天津,原籍江苏淮安。1935年毕业于清华大学外文系。1936年至1939年,在英国爱丁堡大学英国语文系进修。回国后,任暨南大学、光华大学教授,《中国新诗》、《美国文学丛书》编委、中华全国文艺协会上海分会秘书,诗歌音乐工作者协会上海分会负责人。1948年加入中国民主同盟。1949年后,历任上海烟草工业公司、上海食品工业公司副经理,中国作协第四届理事、上海分会副主席。著有诗集《珠贝集》、《手掌集》、《辛笛诗稿》、《九叶集》(合集)、《八叶集》(合集)、《印象·花束》、《王辛笛诗集》。此外还有散文随笔《夜读书记》(1948)、《嫏嬛偶拾》(1998年),旧体诗集《听水吟集》等。

辛笛虽属《诗创造》群体,但由于他最为年长,与其他四人的经历相差较大,故而他在1930年代末1940年代初期主要属于现代主义诗人,后因受左翼影响,加之身份认同困境和感时忧国情绪的激发,诗歌创作发生了转变。

一、时间的焦虑、反思与意识流手法

辛笛在中学和大学时就较为系统地学习了中、西文学知识,读清华大学时就开始接触西方现代主义,中国最早翻译介绍艾略特的叶公超是他的老师。

在《英美现代诗》课上,叶公超介绍了艾略特、叶芝、里尔克、霍普金斯的诗歌,瑞恰慈的新批评理论。他在《辛笛诗稿》自序中说道:"大学读书时,我曾广泛地吟味了西方诗歌……现代派中的叶芝、艾略特、里尔克、霍布金斯、奥登等人的作品,每每心折。"①1936—1939年他赴英国爱丁堡大学留学,期间重点研读了英国文学,特别是十九世纪末二十世纪初的现代派诗歌,并同艾略特、史本德、刘易士、缪尔等诗人有过交往,听过艾略特的讲座,观看过艾略特的《大教堂惨案》和《群猫》,遗憾的是未能见到奥登。其中,他受艾略特的影响最大,他在《我和外国文学》中说道:"我在三四十年代不满于当时旧社会的种种怪现象,因而醉心于艾略特在荒原中揭露西方社会现实时所用的艺术手法"②。其次是奥登,他"很欣赏他用现代手法表现社会现实,他的轻松讽刺诗也很机智而深刻。"③他在《手掌集》的"珠贝篇""异域篇""手掌篇"三部分的篇首分别引用了霍普金斯、艾略特、奥登的英文诗句。里尔克也是辛笛1940年代受到影响较为显著的一位现代主义诗人,"外国诗歌我最初喜欢19世纪浪漫主义诗人华兹华斯、济慈的作品,随后对勃朗宁、哈代、叶芝、艾略特、奥登以及霍普金斯、蒿斯曼、里尔克、聂鲁达等人的诗歌更为倾心。"④

辛笛"异域篇"的篇首引用的是艾略特《四个四重奏》第一部分《燃烧的诺顿》开头的几句,在这几句诗中,艾略特对时间进行了思索,他认为过去的时间、现在的时间和将来的时间不再是直线运动中不可逆转的、不可分割的整体,而是断裂的,过去和未来都指向现在,唯有现在能通向永恒与救赎。辛笛自1930年代开始创作时就对时间给予了较多关注,诗中多流露出感伤之情,因此他自然对艾略特诗中的时间极为感兴趣,他异域篇中的诗歌最突出的也是时间的表现。辛笛曾说:"到异域求学增强了我的现代体验和现代意识"⑤,其中,最突出的现代体验和意识就是对时间的焦虑。辛笛在"珠贝篇"中往往沉浸于对过去时间的感怀,"异域篇"中,辛笛将目光投向"现在",从过去抬起头的他对时间产生了严重的焦虑。《对照》集中表现了诗人对时间的焦虑,有

---

① 辛笛:《自序》,《辛笛诗稿》,人民文学出版社1983年版,第3页。
② 辛笛:《我和外国文学》,《中国比较文学》1986年第3期。
③ 辛笛:《我和西方诗歌的因缘》,《外国文学评论》1995年第3期。
④ 辛笛:《也谈读书》,《夜读书记》,陕西师大出版社1998年版,第119页。
⑤ 辛笛:《我和西方诗歌的因缘》,《外国文学评论》1995年第3期。

着时间不待人的紧迫感,怀旧与现在产生了激烈的冲突。

  俯与仰一生世
  石像之微笑与沉思
  会让你忆念起谁
  秋天的叶落如在昨夜
  黑的枝干有苔莓
  告诉你林中路的南北
  但新生的凝绿点却更带来新生的希望
  点点的声音是点点光的开落
  雨后　雨后故国的迢遥
  杯盘该盛饰着试剪的果菜
  但去年浅酌尝新的人呢
  听钟声相和而鸣
  东与西　远与近
  罗马字的指针不曾静止
  螺旋旋不尽刻板的轮回
  昨夜卖夜报的街头
  休息了的马达仍须响破这晨爽
  在时间的跳板上
  白手的人
  灵魂
  战栗了①

  诗歌前半部分通过石像进入了对过去的追忆,"会让你忆念起谁/秋天的落叶如在昨夜",但去年浅尝酌新的人已不在,诗人是在遥远的异国。回到现实中来,诗人意识到了时间的不停运转,"罗马字的指针不曾静止/螺旋旋不尽刻板的轮回",而在这时间的快速运转中,诗人感到了焦虑,他痛感自己是一个

---

① 辛笛:《手掌集》,森林出版社1948年版,第29—30页。

"白手的人",没有任何实际的行动,于是,在现实面前,诗人的"灵魂/战栗了"。辛笛认识到"失去的不再回来"(《文明摇尽了烛光?》),"我们已无时间品味传统/我们已无生命熔铸爱情/我们已无玄思侍奉宗教"(《一念》)。

在时间的焦虑中,辛笛对时间进行了形而上思索。在《四个四重奏》中,艾略特对世俗时间进行了批判性思考,认为世俗时间只是无意义的循环、生老病死、创造毁灭。因此,他希望人们从世俗时间的循环中摆脱出来,走向永恒。辛笛也意识到了现实时间的循环、盲目和无意义,在1948年的上海,他看到:"比邻而居的是茅屋和田野间的坟/生活距离终点这样近"(《风景》),表达了对时间的批判性思考,这种生与死的距离是如此之近,喻示人类的生命似乎显得毫无意义,不过是生与死的重复。在时间面前,人类就是被动的奴隶,日复一日的重复,而无力改变自己的命运。《航》中,"日"、"月"、"星辰"等时间意象散落在整首诗中,诗的开头是"帆起了/帆向落日的去处",将航行引申为时间之旅,日夜的交替前进不是直线性的运动,而是一个个相连的循环的圆圈,"我们航不出这圆圈"暗示出人类永恒的受役命运。辛笛也由现在抵达永恒,如"曲直的松下/暮风吹起它的歌吹/相与永恒而在的/是这潭光和枳"(《潭枳》)。

辛笛"异域篇"中许多诗歌都可看出是对艾略特诗歌的模仿,如"二十世纪的故事/便是车马驾着御者/看桥上的人/桥下的船舶/有多少分口粮/就有多少风前风后的鬼/我不悲哀/阴霾里会再来一次响雷"(《欧战休战纪念日所见》)显然是受艾略特《荒原》中"并无实体的城,/在冬日破晓时的黄雾下,/一群人鱼贯地流过伦敦桥,人数是那么多,/我没想到死亡毁坏了这许多人。"[1]的影响。艾略特意在表现伦敦人在战争时代普遍失去信仰,成为没有灵魂的躯壳。辛笛同样以桥、阴霾天、人等意象表现战争时代人的异化,人被车马之"物"所奴役,分不清他们是人还是鬼,表现出对现代文明的批评。辛笛与艾略特一样,都看到了西方资本主义社会的"荒原"景象。辛笛的《门外》与艾略特的《荒原》也有相似之处,《门外》由"让钥匙自己在久闭的锁中转动"深入"我"的内心,随意识流动逐渐讲述了"我"的一种孤独怀旧的情绪。钥匙转动这一意象在《荒原》中曾出现过,"在我们空空的屋子里/DA/Dayadhvam:我听

---

[1] T.S.艾略特:《世界诗苑英华:艾略特卷》,赵萝蕤等译,山东大学出版社1997年版,第66页。

见那钥匙/在门里转动了一次,只转动了一次/我们想到这把钥匙,各人在自己的监狱里/想着这把钥匙,各人守着一座监狱/只在黄昏的时候,世外传来的声音/才使一二个已经粉碎了的柯里欧莱纳思一度重生。"[1]唐湜在分析辛笛的《门外》时指出:"《门外》那种重重叠叠的记忆的意象的交织却似秋虫的繁奏,那'猫的步子'正是T·S·艾略忒的'足音萦迴在记忆里/走下过道,我们不曾走那过道/到我们没有打开过的/到蔷薇园里去的门。我的话/如此,萦逗在你的深心'"[2]里的足音。《手掌》第二节写到"吉卜赛女儿"看面相,这一意象与艾略特诗歌也有联系,受艾略特影响的俞铭传的《拍卖行》也曾出现这一意象。不过,辛笛对这种神秘信念并不认可,他认为"你若往往当真/岂不定要误事"。

辛笛也受到奥登的影响,他《手掌篇》的引子就是奥登的诗。他创作了轻松诗,如《逻辑》、《阿Q问答》。奥登在意象运用上喜欢将抽象具象相结合、抽象观念人格化具象化等,前者如"说谎者的扁桃腺炎"(《请求》),后者如"'丧失'是他们的影子和妻子,'焦虑'/象一个大饭店接待他们"(《在战争时期》第二十一首)。[3] 辛笛诗中的意象也采用这种方式,如"列车轧在中国的肋骨上/一节接着一节社会问题"(《风景》),肋骨是具象,而社会问题是抽象观念,这是具象抽象并置的手法。

辛笛还受到里尔克的影响,创作了"物诗",如《山中所见——一棵树》。在诗中,诗人对这棵树进行了细致地观察,第一节从外部描绘树的形体,它有着锥形的影子,位于井口附近,虽然只有这一棵树,但它并不孤单,月光点染着它,它与自然万物和谐并存,表现了它自然本真的状态。第二节由外向内,并由内反观外部,诗人描绘在风霜雨露的锻炼和润泽下,这棵树一年年老去,但它默默承受,"默默无言/听夏蝉噪,秋虫鸣。"静观自然变化,与里尔克描写《豹》时外物在豹心中化为乌有相似,辛笛也表现出个体默默独立担当自己的命运,心不随外物所动的思想。这棵树也可看作诗人的自况。在《人生》中,辛笛也流露出沉默坚凝承受命运的思想,"我只想立着像一方雕像/虽然沉默/可是他有美有力/由坚凝取得了永久。"(《人生》)。

---

[1] T.S.艾略特:《世界诗苑英华:艾略特卷》,赵萝蕤等译,山东大学出版社1997年版,第81—82页。
[2] 唐湜:《"手掌集":辛笛作》,《诗创造》(上海)1948年第9期,第27页。
[3] W.H.奥登等:《英国现代诗选》,查良铮译,湖南人民出版社1985年版,第168页,第123页。

在现代主义诗歌的影响下,辛笛在思绪和意象的安排上采用了意识流的手法。他在论述卞之琳的诗歌时曾提到"语言流",即"完全是白描手笔,除了白话语言本身的节奏外,可称是丝毫不加雕琢,一无凭借,貌似平易亲切,而难就难在'没骨子'。所以要写好也非易事。思绪和辞意往往会随着诗行的开展,时而隽永,时而飘逸,在很自自然然之际会出其不意地拐了弯,来一句神来之笔。我认为这种写法是和近代诗歌的'意识流'相合拍的。""在新诗中体现现代'意识流'中'流'的意味,那么根据我们日常生活的习惯中的语言节奏而写成的'语言流'体,是最能表达的了"①。唐湜就指出:"那种意象的跳跃结构,那种意识流的跳荡却来自现代主义"②。辛笛运用意识流最为出色的诗是《门外》和《狂想曲》。

　　　　楼乃如船
　　　　楼竟如船
　千人万人的脚
　窗上风的雨的袭击
　但咆哮不过是寂寞的交替
　我试着想初夏的清凉
　清凉的手臂中清凉的荷叶
　我要以荷叶当伞
　　　以荷叶当扇子
　但我为什么又有了太多的伞下的寒冷
　我捻去了燃烧着的橙色的火团
　我在暗处
　我在远方
　我静静地窥伺
　一双海的眼睛
　一双藏着一盏珠灯

---

① 辛笛:《春光永昼话之琳》,《嬿嫏偶拾》,上海教育出版社1998年版,第85—86页。
② 唐湜:《辛笛与诗》,《诗探索》1995年第3期。

和一个名字的眼睛

今夜海在呼啸

多变幻的海呀

今夜我不再看见蛇腹里的光

　　　　　白的长尾

但我为什么还能听见那尖破的笛声

我不知今夜昨夜明夜

夜夜

　　在风的夜里

　　在雨的夜里

　　在雾的夜里

黑水上黑的帆船

是载来还是载去的

又毕竟载着的是那一些"谁"

我想呼唤

我想呼唤遥远的国土

风声雨声

楼乃如船

楼竟如船

行步声喧语声笑声

门的开闭声

邻近的人家有人归来

"是我是我"

我想问

我想呼唤

我想告诉他,安东·契诃夫,

我想告诉他：

　　是一个契丹人

　　是一个病了的

　　是一个苍白了心的

是一个念了扇上的诗的

是一个失去春花与秋燕的

是一个永远失去了夜的……①

《狂想曲》是一篇安东·契诃夫式的心理小说②,诗歌随诗人的意识流动而慢慢展开,现实与心理交相呼应。开始,诗人就由现实进入恍惚的意识,他感觉自己所栖身的楼房在风雨之夜像一只摇摆不定的船,他听到外面嘈杂的风雨声、脚步声,由外而内,诗人顿觉室内孤独的自己是寂寞的,这种寂寞的感觉令"我"有了一种清凉感、寒冷感,诗人沉入意识的深处,想起之所以寒冷是因为"我捻去了燃烧着的橙色的火团",这一句显然有着丰富的含义,既可以指现实中的火,也可以指某种理想热情,是多义的。此句将触觉体验引到视觉,于是下文开始了视觉的漫游。诗人回到现实,意识到自己不能再看到海及海的对面,但尖破的笛声却能突破距离传送过来,诗人接下来又由响着笛音的船想到海上日夜不停地运送着来去的人们。进一步,诗人暗想自己也曾是乘船来到这个地方的,不由得想到远在大海远处的祖国。现实再一次闯入,各种声音传来,诗人顿时不知身在何处,对自己的身份发生了疑问,诗歌最后以六个排比结束,询问一次比一次焦急,也一次比一次失望。这首诗歌可以说是由有意与无意识作用下各种感觉的交替来完成的,它们依次是听觉、触觉、视觉、听觉、视觉、听觉、视觉、听觉,由听觉始,又终于听觉,既呼应了诗题《狂想曲》,又使得各种感觉意象与节奏很好的交融起来。感觉引领着语言,引领着节奏,使得诗行参差不齐,呈现出一种摇摆不定的形式,宛如航行在水上的船。诗行的摇摆不定正是诗人情绪意识流动的结果,是狂想的外化。这首诗可谓体现了诗人意识流与语言流的完美交融,"语言的节奏"与"情绪的节奏"和谐交汇在一起。实现了辛笛所反复强调的:"要表达情绪,不管你称它意识流也好,情绪流也好,语言流也好,都要在节奏上着力。"③《门外》也实现了"'情绪的节奏'和'语言的节奏'合拍,而形成一种流的感觉。语言跟意识而流,而最后压在

---

① 辛笛:《手掌集》,森林出版社 1948 年版,第 35—37 页。书中诗名为《RHAPSODY》,收入《辛笛诗稿》中改题为《狂想曲》(人民文学出版社 1983 年版)。
② 唐湜:《"手掌集":辛笛作》,《诗创造》(上海)1948 年第 9 期,第 27 页。
③ 辛笛:《嫏嬛偶拾》,上海教育出版社 1998 年版,第 271 页。

'憔悴'两个字上而突出'憔悴'的分量。"①

此外,辛笛诗中的现代主义特色还表现在对现代城市文明进行批判,如《巴黎旅意》批判欧罗巴文明是"簇生着病的群菌",已经衰颓。《文明摇尽了烛光?》批判西方资本主义社会工业文明,原子、饥馑、金钱是毁灭人类的"幸福连锁"。运用戏剧化手法结构诗歌,如《再见,蓝马店》《卖氢气球的人》《阿Q问答》等。剖析现代人的渺小、虚妄与寂寞,如《海上小诗》《寂寞所自来》等。

二、工业救国、身份认同危机与集体、行动的强调

辛笛在南开中学读书时,受鲁迅、郭沫若的影响,喜读《创造》《洪水》《太阳》月刊等,下定了从事文学的决心。不久创造社在上海被查封,他就转而爱读语丝社和北新书局的出版物。比较接近文学研究会的"为人生而艺术"的主张,在文艺理论方面醉心于鲁迅翻译的厨川白村的论著,如《苦闷的象征》、《出了象牙之塔》以及后来别人译的《走向十字街头》和沈端先(夏衍)译的《北美印象记》等。清华大学读书时受到大革命思潮的冲击,与地下党有所接触。② 留学英国时,在爱国热情的驱使下,他"忙于在英国各地四处奔走,宣传募捐、支持抗战",他逐步认清了新的社会力量,寄希望于解放区,当读到斯诺的《西行漫记》时,他"满怀振奋,看到中华民族希望的曙光已经开始出现在东方的地平线上"③,"觉得不应该再迷恋现代派诗了"。④ 回到上海后,结识左翼诗人袁水拍,与上海文艺界人士袁水拍、夏白、李丽莲等成立了一个松散的群众性团体,也是共产党在文艺界的外围组织"诗歌音乐工作者协会上海分会"。1947年他们还创办了一份诗刊《民歌》,撰稿人多为左翼或已转向左翼的人士,如郭沫若、艾青、臧克家、卞之琳、袁水拍、徐迟、陶行知、任钧、戈宝权、杨刚等。

辛笛"异域篇"中的诗歌就已开始表现出左翼文学的特征,如对行动的强调。对辛笛诗风的转变,以往的研究者多是从现实的压力、诗学的转向来谈的,但辛笛有他的特殊性,他两次中断诗歌创作以促成诗风转变的原因并非全

---

① 辛笛:《嬛嫏偶拾》,上海教育出版社1998年版,第274页。
② 王圣思:《智慧是用水写成的》,华东师范大学出版社2003年版,第10页,第149页。
③ 辛笛:《自序》,《辛笛诗稿》,人民文学出版社1983年版,第4页。
④ 彦火:《王辛笛的诗歌造诣》,《嬛嫏偶拾》,上海教育出版社1998年版,第247页。

然如此，而与诗人的家庭环境、救国理念的转变和身份认同的困境亦有着密切关联。

辛笛出生的家庭是一个注重以工业救国的家庭，他的父亲王幕庄一直供职于工业领域，曾在天津滦矿公司担任华文秘书、天津实业总汇局做高级职员。王幕庄认定工业救国是唯一的强国之路，在中英合办的开滦矿务局任华文秘书时，因不懂英文，颇受洋人的歧视。于是他寄希望于儿子学好英文，出国留学，他迫不及待地送年长辛笛 9 岁的长子馨逸赴新起的工业大国美国求学，馨逸拿到美国麻省理工学院化学工程硕士学位时，年仅 24 岁。后因父亲去世留在天津，入北宁铁路局工作，就近接替父业。辛笛的弟弟辛谷和辛笛曾一起出版过《珠贝集》，但后来却不再写诗，转而选择工科，留学日本东京大学土木系。对此，王圣思认为"也许他听进了其父的教诲，'工业才能救国'，及至成年以后，他在水利工程方面颇有成就，天津塘沽港的建设留下他的足迹"。辛谷自己也回忆到："写诗是我少年时期一时的兴趣，后来有人看了我的诗说看不懂，我自己感到可能是辞不达意，再说也没有二哥写得好，写诗也就没什么意义了。高中毕业后选择工科，留学日本是出于一种好奇心：为什么日本那么一个小国能欺负咱们这么一个大国。我想亲自去日本看一看，当时也是一种冒险，人生的一次探险。在日本的学习过程中，发现中国之所以受欺负，就是国不强，民不富，所以毕业后没有留在日本，毅然决然回国，想把自己所学的知识贡献给国家，把我的祖国建设得更富强。"①对于辛笛，王幕庄也早早开始着手安排他做好留学准备，在辛笛 10 岁时开始请人教他学英语。他希望辛笛念工科，"我父亲是个办工业的，他希望工业救国，希望我念理工科"②。为此，在辛笛高中二年级决定读文科还是理工科之际，他与父亲产生了严重分歧。虽然这场父与子的冲突最终以王幕庄突然染疾去世而得以化解。但"假如祖父不是先走一步，按爸爸的性格，大概最终会屈从于父辈的意愿"③。可以说，像辛笛这样的家庭在二十世纪二三十年代是并不少见的，实业救国是时人的一种流行的普遍选择。他们一旦与社会实践结合时，往往采取的就是一种"实用"的态度。辛笛在爱丁堡大学读英国文学时，中国抗战已爆发，他深感"应该

---

① 王圣思：《智慧是用水写成的》，华东师范大学出版社 2003 年版，第 67 页、68 页。
② 彦火：《王辛笛的诗歌造诣》，《娜嬛偶拾》，上海教育出版社 1998 年版，第 245 页。
③ 王圣思：《记忆化作春泥》，《收获》1994 年第 4 期。

学一些实用的学问,不能光写诗走学院派的道路。"①1939年回国后,目睹抗日年代战火纷飞,硝烟四起,他甚至感到已不是写诗的时代,于是"决心从缠绵的个人情感中走出来,基本搁笔,不再写诗"②。虽然辛笛最初并未走上工业救国的道路,但他每每与现实接触,工业救国的实用理念就开始发挥作用,他不断地强调以行动改变现实,就是这种观念影响下的结果,而这是左翼诗歌的典型特征。但他所强调的行动与左翼诗人的行动又不尽相同,在左翼诗中的行动,多是带来新世界的革命、斗争,辛笛在诗中也曾强调革命行动改变世界,如《布谷》第三节:

> ……
> 人民的苦难无边
> 我们须奋起　须激斗
> 用我们自己的双手
> 来制造大众的幸福
> 时至今日
> 我们须在苦难和死亡的废墟中站起③

人民的生活是苦难的,要想改变这种状况,"制造大众的幸福",我们就必须"奋起"、"激斗",这无疑有倾向斗争之意。但他诗中改变世界的行动更多的是做工,这就表露出他内心无时无刻都萦绕着工业救国的想法。如《巴黎旅意》:

> ……
> 没来你一味嚷着来
> 来了,又怎样呢?
> 千里万里
> 我全不能为这异域的魅力移心

---

① 彦火:《王辛笛的诗歌造诣》,《嫏嬛偶拾》,上海教育出版社1998年版,第247页。
② 辛笛:《自序》,《辛笛诗稿》,人民文学出版社1983年版,第4页。
③ 辛笛:《手掌集》,森林出版社1948年版,第67页。

而忘怀于凄凉故国的关山月
　　随便你吧给我一堵墙一方地
　　我会立即就坐下来
　　重新捏土为人
　　涅槃为佛
　　虔诚肃穆地工作
　　像一个待决的死囚
　　但我是以积极入世的心①
　　迎接着新世纪

　　面对世界的动乱,诗人无法像鸵鸟一样昧心埋进蛇皮鼓,无法忘怀于故国的关山月,那么诗人怎么办呢,他显然倾向于实际性的工作,只要有一堵墙一方地,诗人即能安坐下来虔诚肃穆地工作,以迎接新世纪。在现实生活面前,他逐渐认识到了"知识的悲哀",羞愧地承认"说得太多,做的太少"(《夕语》),因此,他选择沉默,"我什么都不要说/更不说疲倦/我只想做一点我们应该做的事情/能做多少就是多少"(《人生》)。他企图以默默无闻地工作来改变人民的处境,以实际的工作来救国。当这种实用功利的观念愈演愈烈,辛笛就不再满足于在诗中抒发付诸行动的意愿和发挥诗歌鼓动的作用了,他和左翼作家茅盾、臧克家一样②,在诗中流露出写诗是"奢侈　矛盾　犯罪"。如作于1948年夏的《一念》:

　　早上起来/有写诗的心情/但纸币作蝴蝶飞/漫天是火药味/良知高声对我说/这是奢侈　矛盾　犯罪
　　我们已无时间品味传统/我们已无生命熔铸爱情/我们已无玄思侍奉宗教/我们如其写诗/是以被榨取的余闲/写出生活的沉痛/众人的　你的

---

① 辛笛:《手掌集》,森林出版社1948年版,第50页。
② 茅盾、臧克家均在左翼过分强调实际作用的功利化文学观的影响下对文学持一种怀疑态度。如,茅盾在写《蚀》时惭愧"自己只能躲在房里做文章,已经是可鄙的懦怯"(《从牯岭到东京》,《小说月报》(上海)1928年第19卷第10号。)受到左翼文艺观影响的诗人也常常产生这种"惭愧"。臧克家说,在这个"暴风雨"的时代,"经济的破产使得都市动摇,乡村崩溃,多少生命在惨痛的往死路上去","处在这样的环境里,只能写诗已经是可耻了"(《论新诗》,《文学》(上海)1934年第4卷第2期)。

或是我的

　　我们在生活变成定型时就决意打破它/我们在呐喊缺乏内容时就坐下来读书/我们应知道世界何等广阔/个体写不成历史/革命有诗的热情/生活比书更丰富

　　如果只会写些眼睛的灾难/就呵责众人献上鲜花鲜果/常作先知或是导师供养/那我宁愿忘掉读书识字/埋头去做一名小工①

　　与臧克家等人一样,辛笛表面也是从道德角度对写诗这一行为进行否定,良知对他高声斥责,但慢慢读下去,我们就会发现,他的实用功利思想开始冒头。他指出写诗所写的只是"生活的沉痛",而这只是"眼睛的灾难",并不能改变任何现实的处境,显然,他已不再相信诗歌的写实或鼓动作用。他甚至对写作这些诗歌的诗人进行嘲讽,讽刺他们这些所谓"先知或是导师"的诗歌远不如革命、生活丰富。因此,他宁愿忘记文学,去做一名埋头工作的小工,这无疑对以文学拯救灵魂产生了怀疑,彻底否定了诗歌。正如他早在1947年赠别卞之琳所说的"可是你更会喟叹于哲学之无用"(《赠别》)。文学无用,只有行动才能改变现实,这就是辛笛1940年代愈来愈发现的"真理",而这也是他1949年后再度弃笔从工②的一个重要原因。

　　辛笛1940年代的诗歌除强调行动的作用外,还否定个人,表现出融入集体的渴望,肯定集体的力量。除了受到左翼的影响,这与他留学经历所引起的身份认同危机不乏联系。

　　1935年辛笛大学毕业,此时他原本可以直接留学,但他安于平静的生活,直到抗战爆发,才在友人的再三催促下③,离平赴英。留学英国的辛笛很快就体验到了身份认同的困境,于是,我们在"异域篇"中常可见到辛笛对自我身份的体认,如"白手的人"(《对照》)、"海外行脚现代的中国人"(《杜鹃花和鸟》)、"一个契丹人"(《狂想曲》)等。他如叶威廉所说想要放弃过去的负担,

---

① 辛笛:《一念(外二章)》,《中国新诗》1948年第3期,第9页。
② 1949年后在众多职业中,辛笛有多种选择,或北上协助郑振铎文物保管,或留在金城银行,或到华东师大做教授,但辛笛选择了上海市财委地方工业处任秘书。这一选择无疑与辛笛意识深处的工业救国理念有关。
③ 盛澄华多次写信劝他立刻到英国去,2月27日的信中写到信尾且写着:"朋友,心地放坚些! 别作什么事都那么犹豫。"《夜读书记》,陕西师大出版社1998年版,第137页。

但又不甘于完全放弃，于是就产生了认同危机。① 他离开北平做的第一首诗《智慧是用水写成的》，就隐含着想要抛弃却又抛不掉的情绪，"忘水"是古希腊神话中的传说，有一条冥河，叫"忘水"（也译成"忘川"），涉过忘水的人就会忘记以往的事。辛笛在这里用此典故，无疑希望忘掉而已，想将过去埋葬在地底下，但是往事是难以忘却的，因此才有"相送且兼以娱"。

《狂想曲》是辛笛在海外对自我身份追问最有力的诗歌，开首"楼乃如船/楼竟如船"既可指诗人所居住的楼房，也可隐喻国家，而船的飘动则隐喻内心的波澜或国家局势的动荡。德国学者顾彬指出："所有流亡作家的共同特征就是他们的内心世界摆脱不开本国政治与文化的背景。"②辛笛的这首诗就饱含着中国的政治文化背景。在中国动荡的局势下，诗人对自己的身份产生了疑问：

> 黑水上黑的帆船/是载来还是载去的/又毕竟载着的是那一些"谁"/我想呼唤/我想呼唤遥远的国土/风声雨声/楼乃如船/楼竟如船/行步声喧语声笑声/门的开闭声/邻近的人家有人归来/是我是我/我想问/我想呼唤/我想告诉他，安东·契诃夫，/我想告诉他：是一个契丹人/是一个病了的/是一个苍白了心的/是一个念了扇上的诗的/是一个失去春花与秋燕的/是一个永远失去了夜的……

这首诗的创作与辛笛少时阅读周作人《雨天的书》中"日记与尺牍"一文末尾译引"契诃夫与妹书"一段文字有关，辛笛对这段文字久不能忘，内容如下：

> 一八九〇年六月二十九日，在木拉伏夫轮船上。
> ……我和一个契丹人同舱，名叫宋路理，他屡次告诉我，在契丹为了一点小事就要'头落地'。昨夜他吸鸦片烟醉了，睡梦中只是讲话，使我不能睡觉。……

---

① 叶维廉：《中国诗学》，三联书店 1992 年版，第 222—223 页。
② 顾彬：《预言家的终结：20 世纪的中国思想和中国诗》，《今天》1993 年第 2 期。

明天我到伯力了。那契丹人现在起首吟他扇上所写的诗了。

王圣思指出这段话给辛笛留下了深刻印象，契诃夫这里给妹妹信中提到的契丹人就是中国人。这首《狂想曲》最后排比句式的六行诗含义即"出典"于此，一个不富强的祖国的子民只能发出如此哀伤和惆怅的悲鸣。① 海外留学使辛笛背负着被歧视的异邦人意识，他不得不面临复杂的民族国家身份认同的困境，于是，辛笛的身份认同呈现出强烈的政治意味。萨义德在《东方主义》中说："身份的建构涉及树立对立面和'他者'，这对立面和'他者'的准确性总是依赖于对不同于'我们'的持续不断的译解和再译解。"他强调身份认同具有两方面的内容，且是一个变化着的"建构的过程"。② 在这首诗中，辛笛身份认同的参照系主要是西方国家，他自己既是中国的一个个体，又代表了整个中国。而至他回国后，参照系发生了变化，作为一个整体的中国成为他身份认同的参照系。此时，他迫切地想要融入集体之中。如《流浪人语》：

> 流浪二十年我回来了
> 挺起胸来走在大街上
> 我高兴地与每一个公民分取阳光想和他们握手
> 可是待我在公园里静静地坐了下来
> 一整天眼前越看越是陌生
> 我错疑若不是新从地球外的世界来
> 必是已然写入了历史
> 小镇不是给不生根的人住的
> 那么我还不想自杀就只有再去流浪

在国外流浪自卑渺小的契丹人回来后兴奋无比，他挺起骄傲的胸脯，想和"每一个公民分取阳光"，"和他们握手"，诗人迫切地想融入大众，但遍观中国景象，"眼前却越看越是陌生"，诗人再次对自己的身份产生怀疑，他感觉自己

---

① 王圣思：《智慧是用水写成的》，华东师范大学出版社2003年版，第81页。
② 高小刚：《中国当代留学生写作中的身份认同》，张炯主编：《中国当代文学研究2005卷》，北京文化艺术出版社，2006第2辑。

与现实已经脱节,仿佛外星人或已故之人,成了漂浮无根的人,因此"不想自杀就只有再去流浪"。可见,诗人不被大众、甚至不被小镇所接受。在异国辛笛饱受民族歧视,回到故国又被视为异人,辛笛产生了深深的焦虑感。他"勉力自持",却仍"捉不住那时远时近/崇高的中心"(《识字以来》)。他否定个人,"知道个人的爱情太渺小"(《布谷》),"个体写不成历史"(《一念》),因此他自觉投入集体之中,以集体的力量改变现实。

总之,身份认同困境是辛笛转向集体的内在心理动因,他在集体的"关怀神话"(诺思罗普·弗莱语)中找到了一条可靠的道路,一代诗人政治身份的归属焦虑在集体中得到缓解。

此外,辛笛反对内战,将批判的矛头指向国民党,他的《夏夜的和平》一诗作于"反动派进攻解放区休战期满读报载和平之望未绝的消息以后",从道德立场指出"作好作歹全在于你","只要你有良心",他对时间充满乐观期待,这些都是左翼诗歌的特征。

结　论
现代主义与左翼对立与对流的
特点、困境与未来

在1940年代,左翼文学是其主流,现代主义文学则处于被批评与被压抑的地位,但它们之间并非水火不兼容,而是充满了错综复杂的对立与对流的关系。由它们的关系入手,本书主要致力于解决如下问题:现代主义的内涵是什么？在中国近百年历史中其内涵是否发生变化？它的变化与左翼有无关系？左翼人士对西方现代主义如何看待？对其的看法有无发生变化？有无受到现代主义的影响？反之,现代主义诗人如何看待左翼文学？有无受到左翼文学的影响？它们之间彼此发生的影响体现在哪些方面？对这些问题的回答贯穿于本书的论述之中。由对这些问题的梳理,我们可以发现现代主义与左翼之间的对立与对流具有历史性、宽广性和多样性;同时,也存在着困境,尚有未解决的问题。

一、对立与对流的历史性、宽广性与多样性

1940年代现代主义与左翼的对立与对流呈现出历史性的特点,表现在对立方面,主要在批评领域。1940年代中期以前,由于现代主义与左翼作家对诗歌的个人主义感伤抒情和晦涩等方面存在分歧,二者之间展开了激烈的批评与反批评,批评的实质在于他们对诗人、主题题材、西方诗歌的影响、诗艺、时代和读者的要求和理解不同。而至1940年代后期,左翼作家对现代主义的批评转为剑拔弩张的政治批判,现代主义诗人虽予以反批评,但批评力度和重心都发生了变化。这种随历史时间的推移发生的变化,与当时七月派的宗派主

义和左翼的政策改变有关。在对流方面,也存在着历史性。现代主义与左翼间的对流自 1920 年代就开始了,如郭沫若、穆木天、王独清、冯乃超等等,他们先受到未来主义或法国后期象征主义的影响,后则受到左翼影响,转变为左翼诗人。至 1940 年代,现代主义与左翼间的对流仍在持续发生,如《诗创造》群体中的陈敬容、唐祈等。不过,这时的转变与 1920 年代已然不同,这时的现代主义诗人多受到的是英美现代主义的影响,而不是法国后期象征主义。

1940 年代现代主义与左翼之间对立与对流的范围非常广泛。无论是"现代派"、中国诗歌会,还是七月诗派、九叶诗人,或是难以归入某一派别的诗人,都染指过此领域,可纳入这一范围来讨论。

1940 年代现代主义与左翼的对立与对流也具有丰富多样性,可以在多个层面解释。对立既存在于现代主义概念流变的变化中,又存在于诗歌批评与创作中,甚至存在于英美俄现代主义诗歌的译介当中。对流虽然只存在于创作层面,但它却又可以分为两种情况,一是由左翼转向现代主义,一是由现代主义转向左翼。

在批评领域,左翼作家与现代主义作家对诗歌的个人主义感伤抒情、晦涩和政治等方面展开了激烈的批评与反批评,批评的实质在于他们对诗人、主题题材、西方诗歌的影响、诗艺、时代和读者的要求和理解不同,在于七月派的宗派主义和左翼的政策改变。译介方面的对立表现在许多左翼诗人进行了译介工作或译文发表于左翼刊物上,在这些译文中,对艾略特诗歌的晦涩、传统、宗教和负面影响,奥登诗歌的晦涩、智性、政治宣传和退步,里尔克诗歌的晦涩、颓废和克制,马雅可夫斯基诗歌的未来主义和政治宣传等进行了批评。现代主义诗人则通过译文或亲自撰文对此进行反驳与辩解。诗歌创作方面,现代主义诗人路易士、冯至、袁可嘉和穆旦对左翼诗歌均进行了批评,路易士自称"积极意义上的'第三种人集团'之一英勇的斗士",反对诗与政治等意识的关联,批评左翼诗歌"概属文学以下"。他坚持提倡创作纯诗,反对抒情,以此对抗左翼诗歌。左翼作家也多次批评路易士,指控他为"文化汉奸"。面对左翼作家的批评,路易士从自负不屑,逐渐转变为恐惧绝望。冯至 1940 年代对左翼诗人强调的个体融入集体,发挥集体的巨大力量持怀疑态度,他认为集体产生的只是冷漠与空虚的幻像,因此他强调个体在大时代中的承担与责任,以此对抗集体的虚空。袁可嘉对左翼诗歌的感伤和工具性进行了批评,他和穆旦都对革命、集体进行了嘲讽与拒绝。

对流强调现代主义与左翼之间的相互转变,主要表现在诗歌创作方面。由左翼转向现代主义的对流表现在许多左翼诗人受现代主义影响,变为左翼现代主义诗人,作品中表现出现代主义诗歌的特点,如《诗创造》群体中的陈敬容、唐祈、唐湜、杭约赫和袁水拍。《诗创造》群体四人在1947年前多倾向于左翼,诗中常从政治和阶级的角度对国民党、都市的罪恶进行严厉批判,他们持直线进步时间观,对行动与集体充分肯定。1948年他们与现代主义群体"西南联大"诗人们集合,集中受到现代主义的影响,诗中开始表现人的异化,精神的空虚,艺术上采用悖论、反讽、大跨度比喻等艺术手法。袁水拍对国民党的批评最为辛辣,不过,他的诗作也表现出现代主义的特点,这与他的态度诗学有关。诗中描绘"荒原"景象,表现城市对人的主动异化,常以轻松幽默的笔触鞭挞都市生活中的种种虚伪者和丑恶的人与事,悖论、隐喻手法的运用也常制造出喜剧效果。由现代主义转向左翼的对流表现在受左翼思潮影响,逐渐转变为左翼诗人,诗中表现出左翼诗歌的特点,如鸥外鸥、俞铭传和辛笛等。鸥外鸥创作初始属于现代主义诗人,后来受到左翼影响,这种双重特点使鸥外鸥的诗歌在左翼内部引起了纷争,他1940年代的诗歌以反抒情的笔调抒发了对传统制度的反叛和现代文明的不舍,在都市诗中他对殖民地香港和桂林的资产阶级和国民党当局的腐败一一予以揭露。俞铭传1940年代在诗中对个体存在进行反思,经常运用科技意象、隐喻与反讽,同时他又肯定了行动与集体的力量,对资本文明、资产阶级进行了批判。辛笛1930年代末1940年代初的诗中充满了对时间的焦虑与反思,他在诗中运用了意识流手法,后来在身份认同困境和工业救国理念的影响下,肯定强调了集体与行动的力量。

二、对立与对流的困境

审视1940年代现代主义与左翼之间的对立与对流,我们可以发现,不仅对诗歌批评产生了影响,对诗人的创作也带来了一些问题。

在诗歌批评方面,左翼与现代主义互相批评时有时难以克制情绪,致使批评近于谩骂。如路易士因批评左翼诗歌、与胡兰成等人的关系、参加大东亚文学会议等多种因素,受到左翼作家的猛烈批判,曾一度遭到"围剿","围剿"中的批评用语粗糙,去真正的文学批评甚远。而路易士在与左翼作家论争时,态度也颇为蛮横。虽然路易士在《批评论》中一再强调批评家应除去有色眼镜,尽量站在客观的立场上说话,态度不可蛮横,不可采取教训的斥骂的态度,不可怀有替某种个人所倾向的政治主张乃至某种宗教信条,某种道德观念等服务的心理,但他亦未能避免这种错误的批评态度。七月派对九叶诗人的批评亦是如此,赤裸裸的政治批评,一副喊打喊杀的架势,令人望而生畏。对此,杭约赫就提出了抗议:"批评绝不是谩骂,批评一个作家得从他本身底发展的过程和他所给予他底群众的影响上去比较他底优劣的,应该顾及到他所处的环境,他的生活情形和他底所属的阶层,给他以善意的诚恳的推动和鼓励。"①虽然有这些作家们的提议或抗议,但已根本改变不了当时的批评风气,这种批评风气无论对批评还是创作,不仅是毫无意义的,而且产生了恶劣的影响。

在创作方面,左翼与现代主义之间的对立与对流也产生了不良影响。路易士与左翼的对立为他的诗歌创作带来了一些问题,他在诗中反复书写这一主题,已经出现较多的重复写作现象。他在诗中不厌其烦地书写左翼人士对他的讥讽和嘲笑,而他则自始至终与之奋战,表现出他对其诗歌艺术必将最终战胜左翼诗歌的信心。有时因对立情绪的激荡,诗中语言略显粗糙。这种对立的情绪在他居台后的诗中亦不时流露,如《四十岁的狂徒》、《梦中大陆》、《过程》等。对流对诗人创作的负面影响在陈敬容、袁水拍等人的诗中有所体现。《诗创造》核心四人先受到左翼影响,后又接受西方现代主义诗人艾略特、奥登、里尔克的影响。他们所接受的左翼的影响和意识一定程度上制约了他们的诗歌创作对现代主义的探索。杭约赫、唐祈的诗歌因左翼意识使诗歌带有明显的乌托邦性质,艺术大打折扣。"当一种未经审视的意识形态和乌托邦假想在《复活的土地》第三章占据了主导地位时,诗歌的艺术和道德认识水准就显著地下降了,充斥于诗中的是宣传机器所惯用的那一套隐喻/换喻符号:土地、锄头、血液、血浆、血地、暴风雨、剑、武器……这些符号含义明确、用法固定,它们除了像巫术一样遏制作者的表现力和读者的感受力之外,没有给艺术表现带来多少实际效果。"②正是左翼意识的影响,陈敬容在对人的存在的探索中未能像冯至一样深入下去。在《珠和觅珠人》中,诗人继续为存在寻找一

---

① 杭约赫:《编后记》,《诗创造》5辑(1947年11月),第29页。
② 李章斌:《"九叶"诗人的诗学策略与历史关联(1937—1949)》,南京大学出版社2019年版,第170页。

个幸福的出口,"它有一个等待/它知道最高的幸福是/给予,不是苦苦的沉埋",《陌生的我》也结束于给予、奉献,将形而上的存在之思拉回到了现实之中,这些都消解了诗人可能引发的对存在晦暗沉重、无力而又无奈的深思。袁水拍以轻松幽默的笔调书写严肃的内容,使诗歌相对含蓄,比之许多左翼诗人诗歌的标语口号化,显然有诸多可取之处,也易为广大人民群众所接受。洪遒在《向马凡陀学习》中就指出:"马凡陀对于英美的近代诗有相当的熟识,却不妨碍他创造通俗形式的诗,反之,英美的民间歌谣,和英美诗人模拟歌谣风味的作品,给他的诗的大众化,铺下了踏实的路。"①但与杜运燮相仿佛,袁水拍实质上很难实现真正的轻松,虽然他"试图让诗歌轻盈起来。但是,读者却很容易觉察到充溢此诗的是悲愤和谴责……它充满了时代本身的特性,即沉重。"②这虽是对杜运燮《追物价的人》的评价,同样适用于袁水拍。如《兵士,兵士,你肯不肯娶我?》以极富音乐性的旋律描写了一男一女之间的对话,女方不断地追问兵士不娶她的原因,男方则在追问中一步一步后退,最终道出了真实原因:"当兵的保卫国家是本分……等我赶跑鬼子才和你结成亲",将原本轻松喜悦的事情引到了政治上,使人顿感现实的沉重。《致老爷》一再自我嘲讽,"我呢,是一个瘪三,叫化子""我要像狗一样活命",但诗中的"我"满腔愤怒之气,满含作奴隶的"恶怒",在他顺从温和的脸色后,隐藏的是他对高高在上主人的诅咒:"你的末日将要来临!/你的奴隶们将要翻身!""我"的愤怒已完全压过了自嘲所带来的轻松。此外,袁水拍仅有轻松幽默,而无意蕴宏富的哲理断语或深邃的诗思作重心,故有时显得"有点轻佻,有点油滑"③。"那种自嘲的笔调,我以为比马凡陀的《山歌》更加深刻。其实,袁水拍原本是现代派的诗人,也熟悉奥登,他的《山歌》风格也应该源自奥登,只不过政治主题上有过分的功利主义倾向,风格上有小市民的庸俗化。"④正是由于袁水拍过于强烈的政治倾向,过分的功利主义倾向,他在讽刺人和事时经常止于政治批判,他很少对人物心理进行探析,即使有所表现,也是单向度的,很少表现矛盾的心理

---

① 洪遒:《向马凡陀学习》,《文萃》(上海)第 48 期(1946 年 9 月 19 日),第 12 页。
② 李章斌:《"九叶"诗人的诗学策略与历史关联(1937—1949)》,南京大学出版社 2019 年版,第 117 页。
③ 李广田:《再论〈马凡陀的山歌〉》,《论文学教育》,文化工作社 1950 年版,第 102 页。本文文末注明写于 1947 年 12 月 7 日。
④ 唐湜:《杜运燮论》,《诗探索》1998 年 3 期。

状态，因此才导致了他诗歌的轻佻油滑。

　　研究 1940 年代现代主义与左翼的对立与对流也存在着困境，一些研究者因史料把握得不准确，致使 1940 年代现代主义与左翼之间对立的批评存在着一个普遍的"误读"，即将七月派诗人批判九叶诗人的两篇文章的来源和内容进行了错误的论述，从而引发了一场现代主义与左翼对立中的"误战"。本书也由于史料的难以获得存在一些问题，一些文章未能获得全文，只能就已发现的部分进行论述；且也影响了对一些现代主义诗歌译介者的身份识别，因此，对现代主义的译介与左翼的关系阐述得不够清晰深入。

　　最重要的是，无论是批评、译介，还是创作领域的对立，现代主义与左翼之间的论争都避开了对对立问题的深入思索，而仅仅停留于为对立而对立，既无法解决当下的问题，也无法为后来的论争提供实质性的有益的经验。即倘若说左翼作家批评现代主义诗歌晦涩，认为晦涩的诗歌不是好的诗歌，而一些现代主义诗人则指出晦涩正是现代主义诗歌的特质，另一些现代主义诗人则认为不能以晦涩来评判诗歌好坏。关于艾略特宗教的对立也是如此，左翼作家认为艾略特皈依天主教是对现实的逃避，现代主义诗人则认为不应从宗教的角度评价艾略特的诗的优劣，即使要做评价，也是以肯定的角度出发。他们都陷入了简单的对立思维中，非此即彼，往往忽略了问题的实质，只不过互相推卸责任，左翼作家将过错推到现代主义诗人身上，现代主义诗人则将过错推到读者的素质不高上。无论是左翼作家与现代主义诗人在诗歌晦涩、政治，还是宗教方面的对立，都没有思索诗歌与它们的真正关系。其实，诗歌真正的作用在于温暖与抚慰人心，宗教的作用也在于此，这是它们共同的特点。只有理解了这一点，我们才会明白，争论诗中宗教的好与坏是完全没有意义的。这种争论只会使论争双方逐渐滑落到同一思维层面，从而在事后一次又一次地无意义地重复这种论调。如时隔二三十年后，国内再次爆发的朦胧诗论争，仍有大批批评家将朦胧的原因归于个人观念感受的书写，而另一批论者则将看不懂的责任归于读者（批评者）心理欣赏不习惯，论争形成两大阵营，一派反对，一派叫好，可谓与 1940 年代左翼与现代主义之间的对立并无二致。而且，左翼与现代主义之间的对立还存在着自说自话的问题，即左翼作家从他们理解的角度对现代主义诗歌提出批评，而现代主义作家则从他们的角度提出反驳，实质上他们对立的问题在于对焦点问题的理解不同。如左翼作家和现代主义作家对"现实"、"晦涩"、"抒情"等的理解就都不同,但双方既谁也说服不了谁,也无意对对方的理解进行分析论证,只坚持自己的观点是对的。这无疑是他们直线思维作用下的结果,而历史中反复爆发的就同一问题论争的现象也与此有关。可见,对立不仅可能失效,对当时创作、批评产生不良影响,对事后一切发展中的文学都产生了负面影响,这是颇为值得注意的。

三、亟须解决的问题:对立与对流的未来

考察1940年代现代主义诗歌,离不开左翼扩大化的历史背景,反之,考察左翼文学,也离不开现代主义译介这一历史背景中的文化事件。本书在这两大参照系的作用下,呈现出了现代主义与左翼之间对立与对流这样丰富复杂的关系。但本书的研究仍存在着诸多问题,首先,由于时间与篇幅有限,一些现代主义或左翼代表诗人未能吸纳到论文中来,如徐迟、田间、胡明树、杜运燮等。

其次,"现代主义"的概念在中国近百年的历史中发生了几次大的转变,期间与左翼有着不可分割的关系,是存在着对立的关系的。如在1949年前,虽然左翼与现代主义作家在谈到这一概念时,都将之视为一个风格相似的流派。但他们之间仍有一些不同,左翼作家适夷翻译藏原惟人的《现代主义及其克服》对"现代主义"进行了激烈批评,作者笔下的"现代主义"包含了波德莱尔在内的象征主义、印象主义、新浪漫主义、野兽主义、立体主义、未来主义、表现主义、超现实主义和存在主义等等,既包括文学,也包括绘画、音乐等,"现代主义"在作者笔下实际上是非常广义的一个概念。而现代主义诗人俞亢咏只介绍了法国诗坛的现代主义,即立体,达达,超现实三派。袁可嘉、唐湜当时更钟情于英美现代主义,唐湜称穆旦们是自觉的现代主义,而他们私淑的是艾略特和奥登英美现代主义诗人。1949年后他们之间的对立在大陆看似消失,变成左翼对现代主义的单方批评,连现代主义诗人袁可嘉也加入到了批评队伍之中,但并不能就因此否定对立的情形存在。至新时期,左翼与现代主义作家关于现代主义的理解仍然存在着对立冲突的情况,如徐迟、吕进、袁可嘉等对现代主义的不同理解。可以说,现代主义的内涵在中国近百年的变化和左翼与现代主义之间的对立相伴而生。但由于现有资料的限制,未能从这一角度进行详细细致的论述,只采取了泛泛而谈的方式大致梳理了现代主义概念的流

变。待发掘新史料后,应在论述现代主义概念的变化时突出左翼与现代主义不同阐释的对立。

再次,同"现代主义"相似,"左翼"也是一个内涵极其复杂与含混的概念,可以说,"在自命为左派的不同群体之间,从未有过深刻的统一性。"① 在1930年代的左联时期,左翼作家就因文学内部的"纷争"、个人私怨等呈现出"犬牙交错"的状态。1936年"左联"解散后,左翼的分化日趋加剧,在1940年代逐渐形成了不同的类型,如周扬、郭沫若、冯雪峰、胡风、臧克家、艾青等左翼作家之间就存在着分歧。因此,在梳理1940年代现代主义与左翼的对立时,我们就会经常发现左翼内部充满了纷争,不仅对现代主义的批评,左翼内部意见不一,即使左翼之间,也会互相批评,如林默涵等围绕在《大众文艺丛刊》周围的左翼作家对胡风的批评。臧克家在1940年代左翼阵营中的位置也十分尴尬,一方面,默涵、阿垅等对臧克家的诗集《泥土的歌》、《生命的〇度》提出了批评;另一方面,胡风派的左翼作家也对他持续不断地批评,如阿垅在《人和诗》、《乐观主义片论》、《公式主义片论》、《幻想片论》、《形象片论》、《夸张片论》、《田园诗片论》、《旧诗片论》等著作或文中都对臧克家进行了批评。正是左翼内部的差异性,1940年代左翼与现代主义之间的对立才显得更加复杂。因此,要想理清1940年代左翼与现代主义之间对立的复杂情况,必须在注意到左翼整体性的同时也注意到左翼文学阵营的差异性、个别性。而本书在分析批评领域左翼与现代主义的对立原因时,由于未能理清1940年代左翼之间的不同脉络,故论述的不够清晰深入。

期待来日在更多新史料阅读和查证的基础上这些问题能予以解决。

---

① 雷蒙·阿隆:《知识分子的鸦片》,吕一民、顾杭译,译林出版社2005年版,第4页。

参考文献

1940年代报刊：

北平《泥土》
北平《中国公论》
北平《燕京新闻·副叶》
北平《诗号角》
北平《艺文杂志》
北平《中德学志》
北平《中国文艺》
北平《新路周刊》
北平《骆驼文丛》
北平《艺术与生活》
北平《华北月刊》
北平《师大月刊》
北平《文学导报》
北平《新妇女月刊》
北平《绿洲》月刊
北平《诗音讯》
北平《华北文化》
北平《燕京文学》

北平《天地人》
北平《国民杂志》
长春《作家杂志》
成都《笔阵》
成都《半月文艺》
重庆《时与潮文艺》
重庆《理论与现实》
重庆《文艺阵地》
重庆《文艺先锋》
重庆《半月文艺》
重庆《世界文艺季刊》
重庆《学习生活》
重庆《中原》
重庆《军事与政治》
重庆《文汇周报》
重庆《诗文学》
重庆《诗歌月刊》
重庆《文学月报》
重庆《世界文学》
重庆《诗垦地》
重庆、上海《希望》
福建《现代青年》
福建《改进》
贵阳《文讯》
桂林《诗创作》
桂林《诗》
桂林《明日文艺》
桂林《宇宙风》
桂林《野草》
桂林《文学创作》

广州《中国诗坛》

广州《广州诗坛》

广州《光明》

汉口《抗战文艺》

汉口、重庆《七月》

汉口《现代学生》

昆明《当代评论》

昆明《世界文学季刊》

昆明《战国策》

昆明《战歌》

南京《求是》

南京《世界文艺季刊》

南京《学原》

南京《东方与西方》

南京《中国青年》

南京-汉口-重庆《中苏文化》

南宁《茶话》

上海《大陆》月刊

上海《读书与出版》

上海《自由谭》

上海《南风》

上海《国闻周报》

上海《时事类编》

上海《文学》

上海《文摘》

上海《新文艺》

上海《中学生》

上海《太平洋周报》

上海《青年文艺》

上海《评论报》

上海《诗创造》
上海《中国新诗》
上海《诗领土》
上海《新诗潮》
上海《文学杂志》
上海《文艺》月刊
上海《文萃》
上海《西洋文学》
上海《文帖》
上海《纯文艺》
上海《读书杂志》
上海《戏剧与文学》
上海《异端》
上海《语林》
上海《天地》
上海《现代》
上海《新诗》
上海《文艺新潮》
上海《译文》月刊
上海《苏联文艺》
上海《中建》半月刊
上海《文艺复兴》
上海《文艺学习》
上海《文艺世纪》季刊
上海《文坛》月刊
上海《东方文艺》
上海《浪花》
上海《希望》
上海《新中华》
上海《论语》

上海《月刊》
上海《时代》
上海《杂志》半月刊
上海《诗歌杂志》
上海《朔望》半月刊
上海《理论与现实》
上海《现代文艺》月刊
上海《现代文学》
上海《现代诗风》
上海《诗经》月刊
上海《时代》杂志
上海《时与潮副刊》
上海《国际间》
上海《译作》
上海《文学周报》
上海《汉奸丑史》
上海《消息半周刊》
上海《现代知识》
香港《大众文艺丛刊》
香港《学生时代》

作品：

T. S. 艾略特:《艾略特诗学文集》,王恩忠译,国际文化出版公司1989年版。

T. S. 艾略特:《情歌·荒原·四个四重奏》,汤永宽译,上海译文出版社1994年版。

T. S. 艾略特:《世界诗苑英华·艾略特卷》,赵萝蕤等译,山东大学出版社1997年版。

霭根等:《现代美国诗歌》,袁水拍译,晨光出版公司发行1949年版。

艾青:《艾青全集》,花山文艺出版社1991年版。

W. H. 奥登:《在战时》,朱维基译,国民书店出版1941年版。

W. H. 奥登等:《英国现代诗选》,查良铮译,湖南人民出版社1985年版。

W. H. 奥登:《学术涂鸦——奥登轻体诗集》,桑克译,古吴轩出版社2004年版。

W. H. 奥登,克里斯托弗·衣修伍德:《战地纪行(Journey To A War)》,马鸣谦译,上海译文出版社2012年版。

卞之琳:《卞之琳文集》,安徽教育出版社2002年版。

柴诃等著:《德国小说选》,胡启文译,上海中华书局1937年版。

陈敬容:《星雨集》,文化生活出版社1946年版。

陈敬容:《盈盈集》,文化生活出版社1946年版。

陈敬容:《交响集》,森林出版社1946年版。

陈敬容等:《九叶集》,江苏人民出版社1981年版。

陈敬容:《陈敬容选集》,朱成蓉编,四川人民出版社1983年版。

陈敬容:《远帆集》,花城出版社1983年版。

陈敬容:《辛苦而有欢乐的旅程》,作家出版社2000年版。

陈敬容:《陈敬容诗文集》,罗佳明,陈俐编,复旦大学出版社2008年版。

杜运燮:《诗四十首》,文化生活出版社1946年版。

杜运燮:《海城路上的求索》,中国文学出版社1998年版。

杜运燮,张同道编:《西南联大诗抄》,中国文学出版社1997年版。

杜运燮:《杜运燮六十年诗选》,人民文学出版社2000年版。

冯至:《十四行集》,桂林明日社1942年版。

冯至:《冯至选集》,四川文艺出版社1985年版。

冯至:《冯至全集》,河北教育出版社1999年版。

杭约赫:《噩梦路》,星群出版社1947年版。

杭约赫:《火烧的城》,星群出版社1948年版。

杭约赫:《复活的土地》,森林出版社1949年版。

杭约赫:《曹辛之集》,上海人民出版社2011年版。

胡风:《胡风评论集》,人民文学出版社1985年版。

胡风:《胡风全集》,湖北人民出版社1999年版。

纪弦:《纪弦自选集》,黎明文化事业股份有限公司1978年版。

纪弦:《纪弦回忆录》,联合文学出版社 2001 年版。

蓝棣之:《九叶派诗选》,人民文学出版社 1992 年版。

蓝棣之:《九叶派诗选》(修订版),人民文学出版社 2009 年版。

里尔克等:《图像的花朵》,陈敬容译,湖南人民出版社 1984 年版。

里尔克:《里尔克如是说》,林郁选编,中国友谊出版社 1993 年版。

里尔克:《给一个青年的十封信》,冯至译,三联书店 1994 年版。

里尔克:《里尔克诗选》,绿原译,人民文学出版社 1996 年版。

里尔克:《里尔克散文选》,绿原译,百花文艺出版社 2002 年版。

梁宗岱:《梁宗岱文集》,中央编译出版社 2003 年版。

林焕平:《林焕平文集》,广西师范大学出版社 1990 年版。

路易士:《爱云的奇人》,诗人社 1939 年版。

路易士:《烦哀的日子》,诗人社 1939 年版。

路易士:《不朽的肖像》,诗人社 1939 年版。

路易士:《出发》,太平书局 1944 年版。

路易士:《三十前集》,诗领土社 1945 年版。

路易士:《夏天》,诗领土社 1945 年版。

马雅可夫斯基:《马雅可夫斯基诗选》,卢永译,人民文学出版社 1998 年版。

马雅可夫斯基:《马雅可夫斯基选集》,余振主编,人民文学出版社 1984—1987 年版。

梅志:《梅志文集》,晓风编,宁夏人民出版社 2007 年版。

穆旦:《穆旦诗集(1939—1945)》,自费出版 1947 年版。

穆旦:《旗》,文化生活出版社 1948 年版。

穆旦:《穆旦诗全集》,李方编,中国文学出版社 1998 年版。

穆旦:《穆旦诗文集》,李方编,人民文学出版社 2006 年版。

穆旦:《穆旦作品新编》,人民文学出版社 2011 年版。

鸥外鸥:《鸥外鸥之诗》,花城出版社 1985 年版。

Spender 等:《诗与诗论》,袁水拍译,森林出版社 1948 年版。

唐祈:《诗第一册》,星群出版社 1948 年版。

唐祈:《唐祈诗选》,人民出版社 1990 年版。

唐湜:《骚动的城》,星群出版社 1947 年版。

唐湜:《英雄的草原》,星群出版社 1948 年版。

唐湜:《翠羽集》,山东友谊出版社 1998 年版。

唐湜:《唐湜诗卷》,人民出版社 2003 年版。

王佐良:《王佐良文集》,外语教学与研究出版社 1996 年版。

汪铭竹:《自画像》,独立出版社 1940 年版。

汪铭竹:《纪德与蝶》,诗文学社 1944 年版。

武汉大学图书馆编:《〈马雅可夫斯基在中国〉资料索引》,1980 年版。

吴宓:《吴宓日记》、《吴宓日记(续编)》,三联书店 1998 年、1999 年,2006 年版。

辛笛:《手掌集》,森林出版社 1948 年版。

辛笛:《辛笛诗稿》,人民文学出版社 1983 年版。

辛笛:《夜读书记》,森林出版社 1949 年版。

辛笛:《夜读书记》,陕西师大出版社 1998 年版。

辛笛:《嫏嬛偶拾》,教育出版社 1998 年版。

辛笛:《辛笛集》,缪克构编,上海人民出版社 2012 年版。

徐迟:《江南小镇》,作家出版社 1993 年版。

袁可嘉:《半个世纪的脚印:袁可嘉诗文选》,人民文学出版社 1994 年版。

袁水拍:《人民》,新诗社 1940 年版。

袁水拍:《向日葵》,美学出版社 1943 年版。

袁水拍:《冬天,冬天》,桂林远方书店 1943 年版。

袁水拍:《马凡陀的歌》,生活书店 1946 年版。

袁水拍:《沸腾的岁月》,新群出版社 1947 年版。

袁水拍:《马凡陀的山歌(续集)》,生活书店 1948 年版。

袁水拍:《解放山歌》,新群出版社 1949 年版。

袁水拍:《袁水拍诗歌选》,人民文学出版社 1985 年版。

俞铭传:《诗三十》,北望出版社 1945 年版。

王圣思:《九叶之树长青》,华东师范大学出版社 1994 年版。

赵萝蕤:《我的读书生涯》,北大出版社 1996 年版。

郑敏:《诗集(1942—1947)》,森林出版社 1949 年版。

郑敏:《郑敏文集》,北京师范大学出版社2012年版。

理论著作:

阿垅:《人和诗》,上海书报杂志联合发行1949年版。

阿垅:《诗与现实》,五十年代出版社1951年版。

布罗茨基:《文明的孩子——布罗茨基论诗和诗人》,刘文飞,唐烈英译,中央编译出版社2007年。

陈青生:《年轮:四十年代后半期的上海文学》,上海人民出版社2002年版。

董洪川:《"荒原"之风:T. S. 艾略特在中国》,北大出版社2004年12月。

杜运燮等编:《一个民族已经起来》,江苏人民出版社1987年版。

杜运燮等编:《丰富和丰富的痛苦》,北京师范大学出版社1997年版。

福克纳:《现代主义》,邹雨译,北方文艺出版社1988年版。

古远清:《中国当代诗论50家》,重庆出版社1986年版。

哈罗德·布鲁姆等著:《读诗的艺术》,王敖译,南京大学出版社2010年版。

汉斯·昆,瓦尔特·延斯:《诗与宗教》,李永平译,三联书店2005年版。

贺桂梅:《转折的时代——40—50年代作家研究》,山东教育出版社2003年版。

何望贤编:《西方现代派文学问题论争集》,人民文学出版社1984年版。

胡风等着:《论诗短札》,耕耘出版社1942年版。

蒋登科:《九叶诗派的合璧艺术》,西南大学出版社2002年版。

蒋登科:《九叶诗人论稿》,西南大学出版社2006年版。

解放社编:《目前形势和我们的任务》,华东新华书店1948年版。

金石声:《欧洲文学史纲》,上海神州国光社1931年版。

卡罗萨:《引导与同伴》,姚可昆译,开明书店1944年版。

卡尔·波普:《历史决定论的贫困》,杜汝楫,邱仁宗译,华夏出版社1987年版。

克·彼得罗索夫等:《马雅可夫斯基评论集萃》,岳凤麟,陈守成编,北京大学出版社1987年版。

雷蒙·阿隆:《知识分子的鸦片》,吕一民,顾杭译,译林出版社2005年版。

李相银:《上海沦陷时期文学期刊研究》,上海三联书店2009年版。

李章斌:《"九叶"诗人的诗学策略与历史关联(1937—1949)》,南京大学出版社2019年版。

林精华:《误读俄罗斯:中国现代性问题中的俄国因素》,商务印书馆2005年版。

吕周聚:《中国现代主义诗学》,人民文学出版社2001年版。

刘海波:《20世纪中国左翼文论研究》,光明日报出版社2007年版。

刘继业:《新诗的大众化和纯诗化》,北京大学出版社2008年版。

刘杰锋,叶凯:《诗人的自白》,黑龙江人民出版社1988年版。

马·布雷德伯里,詹·麦克法兰编:《现代主义》,胡家峦译,上海外语教育出版社1992年版。

马泰·卡林内斯库:《现代性的五副面孔》,顾爱彬,李瑞华译,商务印书馆2002年版。

《马列主义研究资料》编辑部编:《马列主义研究资料》1984年6辑。

穆木天:《怎样学习诗歌》,上海生活书店1938年版。

马歇尔·布隆斯基(Marshall Blonsky)编:《论符号》,美国约翰·哈普金斯大学出版社1985年版。

许道明:《海派文学论》,复旦大学出版社1999年版。

潘其旭:《桂林文化城纪事》,漓江出版社1984年版。

蒲风:《现代中国诗坛》,诗歌出版社1938年版。

蒲风:《抗战诗歌讲话》,诗歌出版社1938年版。

钱理群:《1948:天地玄黄》,山东教育出版社1998年版。

瑞恰慈:《科学与诗》,伊人译,华严书店1929年版。

瑞恰慈:《科学与诗》,曹葆华译,商务印书馆1937年版。

孙玉石:《中国现代主义诗潮史论》,北京大学出版社2010年版。

唐湜:《意度集》,平原社1950年版。

唐湜:《新意度集》,三联书店1990年版。

唐湜:《一叶谈诗》,广西教育出版社2000年版。

唐湜:《九叶诗人:"中国新诗"的中兴》,上海教育出版社2003年版。

王圣思:《智慧是用水写成的》,华东师范大学出版社2003年版。
王央乐:《拉丁美洲文学》,作家出版社1963年版。
任钧:《新诗话》,上海国际文化服务社1948年版。
奚密:《现代汉诗:1917年以来的理论与实践》,上海三联书店2008年版。
晓风编:《我与胡风:胡风事件三十七人回忆》,宁夏人民出版社1993年版。
解志熙:《生的执着——存在主义与中国现代文学》,人民文学出版社1999年版。
解志熙:《摩登与现代——中国现代文学的实存分析》,清华大学出版社2006年版。
姚华编:《朦胧诗论争集》,学苑出版社1989年版。
姚丹:《西南联大历史情境中的文学活动》,广西师范大学出版社2000年版。
叶维廉:《中国诗学》,三联书店1992年版。
易彬:《穆旦年谱》,中国社会科学出版社2010年版。
袁可嘉:《论新诗现代化》,三联书店1988年版。
袁可嘉:《欧美现代派文学概论》,上海文艺出版社1993年版。
余祥森:《德国文学概论》,上海北新书局1928年版。
余祥森:《表现主义的文学》,上海北新书局1928年版。
余祥森:《德国文学史》,上海商务印书馆1930年版。
余祥森:《德国文学大纲》,上海中华书局1934年版。
约翰·马西:《世界文学史话》,胡仲持译,上海开明书店1933年版。
张松建:《现代诗的再出发》,北京大学出版社2009年版。
张松建:《抒情主义与中国现代诗学》,北京大学出版社2012年版。
张曼仪:《卞之琳著译研究》,香港中文大学出版社1989年版。
张同道:《探险的风旗》,安徽教育出版社1998年版。
赵知悌:《文学,休走:现代文学的考察》,远行出版社1976年版。
赵毅衡:《新批评——一种独特的形式主义文论》,中国社会科学出版社1986年版。
赵毅衡编:《"新批评"文集》,中国社会科学出版社1988年版。

郑振铎,傅东华编:《文学百题》,生活书店1935年版。

中国出版工作者协会书籍装帧艺术委员会编:《艺术之子曹辛之》,天津教育出版社1998年版。

周燕芬:《因缘际会:七月社-希望社及相关现代文学社团研究》,武汉大学出版社2011年版。

期刊论文:

曹辛之:《面对严肃的时辰——忆〈诗创造〉和〈中国新诗〉》,《读书杂志》1983年第11期。

蔡依纹:《四十年代冯至的个体自觉与集体意识》,《长沙理工大学学报》2011年第3期。

程可超:《关于"国立三中"的读书会》,《铜仁党史资料》1984年第1辑。

杜运燮:《在外国诗歌影响下学写诗》,《世界文学》1989年第6期。

段美乔:《"工作而等待":论四十年代冯至的思想转折》,《文学评论》2006年第1期。

冯至:《昆明往事》,《新文学史料》1986年第1期。

公刘:《〈九叶集〉的启示》,《花溪》1984年第6—8期。

关·盖尔席柯雄奇:《列宁主义美学思想的生命力(下)》,李时译,《文史哲》1958年第9期。

古远清:《纪弦在抗战时期的历史问题——兼评〈纪弦回忆录〉》,《书屋》2002年第7期。

顾彬:《预言家的终结:20世纪的中国思想和中国诗》,《今天》1993年第2期。

贺青:《新生活的歌手——忆林遐》,《花城》1982年第3期。

黄瑛:《W.H.奥登与中国现代文学》,华南师范大学硕士论文2006年。

黄源:《左联与〈文学〉》,《新文学史料》1980年第1期。

姜涛:《"中国式"的现代主义诗歌》,《新诗评论》2006年第1辑。

李春:《艾略特的中国面孔——〈传统与个人的才能〉中译本考论》,《新诗评论》2011年第2辑。

李章斌:《一九四零年代后期的穆旦:内战、政治与诗歌》,台湾《中国文化大学中文学报》2010年第2期。

李章斌:《如何"现代"？怎样"主义"？——评梁秉钧、张松建对四十年代现代主义诗歌的研究》,《暨南学报》2013年第1期。

李斌:《俞铭传和他的拍卖行》,《新诗评论》2010年第1辑。

李洪华,周海洋:《战争文化语境下的域外现代派文学译介：以里尔克、艾略特、奥登为中心》,《南昌大学学报》2010年第1期。

李鑫,宋德发:《未来主义文学在中国》,《世界文学评论》2006年第2期。

林宏、郝天航:《关于星群出版社与〈诗创造〉的始末》,《新文学史料》1991年第3期。

刘溜:《写诗要让人感觉到忽然进入另外一个世界》,《经济观察报》2009年9月18日。

南鸥:《哲与诗的幽光——百年新诗纪念专题〈世纪访谈〉》,《中国诗人》2012年第3期。

彭燕郊:《诗人彭燕郊谈各时代的人物》,《长城》2007年第2期。

彭燕郊:《读袁可嘉一九四八年〈诗三首〉》,《袁可嘉诗歌创作与诗歌理论研讨会论文集》2009年10月31日。

钱理群:《一九四八:诗人的分化》,《文艺理论研究》1996年第4期。

乔晓轩:《诗人奥登七十年前的上海之行》,《新民晚报》2008年5月4日。

施蛰存:《关于"现代派"一席谈》,《文汇报》1983年10月18日。

孙玉石:《十五年来新诗研究的回顾与瞻望》,《中国现代文学研究丛刊》1995年第1期。

孙玉石:《一个富有悠久艺术魅力的诗歌流派——为〈九叶集〉出版20周年》,《诗探索》2001年第3—4辑。

唐湜:《面对严肃的时辰》,《读书》1983年第11期。

唐祈:《诗的回忆与断想》,《外国文学评论》1989年第1期。

唐湜:《九叶在闪光》,《新文学史料》1989年第4期。

唐湜:《我的诗艺探索》,《新文学史料》1994年第2期。

唐湜:《辛笛与诗》,《诗探索》1995年第3期。

唐湜:《忆诗人杭约赫》,《书城》1996年第2期。

唐湜:《杜运燮论》,《诗探索》1998年第3期。

唐湜:《来函十六封及说明》,《新文学史料》,2000年第3期。

唐祈:《诗歌回忆片段》,《飞天》1984年第8期。

王贺:《从兰州到上海——论陈敬容的行旅与都市书写》,《汉语言文学研究》2010年第4期。

王家新:《奥登的翻译与中国现代诗歌》,《中国现代文学研究丛刊》2011年第1期。

魏荒弩:《隔海的思忆》,《文汇报·笔会》1991年1月11日。

吴心海:《"巨人之死"与"巨星陨了"——路易士两首诗作的辨析及史料新发现》,《名作欣赏》2011年第5期。

吴心海:《关于路易士创办火山的几点史实》,《新文学评论》2012年第3期。

吴纯俭:《汪铭竹与"白鸟书屋"》,《杉乡文学》1994年第2期。

锡金:《关于行列社》,《新苑》1979年第2期。

解志熙:《现代及现代派诗的双重超克》,《文学与文化》2011年第4期。

辛笛:《我和外国文学》,《中国比较文学》1986年第3期。

辛笛:《我和西方诗歌的因缘》,《外国文学评论》1995年第3期。

姚丹:《误读与传承——奥登〈在战时〉与1940年代中国诗歌》,《新诗评论》2012年第1辑。

叶圣陶:《在上海的三年》,《新文学史料》1986—1988年。

易彬:《"他非常渴望安定的生活"——同学四人谈穆旦》,《新诗评论》2006年第2辑。

袁可嘉:《托·史·艾略特——美英帝国主义的御用文阀》,《文学评论》1960年第6期。

袁可嘉:《"新批评派"述评》,《文学评论》1962年第2期。

袁可嘉:《略论美英"现代派"诗歌》,《文学评论》1963年第3期。

袁可嘉:《还是叫"中国式现代派"好!》,《光明日报》1988年6月26日第4版。

张松建:《"恶之华"的转生与变异——汪铭竹、陈敬容、王道干对波德莱尔诗的接受与转化》,《中国现代文学研究丛刊》2006年第3期。

张松建:《〈文学杂志〉与中国现代诗学》,《中国现代文学研究丛刊》2011

年第 8 期。

臧棣:《现代诗歌批评中的晦涩理论》,《文学评论》1995 年第 6 期。

赵立生:《我与诗号角》,《诗探索》1999 年第 3 辑。

赵文书:《奥登与中国的抗日战争》,《当代外国文学》1999 年第 4 期。

附　录

附录一　汪铭竹：从个体生命的追寻到呐喊与承担

汪铭竹(1905—1989)①，江苏南京人，原名汪鸿(宏)勋，1931年毕业于中央大学哲学系，毕业后曾任教于南京的中华中学和安徽中学。1934年秋他与滕刚、章铁昭、程千帆、孙望、常任侠等成立土星笔会，9月1日出版同仁刊物《诗帆》半月刊，1935年2月15日2卷1期改为月刊，8月休刊，1937年1月5日出3卷1期，汪铭竹任编辑兼发行人，至1937年5期后停刊，共出版17期（其中2卷5、6期为合刊）。另出版有《土星笔会丛书》15册②。1937年抗战爆发，汪铭竹携家眷逃离南京，流落长沙、铜仁，任教于国立三中，后因躲避国民党迫害流寓贵阳，迫于生计，经营百鸟书屋，与孙望主编《中国诗艺》。期间，创作大量诗歌，在《诗文学》、《枫林文艺》、《中国诗艺》、《文艺先锋》、《文艺青年》、《诗星》、《革命日报》(后改为《贵州日报》)等报刊发表作品。抗战胜利后重回南京，与孙望等人创办《诗星火》杂志。1949年赴台湾，不再言诗。汪铭竹三四十年代创作的诗歌数量达百余首，出版了《自画像》、《人形之哀》、

---

① 严家炎在《二十世纪中国文学史》(中册)中指出汪铭竹的生卒年为1907—1989(严家炎：《二十世纪中国文学史(中册)》，高等教育出版社2010年版，第156页)。

② 沈卫威在《新旧交织的文学空间：以中央大学(1927—1937)为中心实证考察》一文中说："从'土星笔会丛书出版预告'所知，他们已出版和计划出版的诗文集有17种"(《中国现代文学论丛》2007年第2期)，但其中常任侠的《收获期》(诗集)和孙望的《小春集》(诗集)实后作为中国诗艺丛书由独立出版社分别于1939年12月和1942年1月出版，而汪铭竹的《人形之哀》则不知最终是否出版，存疑。

《纪德与蝶》三部诗集,一部诗论《新诗丛谈》,还翻译了佩特、E·V·休督库等人的诗,但仍有大量诗作散落于当时的报刊之中。① 半个多世纪以来,他的诗集《自画像》与《纪德与蝶》虽先后在台湾重印,但一直鲜有研究者予以足够的重视,以致几被遗忘。造成这种尴尬的局面,一方面与他"新古典主义"的追求和早期作品浓郁的颓废气息有关,另一方面则与他不事张扬、严肃审慎、不喜交游的性格有关,魏荒弩曾说到汪铭竹1940年代"写了不少诗,但他除相熟的朋友向他索稿,从不轻易示人,更不向报刊投稿。他本人也从不与文艺界来往"②。汪铭竹的诗歌具有浓郁的古典风味,同时又洋溢着现代气息,1940年代所作的诗歌则在时代浪潮和左翼诗潮的影响下,现实性有所加强,"从优雅的诗意想象与都市新感觉走向了对民族苦难现实与民族复兴大业的自觉承担"。③

一、"扬首天边外"的生命追寻

1930年代,汪铭竹生活、工作的圈子集中在学校,是比较典型的书斋文人。《自画像》集中的诗歌多表现他此一时期渴望安享书斋生活的情趣。如《秋之雨日》描绘了诗人在秋之雨日"禁足其中,寄遐想于/从破屋顶沥下之雨滴"的

---

① 《诗帆》上汪铭竹发表60首诗歌,其中34首收入《自画像》。(陆耀东在《论汪铭竹的诗》中称汪铭竹"仅留下七十余首诗","《自画像》收汪氏1934年至1937年诗作37首"。(《中国现代文学论丛》2007年第2期)实应为34首,参见《自画像》,独立出版社1940年版和《中国新文学大系 1937—1949 第二十集史料·索引》中《自画像》一书目录,上海文艺出版1994年版,第972—973页。)《纪德与蝶》收诗34首。其余未收入集中的诗有《心之壁画》(《诗星》(成都)1942年2卷4、5期合刊,第45页)、《大战行进中一插曲》(《诗星》(成都)1942年3卷1期,第29页)、《致波多莱尔》(《枫林文艺》1944年第6期,第8页)、《停电夜》(《诗星火》1948年第1期,第1页)、《在铜仁》(《中国诗艺》1938年第1期)、《丰收》(《中国诗艺》1941年第1期)、《毋忘草》扉页的题诗(常任侠:《毋忘草》土星笔会1935年版)等。《新诗丛读》被列为中国诗艺丛书之一,在《中国诗艺》创刊号上曾有预告,但有无出版,存疑。汪铭竹的译诗有佩特的《音乐是可以了解的吗》(《文艺月刊》(南京)1930年第4期,第53—54页)、德国休督摩的《题莎乐美图》(《诗帆》1935年2卷5、6期合刊,第7—8页),译文有斯威夫德的《漫想》(《文艺月刊》1930年第4期,第10页、38页)、《霭里斯随感录抄译》(《中央日报》1931年5月14日第9版)等。此外汪铭竹还作有散文、杂文、书评、序言等,如《写实主义》(《中央日报》1931年3月19日)、《童话底世界》(《中央日报》1931年7月9日第9版)、《我们终于在这舞台上露面了》(《中央日报》1932年11月20日)、《梅特林克的〈蚁之生活〉》(《文艺月刊》1930年第4期,第19—20页)、《斯辟支惠锡——本期插画"穷诗人"作者——》(《文艺月刊》1930年第3期,第13页)、《太戈尔在巴黎》(《文艺月刊》1930年第3期,第33—34页)、《为于一平〈页篇集〉作序》(《页篇集》,诗屋社1937年版,第3—6页)等。
② 魏荒弩:《隔海的思忆》,《文汇报·笔会》1991年1月11日。
③ 陆耀东:《论汪铭竹的诗》,《中国现代文学论丛》2007年第2期。

情景。他感受着秋天的林檎味,怀着东方人灵魂深处特有的一颗澹谧的秋天的心,写下秋天的文字。他无意于做一个跃马向前的革命勇士,照亮前路的火炬离他已远,虽随着现实的变化内心也曾一度纠结,但仍"无呵责之勇气"(《人形之哀二笔》),只能"空着手,藏自己于暗处",遁入书斋,做一个手上无血腥的猎人,纵横于书架,跋涉其间斩荆棘二前行,以烟草为火炬,照着"古今来之精灵,乃我之捕猎物"(《白手之猎人》);或者翱翔在无边无际的海洋上,"伤见自己美之姿影而沉没"(《人形之哀二笔》)。可以说,汪铭竹这时是一个"扬首天边外"的理想捍卫者,在《自画像》中,面对曳尾泥涂和扬首天边两种人生道路,他选择了后一种,他不愿在蠢昧的肉食者群中苟且偷生,在浑浊的环境中,他只能将视线移到现实以外,沉浸于构建自己的理想世界。这种人生态度与思想,流露出的是他对自我的关注,在《刘半农论》中,他引述了刘半农的观点:"一个人的思想情感,是随着时代变迁的,所以梁任公以为今日之我,可与昔日之我挑战。但所谓变迁,是说一个人受到了时代的影响所发生的自然的变化,并不是说抹杀了自己专门去追逐时代。当然,时代所走的路径亦许完全不错的。但时代中既容留得一个我在,则我性与时代性稍有出入,亦不妨保存,借以集时代之伟大。"对此,他极为认同。他强调在时代面前,"以我性为中心不忘时代为滋养",面对外界的批评,面对时代的革命浪潮与要求,他认为"其实所谓革命也者所谓抓住时代精神也者之真正诠义,并不在争计一日之长短,鼓舞片刻之热血而杀身成仁。最难能可贵且不易做到且不妨誉之为扛鼎事业的;就是无分阴时光不在意识着自己生命之可崇高,使不滥费于溷中,精进充实,升华溶练,提供天地间某一生命存在着之意义之颜面。"[①]显然,个体生命之崇高价值之存在意义,在汪铭竹看来,就是时代精神的真正要义。而在汪铭竹心中,生命的价值与意义,莫过于"站在生死之门限上,我紧握自己生命/于掌心,誓以之为织我唯一梦之经纬。"(《自画像》)了。

于是,汪铭竹以"我性"为中心,精心编织自己的艺术和人生之梦,渴望回到悠然的田园生活,回到"混沌未鑿太初民之故都","将神明安顿在牛鸣之扬抑上","拴梦魂于牧场之牛群间"(《牛鸣》)。他知道,在现代都市中,是无法构建他的理想的,"水门汀的街衢上,是寻不出/秋蛰之吟声的,而那只是/憧憧

---

① 汪铭竹:《刘半农论》,《创作与批评》1934年第3期,第45—49页。

于行人之心底"(《都市之秋底横颜》)。他只能将梦想寄托在了纵情声色上,他感受着都市女性的肉体,从头发、瞳子、面颊、红唇、颈项,到玉乳、白手、艳足,甚至手提包,无边春色浪潮般袭来。他品尝着都市的美酒佳肴,出入于鼓书场等娱乐场所。久而久之,他身患各种疾病:官能尖锐刺激之饥饿病、神经末梢急性感冒症、心脏病……失去了"往者游牧民明朗之心胸",对"人间世,我早作无爱想了"(《无题》),陷入颓废不可自拔,艺术和人生之梦益发虚无缥缈,生命的价值与意义也就有失深度了。

二、"跃马向前"的呐喊与承担

1937年,兵临南京,汪铭竹仓皇携家眷逃离南京,动荡的现实终于使他逐渐睁开了眼睛。逃难前的幕幕场景深刻地残留在他的脑海中,那是不忍卒看的"白骨碰着白骨,夹着尾的/癞疲狗都掉首而去了"(《控诉》)的死城,一切都喑哑了,回荡着的只是遍布死城的"野蛮的嘶声"。和战争年代的其余诗人一样,汪铭竹随着战火的蔓延不断向西南偏远地区撤退,先是流寓长沙,但一场大火驱使他再次逃离,贵州铜仁接纳了他,他在那里的国立三中谋得教职,暂时安顿下来。回顾近一年内的生活,他深切地体味到了浮萍般难以安身的感伤,但一路漂泊的经历已使他从自我的世界中走出来,不再"伤见自己美之姿影而沉没",更不敢"做白日梦"(《寄故人》)。

汪铭竹诗风转变的原因还在于流寓长沙、铜仁和贵阳时与进步人士的接触和国立三中任教时所受左翼思想的影响。1938年初,汪铭竹在长沙时与左翼诗人联合组建"诗歌战线社",创办的《诗歌战线》附刊于左翼文人主持的《抗战日报》。国立三中是1938年在铜仁创办的,学校的学生和教师主要是江、浙一带的流亡者。在党的抗日救亡运动宣传的影响下,不少青年学生和教师积极阅读进步书刊,追求革命真理。1938年下半年起还陆续秘密组织读书会,汪铭竹参加了读书会。读书会的内容主要是学习从各个渠道来的《新华日报》、《群众》、《社会发展史》以及艾思奇的《大众哲学》等书刊,并结合时事政治进行讨论。1939年下半年,国内形势变化,国民党对共产党进步力量加紧了迫害,汪铭竹和一些进步师生先后被迫离校。① 汪铭竹于是到了贵阳,到贵阳后,迫于生计,汪铭竹开办"白鸟书屋",而由于"销售进步书籍和掩护过江口分校进步老师刘苇因学潮被黔东警备司令刘伯龙的追捕等原因,受到当局的注意,被迫离开贵阳"。②

《迎凤曲》是诗人为迎接友人李白凤返贵阳而作,此时诗人已在贵阳生活近半载。诗中汪铭竹对白凤既有勉励之语,也有严厉自剖之情,处处可见诗人的心志。

> 天下事大有可为,/看你今后之身段了;/或跃马而前,/抑或叠足而歌。岂止狼烟十里,/如水愈深,如火愈热;/然而狂歌可以当哭,/岂不终胜于奴才之笑脸。

诗人勉励白凤返贵后可大有作为,关键在于今后的选择,他指出了两条路,一是跃马向前,一是叠足而歌,而无疑地,只有前者可让人们大展宏图,开创一番事业。接着第二节,汪铭竹再次将两种人生选择对举,面对狼烟四起、水深火热的中国,人们或可狂歌当哭或做笑脸奴才,然而,在他看来,狂歌当哭是胜于作谄媚之奴才的。诗中看似句句对友人的勉励,实则已暗含诗人内心对人生之路的抉择,那就是"跃马向前",这鲜明地体现在了此后的诗歌中。

1940年代的汪铭竹不再扬首天外,对过去的诗和过去的理想都进行了否定。他自称过去所作的诗都是"嵌着云母石的诗句,已成为隔世之事了。"(《死去的诗》)他不再像早期憧憬于自然的安逸,知道目今已"无福作个隐者",因为自然山水不再陶冶性灵所在,而是"山明水秀,几室塞了我的呼吸。"城市成为他活力的输入地,"回到城市里来一年了,/我仿佛新输了血。"(《我来自夜街上》)在城市里,他可以看到人们活得是多么坚强倔强,甚至野草也已怒生,渲染出一种力度。

他热切地注目于中国、甚至印度、波兰等一切陷于战争中的国家,他书写的人物都具有了一种勇敢的承担意识,不再畏惧、奋勇向前。彼得以"我不入

---

① 中共铜仁县委党史办公室:《关于"国立三中"的读书会》,《铜仁党史资料》1984年第1期,第124页。
② 吴纯俭:《汪铭竹与"白鸟书屋"》,《杉乡文学》1994年第2期,第15—17页。

地狱,谁入地狱"(《彼得归来记》)的精神,重进罗马城上十字架,拯救众人。纪德发现真相后,勇敢地"冲出谎言的黑屋"。

《纪德与蝶》这首诗可说是1940年代汪铭竹最为看重的诗,将之作为诗集的名字。创作缘起是根据纪德"1925年到1926年去非洲考察,带回大量材料,发表了《刚果之行》(1927)和《从乍得归来》(1928),揭发殖民主义者对当地人民的残酷剥削"的事件有感而发。诗中一二节描绘了纪德对蝶的钟情,这是他自青年开始就构思的梦想,却到老年才得以执行。"他说,这是一种青年时的计划,在老年时/才实现。向往着这簇新的世界,已经/二十年,或许三十年了,仿佛一支隐秘的梦。"三至六节浓墨重笔抒写了非洲的美丽,"非洲诚然是块迷人的土地",在这块土地上,有绿色大蛇,有羚羊,有庞大的纸草田,灰色蜥蜴与大白鹭,有木棉树、旅人树、棕榈树,有美的斑纹的鳄鱼,野火烧过的荒野上有狮子来往,有魔鬼一般的孩子们,还有美的上肢之女人,但压倒一切的是各色的蝶,"凌压在这一切之上的,非洲更是蝶之王国;/大的燕尾蝶,蔚蓝色,珍珠色,硫磺色嵌着/黑的斑点,有的翼背上更闪灼金光……"。然而怀着美好的想象,纪德到达非洲后,却被现实景况震惊了,他"目击了丑恶与可耻",发现贫穷和疾病占领了非洲,"孩子们赤裸着上身,没一片布。生疥疮,生癣,/生痢疾,象皮症,瞌睡病,像播种落在/每个人身上。"而根源在于"太重的徭役"。于是,在现实面前,纪德"眼光失却了新奇的感觉,忘了蝶",忘记了理想,勇敢地走到了真理面前。"这诗并非上品,而作者十分看重,我猜测还有另外一层意义,那就是:不能只从一个方面、一个角度、一个观念上看问题,判断问题,所以在后来的许多诗里,都贯彻了这种认知感悟的方式、方法。《纪德与蝶》以后之作,一部分对作者心仪抒写对象有褒有贬,或褒中有贬,或贬中有褒。"[①]这确是较精当的解释,但也可看作诗人的夫子自况,他走出早期对理想的执着,在现实面前,勇敢地选择跃马向前,不正若纪德忘记蝶而果断冲出谎言的黑屋吗?

如果说早期诗人闭紧嘴能沉默五百年,那么,此时诗人则宁愿狂歌当哭,他不再有时如火山,而宣称"是火山总不断喷射出熔石,/火的巨焰,我是一座活的火山;/采矿人,轻轻落下你的采矿针吧。"(《有赠》)他不再沉默,选择做

[①] 陆耀东:《论汪铭竹的诗》,《中国现代文学论丛》2007年第2期,第48—56页。

一个活的火山,对他而言,此时沉默无异于死亡。《致肖邦》中,居于全诗核心的是肖邦的音乐,但诗篇的首尾却是没有乐音的死寂,于是对波兰的悼亡,也就是对肖邦和肖邦"黑白琴键"的悼亡。《屈原之死》中,屈原忍受不了"人间罕有的酷刑"寂寞,忍受不了戴上自己手编的花环,湘水却"给予无言之沉默",忍受不了无人对他高洁人格的肯定,更忍受不了同流合污的生活,于是他"以自己底生命","向哑了的大地作一次悲壮的射击"(《屈原之死》)。《法兰西与红睡衣》也蕴含了诗人对沉默的火山爆发的坚信。

1930年代,汪铭竹尚是一个学院文人,有着知识分子的犹豫与深刻的内省,到1940年代,他转而变为一个奋勇向前的承担者、奉献者。在诗歌中,他表现了对历史前景的期待,他认为"一种伟大在远景中才能看出"(《世界落日中的龙》)。他认可时间是呈直线进步状态的,"时光之流除去明天,将支离不全。"(《向明天》)对未来,他充满了自信乐观,因为中国的秋天和冬天都已过去,因此,他热情地召唤人类中善良的灵魂,"快洗净你们的/手吧,来迎接中国的春季"(《中国的春季》)。为了明天的愿望能实现,为了美好明天的到来,他不惜以血供养,做出牺牲:"为明天我有一座彩画的梦,无数/心跳,及一张永远青春的笑脸。//半夜人静时,我偷偷抽出血来/给它供养,对夜空许下天大的愿。//人生本是一朵有刺的蔷薇;谁想/采摘,谁就不该怕刺破手尖。"(《向明天》)他不再禁足书斋,认可了革命应该付出行动,才能有所收获:"这次是温和与强暴战,谦卑博爱和骄傲/与暴力战;我们掷出手套,让血以血来洗。"(《世界落日中的龙》)

三、从法国象征主义到英美现代主义

汪铭竹1930年代是"一个真正具有法国派象征主义特色的诗派"的代表人物。这个诗派以《诗帆》为中心,常于周六聚在汪铭竹的书斋"诗巢"中探讨诗歌。他们一致对法国象征派诗人有着极高的热情。"土星笔会"之名就与魏尔伦的第一部诗集《土星诗集》有着密切的关联。他们大量译介了法国象征派诗人的诗作,滕刚翻译了《波氏十四行诗》、《波多莱尔评传》和魏尔仑的《土星人》;《诗帆》上也发表了不少他们的译作,主要集中于第一、二卷,其中波特莱

尔的译诗13首,魏尔伦的译诗10首①,日本象征主义诗人西条八十的译诗1首(《一个除夕的记忆》)。他们还译介了后期象征主义诗人果尔蒙等的诗作,常任侠曾指出:"由我翻译俄国的叶贤宁、马雅可夫斯基,由侯佩伊翻译阿拉伯的《天方艳歌》,由滕刚翻译法国保特莱尔的《都市的忧郁》、果尔蒙的《西蒙纳集》等诗作,以表示我们爱好的趋向,我们自己的诗作,虽则各有各自的面目,但多沾染这种丰采,不觉的飘浮着新感觉派的气息"。② 他在一篇文章中评价《诗帆》上的创作时说:"他们既不喜新月派的韵律的锁链,也不喜现代派的意象的琐碎,标举出新古典主义,力求诗艺的进步,对于现实的把握与黑暗面的解剖,都市和田园都有所描写。他们汲取国内和国外的——尤其法国和苏联——诗艺的精彩,来注射于中国新诗的新婴中,以认真的态度,意图提倡中国新诗在世界诗坛的地位,并给标语口号化的浅薄的恶习以纠正。"③

但到1940年代,汪铭竹所受到的影响已不再停留于法国象征主义,而是凸显出了英美现代主义的影响,这一点从他的诗中可看出。首先,在1940年代,不仅左翼人士对法国象征主义多方批评,现代主义诗人也对它进行了反思。他们对其感伤抒情进行了批评,提倡冷静客观地抒发情感或哲理。④ 汪铭竹1940年代的诗歌与1930年代有了极大的不同,他不再沉湎于以文字勾画多病、厌世、颓废的自画像,换之以冷静的笔触抒发他的承担意识、对抗战必胜的信心。

> 巴黎,世界的花床;/剩下一堆灰烬,没一星火。
> 千夫所指,千目所视;/红睡衣是压着法兰西的魇魔。
> 黑蜘蛛拼命放出死前回光/又纺织了一面毒网。

---

① 波特莱尔的译诗有《病了的诗神》、《猫头鹰》、《烟袋》、《十四行》、《异域的香料》、《活跃的烛火》、《血泉》、《日终吟》、《猫》、《决斗》《交感的战慄》等。魏尔伦的译诗有《安命篇》、《伤感底散步》《忧心篇》《Sub Urbe》、《Cesar Borgia》、《CAUCHEMAR》《天真之歌》、《誓》、《给一妇人》、《神奇的昏明》等。
② 常任侠:《土星笔会和诗帆社》,《新文学史料》1993年第1期,第194—195页。
③ 常任侠:《五四运动与中国新诗的发展》,《中苏文化》1940年第6卷第3期,第77—79页。
④ 如林焕平的《艺文管窥备忘》(《文汇报·笔会》1946年12月28日);李白凤的《从波德莱尔的诗谈起》(《文汇报·笔会》1947年1月30日);冬苹《谈波德莱尔倾向》(《文汇报·笔会》1947年2月14日);覃子豪《消除歇斯底里的情绪》(《文汇报·笔会》1947年2月9日);唐湜:《梵乐希论诗》(《诗创造》1947年第1辑,第18—20页);冯至:《关于诗的几条随感与偶译》(《中国新诗》1948年第5期,第20—21页);冯至:《里尔克——为十周年祭日作》(《新诗》1936年第3期,第60—64页,70页)。

> 自柏林铁甲车纷至沓来,/饱吞下法兰西煤炭。
> 播音员不断喊着待访的男和女;/夜沙龙中,竖琴小鼓失了声。
> 一扇扇铁栅门,疯瘫/在地上,碎玻璃,五彩缤纷。
> 千千万万的人,哑了,/喉头里则异样的怪痒。
> 集中营拥挤着人圣,/人圣日夜作圣贞德之幻想。

《法兰西与红睡衣》写于1941年10月10日,此前德国已发动第二次世界大战,于1940年春大举进攻法国,法国逐日陷落,一片混乱。前两节描写了巴黎陷落的惨景,到处都是断井残垣,没有星火、声息,而造成巴黎陷落的原因,与其堕落享乐的风气不无关系,花床、红睡衣无疑是这个以夜生活闻名的城市的最好注脚,它是巴黎人民陷入享乐的梦魇。三四节将焦点对准德国法西斯的侵略,诗人以毒网、饱吞,深刻揭露了他们的恶毒欲望,肆意掠夺财富。在这种残酷的现实境遇中,巴黎人们沉默了,不愿俯首称臣,也不再沉浸于夜沙龙的享乐之中,整座城市失了声,千千万万的人哑了,但他们随时会在喉痒的激发下爆发出惊人的声音。结尾两句笔调一转,诗人描绘集中营中人人渴望像圣女贞德一样击败入侵的军队,但这毕竟是"幻想",还未付出行动。加之,标题以法兰西与红睡衣为名,从中,我们不难读出诗人对法兰西亦是存在着批判的,他渴望法兰西人从红睡衣的梦魇中醒来,从沉默中醒来,像火山一样喷发出巨大的反抗的威力。可见,汪铭竹在诗中所表达的情绪是抑制的,需要我们一层层地剥开,方能抵达他最实质的观点。

其次,在艺术上,汪铭竹的诗歌也与1930年代有所不同。1940年代奥登的译介是现代主义译介新的热点,我们虽没有汪铭竹读或译过奥登诗的直接证据,但显然他应是读过奥登诗歌的,这从他作于1939年12月的《空军颂》可看出。诗中第二节写到:

> 卫戍着祖国之空中堡垒,
> 在敌人心上,你是
> 个红色之惊讶符号。

这明显有着奥登诗歌影响的痕迹。奥登访华所做十四行中被译的最多、流传最广的一首诗是《中国兵》,而其中"他不知善,不择善,却教育了我们,/并且像逗点一样加添上意义"一句被众多诗人所击节,他们都受此句诗影响创作了诗歌,如杜运燮笔下的善诉苦者是"谈话中夹满受委屈的标点"(《善诉苦者》)。汪铭竹此句诗歌以标点符号作喻显然与奥登诗歌的影响不无关联。

此外,受英美现代主义诗歌的影响,汪铭竹的诗中常用悖论和大跨度比喻。如"我们学会了胆怯的勇敢,勇敢的胆怯"(《世界落日中的龙》)"但船之永生的梦永不会幻灭;/他远去又归来,归来又远去。"(《船》)"而当你死后,真理不知多少次/从地下室搬出又搬进。"(《致苏格拉底》)"望着夹在指间火红烟支;/全世界烽火,正昼夜不熄。"(《中夜》)"点起自己的肋骨当火炬"(《女王万岁,再见》)等等。

附录二　罗寄一:在群体与个体的夹缝中求生存

罗寄一(1920—2003),原名江瑞熙,安徽贵池人,1920年生于天津。1943年毕业于西南联大经济系。1940年代在桂林、重庆的《大公报·文艺》、《枫林文艺》、《贵州日报·革命军诗刊》、《甘肃民国日报·生路》、桂林《大公报·周刊》、《诗》、《半月文萃》、《半月文艺》和昆明《文聚》等杂志发表诗和散文。1949年后在大陆从事新闻工作,1984年去港。有多种译著问世。罗寄一在1940年代属于西南联大诗人群,闻一多的《现代诗抄》选入他的诗作三首。群体、个体、爱情、生命的意义等是他1940年代诗歌中的关键词,透过这些关键词,我们可以看到左翼诗学与现代主义诗学在他诗歌中的交汇。

一、在群体与个体的夹缝中求生存

二十世纪三四十年代,内忧外困,有感于现实,文艺战线上的大多数作家们被统一起来,他们坚信并宣传个人只有融入集体之中才能发挥巨大力量,在诗歌文论中反复表达这一主题。中国诗歌会在发刊词中就强调自我在集体,小我在大我中的融合,明确主张"我们要使我们的诗歌成为大众歌调,/我们自己也成为大众中的一个"①。在他们看来,每一个个体都只是集体中的一部

---

① 《发刊诗》,《新诗歌(上海)》1933年第1期,第1页。

分,就像"长城的任何一块砖",只有组织起来,才能"连成一座铁的长城"(蒲风《咆哮》),实现生命的意义。因此,他们热切地呼吁个体们汇合起来,"我要汇合起亿万的铁手来呵",以投入抗敌战斗中(蒲风《我迎着风狂和雨暴》)。只有为数不多的作家们对集体保持清醒,敬而远之,如冯至、穆旦。如果说穆旦"出于一种宗教或形而上的思索,将自我视为一个残缺孤立之个体,永远地渴求一种完整性却始终无法得到,与整个世界处于隔绝和对立之中"①,那么,冯至则是深感于集体背后潜藏的危机,与其保持距离,孜孜于个体的承担。罗寄一则徘徊在个体与群体的夹缝中惶惶不安,几近分裂。

罗寄一1940年代求学于西南联大,诗学渊源、交游圈子都潜移默化地影响了他的诗学观念。"个体与群体的矛盾,个人的优雅生活和群体的严酷生活,民族国家的强大的影子与年轻人个人主义的自由梦幻之间的遮蔽与反遮蔽的作用,在联大诗人中是一种相当普遍的经验。"②罗寄一时时挣扎于群体的压迫之下,"痛苦的网络恩赐了个体的/分裂和压迫"。他在诗中号召同时代的朋友抖掉卑怯,迎接狂暴:

> 同时代的朋友啊!
> 抖掉这一身灰色的装扮,
> 让开,你细碎的猥琐的卑怯而又无赖的,
> 让我们迎接那风暴卷来的大雨点。
> 那充实的狂暴啊,
> 它给宇宙创造了力量。③

在散文《泪》里他忠告沉浸于自己的圈子的朋友,灵魂躲藏着怯懦的人们,让他们在现实面前睁开眼睛,看一看烽火与血腥的时代面影,呼吁他们应该"珍藏起泪珠,蓄养我们的力量!我们的迎接光明的力量和催促光明的力

---

① 李章斌:《"九叶"诗人的诗学策略与历史关联(1937—1949)》,南京大学出版社,2019年,第122页。
② 姚丹:《西南联大历史情境中的文学活动》,广西师范大学出版社2000年版,第257页。
③ 江瑞熙:《雨天之二》,《半月文艺》1941年第7期,第15页。

量。"①俨然左翼作家的口吻。

然而,他又频频在诗中控诉群体对个体的压迫,不仅在个体未融入群体前受到压迫,即使在融入群体后依然摆脱不了被虐待的命运。在坚决地捍卫个体生命的纯洁、沉浸于个体的多重幻想时,不单要忍受众人的指责:"这样多被否定的怯懦"(《珍重》),还要忍受"枪弹刺刀在多重幻想外沸腾,/静静地沁入我不幸的运命"(《月·火车》),遭受"千百万个刻骨的意义射过来像利箭"(《月·火车(之二)》)。因此,他把"不能忍耐",向肮脏的现实投降,称为"向自己背叛",是"犯罪"(《犯罪》)。另一方面,出于对生命的赞美和怜悯,个体最终"哀痛自己透明而年青",选择了承担(《诗六首》三)或"要宣誓效忠",但迎接个体的却是"各样的虐待",伤痕累累,然而有苦无处诉,不能公然揭露斥责群体的迫害,因为"这里合法的秩序只配赞美",只能被迫互相抚慰,用沉默"来抚摸彼此的伤痕"。抑或者个体不堪忍受,在"肮脏的野兽,锣鼓,扭曲的呐喊,魔术师的棍棒"下,被胁迫放弃了"理智的纯贞"(《犯罪》)。除了威胁,集体也以金钱利诱,诗人看清了集体背后"统御一切的迫害受命于金钱的指挥",感叹自己"不幸的是没有被收买,献身于/战国的无常,没有匍伏于'偶然'的纷纭,/让自己朝拜这一刻的帝王"。(《珍重》)

这样肯定与否定的交互搏斗,几使诗人陷入疯狂。"然而我要怎样?在透明的自觉里疯狂?/飞翔又跌下,跌下来,粉碎地不再有悲伤,/还是封闭在艰涩的梦里,/你温柔的手指带来无奈的迷乱?"他既想保持绝对的自我,又无法或不忍背对现实,最后只能徒然搜索两者交汇处,在夹缝中生存,"我要求绝对,它们都要求绝对,/从这些对立中间,徒然去搜索/迷茫中起伏的双轨底交点。"(《月·火车》)或无奈地昏睡。

二、《序——为一个春天而作》中的两种诗学观念

《序——为一个春天而作》②共四个章节,是罗寄一的一首长诗。张松建认为它是"罗氏最值得探讨的作品","淋漓尽致地展示了社会现代性予人的

---

① 罗寄一:《泪》,半月文艺》1941年第7期,第14页。
② 罗寄一:《序——为一个春天而作》,杜运燮,张同道编选:《西南联大现代诗钞》,中国文学出版社1997年版,第303—308页。

无穷困惑"。① 虽然他发现了诗中"威权"点出的阶级批判的向度,但他的论述焦点在于现代主义的影响,对诗中受到的左翼修辞策略的影响未多关注。下面我们就来看看两种诗学观念是如何在诗中交汇体现的。

《序——为一个春天而作》以春天万物复活开篇,"死去的已经复活",泥土新鲜起来,植物翠绿起来,到处充满了生命的欢叫。然而诗人并未停留在新生上,接下来就将目光移向了"过去"——"一个否定":

> 一切的存在溅满了泥污,这是一节不能逃避的
> 噩运:丑陋的眼睛——人的,兽的,
> 充血的,烟黄的,某一种饥渴的,失神的疯癫……
> 魔术棒指着东一点西一点的懊丧,
> 不知道呼吸的理由,迫害与被迫害的理由,
> 也茫然于狞笑着牵引我们的"死亡"

这种否定过去肯定现在、死亡与新生的修辞策略在1940年代左翼诗人的诗歌中极为常见。虽然罗寄一在这里并未寄予明显的政治寓意,将悲惨的过去指向政治力量的统治,而是暗示出人对自己存在的无知无觉,不知道生存的意义,也茫然于死亡,完全忍受着"魔术棒"的指指点点。但罗寄一却将新生世界得到的幸福与人们的行动联系了起来,"从昨天跨出一步的,我们终于要得到/幸福",与左翼诗歌强调行动的目的意义不谋而合。

第二章转入对城市的书写,罗寄一先写到了个体与群体的关系,有一个词语将这种关系隐秘地透露了出来:"被封锁的自己",说明自己不是乐意加入"我们"进入市场的,而是被迫或被强制性地将个体封锁起来,融入群体,在群体中成为无法分辨的平庸的一个。于是自然而然的,他们都戴上了面具,将自己伪装起来。但同时,戴面具还有一个原因,即"在一个悲喜剧里保证安全"。在诗人看来,日复一日,城市并未发生任何的改变,"一样的是昨天的节目和装扮,/一样的是全副武装的行进,/一样的是维护一个可疑的存在,/一样的是法律,庄严而可笑的条文……",排比句的运用强化了生活的重复。统治着城市

---

① 张松建:《现代诗的再出发》,北京大学出版社2009年版,第237页。

的依然是"已经树立的威权",他们居于高楼、轿车、耀目的门窗之内,季节的转换(新生的力量)非但未能撼动他们分毫,还被统治者们嗤之以鼻。"我等待,等待,而终于得到'轻蔑',/你们都轻蔑这个!"与这些威权相比,广大被生活所压迫的人们却在厌倦中被动地听候命运的安排,随时可能凋零,死去而不具任何意义,只物化为"一堆不知道的姓名"。没有人关心他们的生死,城市仍然一派新兴气象,权贵者们纵情享乐,处处流露出金钱权力对人性的异化:

> 这里澎湃着一种势力,
> 汽油,血,汗,燃烧的脑浆,
> 都在华贵的躯体里跳荡,
> 要壮大自己,率领一切数字的队伍,
> 商品与金钱,贡献伟大的服役,
> 安放自己在每一个辉煌的角度,
> 显示出被尊敬的徽记,
> 弗吉尼亚烟雾装饰着富豪似的
> 笑容,女人,艳丽的,用一个不能忘却的姿态
> 挂在臂上,让一种也是虔诚的信仰,
> 雕塑每一座"市民"的自尊。

但结尾诗人笔锋一转,一句"我们勤勉而不腐败的",以反讽的口吻点出了权贵者们的腐败本质。两相对比,就有了阶级批判的意味。在这样的城市中,被封锁的"我们"感到了窒息,烟雾、话声、恶毒把我们囚禁,为了抵御被谋害致死的命运,为了纯洁的美丽的夭亡,"我们"从被动的封锁,转变到了开始"理解必须承担的命运:/必须在发光的泪水里看见庄严,/看见一个巨灵的站起,/马赛歌激荡在流血的土地上"。在现实面前,"我们"向世界敞开了心扉。然而接下来并未能顺利地进入到行动阶段,"我们"又遇到了阻力:源自中国半殖民地的文化传统:"这里却远远的,远远的,要求距离,/(你想,什么是距离的意义。)/坚持一个瘘弱的传统,一杯/殖民地的咖啡,溅满了脱页的史篇。"它要求人们与世无争,但在"我们"看来,不过是自欺欺人,与历史脱节,在自造的虚幻里接近天堂。"仿佛在一片制造的祝福里/接近了巍峨的天堂。""我们"被半

殖民地的文化所约束,远离现实,生活在一片制造的满布祝福声的天堂之中,"制造"一词辛辣地揭示出了人类的自欺欺人。无独有偶,穆旦也用过类似的句子:"给我们善感的心灵又要它歌唱/僵硬的声音,个人的悲喜/被大量制造又该被蔑视/被否定,被僵化,是人生的意义"(《出发》)。这样的隐喻吸引人的地方在于本体喻体的跨度极大,也为诗句增添了张力。

最后一个章节,"我们"被置换成了个体,在幻象里,"我"和自己相视而立,我看到了自己鼻息里病热的疯狂,这疯狂源于我对希望的幻梦,也即对新世界的幻梦。在诗人的幻梦中,新世界是"如锦的花园",我和弟兄们拥抱,享有了"被解放的尊严"。然而这毕竟只是一场梦,现实依然是"肮脏的街道,死亡奴役的生命,/被玷污的灵魂在酷刑下晕倒,/不幸的尖刀杀戮着各样的年龄。"因此,从美梦中醒来,我坚决不愿再睡去,哪怕一夜无眠,我也要让自己对希望的清醒认识得以被见证。这里又一次进行了新旧世界的对比,满含对新世界的向往之情。诗句以重复的节奏与韵律表达了难以抑制的欢喜与确信。

三、《诗六首》中的智性抒情

虽然在《序——为一个春天而作》中,罗寄一更多地表现出受左翼诗歌观念的影响,但现代主义诗学对他的影响亦很明显,这更鲜明地体现在他的《诗六首》、《一月一日》等诗中。

《诗六首》普遍被看作是罗寄一的爱情诗,他和西南联大的其他诗人,如穆旦、王佐良一样,都对爱情进行了智性思考。其中不乏戴望舒、里尔克、奥登及超现实主义的影响。第一首前两节以两个"要是能……"组织诗句,以一种超现实主义的手法和奥登喜用的俯瞰式手法,将"我"与感官世界/爱人拉开距离,加以审视。他认为只有在远距离的注视下,才能更深地领悟血和肉的意义,也即生命/生与死的意义。但这是不可能实现的,这只是"如果",感官世界/爱人就在我的面前,日日相对,我呼吸着她深沉的情热与悲哀,却始终无法参透生命的意义,最后只能以叹息作结,但结局似乎又出人意料,看似无奈,"我"却借助叹息"凌空"展开,实现了与感官世界/爱人的距离。

第二首第一节先描绘了海边一派宁静空灵的场面,第二节转入对"我们"的书写,在我们之间,欢乐与忧愁同在,"不时地旋转",而这都是拜上帝所赐,上帝给了我们欢乐的同时,又赐予我们忧愁,这样他才实现了"完整的成型":

"一滴水的浑圆",此处极易让人联想到穆旦《诗八首》中对上帝的书写:"不断地他添来另外的你我／使我们丰富而且危险"。和穆旦一样,在罗寄一的诗中,也经常出现基督教的意象,如泥土:"那变灰而归入泥土的只是一个惶惑的／命题"(《音乐的抒情诗——柴可夫斯基乐曲》),牧师:"听任灵魂的抽搐,是温暖的记忆／排列在眼前,是徒然的春日／瞠目于生命的迷宫,是一种摄魂的召唤／来自土地,是醉酒的牧师／给自己以祈祷"(《珍重——送别"群社"的朋友们》),哭泣、十字架:"有炸弹使血肉开花,也有／赤裸的贫穷在冰冷里咽气,／人类幸福地摆脱／彼此间的眼泪,听候死亡低低地传递信息。""我们是创世纪的子孙放逐不值价的灵魂,／到处是十字架,眼球"(《角度之一》),"羔羊"(《序——为一个春天而作》),以及上帝等。而此处,罗寄一诗中的上帝显然也具有了穆旦诗中的双重性,表面看来他令"我们"完整或丰富,但对我们而言,却可能是灾难,令我们想要突破它。而突破它的方式,"唯有归诸大海的宁静",归入集体。这又不是"我"所愿意的,因为我有自己的幻想:"渴求着烟雾中梦的颜色",但由于这份追求充满"无穷的焦灼",于是最终诗人又回到了第一首诗的结局:叹息。

第三首依然从外部的压力入手,描写"我们"面临的困境。以诗人常用的列车意象,罗寄一向我们展现了悠久的传统(悠久的轨道、霉臭的泥土)、严酷的时空对我们的"围困"。我们冲不破,只能"无望的倾慕"对方,日复一日,又增添了"可怕的厌倦",于是,雪花点点般的哀乐就布满了我们整个的生命。罗寄一也体验到了穆旦在《被围者》中所抒发的被困感、绝望感,但穆旦选择的是以绝望来突围,罗寄一却以上帝之口表示了要把这一切哀乐都承担下来,并且"赞美生命"。

第四首以两个我的幻想入手。第一个幻想是我和你合并成一个整体,共同领略"成熟的波涛",成熟的波涛暗含有性爱的气息,像磅礴的五月风,随后又逐渐飘散沉落。第二个幻想变成了个体的"我",我梦见自己变成了一只小蜉蝣,自身是如此的渺小,而外界令我感受到"庞大的寂寞"。这两个幻想在诗人看来,都如白云般美丽丰满,但幻想的速度如电闪一般,映现出的是截然不同的命运:占有与抛弃。我们合并时彼此占有,而我成为小蜉蝣时则被抛弃。这就是诗人对爱情生命的沉思。意识到这一点,诗人发生蜕变,往日躯壳被送上祭坛,而象征情爱的五月风也随着诗人的蜕变"没入天与水无边的宁静"。

第五首以"你"的眼睛为镜,诗人想知道"我"在对方眼中的形象:"告诉我水中倒影的我底颜色",第二句反观你的眼睛,我发现自己强烈地被你所吸引,在你眼中设榻安卧,变得怔忡,倦而渴,但接着你的眼睛已不能满足我,救我了。于是诗人将视线由你的眼睛移到整体的形影,你的形影是风姿绰约的,它直抵我燃烧而弥漫的灵魂,说明你已在我灵魂深处点燃了一场熊熊大火,在这种情爱浓烈之时,我迫切地想要你来拯救我,让我灵魂深处弥漫的烟消溶在你的眼中,让你能够看到我对你的深情。而你确实感受到了,于是相互拥抱到一起,但我们纯洁的意志仍在与我们的情爱作斗争,在我们脑海里"起落翻腾",最终"你我渐消逝",信仰不再完整。

第六首对爱情进行了总体的反思,诗人认为生命给予尊严以不息的源泉,幸福与哀痛具有永久的意义,欠缺的爱情与欲望的禁锢有关。总之,《诗六首》通过爱情,思索了生命的意义、个体与集体、灵与肉等诸多困扰人类的问题,展现了现代主义诗歌抒情的智性特点。

四、悖论与隐喻手法的运用

现代主义对罗寄一的影响除了在《诗六首》中所表现出来的智性抒情,还表现在修辞手法上。在罗寄一的诗中,常见诗人运用反讽、悖论和大跨度比喻等修辞手法来抒发诗情。

悖论是新批评派的布鲁克斯在其著名的论文《反讽与"反讽诗"》中提出的一个概念,在《精制的瓮》中,他认为悖论是诗歌语言的基本特征,包含两种形态:惊奇与反讽。在《悖论语言》一文中,他对悖论进行了解释:"表面上荒谬而实际上真实的陈述",它主要是指在文字上所表现出来的一种矛盾的形式、矛盾的两个方面在字面上同时出现。布鲁克斯在论述悖论时常将它与反讽相连,它们是本质相近的两个理论范畴。他认为"悖论正和诗歌的用途,并且是诗歌不可避免的语言""诗人要表现的真理只能用悖论语言"。① 罗寄一的《角度之一》就运用了悖论:

有炸弹使血肉开花,也有

---

① 克林思·布鲁克斯:《悖论语言》,见赵毅衡编:《"新批评"文集》,中国社会科学出版社1988年版,第313页,第314页。

> 赤裸的贫穷在冰冷里咽气,
> 人类幸福地摆脱
> 彼此间的眼泪,听候
> 死亡低低地传递信息。①

面对战乱的现实,众多的人被炸弹夺去生命,也有因贫穷而死去的,这本应是令人悲痛万分的事情,但诗人用了一个词"幸福",来与眼泪相配,两个词之间就构成了巨大的张力。考虑到罗寄一的诗中常有基督教的意象,我们不妨来看一下基督教中对哭泣的书写。在基督教《新约》的"路加福音"中写到:"你们哀哭的人有福了,因为你们将要嬉笑"(Luke6:21)②。这种对此在生命的否定态度的说法相伴的是对来生更大幸福的期望。而在罗寄一的诗中,我们看不到人们对哭泣幸福背后指向的信仰的认知,他们信奉的是"生命膜拜",因此这里的悖论修辞就具有了深刻的讽刺意味。再如他的《醉》:

> 嗅觉,听觉,视觉…………
> 你给我恶毒的责罚,
> 强迫接受这些可怕的凌乱,
> 虽然是拼命地逃跑,
> 但固执的追求使一切徒然。③

面对感官世界,"我"受到它们的强烈吸引,固执地追求,但诗人却突出强调了"我"的被动性,将感官置于前面,指出是它们强迫我接受外面的世界,是它们恶毒的责罚我,而我是想拼命地逃跑的,这样,在矛盾的修辞中,我们就体会到了人在醉后感官不受大脑控制的被动性体验。

现代主义诗歌常用大跨度比喻,瑞恰慈在《语言的两种用法》中说:"如果我们要使比喻有力,就需要把非常不同的语境联在一起,用比喻作一个扣针把

---

① 罗寄一:《角度之一》,杜运燮,张同道编选:《西南联大现代诗钞》,中国文学出版社1997年版,第300—301页。
② 《圣经》,中国基督教两会出版2008年版,第109页。
③ 罗寄一:《醉》,《诗》1943年第3卷第6期,第16页。

它们扣在一起。"①如艾略特的"此时黄昏正朝天铺开/像手术台上一个麻醉过去的病人"(《J·阿尔弗瑞德·普鲁弗洛克的情歌》)。② 奥登的"他拥抱他的悲哀像一块田地"(《在战争时期》七首)③等。罗寄一诗中的有些隐喻就利用了语义与语境的不和谐,来达到讽刺的目的。如"从诚实凄苦的土地的梦里破碎成灰"、"城市满布着凌乱的感伤"(《在中国的冬夜里》),"绿色的田野害了沉重的伤风病"(《草叶篇》)等。运用得最多的是《醉》和《一月一日》:

> 停一停:褪色的旗帜的世界,
> 浮在云雾里的笑,被动员的
> 传统的温情,婚礼的彩车
> 装载自动封锁的
> 幸福,向天空的灰色驰奔。
>
> 欺骗自己说开始的开始,
> 好心的灵魂却甘愿躲进
> 装作的无知,然而逃不了
> 见证,多少次艰难而笨拙地
> 描画圆圈,却总是开头到结尾
> 那一个点,羁押所有的眼泪和嗟叹。④

一月一日是新一年的开始,在诗人眼前却并未展现出新生的喜庆,诗人从"无组织的年月"中看到了无意义的重复,不过是生命的细胞死而复生,这里诗人用了一个隐喻,"从睡梦到睡梦,/细胞伸了懒腰",伸懒腰本是人常有的动作,诗人却给予细胞以人的特点,而就是在梦醒伸懒腰的过程中,细胞从死亡

---

① 转引自赵毅衡:《新批评——一种独特的形式主义文论》,中国社会科学出版社1986年版,第142页。
② T. S. 艾略特:《世界诗苑英华:艾略特卷》,赵萝蕤等译,山东大学出版社1997年版,第10页。
③ 奥登:《在战争时期》,《穆旦(查良铮)译文集第4卷》,穆旦译,人民文学出版社2005年版,第429页。
④ 罗寄一:《一月一日》,杜运燮,张同道编选:《西南联大现代诗钞》,中国文学出版社1997年版,第299页。

到诞生了。这里选的是诗歌的第二三节,其中"被动员的传统的温情"、"自动封锁的幸福"、"好心的灵魂"等都属于张冠李戴,把抽象的观念拟人化,增加了句子的紧张感,使得诗人与传统习见的新年新气象的观念保持了一定距离。罗寄一窥见了这种观念的欺骗性,清醒地认识到了"命定的牺牲",因此在诗歌的最后一节,他拒绝将自己融入现代化的商品世界,拒斥"商品世界赠送廉价的谄媚",在寂寞的担当中对现世展开批判,揭露现代化的都市对人性的异化。在《醉》中,罗寄一由感官世界对人的压迫入手,抒发了"我"的孤独,进而反思了生存的意义。在坚守纯洁的自我与被胁迫的义务面前,他无法获得平衡,最终只能窒息而亡:"我将窒息,死亡………"。在写到个体被索取贡献遭受摧残时,罗寄一频繁运用了隐喻:"仿佛看见人间贫弱的同情,/悬挂在高峻的绞架随风飘零,/被压榨而干瘪的热爱,/隐泣在老去的童颜,被无情地赏鉴………"在这四行诗中,同情被悬挂随风飘零、热爱被压榨而干瘪、热爱隐泣被赏鉴,几乎句句用了隐喻,且都是大跨度的隐喻,把个体被动被胁迫的压力表现得淋漓尽致。

总之,罗寄一在1940年代属于西南联大诗人群,受现代主义的影响较大,但同时也因时代历史的影响,接受了部分左翼诗学观念,两种诗学观念在他1940年代的诗歌中复杂地交织在一起,从而为我们呈现出了那个时代知识分子复杂艰辛的心路历程。

后　记

2010年9月，我进入南京大学读博，博士论文选题曾经困扰了我两年有余。先是提出数个现代诗歌方面的选题被否定，接着我一度将目光投向20世纪的现代文学，试图从中择取一个角度，但最终由于题目过于宏大且并非我擅长的领域，只能放弃。导师丁帆也曾提出建议，无奈无法引起我的兴趣，总有无从下手之感。彼时我宛如热锅上的蚂蚁，情绪几近崩溃。师兄李章斌受导师之托，和我沟通论文选题。至今我仍清晰地记得第一次交流的画面：师兄手拿一个小本子，和我站在仙林校区图书馆西南方一个教学楼的二楼栏杆前，太阳一点点下去，黑暗逐渐席卷了整个教学楼，但我的心里却缓缓有了一丝亮光。一开始，我只是凭借既往的积累觉得九叶诗人和七月诗派之间存在对立的现象，在师兄的点拨下，随着史料的搜集，选题逐渐得以扩展，从九叶诗人和七月诗派的对立到1940年代现代主义与左翼的对立，再到增加现代主义与左翼的对流。在大量的史料面前，我躁动郁闷的心终于平静了下来，时时有新发现的惊喜，还记得我终于在凌晨两三点查到初犊为何人的激动，记得在港台阅览室细细翻看纪弦三部曲的专注，更记得一天下午在图书馆闭馆前飞奔去复印到了朱维基的《在战时》一书的兴奋，当时朱维基的这本译著尚无人准确详细地论述过。

我深深地沉浸在史料的搜集和阅读当中，重新找到了研究的乐趣和价值，而这也影响到了我此后的研究方向。每当我思绪纷杂，无所发现和作为时，我便打开一页页发黄的报刊，心里便会重获平静。因此我特别感谢建议我多多搜集史料的硕导王文胜教授，只不过是在读博两年后才真正体会到了它的意义,也谢谢王老师在我极度彷徨时邀请我每隔一周到她家中和师妹们共同听她讲课、喝茶、吃螃蟹,种种美好至今仍历历在目。

  导师丁帆教授以他正直不阿、渊博的学识深深地影响了我,最后一年和师弟师妹们在办公室听他讲课的画面清晰如昨,让我对历史等有了新的认识,世界观、价值观都发生了改变。生怕辜负他的良苦用心,内心深处我默默严格要求自己,幸而最终论文得到了他的肯定,而我也感受到了答辩结束后他难掩的高兴,我如释重负,度过了读博最感愉悦的时光。

  感谢答辩组朱晓进教授、杨洪承教授、沈卫威教授、刘俊教授、张光芒教授对论文所提出的宝贵的修改意见,也感谢论文写作过程陪伴过、鼓舞过、关心过、倾听过我的同学们和默默支持的父母,为我两点一线的生活增添了温柔的底色,回忆也变得丰富多彩。

  本书获得 2021 年河南省高等学校哲学社会科学优秀著作资助项目,将由河南大学出版社出版,感谢谌洪波、王丽芳、李亚涛的热心和细致编辑。

2022 年 9 月 9 日